NICK TROUT

Ein Streuner kehrt heim

GOLDMANN
Lesen erleben

Buch

Nie wieder wollte Dr. Cyrus Mills in seine alte Heimat zurückkehren, denn er hat nur ungute Erinnerungen an das kleine Eden Falls in Vermont. Doch dann stirbt sein Vater, zu dem er seit langem keinen Kontakt mehr hatte, und vermacht ihm seine Tierarztpraxis. So schnell wie möglich möchte Cyrus sie verkaufen und der Gegend wieder den Rücken zukehren. Da er sich aber in einer finanziellen Notlage befindet, bleibt ihm nichts anderes übrig, als die Praxis selbst zu führen, bis ein Käufer gefunden ist. Widerwillig tritt der Tiermediziner, der bisher nur im Labor gearbeitet hat, seinen Dienst an. Als jedoch sein erster Patient, ein Golden Retriever namens Frieda Fuzzypaws, schwanzwedelnd durch die Tür stürmt, spürt Cyrus, wie ihm das Herz aufgeht. Schon bald erkennt er, dass er sich in Gesellschaft von Tieren viel wohler fühlt als im sterilen Labor. Dank des schwarzen Labradors Puck, der Perserkatze Chelsea und den anderen liebevollen – zwei- und vierbeinigen – Einwohnern findet Cyrus allmählich Gefallen am Leben auf dem Land. Und dann ist da noch Amy, die ebenso temperamentvolle wie hübsche Bedienung des örtlichen Diners …

Weitere Informationen zu Nick Trout
finden Sie am Ende des Buches.

Nick Trout

Ein Streuner kehrt heim

Roman

Aus dem Englischen
von Christine Heinzius

GOLDMANN

Die Originalausgabe erschien 2013
unter dem Titel »The Patron Saint of Lost Dogs«
bei Hyperion, New York.

Dieses Buch ist auch als E-Book erhältlich.

MIX
Papier aus verantwortungsvollen Quellen
FSC® C014496

Verlagsgruppe Random House FSC® N 001967
Das FSC®-zertifizierte Papier *Pamo House* für dieses Buch
liefert Arctic Paper Mochenwangen GmbH.

1. Auflage
Taschenbuchausgabe September 2015

Gestaltung des Umschlags und der Umschlaginnenseiten:
UNO Werbeagentur München
Umschlagfoto: © FinePic® München
Fotos im Innenteil: Copyright © Shutterstock
Redaktion: Ilse Wagner
BH · Herstellung: Str.
Druck und Bindung: GGP Media GmbH, Pößneck
Printed in Germany
ISBN: 978-3-442-48286-3
www.goldmann-verlag.de

Besuchen Sie den Goldmann Verlag im Netz

FÜR EMILY

Dum spiro spero

Cicero

Solange ich atme, hoffe ich.

MONTAG

EINS

Die alte Türklingel lässt mich zusammenzucken – nicht zuletzt, weil der erste Kunde des Abends zufällig auch noch mein erster Kunde seit vierzehn Jahren ist.

»Kann ich Ihnen helfen?«, frage ich und merke zu spät, dass mein Tonfall wahrscheinlich eher genervt als einladend klang. Ich sollte meine Umgangsformen gegenüber Kunden wohl aufpolieren.

Am anderen Ende des Wartezimmers steht ein Mann in einem schwarzen Beerdigungsanzug, an einem Nylonseil einen Golden Retriever. Der Hund scheint unbedingt zu mir zu wollen – der Schwanz wedelt, die Krallen kratzen auf dem Linoleum. Der Mann am anderen Ende der provisorischen Leine hat aber andere Pläne. Kaum hörbare Flüche formen sich auf seinen Lippen, während er am Seil reißt.

»Sind Sie der Doktor?«, fragt er.

Ich sehe auf meinen weißen Kittel, der mehr wie ein Kostüm denn wie Berufskleidung aussieht (und sich auch so anfühlt). Er ist an den Achseln etwas eng, am Handgelenk etwas kurz, aber ich habe wenigstens daran gedacht, mir ein Stethoskop wie einen Schal um den Hals zu legen. Und doch fühle ich mich wie ein Betrüger. Vielleicht liegt das daran, dass ich ein bisschen ein Betrüger bin.

»Ja«, sage ich nickend. Die Silbe so langsam zu dehnen verstärkt meine Glaubwürdigkeit auch nicht gerade. »Ich bin der Doktor.« Der Mann späht über meine Schulter auf das Schild, das an die Tür des Behandlungszimmers geschraubt ist – DR. MED. VET. ROBERT COBB.

»Ich dachte, Doc Cobb ist tot?«

»Das ist er. Ich bin Dr. Mills.«

Der Mann zieht eine Augenbraue hoch. Wenn er glaubt, ich würde das näher erläutern, liegt er falsch.

»Egal«, sagt er mit einem übertriebenen Seufzer, der eine Alkoholfahne in meine Richtung bläst. »Ich brauche nur jemanden, der sie einschläfert.« Er hält Daumen und Zeigefinger wie eine Pistole in Richtung des Hundes, dabei sieht er mich an.

Unglaublich. Noch keine vier Stunden wieder in der Stadt, und zum ersten Mal seit vierzehn Jahren arbeite ich mit einem lebendigen, atmenden Wesen, und worum bittet man mich als Erstes? Um Sterbehilfe. Wie passend.

»Okay«, sage ich, allerdings nicht überzeugt. »Kommen Sie am besten ins Behandlungszimmer.«

Ich gehe voran, und zu meinem Entsetzen lässt der Mann das Seil los, und ein aufgedrehter Golden Runner rast auf meine Lenden zu.

»Frieda, verdammt noch mal«, murmelt der Mann, während er hinter ihr herstolpert.

Meine ausgestreckte Hand soll Zähne, Fell und Sabber abhalten oder wenigstens ihren Schwung abbremsen, aber Frieda nimmt meine Abwehr als Willkommensgruß. Sie gräbt ihre graue Schnauze in meine Hand und reibt ihren Körper an meinen Beinen. Eine dunkle Cordhose und ein Golden Retriever sind keine gute Kombination.

Frieda läuft dann an mir vorbei, und ich lenke sie durch den kurzen Flur ins Behandlungszimmer, das sich in fast einem halben Jahrhundert kein bisschen verändert hat – in der Mitte steht ein matter, zerkratzter Untersuchungstisch aus rostfreiem Stahl, Melaninarbeitsflächen mit abgeplatzten Kanten, unmarkierte Schubladen und Schränke, die in grüne Wände eingebaut sind. Es gibt eine Holzbank für die Herrchen, einen Holzhocker für den Doktor. Während der letzten Jahre ist dieser Raum vielleicht geschrumpft, aber im Moment fühlt er sich kahl an, eher klaustrophobisch als gemütlich, und ein deutlicher Geruch von Desinfektionsmitteln liegt in der Luft.

»Frieda ist … war … also eine Patientin von Dr. Cobb?«, frage ich.

»Nein.«

»Ich verstehe nicht.«

»Sie war nicht seine Patientin. Das ist wahrscheinlich das erste Mal, dass sie bei einem Tierarzt ist.«

Wahrscheinlich? Was bedeutet *wahrscheinlich*?

Der Mann blinzelt beim Sprechen. Er hat eine Halbglatze, sodass auf der Stirn viel Platz für Sorgenfalten ist. Seine Krawatte sitzt locker, der oberste Hemdknopf ist geöffnet, und ich erkenne gerötete Haut an seinem Hals – wahrscheinlich ist sie es nicht gewohnt, von einem gestärkten Hemdkragen eingeengt zu werden. Aber in diesem Moment fällt mir am meisten auf, dass ich an seinem dunklen Anzug kein einziges blondes Golden-Retriever-Haar entdecken kann.

»Ist sie krank?«, frage ich und sehe zu Frieda hinunter. Sie hat sich beruhigt, und damit meine ich, dass sie zu einem Anhängsel geworden ist und an meinem rechten Bein klebt, als wären wir verbunden wie Teilnehmer an einem Menschen-Tier-Rennen auf sechs Beinen. Und sie bleibt nur ruhig, wenn ich eine Hand auf ihren Kopf lege. Ich bewege meine Finger leicht in ihrem Fell. Was soll's, wenn mein Kontakt eher wie ein vorsichtiges Segnen als ein freundliches Tätscheln aussieht?

»Sie hat Unfälle.« Der Mann spricht lauter und runzelt die Stirn, als sei das Grund genug, um ihr Leben zu beenden. »Jeden Morgen. An der immer gleichen Stelle. Ich habe gerade erst die Böden richten lassen, und sie sind schon wieder ruiniert. Es ist nicht so, als würde ich das hier gerne machen oder so.«

Sein Gerede geht an mir vorbei. Instinktiv konzentriere ich mich auf die Details.

»Unfälle? Urin oder Stuhlgang?«

»Sie pinkelt in die Küche. Viel.«

»Was heißt viel? Ein normaler erwachsener Hund unter normalen Umständen produziert innerhalb von vierundzwanzig Stunden zwischen zwanzig und vierzig Milliliter Urin pro Kilogramm Körpergewicht. Ich schätze, sie wiegt … sagen wir ungefähr vierzig Kilo, dann ist ein Volumen von …«

»Ich weiß nur, dass sie wie ein Rennpferd pisst.«

Ich entferne das raue Nylonseil von Friedas Hals. Sie läuft nicht weg.

»Ist sie sterilisiert?«

»Keine Ahnung.« Er sieht auf das Handy in seiner Hand und fängt an, etwas einzutippen.

»Sie wissen es nicht?«, frage ich.

Er schaut finster auf. Ich beschließe, die Strategie zu ändern.

»Frisst sie gut?«

»Klar.«

»Erbricht sie?«

Er schüttelt den Kopf.

»Trinkt sie viel? Trinkt sie aus der Kloschüssel?«

»Das ist ekelhaft.«

Jetzt ziehe ich die Augenbrauen hoch.

»Ich habe es jedenfalls nicht gesehen.«

Ich gehe einen Schritt auf den Mann zu, und wieder trifft mich seine Alkoholfahne. Mein goldener Schatten tut es mir nach.

»Es tut mir leid, so direkt zu sein, aber irgendetwas stimmt nicht.«

Der Mann wiegt sich ein bisschen auf den Fußballen, verzieht das Gesicht in ungläubige Falten. Ich habe aufgehört, Frieda zu tätscheln, und so heftig, wie ihre Schnauze sich in meinen Schritt bohrt, scheint ihr das nicht zu gefallen. Sie bellt, und ich gebe nach.

»Schauen wir uns mal die Fakten an«, sage ich und fühle mich selbstbewusster und sicherer. »Zunächst mal: Ihr Hund ist adipös, es gibt keinerlei Anzeichen für Gewichtsverlust, und daher ist es unwahrscheinlich, dass Krebs der Grund für das unangemessene Urinieren ist. Da keine bilaterale, symmetrische Alopezie vorliegt, scheidet das Cushing-Syndrom aus, und Ihre Geschichte passt nicht zu einem Nierenleiden oder zu Diabetes. Von einem rein physiologischen Standpunkt aus kann ein Hund einfach nicht bei normaler Wasserzufuhr exzessiv an einem bestimmten Ort und zu einer bestimmten Tageszeit urinieren.«

Sein Gesicht entspannt sich wieder. »Wovon reden Sie?«

Ich hole tief Luft. Ich habe das Pech, dass mich meine komplette berufliche Karriere nicht darauf vorbereitet hat, die Details von Polydipsie und Polyurie mit betrunkenen Laien zu besprechen, um es höflich zu formulieren. Andererseits ist kaum Small Talk und informatives Besprechen angebracht, wenn deine Patienten tot sind und nie mit einem Herrchen auftauchen. Was für mich völlig in Ordnung ist.

»Woher kommen Sie?«, fragt der Mann, bevor ich seine anscheinend rhetorische Frage beantworten kann. »Aus dem Süden?«

Angesichts unseres aktuellen Breitengrades im nördlichsten Teil von Vermont könnte ich ihn darauf hinweisen, dass so ziemlich alles unterhalb des achtundvierzigsten Breitengrades im »Süden« liegt.

»Ja, Sir, Charleston, South Carolina.«

»Weit weg von zu Hause.«

Ich schaffe es, künstlich zu lächeln, und schweige. Nichts könnte weiter von der Wahrheit entfernt sein.

»Sie sind neu hier, Sie sind ein Fremder, also lassen Sie mich Ihnen einen Rat geben«, sagt er in einem heftigen, alkoholgeschwängerten Flüsterton und lehnt sich vor. »Ihre tolle Medizinersprache bedeutet den Leuten hier im Ort nichts.« Er lehnt sich zurück. »Ich bin nicht hier, um mir eine Predigt anzuhören. Ich bin hier, um das mit meinem Hund zu erledigen.«

Das mit meinem Hund zu erledigen. Es ist fast anderthalb Jahrzehnte her, dass ich meinen Abschluss in Tiermedizin gemacht habe, entschlossen, in die Fußspuren meiner Mutter zu treten und ein Experte in einer besonderen und von den meisten Tierbesitzern unterbewerteten Disziplin zu werden – Veterinärpathologie. Wenn Sie den Namen der Krankheit Ihres Tieres wissen wollen, dann bin ich Ihr Mann – ein Veterinärpathologe. Wir sind die Ärzte, die den Tag damit verbringen, durch Mikroskope zu starren und sich Präparate, hauchdünne Scheiben von krankem Gewebe, anzusehen, damit Sie eine Diagnose bekommen. Sexy? Vielleicht nicht. Wichtig? Wie William H. Macy in dem Film *Fargo* sagt: »Verdammt wichtig!«. Wortwörtlich bedeutet *Pathologie* die Wissenschaft vom Leiden, und wenn ich irgendetwas daraus gelernt habe, dann den Respekt für das Leben. *Das mit meinem Hund zu erledigen*. Was für ein Idiot. Ich bin vielleicht an die klinischen Aspekte des Todes gewöhnt, aber die lässige Einstellung dieses Typen macht selbst mich sauer.

»Nur damit das klar ist«, sage ich. »Sie haben überhaupt kein Interesse daran, das Problem Ihres Hundes zu lösen?«

Der Mann sieht mich zornig an und drückt seine Fingerspitzen auf die Stirn, als könne er so tatsächlich ein paar der Falten wegbügeln.

»Hören Sie, es tut mir leid.«

Ich mache eine Pause und zwinge mich, die Augen zu schließen, bevor ich »Aber nicht leid genug« sage.

Er erstarrt. »Ihr Tierärzte seid doch alle gleich. Wollt immer auf dieses und jenes testen und Medikamente geben. Wisst nie, wann es genug ist.«

»Ich dachte, Sie hätten gesagt, dass Ihr Hund noch nie einen Tierarzt gesehen hat?«

Er atmet ein, die Luft zischt durch zusammengebissene Zähne. »Es ist eine einfache Rechnung. Ich kann es mir nicht leisten herauszufinden, was mit ihr los ist. Ich kann es mir nicht leisten, sie heilen zu lassen. Und im Moment kann ich es mir nicht leisten, mit ihr zu leben. So ist es eben.«

Ich sehe nach unten zu Frieda. Sie ist unnatürlich anhänglich, offensichtlich promiskuitiv in ihrer Zuneigung, und dank ihr sehen meine verschwitzten Handinnenflächen so aus, als trüge ich goldene Handschuhe. Na wunderbar. Trotzdem scheint sie, soweit ich das beurteilen kann, glücklich zu sein. Ich sehe zu dem Mann hoch, in der Hoffnung, nichts als das Böse in seinen Augen zu erkennen, und doch, trotz seiner distanzierten, pragmatischen Logik, habe ich den Eindruck, dass ihm die Entscheidung schwererfällt, als er vorgibt. Ich will das nicht tun, aber ich bin mir sicher, wenn ich es verweigere, geht er woandershin. Ich habe wohl keine Wahl.

»Nun gut«, sage ich nach einer bedeutsamen Pause. »Es ist Ihre Entscheidung, aber Sie müssen eine Einverständniserklärung unterschreiben.« Wenn ich das Formular finde.

»Ist das wirklich nötig?«, fragt er.

Ich ziehe eine Schublade heraus – Schachteln voller Nadeln unterschiedlicher Stärke und Länge. Die Schublade darunter enthält Spritzen. Die dritte ist voller Papierkram – Einverständniserklärungen für Operationen, Rezeptblöcke, Zertifikate über Tollwutimpfung –, aber keine Einverständniserklärung fürs Einschläfern.

»Wissen Sie, ich möchte bei der … bei der, äh … Spritze lieber nicht dabei sein«, sagt er, plötzlich zerknirscht, und geht rückwärts in Richtung Tür. »Ist das in Ordnung, sie bei Ihnen zu lassen?«

»Sir, Sie müssen noch eine Einverständniserklärung unterschreiben.«

Ich blättere weiter durch die Papiere und spüre, wie sich Schweißperlen auf meiner Oberlippe bilden.

»Wissen Sie was, ich komme einfach morgen früh vorbei und unterschreibe dann.«

»Als Erstes?«, frage ich. Er nickt und ist schon fast aus der Tür, als ich mich an den Grund erinnere, warum ich in diesem Schlamassel und einem schlecht sitzenden weißen Kittel stecke, von meinem Zuhause eintausend Meilen entfernt. »Hey, bevor Sie gehen, da ist noch die Rechnung.«

Er bleibt stehen.

»Natürlich«, sagt er, greift in seine Brusttasche und fummelt an einem Geldbeutel herum.

Ich weiß, was Sie denken: Wie kann ich so eiskalt sein und in einem solchen Moment über Geld reden? Na ja, aus zwei Gründen – Mr Kohlschwarzer Anzug ist offensichtlich nicht sentimental, und für meine aktuellen Umstände ist das entscheidend.

»Wie viel?«

Ich habe keine Ahnung, wie viel ich berechnen soll. Ich wähle eine Summe.

»Vierzig.«

»Ich habe nur einen Zwanziger.«

»Soll ich ihr die halbe Dosis geben?«

Das ist mir so herausgerutscht, und der Mann sieht mich an, als könne ich es ernst meinen.

»Kann ich das morgen begleichen, wenn ich für die Unterschrift wiederkomme?«

Meine Schultern rutschen besiegt nach unten. »Ich denke schon«, sage ich, und er drückt mir den Schein in die Hand, als würde er dem Henker ein Trinkgeld geben, dann geht er. Er verabschiedet sich nicht von mir und, viel wichtiger, auch nicht von Frieda.

Ich warte auf das Klingeln der Türglocke, als er durch die Tür geht, und erlaube mir, tief durchzuatmen. Wenn man das, was ich jetzt tun soll, und meine fehlende Erfahrung anschaut, dann ist es vielleicht das Beste, wenn Frieda und ich allein gelassen werden.

Trotz der Anhänglichkeit meines Fellpartners schaffe ich es, eine 12-ml-Spritze, eine zwanziger Nadel, einen Stauschlauch und eine durchsichtige Plastikflasche mit einer kobaltblauen Flüssigkeit und dem verstörenden Etikett BEATHANASIA zu finden. Dämlicher Name. Wo ist die Schönheit bei einer Überdosis Barbiturate?

Ich sehe nach unten auf meine Patientin. Oder vielleicht wäre Opfer das passendere Wort. Sie muss ungefähr zwölf, vielleicht dreizehn Jahre alt sein. Meine Schätzung basiert auf mehreren Beobachtungen. Abgesehen von ihrer offensichtlich grauen Schnauze sind ihre Ellbogen dick und schwielig wie Lederflecken auf einer abgewetzten Jacke und vom zu vielen Liegen abgetragen. Ihr Atem hat ein deutliches und offen gesagt unangenehmes Bouquet – durch massive Zahnkrankheiten –, und außerdem scheint sie ihren Kopf oft zu schütteln, wahrscheinlich das Resultat einer chronischen Liebe für das Schwimmen in Teichen und Seen. Im Moment hechelt sie. Kein Wunder, in dieser fremden Umgebung. Ich nehme an, dass wir beide auf einer Adrenalinwelle surfen, nur dass ihre aus Aufregung und meine aus nervöser Vorahnung besteht.

Reiß dich zusammen. Du musst etwas erledigen. Es ist an der Zeit, das Mitleid mit herzloser Kaltschnäuzigkeit zu vertreiben.

Das Problem ist, um mein Gift zu verabreichen, muss ich an eine Vene, und das bedeutet, ihr richtig nah zu kommen, und das bedeutet, Frieda auf den Behandlungstisch zu heben. Ich fange an, auf die metallene Oberfläche des Behandlungstischs zu klopfen. Was denke ich bloß? Selbst höfliche Zeitgenossen würden ihre Proportionen als, nun ja, Übergröße bezeichnen, vielleicht nicht ganz Zirkuszeltmaße, aber man würde ihr auf jeden Fall von einem Bikini abraten. Sie wird nicht hier heraufspringen. Wie stelle ich es am besten an?

Meine Hand liegt auf ihrem Kopf. Langsam reduziere ich den Kontakt, bis nur noch ein Finger liegen bleibt, als wäre sie ein Schachbrett und ich dächte über meinen nächsten Zug nach. Sie bleibt ruhig, also trete ich vorsichtig einen Schritt zurück. Ich gehe meine Möglichkeiten durch. Nutze ich die Überraschung und renne mit weit offenen Armen auf sie zu? Oder sollte ich versuchen, sie zu überzeugen, ihr eine falsche Sicherheit vorgaukeln und dann zuschlagen: ihre Glieder nach unten drücken, ihren Kopf festhalten und auf schnappende Kiefer achten? Neugierige schokoladenbraune Augen schauen auf.

Ich lege los – einen Arm vorn um ihre Schultern, einen Arm um ihren Hintern, und trotz eines unhygienischen Mundvoll goldener Haare schaffe ich es irgendwie, sie auf den Tisch zu ziehen, hieven und schieben.

Während ich den stechenden Schmerz in meinem unteren Rücken verfluche, erschrecke ich über mein Spiegelbild in der Metalloberfläche. Es starrt mich mit gespenstisch weißen Wangen und Kinn an, weil ich mir gestern nach Jahren den Bart abrasiert habe. Es sieht so merkwürdig aus, wie es sich anfühlt. Ich könnte genauso gut einen Fremden ansehen, wären da nicht meine Haare und meine Nase. Vergiss dreckiges Blond, der wilde Mopp ist langweilig braun, aber ich halte meine Nase eher für römisch und nicht für groß. Währenddessen legt sich Frieda, an meinem neuen Aussehen völlig uninteressiert, in einer Hundeversion vom fliegenden Supermann auf den Tisch, die Vorderläufe ausgestreckt, die Hinterläufe ausgestreckt, und dieser fedrige Schwanz hört einfach nicht auf zu wedeln.

»Du musst jetzt so ruhig wie möglich bleiben.« Das Zittern meiner Stimme wird in dem kleinen Raum noch verstärkt, und mein Tonfall ist falsch – zu formell –, als spräche ich mit einer anderen Person und nicht mit einem Hund. Vielleicht ist es besser, wenn ich den Mund halte. Ich weiß schon, dass es besser ist, ihr nicht in die Augen zu sehen.

Sei distanziert, beherrscht und mechanisch. Leider vermute ich, dass das nicht sehr davon abweicht, wie mich manche Personen schon jetzt beschreiben würden.

Ich gehe die gesamte Prozedur noch mal Schritt für Schritt durch. Alles ist bereit. Ich bin vorbereitet, aber mein Atem stockt immer noch nervös.

Ich stecke einen elektrischen Rasierer ein, schalte ihn an und erschrecke bei dem harten Klappern der Messer.

»Es ist okay«, sage ich mehr zu mir als zu Frieda. Ich greife nach einem Vorderlauf, und ohne zu zögern macht Frieda etwas völlig Natürliches, das mich innehalten lässt: Sie gibt mir ihre Pfote. Glauben Sie mir, anthropomorphisches Blabla existiert nicht in meinem Vokabular, aber ich kann diese einfache Geste nicht anders interpretieren, als dass sie »Ich vertraue dir« schreit.

Und was für eine interessante, übergroße Pfote es ist, dicke Fellbüschel stecken zwischen der Haut, als trage sie pelzige goldene Pantoffeln. Wider besseres Wissen und auch nur, weil wir allein sind, ergreife ich sie und schüttele sie zögernd. Meine Hand bewegt sich immer noch auf und ab, als ich bemerke, dass sich bestimmte Muskelgruppen rund um Friedas Lefzen anspannen. Das ergibt keinen Sinn. Lächelt der Hund?

Ich lasse ihre Pfote los. Was bedeutet das? Hunde können nicht lächeln, und »Pfötchen geben« ist eine erlernte Fähigkeit, die mit Essen oder Aufmerksamkeit belohnt wird. Mir diese Tatsachen ins Gedächtnis zu rufen hilft mir, meine Fassung wiederzuerlangen, dann fällt mir etwas Seltsames auf: Ein paar winzige Flecken auf ihrem Nagelbett, es scheint abgeplatzter rosa Nagellack zu sein. Es ist unwahrscheinlich, dass der Mann im kohlschwarzen Anzug das gemacht hat. Offensichtlich steckt noch mehr hinter der Geschichte dieses Hundes.

Frieda hebt zum zweiten Mal die Pfote hoch. Ich stöhne. Diese Nähe zu einer lebenden Kreatur ist so ungewohnt wie verstörend. Genau deswegen habe ich meine gesamte Karriere als Tierarzt damit verbracht, solche unangenehmen Treffen zu vermeiden. Natürlich kann ich alles, all das, was man als Allgemeintierarzt wissen muss (hey, dass ich den besten Abschluss meines Jahrgangs gemacht habe, muss doch für irgendetwas gut sein). Das Problem ist, das letzte Mal, dass ich mit einem Tier mit einem Herzschlag gearbeitet habe, war eine Woche vor meinem Uniabschluss, und im Laufe der Jahre könnte ich unterschätzt haben, dass sich eine gewisse … ich weiß nicht … Sentimentalität in alles mischt.

»Lass mich ein bisschen Fell rasieren, los geht's.«

Frieda hechelt nicht mehr, und ihr Schwanz wedelt langsamer. Ich lege den Rasierer wieder auf die Arbeitsfläche, nehme den Gummistauschlauch, fange ihren Vorderlauf ein und ziehe den Schlauch fest. Ich spüre, wie sich ihr Kopf entspannt und wie die warme Luft ihres Seufzers an meiner Wange vorbeiweht, als sie ihr Kinn auf ihren freien Vorderlauf legt.

Ich brauche den Maulkorb wohl doch nicht. Irgendwie bleibt Frieda trotz dieses fremden Aufeinandertreffens zufrieden. Ich dagegen kann das Zittern meiner Hände nicht kontrollieren.

Ich konzentriere mich auf das Stückchen nackter Haut, wische es mit Alkohol ab und sehe zu, wie die Vene hervortritt, dick und gerade.

Golden Retriever gehören immer noch zu den beliebtesten Hunderassen, auf Platz vier hinter Labrador, Schäferhund und Beagle.

Das schnelle Pulsieren von Blut in meinen Ohren wird langsamer. Es ist ein Trick, der nur selten seine Wirkung verfehlt, ein Geheimnis, das mir ein alter Anatomielehrer anvertraut hat, um vor einer Prüfung ruhig zu bleiben: Fakten und Beobachtungen aufzulisten. In Situationen, in denen man sehr unter Druck steht, immer hilfreich.

Wahrscheinlich haben Golden Retriever mehr Hauptrollen in Filmen gehabt als jede andere Rasse.

Okay, manche meiner Informationen und nutzlosen Fakten sind klinisch irrelevant.

Ungefähr sechzig Prozent aller Golden Retriever werden an Krebs sterben, eine Rate, die knapp doppelt so hoch ist wie bei den meisten anderen Rassen.

Vielleicht könnte ich mir einreden, dass Friedas angebliche Inkontinenz von Blasenkrebs herrührt, einem aggressiven Zellkarzinom – inoperabel und schmerzhaft. Wenn es Krebs wäre, wenn ich es sicher wüsste, dann würde ich ihr einen Gefallen tun, ihr Leiden zu beenden. Ich runzele die Stirn und schüttele den Kopf. Die Wahrheit ist, dass ich es nie wissen werde. Ich würde es mir nur einreden, um mich besser zu fühlen. Wenn ich so tun will, als sei ich ein echter Tierarzt, selbst für eine kurze Zeit, dann muss ich etwas erlernen, was für mich ein völlig fremdes Konzept ist: klinische Unklarheit.

Mit Nadel und Spritze in der Hand riskiere ich einen Blick in Friedas Augen. Großer Fehler. Obwohl ihr Kopf ganz ruhig bleibt, wedelt ihr Schwanz schneller.

»Braves Mädchen«, sage ich, tätschele ihren Kopf und verrate alles, was sie in mir sieht, als meine zitternde Hand die Nadel in die Vena cephalica sticht. Sie rührt sich nicht. Sie zuckt nicht zurück. Sie gibt keinen Laut von sich. Ich ziehe am Kolben, wie ich es als Student gelernt habe, und rotes Blut sprudelt in die Spritze. Ich kann es nicht glauben, ich bin beim ersten Versuch drin.

Jetzt gilt's. Ich bin vielleicht nicht der sentimentalste Kerl auf der Welt, aber selbst ich verstehe, dass das ein Augenblick ist, in dem Frieda beruhigende Worte einer bekannten Stimme hören und tröstend von jemandem gestreichelt werden sollte, der sie liebt. Gedanken an den Tod meiner Mutter gehen mir durch den Kopf, unmöglich, den Vergleich zu ignorieren. Ich schüttele die Erinnerungen aus meinem Kopf und versuche, mich zu konzentrieren.

Noch nie hat ein Golden Retriever die Show in Westminster gewonnen.

Ich stehe vor ihr, beuge mich vor, nähere mich, Mittel- und Zeigefinger stabilisieren die Plastikspritze, der Daumen ausgestreckt, bereit, den Kolben zu drücken. Und zum ersten Mal, seit wir uns begegnet sind, bewegt sich Friedas Schwanz nicht.

Ich hebe meinen Kopf ein bisschen an, und dieses Mal leckt mich Frieda mit der Zungenspitze direkt über die Nase. Und das war's. Das brauchte ich noch, um endgültig zu akzeptieren, dass ich das nicht tun kann. Ich ziehe die Nadel schnell heraus und drücke meinen Daumen auf die Vene. Ich hatte völlig vergessen, welche Gefühle solche Maßnahmen in mir auslösen. Nein, *vergessen* ist nicht das richtige Wort. *Vergessen* klingt nach etwas, das über die Jahre verblasste, und, um ehrlich zu sein, ich habe eine Karriere eingeschlagen, die genau diese Art von emotionaler Konfrontation vermeidet oder sie unterdrückt. Ich nehme an, dass ich nie zu einem Tierarzt getaugt habe, der immer ein tröstendes Wort oder eine hilfreiche Schulter zum Ausweinen bieten kann.

Zehntausend Katzen und Hunde werden jeden Tag in den Vereinigten Staaten eingeschläfert.

Besser gesagt zehntausend minus eins.

»Das verheißt nichts Gutes«, sage ich laut, meine Gedanken schweifen über dieses konkrete Fiasko zu allem anderen, das ich werde ertragen müssen, um aus dem Schlamassel herauszukommen, in dem ich mich befinde. Wie ich mich nach der beruhigenden Stille meines bisherigen Publikums sehne.

Was werde ich jetzt tun? Diese Krise hat sich von schwierig zu katastrophal entwickelt. Es geht um mehr als um den goldfarbenen Hund, der erwartungsvoll zu mir aufsieht. Es ist das größere Problem, das mich zum ersten Mal seit zwanzig Jahren in genau diesen Raum, in genau diese Stadt zurücktrieb.

Plötzlich hebt Frieda den Kopf, als wittere sie etwas. Und dann hören wir es beide: das Klingeln der Türglocke.

Ist Mr Kohlschwarzer Anzug zurückgekommen, um nachzusehen, ob die Tat vollbracht wurde?

ZWEI

Wir hören Schritte näher kommen. Ich kann mich nirgendwo verstecken, und eine gute Erklärung fällt mir auch nicht ein.

Ein rasches, doppeltes Klopfen, die Tür zum Behandlungszimmer geht auf, und Frieda und ich starren wie Diebe, die mit den Fingern (und Pfoten) in der Kasse erwischt werden.

»Guten Abend, Dr. Mills. Sie sind noch hier? Wie war Ihr erster Abend? Wer ist denn der Golden Oldie?«

Frieda will nicht auf eine formelle Vorstellung warten und geht sofort zu einer hemmungslosen, körperlichen Begrüßung über, ähnlich wie bei mir.

»Lewis, das ist Frieda. Mein einziger Fall heute Abend.«

Dr. Fielding Lewis ist ein seltsamer, kleiner Mann, sehr überschwänglich, der einem beim Sprechen immer zu nah kommt und für einen Dreiundsiebzigjährigen lächerlich volle graue Haare hat und der, trotz der späten Stunde, offensichtlich gerne bunte Seidenfliegen trägt. Laut Lewis waren er und der verstorbene Dr. Robert Cobb über die letzten fünfzehn Jahre die besten Freunde und berufliche Rivalen. Und obwohl er nur Teilzeit arbeitet, ist Lewis die Seele der Tierarztpraxis, einer Praxis, die mit dem absurden Namen The Bedside Manor for Sick Animals geschlagen ist. Was von dem Unternehmen noch übrig ist, hängt am Tropf, aber ohne die selbstlose Begeisterung von Dr. Fielding Lewis wäre die Praxis, da bin ich mir sicher, schon längst geschlossen.

Lewis versucht, sich aus Friedas Umarmung zu befreien. »Warum ist sie hier?«

Ich kratze mich an meinem Hinterkopf.

»Na ja, ich hatte Schwierigkeiten, das auszuführen, worum ich gebeten wurde.«

Lewis hört auf, Frieda zu streicheln, und betrachtet mich. »Worum wurden Sie denn gebeten?«

Frieda toleriert diese Pflichtverletzung keine zwei Sekunden. Sie bellt, und er muss nachgeben.

Ich zucke zusammen. »Sie einzuschläfern.«

Er hört wieder auf, Frieda zu streicheln. Ich kann nicht sagen, ob der Hund ungläubig oder beleidigt reagiert. Auf jeden Fall kommt sie wieder zu mir und stellt sich unter meine rechte Hand.

»Es kann schwierig sein, allein mit einem ungestümen Tier zu arbeiten«, sagt Lewis. »Ich halte sie gerne, während Sie ihr die Spritze geben.«

»Das ist nicht das Problem.«

Ich zögere und sehe zu, wie Lewis seinen Kopf ein wenig schräg legt und seine Lippen nachdenklich schürzt.

»Was dann?«

Er wartet auf eine Antwort, aber gleichzeitig spüre ich, dass er nicht erwartet, eine zu bekommen. Wie soll ich das Gefühl in Worte fassen? Antwort: Versuch es gar nicht erst. Bleib bei dem, was du am besten kannst.

»Das Problem ist, einen Hund zu töten, dem vermehrtes Urinieren vorgeworfen wird, was ich nur vom Hörensagen und Indizien weiß.«

Lewis grinst trocken. »Aber, Cyrus, ich dachte, gerade Sie wären an Tod und Distanz gewöhnt.«

»Das bin ich«, sage ich, obwohl diese Zusammenfassung meiner Karriere als Pathologe ein bisschen hart klingt.

»Unser Beruf bedeutet eine enorme Verantwortung, wenn es um das Einschläfern geht. Wir gehören zur Dienstleistungsindustrie, und leider gelten Tiere vor dem Gesetz immer noch als Eigentum. Natürlich wünschte ich mir manchmal, ich könnte einen Besitzer davon überzeugen, ein Tier nicht einschläfern zu lassen, aber wenn die Entscheidung einmal steht und wir die Aufgabe angenommen haben, ist es unsere Pflicht, sie auszuführen. Wir sind kein Tierrettungsdienst. Wir können uns das einfach nicht leisten.«

Lewis macht eine Pause und betrachtet mich. »Gibt's da irgendetwas, das Sie mir nicht erzählen?«

Ich spüre, dass er Knöpfe drückt, etwas ausprobiert, versucht, mich zu öffnen. Vielleicht komme ich mit etwas Ausweichendem, aber doch Wahrem durch.

»Wissen Sie, Fielding, die Sache ist die ... äh ... ich war noch nie persönlich dafür verantwortlich, ein Leben zu beenden.«

Lewis lehnt sich zurück. »Sie haben noch nie ein Tier eingeschläfert?«

Ich schüttele den Kopf.

»Möchten Sie, dass ich es tue?«

Der Hund ist ruhig unter meiner Hand, atmet leicht mit geschlossenen Augen. »Sicher nicht.«

»Was wollen Sie dann, verdammt noch mal, tun?« Ich glaube, das ist das erste Mal, dass ich höre, wie Lewis lauter wird. »Ich meine, das ist ja nicht gerade beispielhaftes berufliches Verhalten, und bei einem Mann in Ihrer, wie soll ich sagen, *heiklen* Lage ist eine Andeutung von Fehlverhalten oder Betrug das Letzte, was wir brauchen.«

Ich wische mit der flachen Hand über mein Gesicht und

lege die Fingerspitzen auf meine Lippen. Er hat absolut recht. Das Wort *heikel* ist eine Untertreibung. Denn sehen Sie, um als Tierarzt im Bedside Manor arbeiten zu dürfen, brauche ich eine Lizenz vom Staat Vermont, was für einen regulär approbierten Arzt mit gutem Leumund nur eine Formalität darstellt. Für einen Arzt jedoch, dessen Lizenz in einem anderen Staat eingezogen wurde und der auf eine Anhörung wartet, ist es ein Riesenproblem. Lewis ist der Einzige, der Bescheid weiß. Es ist egal, dass die Vorwürfe erstunken und erlogen sind, eine Vendetta eines früheren Arbeitgebers, weil ich einen Prozess wegen falscher Einschläferung angestrengt habe. Es ist egal, dass das nichts mit klinischer Nachlässigkeit oder Kunstfehlern zu tun hat. Was zählt (und mehr, als ich es ihm sagen kann), ist, dass Lewis mir zu hundert Prozent glaubt und mich unterstützt. Deswegen habe ich ihm gesagt, dass ich mich unauffällig verhalten und sicherstellen würde, dass mein Ruf unbefleckt und jenseits jeglichen Vorwurfs bliebe, dann würde auch niemand etwas erfahren. Jedenfalls so lange, bis ich das erreicht hätte, was ich mit Bedside Manor vorhabe. Was könnte schon schiefgehen?

»Die Sache ist die, irgendwas stimmt nicht mit diesem Hund.«

Lewis macht sich lustig, dann wird ihm bewusst, dass ich es ernst meine, und er kommt zu mir, um meine Schulter zu drücken. Er ist für meinen Geschmack viel zu gefühlvoll und sucht zu schnell Körperkontakt.

»Cyrus, ich will Sie nicht kritisieren, aber Sie haben *selbst* gesagt, dass Sie noch keinen Tag als *echter* Tierarzt gearbeitet haben. ›Echt‹ war Ihr Wort, nicht meines. Plötzlich, bei Ihrem allerersten Fall, sagen Sie mir, dass Sie bei einem armen Golden Retriever einen sechsten Sinn entwickelt haben.«

Ich zwinge mich zu lächeln. »Seien Sie nachsichtig mit mir. Ich habe bei dem Hund Zweifel.«

»Welche Zweifel?«

»Zweifel an den Motiven des Besitzers.«

Lewis lockert seinen Griff. »Wer ist der Besitzer?«

Als dem alten Mann mein Anfängerfehler klar wird, werden seine Gesichtsmuskeln hart.

»Es tut mir leid«, sage ich, genervt vom weinerlichen, hohen Tonfall meiner Stimme. »Er kam einfach herein und wollte, dass ich sie einschläfere. Ich bin erst seit gestern in der Stadt und habe keine Ahnung, was ich tue, und mein erster Kunde will, dass ich seinen Hund töte. Ich konnte nicht mehr klar denken.«

Lewis schaut sich den Retriever an. »Ich erkenne sie nicht. Sind wir sicher, dass das Frieda ist? Ich kann kein Halsband oder Namensschild entdecken.«

»Frieda«, rufe ich. Frieda bewegt die Ohren und schaut mich an. »Quod erat demonstrandum.«

Lewis verdreht die Augen und schüttelt den Kopf. »Brandy«, ruft er. Der Hund, der bisher als Frieda bekannt war, bewegt die Ohren und schaut Lewis direkt an.

»Verstanden«, sage ich, »aber ich glaube nicht, dass er sich einen Namen wie Frieda ausgedacht hat.«

Lewis scheint nicht überzeugt zu sein. Er fängt an, hin und her zu laufen. Plötzlich bleibt er stehen. »Wo ist das Formular zur Einverständniserklärung?«

Mein Zögern, ein erhobener Finger und langsames Einatmen sagen ihm alles.

»Ich nehme also an, dass Sie gar nicht über die Beerdigung gesprochen haben, allgemeine oder private Kremation, welche Urne benötigt wird et cetera.«

»Ich konnte die Papiere nicht finden. Ich habe Ihnen gesagt, dass es sehr, sehr lange her ist, seit mir irgendetwas dieser Art durch den Kopf gegangen ist.«

»Cyrus, das ist schlimm. Es sind genau solche Sachen, die uns untergehen lassen, bevor wir überhaupt loslegen. Ich meine, was, wenn der Hund gestohlen wurde? Was, wenn er gar nicht dem Mann gehört, der ihn gebracht hat? Was, wenn er ein griesgrämiger Nachbar ist, der Hunde hasst? Was, wenn der Hund Teil eines Sorgerechtsstreits ist und er seine Exfrau damit bestrafen will, ihren geliebten Retriever zu töten? Sie müssen aufwachen und die echte Welt der Tiermedizin sehen. Die Tierbesitzer können Ihre Verbindung zur Wahrheit sein. Wenn Sie diese Praxis am Leben erhalten wollen, dann müssen Sie lernen, mit ihnen umzugehen, Sie müssen lernen zu verstehen, was sie wollen, und Sie müssen lernen, dass die Leute nicht immer die Wahrheit sagen.«

Ich schaue zur Seite, um das schreckliche Geheimnis, das ich in mir trage, nicht zu verraten. »Wer hat irgendetwas davon gesagt, diese Praxis am Leben erhalten zu wollen?«

Völlig diskreditiert schnappe ich eine Dose Diäthundefutter von einem Regal im Wartezimmer und lasse mich von Frieda an ihrem Seil durch die Arbeitsräume, eine Hintertür und die Treppe hinauf zu den Wohnungen im ersten Stock ziehen. In den richtigen Händen könnte dieses Haus eine hübsche viktorianische Villa sein, aber soweit ich das sehe, ist es ein baufälliger Schatten seiner selbst – verrottende Verkleidung, lose Rohre, fehlende Dachziegel. Die Liste geht endlos weiter. Hausarbeit und Instandhaltung waren offensichtlich keine Prioritäten des verstorbenen Doc Cobb. Bedside Manor ist zwar nicht gerade das Haus, vor dem alle Kinder an Halloween Angst haben, aber ich bin mir ziemlich sicher, dass seine Restaurierung das Budget der meisten Fernsehsendungen zum schöneren Wohnen übersteigt.

Oben am Ende der Treppe befindet sich eine schwere Tür, die die Privatsphäre sichern und Hundegebell draußen halten soll. Frieda stürmt hindurch, streift ihre Leine ab und saust durch den Flur. Sie scheint genau zu wissen, wonach sie sucht – der Küche. Ich folge ihr, ignoriere dabei die Blumentapete, die Blasen wirft und abblättert, und eile an dem leeren Raum vorbei, der Dr. Robert Cobbs Büro war. Die Tür ist geschlossen, und ich habe kein Interesse hineinzugehen. In diesem Teil des Gebäudes ist es schon unangenehm genug. Es fühlt sich an, als wäre ich in einem fremden Zuhause allein gelassen worden, und obwohl die Gerüche, das Knacken und Knarzen, die Kälte und die Schatten viele Erinnerungen wecken, fühle ich mich wie ein Eindringling.

Der Retriever sitzt auf den zersprungenen Bodenfliesen vor einem lila Haftzettel, der an der Kühlschranktür klebt. Er ist von Mrs Lewis. Sie ist zu nett. Da sie wusste, dass ich heute ankomme, hat diese Frau, die ich noch nie getroffen habe, das Haus geheizt, mein Bett gemacht und den Kühlschrank mit ein paar Basislebensmitteln gefüllt. Ein paar? Ich öffne die Tür und stelle fest, dass der Kühlschrank voll ist, vollgepackt mit genug beschrifteten Tupperwaredosen voller vorgekochter Mahlzeiten für eine Woche.

»Ich bin mir wirklich nicht sicher, ob du ein letztes Abendmahl brauchst, aber sehen wir mal, ob ich etwas finde …«

Rede ich mit dem Hund? Natürlich nicht. Ich denke nur laut, während ich nach einem Dosenöffner und einer leeren Schüssel suche. Frieda frisst, wie zu erwarten, als stünde sie kurz vor dem Tod durch den elektrischen Stuhl.

Während der Retriever das restliche Haus inspiziert, setze ich mich an den Esszimmertisch, dessen handgearbeitete Eichenplatte von einem Papiervulkan aus Rechnungen und Kontoauszügen und Mahnungen bedeckt ist. Dieser eklatante Mangel an Organisation ist körperlich so unerträglich, wie er irrsinnig ist. Vorher hatte ich angefangen, alles zu ordnen, was schon bezahlt ist und was fällig ist. Bisher gibt es noch keinen Bezahlt-Stapel. Lewis hat mir erzählt, dass Cobb monatelang krank gewesen ist, aber er und ich wissen beide, dass die finanzielle und organisatorische Vernachlässigung dieser Praxis vor Jahren begonnen hat. Cobb war vielleicht ein hochgelobter Tierarzt, aber er war ein lausiger Geschäftsmann. Bis jetzt ist so viel überfällig, dass Konten gesperrt und Kredite gestrichen wurden. Es sieht so aus, als habe die Praxis seit mehreren Monaten keine Basismedikamente mehr aufstocken oder kaufen können. Der Servicevertrag für die Röntgengeräte wurde nicht erneuert, und die Firma liefert keine Filme oder Chemikalien mehr. Alle ungeöffneten Umschläge mit dem Namen Green State Bank in der oberen, linken Ecke sind zu einem gefährlichen Turm gestapelt worden.

Ich beuge mich vor, und plötzlich spüre ich Fell unter meiner rechten Hand. Frieda ist wieder da. In weniger als einer Stunde ist sie schon zu einem Gewohnheitstier geworden. »Und du bist auch keine Hilfe.« Okay, dieses Mal gebe ich es zu, ich spreche direkt mit dem Hund. Sie beobachtet, wie die Worte meine Lippen verlassen, und obwohl sie mich unmöglich verstehen kann, ergänzt mein Gehirn einen stummen Kommentar von ihr: »Und wessen Schuld ist das?«

Ich sehe sie an. Ich sehe den Stapel Rechnungen an. Es ist eine einfache Entscheidung. »Willst du spazieren gehen?«

Trotz meines leichten Südstaatenakzents zeigt mir eine

neue Runde Aufregung, dass Frieda das S-Wort verstanden hat. Wir gehen zur Garderobe. Ich finde ein ordentliches Halsband und eine Leine für sie und leihe mir Winterkleidung aus. Ich bin, Gott sei Dank, ungeübt, solche zu tragen – Stiefel, ein Wintermantel und eine karierte Mütze mit Plüschfellohren.

Da ich den größten Teil meines Lebens weit im Süden verbracht habe, erwarte ich vom Winter vielleicht leichten Frost, wofür meine Windjacke reicht. Als ich vor die Tür trete, sehne ich mich nach dem Süden. Die Kälte raubt mir den Atem. Lewis hatte vorgeschlagen, dass ich meinen Bart abrasiere: »Ärzte sollten nicht wie Grizzly Adams aussehen, nicht mal in Vermont.« Jetzt wünschte ich, ich hätte Haare im Gesicht. Irgendwer hat winzige, harte, gefrorene Strohhalme in meine Nase gesteckt, und ich spüre die Kälte an meinen Zähnen und in meinen Knochen. Habe ich schon erwähnt, wie viel Schnee sie hier oben haben? Es ist erst Januar, und sie haben schon die Zweieinhalb-Meter-Marke geknackt.

Es ist eine wolkige, mondlose Nacht, ich will daher nicht auf die Langlaufloipen im Wald hinter dem Haus. Wir haben daher noch zwei Möglichkeiten: von der Praxis aus nach links oder nach rechts. Nach links geht's ins Stadtzentrum, nicht unbedingt das Beste, wenn man einen Lazarushund Gassi führt. Und ich kann das Risiko, Friedas mysteriösem Besitzer über den Weg zu laufen, nicht eingehen, bevor ich weiß, was ich mit ihr machen soll. Also gehe ich nach rechts, in Richtung der Peripherie. Frieda hat anscheinend vor, mir die Schulter auszukugeln.

Ich bin schon immer schnell gegangen. Ich hasse es zu trödeln. Wenn man von A nach B gehen muss, warum dann nicht so schnell und effizient wie möglich. Aber hier in Sibirien bekomme ich ein Problem. Die Bürgersteige sind ungefähr so trittsicher wie eine Bobbahn. An manchen Stellen hat sich Streusalz bis zum Asphalt oder Beton durchgefressen, aber die meiste Zeit muss ich wie ein alter Mann mit schweren Hämorrhoiden schlurfen. Frieda hat andere Ideen. Sie scheint Krallen wie Spikes zu haben, die sich ins Eis bohren und sie voranbringen, während ich mit den Armen wedele, um nicht umzufallen. »Langsam, Frieda, langsam.«

Zwei Dinge werden klar. Frieda ist nicht daran gewöhnt, an einer Leine zu laufen, und Frieda ist übertrieben pingelig, wenn es ums Pinkeln geht. Obwohl eine Reihe von Telefonmasten und Straßenlampen genau untersucht werden müssen, zieht sie mich gute fünfhundert Meter weiter, bis sie eine Stelle findet, die akzeptabel ist. Ich frage mich, ob das etwas mit ihrem Urinproblem zu tun hat. Ich ignoriere einen Blick, der mich zu bitten scheint wegzusehen, um ihre Privatsphäre zu respektieren, und achte auf den kräftigen Urinstrahl, die Urinmenge und ein »glattes Ende«. Ihr Drumherum und ihre Vorbereitung ähneln vielleicht mehr einem verwöhnten Schoßhündchen als einem robusten Jagdhund, aber soweit ich das sagen kann, scheint alles gut zu funktionieren.

»Fertig?« Verdammt, schon wieder. Schlimmer noch, ich wiederhole die Frage in einem Flüsterton, als würden ein paar Dezibel weniger diese einseitige Konversation akzeptabel machen.

Frieda kratzt ein paarmal mit ihrem Hinterlauf, und zu ihrer Enttäuschung gehe ich wieder zurück in die Richtung, aus der wir kamen. Ich werde mich nicht entschuldigen. Es ist so kalt, dass ich kein Gefühl mehr im Gesicht habe, und diese Papierstapel werden ohne mich nicht verschwinden.

Ungefähr auf halbem Weg zurück zum Haus fällt mir vor

uns etwas auf, das in der Dunkelheit aufblitzt. Bald ist es zu einem konzentrierten Lichtpunkt geworden, der schwankt, sich vor- und zurückbewegt, und dann taucht eine Person auf, eine Frau, die mit jedem Schritt eine Taschenlampe schwenkt, neben ihr ein untersetztes, vierbeiniges Wesen.

Ich klappe den Kragen an meinem Wintermantel hoch, ziehe die Mützenkrempe in die Stirn und halte Friedas Leine etwas kürzer. Als mir klar wird, dass die verwirrende Prinzessin-Leia-Frisur der Frau tatsächlich nur dicke Ohrenschützer sind, sind sie bereits auf unserer Höhe, sie und ein schwarzer Labrador, der unbedingt hallo sagen muss. Wie ein Anfänger im Wasserski hinter einem Speedboat hängt die Frau verzweifelt an der Leine, bis das Glatteis sie erwischt. Die Leine entgleitet ihr, und bevor ich etwas begreife, fällt sie auf mich.

»Es tut mir leid«, ruft sie aus und umklammert mich. Es ist, als hätte sich ein riesiger Blutegel an mir festgesaugt. Und dann leuchtet sie mit ihrer Taschenlampe in mein Gesicht und sagt: »Na, na. Ich Glückliche, von einem Ritter in strahlender Rüstung gerettet.«

Auch wenn ich ihre Züge in der Dunkelheit nur schwer erkennen kann, so ist ihr Tonfall sehr verspielt, und sie hält mich immer noch am Arm fest, als wir uns den Hunden zuwenden.

Was ist das bloß, wenn sich zwei unbekannte Hunde treffen? Überspringen wir das Händeschütteln, den Small Talk, bei ihnen heißt es direkt: »Du schnüffelst an meinem, und ich schnüffle an deinem.«

»Also, das nenne ich Speeddating«, sagt die Frau und ist unangenehm begeistert, ihre Gedanken zu dem Thema mitzuteilen. »Ich bin Crystal, und der schwarze Labrador mitten im Vorspiel ist ...«

»Äh … nett, Sie kennenzulernen«, sage ich und löse mich aus ihrem Griff, während ich versuche, Frieda wegzuziehen. »Komm schon … Junge. Wir müssen nach Hause.« Habe ich wirklich *wir* gesagt?

»Sagen Sie mir wenigstens Ihren Namen. Übernachten Sie in Eden Falls?«

»Das kann man so sagen«, erwidere ich, während ich losgehe. »Ich bin« – ich huste das Wort – »Cyrus.« Ich wünsche ihr einen guten Abend, dann beschleunige ich meine Schritte, um weiteren Fragen aus dem Weg zu gehen. Ich sehe nicht zurück, und dank meiner Plüschfellohrenklappen bin ich nicht ganz sicher, aber ich glaube, ich höre: »Hey, das sieht ganz nach Frieda aus.«

In dieser Stadt kennt jeder jeden. Aber zum Glück wählen nur achtundvierzig Prozent der Augenzeugen den richtigen Verbrecher.

Fast überall sonst könnten Frieda und ich in ein billiges Motel einchecken, mit einer Schere und einer Flasche Haarfärbemittel, und ich würde den Golden Retriever zu einem schwarzen Labrador umfrisieren. Aber das hier ist Eden Falls, Vermont, 2053 Einwohner, und nach diesem kurzen Treffen zu urteilen wäre der Vorwurf des Dognappings die geringste meiner Sorgen. Die Bewohner dieses winzigen Kaffs waren schon immer begierig auf jedes Drama, das ihr ereignisloses Leben spannender macht. Vierzehn Jahre lang habe ich ein bescheidenes, einfaches Leben geführt, zufrieden, meine Vergangenheit im Dunkel des Vergessens versinken zu lassen, das ich eigentlich nie wieder stören wollte. Bedside Manor beharrt darauf, dass ich zurück in die Vergangenheit blicke. Es ist schlimm genug, dass ich hier sein muss. Es ist schlimm genug, dass ich mich, um Geld zu verdienen, wie ein normaler Tierarzt benehmen muss. Es ist schlimm genug, dass ich illegal, ohne Zulassung aus einem anderen Staat, arbeite. Aber diese Sorgen sind nichts im Vergleich zu der beschämenden Wahrheit, die in meiner DNS lauert. Ich habe zu sehr daran gearbeitet, ihre Existenz zu zerstören, Wut und Enttäuschung zu überwinden, aber jetzt, wieder in Eden Falls, sind neugierige Gemüter bereit, mich zu untersuchen, bloßzustellen und, am schlimmsten, mich als den zu zeigen, der ich wirklich bin – der einzige Sohn von Dr. Robert Cobb.

DIENSTAG

DREI

Um genau acht Uhr am nächsten Morgen höre ich die Türklingel – altmodisch beharrlich. Das könnte mein erster Kunde des Tages sein. Andererseits könnte es auch Mr Kohlschwarzer Anzug sein, um die Einverständniserklärung zu unterschreiben und seine Rechnung für eine Dienstleistung zu bezahlen, die ich nicht erbracht habe.

Ich entdecke Frieda vor dem Kühlschrank liegend. Wahrscheinlich denkt sie, dass sie mit einem Leckerli aus seinem Inneren belohnt wird, wenn sie ihm ihre Reverenz erweist.

Das Türklingeln intensiviert sich von unterbrochenen Morsezeichen zu einem durchgehenden elektrischen Trillern. Derjenige, der auf die Klingel drückt, scheint entschlossen zu sein, sich nicht abweisen zu lassen. Das verheißt nichts Gutes. Ich schließe den Hund in der Küche ein (nur für den Fall) und laufe nach unten zur Haustür.

»Kann ich Ihnen helfen?«

Ein großer, schmaler Mann in Anzug und Krawatte, einem langen Kaschmirmantel und mit einer Lederaktentasche steht auf der Türschwelle.

»Dr. Mills?« *Die Stimme klingt bekannt.*

»Ja, ich bin Dr. Mills.«

Der Mann zeigt sich ein bisschen erleichtert, was seinen strengen Gesichtsausdruck etwas mildert.

»Critchley. Jurist der Green State Bank. Sie haben auf meine E-Mails und Anrufe nicht mehr geantwortet.«

Er spricht sehr knapp und versucht gar nicht erst, mir die Hand zu schütteln, als sei er nur hier, um die Fakten zu überbringen.

»Es hat einige … Entwicklungen … im Falle des Testaments Ihres Vaters gegeben. Ich hielt es für angebracht, mich persönlich mit Ihnen zu treffen. Es sind immer noch Papiere zu unterzeichnen, Details zu klären. Ich hoffe, ich komme nicht allzu ungelegen.«

Seine Worte hängen wie in Sprechblasen. Ach ja, der Letzte Wille, das Testament eines gewissen Dr. Robert Cobb, das vor zehn Tagen in meiner Wohnung in Charleston angekommen ist. Seien wir ehrlich, im einundzwanzigsten Jahrhundert ist es sonderbar, vom Tod des eigenen Vaters zu erfahren, indem man einen echten Briefumschlag aus Papier öffnet. Sicher, es war ein Schock, aber unsere Beziehung war, höflich formuliert, problematisch. Und doch, während der Tod meiner Mutter mir schlicht den Atem raubte, erfüllte mich der Verlust von Bobby Cobb mit einer gewissen Trauer. Die Schneckenpost hatte mich nicht sofort gefunden, und obwohl die Umstände völlig anders waren, hatte ich zum zweiten Mal in meinem Leben die Beerdigung eines Elternteils verpasst.

Die Details des Testaments waren ziemlich eindeutig. Cobb hat mir Bedside Manor, das Gebäude und die Praxis, hinterlassen. Und trotz der traurigen Umstände kam es zeitlich passend. Ohne meine Zulassung konnte ich keine neue Anstellung finden, weder in South Carolina noch sonst irgendwo. Um meine Zulassung zurückzubekommen, um meine Taten zu rechtfertigen, meine Unschuld beweisen und meinen beruflichen Ruf wiederherstellen zu können, brauchte ich Geld für den Prozess. Ich hatte bereits meine Altersvorsorge aufgelöst und meine Wohnung verkauft und war in eine Mietwohnung gezogen. Als mir Bedside Manor in den Schoß fiel, musste ich nicht groß überlegen – das Haus verkaufen, die Praxis verkaufen und mit dem Geld so schnell wie möglich wieder zurück nach Charleston, wo ich meine Zulassungsprobleme lösen, meinen Namen reinwaschen und von vorn anfangen könnte.

»Nein, kommen Sie rein«, sage ich und führe ihn nach oben ins Esszimmer und zu meinen unansehnlichen Papierstapeln. »Entschuldigen Sie, aber ich habe hier oben keinen Internetanschluss.« Ich hole mein Handy heraus, klappe es auf – tot. Ich lächele entschuldigend und zeige ihm das leere Display. »Ich habe mal wieder vergessen, es aufzuladen.«

Der Jurist der Bank ignoriert meine Entschuldigungen. Er konzentriert sich auf meinen Stapel aus Umschlägen von der Green State Bank.

»Es ist … nun ja … ein bisschen überwältigend«, sage ich und bemühe mich, die Verachtung in seinen zuckenden Lippen zu ignorieren. »Bitte, setzen Sie sich.«

Critchley ist ein Mann wie eine schlaksige Gottesanbeterin, ganz spitze Knie und Ellbogen, als er versucht, die Beine übereinanderzuschlagen und bequem zu sitzen. Er hält den Mantel eng um sich gewickelt, während er dasitzt, als wolle er sich vor dieser ansteckenden finanziellen Unverantwortlichkeit schützen.

Frieda bellt argwöhnisch, fängt an zu kratzen, und Critchley dreht sich zur geschlossenen Küchentür um.

»Das ist nur der Hund«, sage ich.

»Was für ein Hund?«

Critchley legt seine Aktentasche wie zur Verteidigung auf seinen Schoß. Ich frage mich, ob er bei seiner Arbeit als gut gekleideter Bankjurist schon mal Probleme mit einem Hund gehabt hat. Nach meinem Beinaheunfall mit der Besitzerin des schwarzen Labradors gestern Abend nehme ich es mit der Wahrheit besser nicht so genau.

»Rottweiler.« Ich hätte es dabei belassen können, aber ich habe seit Monaten mit großkotzigen Anwälten zu tun, und seine herablassende Haltung nervt mich. »Siebzig Kilo purer Stahl. Er hasst Fremde, aber der alte … Taifun … ist in Ordnung, solange er keine Angst wittert. Und diese Küchentür wird hoffentlich halten. Haben Sie selbst einen Hund, Mr Critchley?«

Critchley schüttelt den Kopf. Ich merke, dass ich ihn nervös mache. Er öffnet seine Aktentasche und lässt mich in stummem Unbehagen braten, bevor er demonstrativ ein einziges Blatt Papier herausnimmt. Seine Züge sind eher hager als gemeißelt, und seine Frisur erfüllt präzise militärische Anforderungen. Es passt zu seiner Es-werden-keine-Gefangenen-gemacht-Kälte.

»Bevor ich zum eigentlichen Testament komme, dachte ich, es könnte hilfreich sein, die enorme Herausforderung, die vor Ihnen liegt, in Dollar und Cent zu sehen. Dieses Dokument fasst die unterschiedlichen Forderungen gegenüber diesem Haus und der tierärztlichen Praxis des verstorbenen Dr. Robert Cobb zusammen, dem … Bedside Manor für kranke Tiere, richtig?« Er tut so, als falle es ihm schwer, sich auf die Worte zu konzentrieren.

Ich zucke mit den Schultern. »Es ist eine lange Geschichte.«

Aber Critchley lehnt sich in seinem Stuhl zurück, als habe er alle Zeit der Welt.

Ich zwinge ein kleines Lachen durch meine Nase. »Es ist dumm«, sage ich und möchte ihm mein Unbehagen deutlich machen, während ich mich am liebsten verkriechen würde.

»Jetzt bin ich neugierig.«

Ich spüre wieder dieses imaginäre Jucken am Hinterkopf. Körpersprache macht zwischen fünfzig und siebzig Prozent aller Kommunikation aus. Für Mr Critchley könnte es offensichtlich genauso gut Chinesisch sein.

»Dieses Haus sollte eigentlich Benton Manor heißen, nach Jack Benton, dem Kerl, der es als sein Ferienhaus in Vermont bauen wollte. Es wurde nie fertiggestellt.«

»Jack Benton von Benton Copper and Gold Incorporated, der Minengesellschaft?«

Ich nicke. »Laut meiner Mutter besaß Benton im ganzen Land luxuriöse Häuser, aber er war ein absoluter Fan der Laubfärbung und kam jeden Herbst hierher. Er brachte immer seine Labradore mit. Natürlich brauchten seine Hunde einen Tierarzt.«

An diesem Punkt erwarte ich fast, dass Critchley »Dr. Robert Cobb« einwerfen würde, aber der Mann sagt nichts. Ich muss wohl weitererzählen.

»Damals hatte Cobb gerade seinen Abschluss gemacht. Er hatte Schulden, wohnte in einer Mietwohnung und versuchte, sich mit Hausbesuchen durchzuschlagen. Er und Benton verstanden sich sofort. Dann wurde Benton krank, reiste weniger und beschloss, das Haus abzugeben.«

»Umsonst?«

»Nicht ganz. Er bestand darauf, dass es als Tierarztpraxis genutzt werden und Bedside Manor genannt werden sollte.«

Critchley scheint eher Schmerzen zu haben, als verwirrt zu sein.

»Das ist lächerlich. Niemand verschenkt bedeutendes Kapital wie dieses, ohne wenigstens im Namen als Spender aufzutauchen.«

»Ich weiß nicht, was ich Ihnen sagen soll. Alles, was ich weiß, ist, dass noch vor seinem Tod eine Bibliothek, eine

Onkologiestation im John Hopkins, ein regionaler Flughafen und ein Highway nach Jack Benton benannt wurden. Anscheinend wollte er keine Tierarztpraxis.«

Critchley scheint darüber nachzudenken.

»Ich habe selbst keine Haustiere, aber ich habe aus mehreren zuverlässigen Quellen gehört, dass Ihr verstorbener Vater im Ort sehr beliebt war und ein bemerkenswertes Kommunikationstalent besaß.«

Obwohl ich ein knappes Lächeln hinkriege, erstaunt es mich, wie sehr es mich sogar nach all den Jahren verletzt, dieses Kompliment zu hören. Es beleuchtet eine meiner traurigsten Kindheitserinnerungen. Sicher, Cobb konnte Charme und Mitleid sehr gut mischen, zweifellos, aber zu welchem Preis? Wenn man immer für seine Patienten da ist, wie kann man dann für den eigenen Sohn da sein? Es tut weh, Critchleys Lob zu hören, als stieße man sich an einer alten Wunde, die nicht verheilen will. Als Kind hätte ich alles getan für einen Vater, der ein Talent zur Kommunikation *mit mir* besessen hätte.

»Ja, na ja, es ist kompliziert«, sage ich anstelle dessen, was ich denke.

Zum Glück scheint Critchley genauso wenig an diesen Komplikationen interessiert, wie ich sie erzählen möchte. »Bevor ich weitermache, Dr. Mills« – er betont meinen Familiennamen –, »brauche ich einen offiziellen Beweis Ihrer Verwandtschaft mit dem Verstorbenen.«

Ich greife in meine Geldbörse und hole meinen Führerschein aus South Carolina heraus und reiche ihn ihm. Dann nehme ich das Paket auf dem Tisch neben dem Briefumschlagturm. Darin befindet sich, neben meiner Kopie des Testaments, meine Geburtsurkunde und eine notariell beglaubigte Kopie der Erlaubnis, meinen Nachnamen zu ändern.

Er sieht sich alles genau an, wird ganz amtlich. Er nimmt sich viel Zeit für die Geburtsurkunde. »Mills war der Mädchenname Ihrer verstorbenen Mutter? Ruth Mills?«

»Korrekt«, sage ich und lege ein bisschen Autorität in das Wort, in der Hoffnung, dass ich ihn zum Schweigen bringe, bevor er die naheliegende Frage stellt: Warum der Namenswechsel?

Zum Glück kommentiert Critchley es nicht weiter, reicht mir die Urkunden und seine Zusammenfassung. »Wie Sie sehen, schuldete Dr. Cobb bei seinem Tod eigentlich jeder Firma, mit der er geschäftlich zu tun hatte, Geld, von Tierfutterherstellern bis zur Entsorgung von medizinischem Abfall. Ich habe bei jedem die Dollarsumme erstellt, und die Gesamtsumme steht unten auf der Seite.«

»Es heißt, dass Cobb die letzten Monate seines Lebens sehr krank war.«

Critchley zögert, zuckt aber nicht mit der Wimper. »Nicht mein Problem.«

Aber so, wie er mich ansieht, habe ich das Gefühl, dass er damit auch sagt: *und offensichtlich auch nicht Ihr Problem.*

»Dr. Cobb hat eine zweite Hypothek auf sein Haus beantragt«, sagt er.

»Eine zweite Hypothek? Aber dieses Haus war ein Geschenk. Wann hat er seine *erste* Hypothek bekommen?«

»Vor ungefähr zwanzig Jahren. Ich weiß nicht, wie er das geschafft hat. Wahrscheinlich, als er steuerlich noch mit Ihrer verstorbenen Mutter zusammen veranlagt wurde.«

Mom arbeitete von zu Hause aus. Wie gesagt, sie war eine Tierpathologin, genau wie ich. Morgens kamen gefärbte Mikroskoppräparate mit der Post, wurden untersucht, und mit der Nachmittagspost ging ein Bericht raus.

»Natürlich wurde diese zweite Hypothek abgelehnt. Wir

haben jedoch angeboten, seine Schulden zu konsolidieren, zu einer, wie ich hinzufügen möchte, extrem wettbewerbsfähigen und vernünftigen Zinsrate.«

Damit reicht er mir ein zweites Blatt Papier. Ich lese die Summe, die die Bank als monatliche Rate verlangt. Der neonpinkfarbene Textmarker lässt die Zahl nur noch lächerlicher erscheinen.

»Sind Sie sicher, dass das korrekt ist? Nach dem, was ich in den Büchern gesehen habe, hat die Praxis noch *nie* auch nur ansatzweise diese Minimumzinsraten pro Monat erreicht.«

»Noch einmal, Dr. Mills: nicht mein Problem.«

Ich spüre Critchleys Blick auf mir, während ich die Zahlen durchgehe, und schaue auf. Er zeigt nicht direkt Schadenfreude, aber er amüsiert sich eindeutig.

»Womit ich beim Testament bin.« Er macht eine Kunstpause. »Ich muss Ihnen leider sagen, dass das ursprüngliche Angebot, die Praxis zu kaufen, zurückgezogen wurde.«

Ich habe das Gefühl, als befände sich dort, wo bisher mein Zwerchfell war, eine Falltür. Sie öffnet sich, und mein Herz fällt hindurch.

»Was?«

»Wie bereits besprochen hatte der Käufer schon immer gezögert, weil die Praxis kaum einen Tierarzt in Teilzeit trägt, also Cobbs Partner Dr. Lewis.«

»Ja, aber Sie haben gesagt, wenn ich die Löcher im Terminkalender fülle, die Lücken, und zeige, dass es genug Arbeit für einen Vollzeittierarzt gibt, sollte der Verkauf kein Problem sein. Sie haben es so dargestellt, als wäre alles schon geregelt. Sie haben mir sogar versprochen, dass es keine zwei Wochen dauern würde, alles durchzubekommen.«

Critchley bleibt ungerührt, sanft bewegt er seine Hand in meine Richtung, um mich zum Schweigen zu bringen.

»Ich habe aber einen Ersatzkäufer aufgetan.«

Jegliche Erleichterung wird von meinem Ärger darüber gedämpft, wie er all das hinauszögert, und von einem Gefühl, dass er immer noch etwas zurückhält.

»Haben Sie je von einem Unternehmen namens Healthy Paws gehört? Sie unterhalten Tierarztpraxen in sechsunddreißig Staaten.«

»Ja«, sage ich. »Doc Lewis hat es mir gegenüber erwähnt. Sie sitzen in der großen Praxis auf der anderen Seite des Tals und sind unser nächster Konkurrent. Doc Lewis lacht höhnisch, wenn man Healthy Paws auch nur erwähnt. Eine Praxis, die von etwas lebt, das er *Fließbandmedizin* nennt, und bei der sich jeder beschwert, keinen Tierarzt zweimal zu sehen. Kein Tier kommt dort ohne eine Spritze oder einen Bluttest raus. Es geht ums Geld, sobald man einen Fuß in die Praxis setzt. Seine Worte, nicht meine.«

»Nun, egal, ich habe einem ihrer Manager einige Ihrer Zahlen gezeigt.« Critchley schüttelt angewidert den Kopf. »In der Vergangenheit haben Healthy Paws so ziemlich jede Praxis, die in den letzten Zügen lag, aufgekauft, aber in der aktuellen Krise scheuen sie Risiken. Behalten Sie das im Kopf, wenn Sie deren Angebot überdenken.«

Er reicht mir noch ein Blatt Papier. Healthy Paws – *Für unsere Lieblinge auf vier Pfoten*. Ich hasse es.

Mein Blick gleitet über die Details und erreicht den Schlussstrich, bevor mein Gehirn den Schlussstrich tatsächlich registriert. »Das kann nicht stimmen.«

»Das ist das Angebot.«

»Sie sagen mir, dass Healthy Paws die Praxis nur dann kauft, wenn ich beweise, dass mein monatlicher Gewinn ihre Definition eines ›akzeptablen Minimums‹ erreicht, sonst kommt es nicht zu einem Vertrag.«

»Falls es Sie tröstet: Sie sind bereit, den Durchschnitt über mehrere Monate zu akzeptieren.«

»Aber ich habe nicht mehrere Monate.« Oder eine Zulassung, um in Vermont zu praktizieren. Oder eine Zulassung, um irgendwo zu praktizieren. »Und dieser monatliche Gewinn« – ich schlage mit dem Handrücken darauf – »ist ziemlich genau dieselbe Summe wie die Mindestsumme an monatlichen Bankraten. Das ist unmöglich.«

Critchley lehnt sich in seinem Stuhl zurück und greift noch einmal in seine Aktentasche. Es ist offensichtlich, dass alles ganz nach seinem Plan verläuft.

»Deswegen habe ich mir erlaubt, ein alternatives Angebot auszuarbeiten.«

»Was ist das?«

»Es ist die einfachste Lösung bei Ihren Umständen. Das Testament überlässt Ihnen alles, und Sie überschreiben alles der Bank. Wir werden mehr als froh sein, das, was an Kapital in der Praxis ist, zu verkaufen, zusammen mit dem Haus und dem dazugehörigen Grundstück. Es wird bei Weitem nicht die Schulden Ihres Vaters decken, aber wenigstens sind *Sie* dann frei und ohne Schulden.«

»Sie meinen, ich bekomme überhaupt nichts, keinen Cent.«

»Korrekt. Aber sehen Sie es mal so: Sie werden auch kein Geld verlieren.«

Ich stehe auf. Ich habe die Gewohnheit, hin und her zu laufen, wenn ich nachdenken möchte.

»Wie lange habe ich für die Entscheidung Zeit?«

Critchley kann seine Begeisterung kaum verbergen.

»Ich soll Healthy Paws heute Morgen um neun anrufen und ihnen so oder so Bescheid geben. Deren Frist, nicht meine. Deswegen bin ich heute als Erstes hierhergekommen.«

Ich schaue an ihm vorbei zum Erkerfenster mit dem Blick auf den kleinen Garten und die Wanderwege dahinter. Die Schneekruste glitzert im fahlen Morgenlicht, aber es sind die zwei Bäume im Vordergrund, die meine Aufmerksamkeit fesseln. Einer ist ein großer Apfelbaum, ein Cortland, Moms Lieblingsapfel, und ich erinnere mich immer noch an den Tag, an dem sie und ich den Schössling gepflanzt haben. Der andere ist eine riesige Eiche. Monatelang habe ich Robert Cobb angebettelt, mir dabei zu helfen, ein Baumhaus in ihre Äste zu bauen. Monatelang brachte er Ausreden vor. Schließlich habe ich aufgehört zu fragen. Ich erzählte Mom, ich hätte gemerkt, dass ich unter Höhenangst litt. Wir kannten beide den wahren Grund: Ich hatte keine Freunde, mit denen ich es hätte teilen können.

Ich hebe einen Zeigefinger, in der Hoffnung, in ein paar Minuten eine Entscheidung treffen zu können, und wandere zwischen dem Kamin und einer leeren Vitrine hin und her. In der Vitrine stand früher eine Sammlung von Lenox-Porzellan. Cobb muss sie verkauft haben, als sich die Rechnungen häuften.

Es kratzt an der Küchentür. Frieda klingt wie ein enormes und hochmotiviertes Nagetier.

»Dr. Mills?«

Das ist lächerlich. Bedside Manor sollte ein Geldregen sein, ein finanzieller Rettungsanker für meine berufliche Rehabilitierung, und nicht eine Abkürzung zur Privatinsolvenz.

Dann fallen mir leichte Spuren an der Gipswand auf, verdeckt vom Schatten neben der leeren Kommode. Ich gehe näher ran und sehe eine Reihe von kurzen, verblassten, horizontalen Linien, sieben oder acht, eine über der anderen, neben jedem krakeligen Bleistiftstrich steht ein Datum in der Handschrift meiner Mutter.

»Dr. Mills?«

Der Nebel in meinem Kopf klärt sich genug, um Ruth Mills sagen zu hören: »Schultern zurück, Kopf hoch. So. Fast fünf Zentimeter größer als letztes Jahr.«

»Dr. Mills, ich muss Sie fragen. Ich habe noch anderes zu tun.«

Ich kehre zurück. »Noch mal ganz deutlich«, sage ich zu dem Mann, der auf seine Uhr sieht. »Wenn ich diese Praxis auf Vordermann bringe und beweise, dass ich deren monatlichen Mindestgewinn erreiche, wird Healthy Paws sie als gut gehendes Unternehmen kaufen.«

»Theoretisch ist das korrekt.«

»Theoretisch kann ich also innerhalb der nächsten dreißig Tage verkaufen.«

»Ja, aber wie Sie selbst gesagt haben, ist das unmöglich. Wenn Sie meine Meinung hören wollen: Ich würde mir ein paar Erinnerungsstücke schnappen, meine Taschen packen und zurück nach …«

»Wo unterschreibe ich?«

Endlich habe ich Critchley offensichtlich aus dem Konzept gebracht.

»Der Mensch hat die Wahl«, sage ich, »und es ist die Wahl, die ihn zum Menschen macht.«

Critchleys Gesichtsausdruck verändert sich von ungläubig zu verwirrt.

»Das ist ein Zitat. Aus *Jenseits von Eden*. Cal Trask, James Deans erste Hauptrolle.«

Dem Mann von Green State scheint das nichts zu sagen. Ist mir egal. Ich kann mir einreden, dass das nichts mit Gefühlen und nur mit Critchleys Provokation zu tun hat. Wie kann er es wagen, mir zu sagen, was möglich ist und was nicht. Außerdem habe ich sowieso nichts mehr zu verlieren.

»Wieso glauben Sie, Sie könnten es besser machen als Ihr Vater?«, fragt er mich.

Ich habe nichts, keine Idee, aber ich bin entschlossen, mir irgendeine Antwort auszudenken. »Ich werde ein völlig anderes Geschäftsmodell nutzen«, sage ich mit unerschrockenem Selbstbewusstsein.

»Wirklich? Inwiefern anders?«

Es ist offensichtlich, dass er meiner Laune nachgibt.

»Als Erstes«, sage ich, »die Rechnungen wurden immer nachlässig und verspätet geschrieben. Sachen wurden übersehen und vergessen und Außenstände ignoriert. Sobald ich mich durch das hier gearbeitet habe, habe ich eine bessere Vorstellung davon, wo etwas schiefgelaufen ist und wie ich es verbessern kann.«

Critchley wartet auf mehr. »Das ist alles?«, fragt er und sieht zufrieden aus, weil seine geringen Erwartungen an mich korrekt waren. »Sie haben noch nie eine Tierarztpraxis geführt, nicht wahr?«

Mir wäre es lieber, wenn er diese Frage nicht weiter vertieft. Ich wappne mich, aber er wechselt das Thema. »Wenn ich verantwortlich wäre, würde ich sofort einiges kürzen.«

Ich nicke, sage nichts.

»Ihre Kosten für die Krankenversicherung sind zum Beispiel lächerlich hoch.«

»Ach ja?«

»Ja. Sie haben nur zwei Angestellte, und doch bieten Sie denen eine der teuersten Krankenversicherungen im gesamten Staat.«

Zwei Angestellte? Wer außer Lewis steht denn noch auf der Lohnliste?

»Wählen Sie eine billigere Versicherung, und schon haben Sie sofort Geld gespart.«

Frieda bellt ein paarmal dröhnend, sodass die Küchentür wackelt. Sollte Mr Critchley noch weitere Gedanken dazu haben, will er sie nicht mehr mit mir teilen. Er steht auf.

»Dr. Mills, indem Sie sich weigern, Bedside Manor heute Morgen der Bank zu überschreiben, egal, ob Sie es an einen potentiellen Käufer veräußern oder nicht, wird die Mindestrate auf Ihren Kredit in dreißig Tagen fällig. Angesichts der spekulativen Art des Geschäfts wird mein Chef auf eine Art von … Anzahlung, um guten Willen zu zeigen … lange vor diesem Datum bestehen. Sagen wir, fünfundzwanzig Prozent. Etwas, das nachweist, dass Sie auf dem richtigen Weg sind. Etwas, das beweist, dass wir nicht schlechtem Geld noch mehr gutes hinterherwerfen. Verstehen Sie?«

»Wann?«

Critchley zögert, und ich frage mich, ob er sich das nicht gerade im Moment erst ausdenkt.

»Ende der aktuellen Geschäftswoche.«

»Aber das ist schon in vier Tagen.«

»Das ist das Beste, was ich unter diesen Umständen anbieten kann.« Er zieht ein beeindruckendes Dokument heraus, ich vermute einen Vertrag. »Sie müssen das nicht unterschreiben. Es ist noch nicht zu spät, Ihre Meinung zu ändern.«

Ich mache auf dem Tisch ein bisschen Platz, und mein Stapel aus Green-Bank-Kuverts kippt um. Critchley schüttelt den Kopf, reicht mir den Vertrag und will mir gerade einen Stift geben, als er innehält.

»Sie begreifen, was Sie da tun? Wenn die Praxis auf Ihren Namen überschrieben wird, übernehmen Sie persönlich die Verantwortung für jede Rechnung und jeden wütenden Gläubiger, der sein Geld will. Im Grund bezahlen Sie für die Sünden Ihres Vaters.«

Zu spät, denke ich. Es ist eine Sache, als Kind von seinem Vater ignoriert zu werden, aber das Unrecht, das er mir angetan hat, als meine Mutter gestorben ist, war *seine* Sünde, und für die bezahle ich schon seit vierzehn Jahren.

»Wie wäre es, wenn wir Samstag anstatt Freitag sagen? In fünf Tagen. Sie können das Geld sowieso nicht vor Montag annehmen. Nennen Sie es Teil meines neuen Geschäftsmodells, auch am Wochenende zu arbeiten.«

Critchley schüttelt den Kopf. »Glauben Sie wirklich, dass dieser eine zusätzliche Tag einen Unterschied machen wird?«

»Auf jeden Fall. Kommen Sie am Samstag vorbei, um Ihren Scheck abzuholen. Ich garantiere Ihnen, dass die Leute von Healthy Paws mir in weniger als drei Wochen ein Angebot machen werden«, sage ich, schaffe es aber nicht, selbstbewusst zu klingen, während ich auf der gestrichelten Linie unterschreibe.

»Hoffen wir es, Dr. Mills. Auch wenn ich glaube, dass Sie einen enormen Fehler machen, so bewundere ich doch Ihren Wunsch, das Erbe Ihres Vaters zu erhalten.«

Ich beende das S in Mills mit einem Schnörkel und schaue auf.

»Glauben Sie mir, Mr Critchley, dieses Projekt hat nichts mit ihm zu tun.« Ich schlucke gerade noch die Ergänzung hinunter »sondern damit, meine rechtlichen Probleme zu lösen und wieder ein unkompliziertes Leben zurückzubekommen«.

Ich sehe seinen skeptischen Blick, ein Glitzern, das *Sie machen mir nichts vor* sagt, bevor Frieda wieder anfängt zu bellen – Critchleys Angst vor Hunden ist mein einziger Trost.

»Taifun hat Hunger«, sage ich. »Er will sein Frühstück.«

Critchley schnappt sich das unterschriebene Formular

und nimmt es einfach in der Hand mit, anstatt es in seine Aktentasche zu schieben.

»Bis zum Wochenende, Dr. Mills.«

Er ist schon halb aus dem Esszimmer, aber er weiß, wohin ich gehe.

»Danke«, sage ich. »Sie kennen ja den Weg.«

Ich plane Friedas Erlösung ganz genau, ihr Körper knallt gegen die Tür oben an der Treppe, ihm direkt auf den Fersen.

VIER

Haben Sie so etwas schon mal gesehen?«

Die Frage klingt wie ein Vorwurf, wie sie zwischen den zusammengebissenen dritten Zähnen einer schrumpeligen alten Dame hervorgezischt wird, eine Mrs Silverman, die mich im Moment mit unverhohlener Feindseligkeit ansieht. Ich bin dankbar für den sechs Monate alten Husky neben ihr, der mich komplett ignoriert. Seine plötzliche Konzentration darauf, gewisse Teile seines Fleischs abzukratzen, hat mich unsichtbar gemacht. Die Haut um die Augen, Schnauze, Ohren und Pfoten der armen Kreatur sieht aus wie die eines Reptils, es sind dicke, verkrustete Schuppen, die das Aroma von fermentierender Hefe verströmen.

»Doc Lewis versucht seit Monaten, Kai zu heilen, und ich weiß jetzt schon« – an diesem Punkt kneift Mrs Silverman ihre stahlgrauen Augen zusammen und reckt ein haariges, gepudertes Kinn in meine Richtung –, »Sie sind kein Doc Lewis. Und auch kein Doc Cobb.«

Sie hat Doc Cobb gesagt, nicht »Ihr Vater«. Ich weiß nicht, ob sie raffiniert oder ahnungslos ist. So oder so werde ich mich nicht mit ihr streiten. Wenn man das misslungene Einschläfern von Frieda gestern Abend nicht mitzählt, so kommt Kai jetzt die zweifelhafte Ehre zu, mein erstes medizinisches Rätsel als *echter* Tierarzt zu sein.

»Na«, sage ich, »ich würde es gerne mal versuchen, wenn Ihnen das recht ist, Ma'am.«

Es ist schwer zu sagen, ob sie vor meinem »fremden« Akzent zurückzuckt oder vor mir. Lächerlich. Wenn man länger im Süden lebt, dann gewöhnt sich jeder noch so überzeugte Yankee einen leichten Singsang und gedehnte Silben an. Mein Akzent klingt höchstens ein bisschen nach Rhett Butler. Sie tut so, als höre sie nur tiefste Provinz. Vielleicht sollte ich ihr erzählen, dass ich im benachbarten Burlington geboren wurde.

Mrs Silverman schnaubt, als ich um den Behandlungstisch gehe, um mir Kai näher anzusehen. Mir fällt auf, dass sie körperlichen Kontakt mit ihm vermeidet, als würde das Mitleid, das sie für ihn empfindet, nicht für eine tatsächliche Berührung reichen. Kai scheint ein Leprakranker zu sein, der zwar der Heilung bedarf, aber bis dahin hässlich bleibt.

Trotz ihres Äußeren sind sibirische Huskys keine Wölfe. Die Wölfe haben die Eiszeit überlebt, Huskys kamen aber erst im frühen zwanzigsten Jahrhundert in die Vereinigten Staaten. Der bedrohliche Raubtierblick wurde durch große blaue Augen ersetzt, die mich ansehen und mich bitten zu kratzen. Ich schaue zu Mrs Silverman, sie ist angespannt wie ein Falke, bereit, meine beruflichen Mängel zu attackieren. Scheint, als habe ich keine Wahl. Ich befehle meinen Lippen zu lächeln, mache einen Schritt nach vorn, drücke meine Fingerspitzen in die Haut zwischen seinen Schulterblättern und fange an zu kratzen.

Es ist ekelhaft, fettiges Keratin, Pilze und alle möglichen sekundären Bakterien stecken in meinen Nagelhäuten. Warum habe ich keine Handschuhe angezogen? Das einzig Positive, und das ist nicht gerade viel, ist Kais Reaktion, er drückt seinen Rücken gegen meine Hand, wedelt mit dem Schwanz und genießt offensichtlich meine manuelle Peelingtechnik.

Als ich gestern Abend angeboten hatte, mich um die Patienten zu kümmern, bestand Lewis darauf, mir einen Crashkurs in der Kunst der gründlichen Untersuchung zu geben. *Es ist wie Fahrrad fahren, man verlernt es nie.* Die Sache ist nur, dass ich mich fühle, als täte ich nur so als ob, als streichle ich eher, anstatt abzutasten. Ich bemühe mich sehr, mich an die Hauptpunkte von Lewis' Vortrag über das Verhalten gegenüber Kranken zu erinnern. *Wenn Sie mit dem Stethoskop die Brust abhören, dann achten Sie darauf, Ihren Blick im Zimmer umherschweifen zu lassen, als Zeichen der Konzentration.* Mein Versuch, mit den Augen zu rollen, sieht wahrscheinlich so aus, als würde ich gleich in Ohnmacht fallen. *Nicken Sie ab und zu und vergessen Sie nicht, zu lächeln. Die Tierbesitzer mögen so was. Sie haben dann das Gefühl, Sie würden tatsächlich etwas hören.* Mein Nicken ist eher ein Zucken, mein Lächeln eindeutig nervös, und die gerunzelte Stirn von Mrs Silverman zeigt, dass sie kein bisschen beeindruckt ist.

Ich weiß jedoch, dass Kai es mag, wenn ich seine verkrustete Haut kratze, weil er es offensichtlich genießt und mir für Ablenkung und kurzfristige Erleichterung dankt. Er mag es jedoch nicht, als ich die eingerissene und vereiterte Haut an seinen Pfoten untersuche, er zieht sich zurück und zeigt mir die Zähne. Das Problem ist, dass ich nicht einschätzen kann, ob er mich tatsächlich beißen würde oder mich nur warnt. Ich bin völlig aus der Übung, was die Interpretation der Botschaften in dieser groben Kommunikation angeht, und als Resultat davon bin ich hoffnungslos schreckhaft. Ich muss so aussehen, als wäre ich kurz davor, schreiend und mit erhobenen Händen aus dem Zimmer zu rennen.

»Und?«, sagt Mrs Silverman.

Ich ziehe demonstrativ die Augenbrauen hoch und mache das ernste Gesicht von jemandem, der offensichtlich beeindruckt ist, und nicht von jemandem, der offensichtlich planlos ist. *Wenn Sie nicht wissen, was Sie sagen oder tun sollen, dann messen Sie rektal die Temperatur, damit gewinnen Sie ein paar Minuten zum Nachdenken.*

»Lassen Sie mich seine Temperatur messen.«

Das Thermometer an Ort und Stelle, denke ich an das Alter des Hundes.

»Erbliche Krankheiten beim Husky. Was gibt's da? Hüftdysplasie. Genetische Augenkrankheit: Juveniler grauer Star, korneale Dystrophie und progressive retinale Atrophie. Diese können bei jeder Augenfarbe vorkommen. Dann ist da noch …«

»Was murmeln Sie denn da?«

Ihre Frage bringt mich wieder in die Gegenwart zurück. Das Alter des Hundes muss wichtig sein, die Verteilung der Läsionen und die Tatsache, dass sie sehr spezifische Körperteile befallen. Und da formt sich in meinem Kopf ein Bild. Wie üblich bin ich sofort zu einem Schluss gesprungen, und dazu noch einem merkwürdigen. Aus irgendeinem Grund sehe ich das schwarz-weiße Foto eines Kindes vor mir, mit einem schwarzen Balken vor den Augen, damit man es nicht erkennt, aus einem Fachbuch über, ausgerechnet, *menschliche* Hautkrankheiten.

»Ich nehme an, dass Doc Lewis die Möglichkeit des Parasitenbefalls ausgeschlossen hat?«

Ich überprüfe Kais Temperatur, vollkommen normal.

Mrs Silverman starrt durch mich hindurch, schaut ihren Hund mitleidig an und schüttelt den Kopf.

»Natürlich hat er das«, sagt sie, und ich höre, wie sie flüsternd hinzufügt: »Sie verdammter Dummkopf.« Meine Finger beginnen zu zucken, und Mrs Silverman bemerkt es, sodass ich gezwungen bin, meine Hände unter die Achseln zu stecken.

»Hören Sie, wenn Sie so etwas noch nie gesehen haben, dann sagen Sie es, und wir sind weg. Und glauben Sie ja nicht, dass ich für diesen Besuch bezahle. Ich bin nur aus Loyalität zu Doc Cobb und Doc Lewis hier. Es ist für mich genauso leicht, in diese schicke neue Praxis in Patton zu gehen. Ich wette, die wissen die Antwort.«

Sie greift nach Kais Leine und steht vom Stuhl auf, überraschend schnell für ihr Alter. Nach meinem Gespräch mit Mr Critchley von der Green State Bank und seinem Beharren auf einer Anzahlung kann ich es mir nicht leisten, auch nur einen einzigen Patienten zu verlieren.

Und wenn Sie völlig ahnungslos sind, sagen Sie: »Dieses Thermometer muss defekt sein. Ich hole ein neues«, dann gehen Sie nach hinten und versuchen nachzuschlagen, was das Problem ist.

»Nein, bitte«, blaffe ich, die Verzweiflung in meiner Stimme lässt sie innehalten, »wenn Sie noch eine Minute Geduld mit mir hätten, Mrs Silverman.« Ich klopfe auf die Luft zwischen uns, hoffe, dass sie sich wieder hinsetzt. »Ich glaube, das Thermometer ist defekt. Ich komme sofort wieder.«

Ich verlasse das Behandlungszimmer durch eine Seitentür mit der Aufschrift *PRIVAT* und betrete den großen Arbeitsbereich mit einer Reihe Käfige, zwei Zwingern, einer alten Specksteinspüle und einer Wand voller Schränke, Arbeitsflächen und Schubladen, in denen sich Pillen, Kapseln, Salben und Sirups befinden.

»Ah, Cyrus, guten Morgen. Haben Sie schon entschieden, was Sie mit Ihrem Golden Retriever machen werden?«

Fielding Lewis sieht mich über den Rand seiner Kaffeetasse an, er stützt sich auf die Arbeitsfläche, die *Eden Falls Gazette* vor sich ausgebreitet. Die heutige Fliege erinnert an New Orleans – lila, gold mit grünen Bourbonenlilien.

»Nicht ganz«, sage ich und suche im Zimmer nach einem Computer oder Monitor. »Ist der Mann, der sie gebracht hat, noch mal da gewesen, um die Formulare zu unterschreiben?«

Lewis schüttelt den Kopf.

»Als ich gestern Abend mit ihr spazieren war, hat jemand sie wiedererkannt.«

»Wirklich?«, sagt Lewis. »Also, ich habe sie bisher noch nie gesehen. Vielleicht ist ihr Tierarzt in Patton?«

»Vielleicht. Was halten Sie davon, wenn ich sie in ein Tierheim bringe? Oder zu einem Hundeverein?«

»Gut. Machen Sie das. Zu schade, dass Sie nicht die ›Ruhmeswand‹ nutzen können.«

Lewis sieht meine Verwirrung und erklärt: »Sagen Sie nicht, Ihnen ist die Wand neben der Eingangstür nicht aufgefallen? Die voller Hundefotos?«

Ich schüttele den Kopf.

»Sie ist sozusagen ein Tribut an all die Hunde, die Bobby Cobb über die Jahre an Herrchen vermittelt hat. Wenn jemand einen streunenden Hund fand, wenn ein Hund ein neues Zuhause brauchte, weil sein Besitzer umzog oder arbeitslos geworden war oder gestorben ist, hängte Cobb das Bild des Hundes an die Wand. Achtete darauf, dass er in ein gutes Zuhause kam. Die Leute machten sogar Witze über ihn als Schutzengel verlassener Hunde.«

»Einen Moment mal«, sage ich, »gestern Abend haben Sie mir gesagt, dass wir kein Tierrettungsverein sind, dass wir uns das nicht leisten können.«

»Das können wir auch nicht. Was glauben Sie denn, wer das Futter für all diese Hunde bezahlt hat, während sie auf ihre Adoption gewartet haben? Von den Impfungen, Wurmkuren, Flohmedikamenten und Zeckenentfernung ganz zu schweigen?«

»Er hat das alles gratis gemacht?«

Lewis nickt. »Es gibt nicht mal eine Spendenbox. Seien Sie nicht so überrascht. Sie haben die Zahlen der Praxis gesehen. Cobb hat sie durch Güte ruiniert.«

Ich bin kein bisschen überrascht. Schlechte Geschäfte als eine weitere heilige Tat des Tierliebhabers von Eden Falls zu bezeichnen, das klingt sehr bekannt. Was Lewis falsch interpretierte, war mein verärgerter Blick. Wieder einmal engagierte Cobb sich, freundete sich mit einer verlorenen Seele an und sicherte ihr ein gutes Zuhause, Hauptsache, sie hat vier Pfoten.

»Hören Sie auf meinen Rat«, sagt Lewis, »wenn Sie für Frieda ein Tierheim finden wollen, dann am besten mindestens dreißig Meilen von Eden Falls entfernt.«

Gute Idee, in dieser Stadt kennt jeder jeden. »Wissen Sie, ich bin mir ziemlich sicher, dass der Besitzer wegen des Urinproblems gelogen hat.«

Ich bemerke Lewis' angespannten Blick.

»Handeln Sie schnell, junger Mann. Ihr gutes Gewissen wird Sie nicht vor der Disziplinarkommission der staatlichen Veterinärbehörde Vermont retten.«

»Hm«, bringe ich heraus.

»Wie geht's der charmanten Ethel Silverman?« Lewis nippt an seiner Tasse, aber er versucht gar nicht erst, sein Grinsen zu verbergen.

»Wunderbar. Wo ist der Computer?«

»Sie finden alles, was Sie brauchen, in dem Schrank dort.« Lewis deutet mit seinem Blick in die Richtung.

Ich öffne die Türen. Es gibt drei Bretter zu beiden Seiten voller perfekt geordneter Fachbücher, Zeitschriften und Magazine. Ich erstarre. »Bedside Manor hat keinen Computer?«

Ich höre, wie eine Seite umgeblättert wird, eine Pause und dann: »Nee.«

Meine Hände kleben immer noch an den Türgriffen. »Kein Wi-Fi, kein Internet, kein Google, gar nichts.« Ich muss daran denken, eine Firma anzurufen, um einen Breitbandanschluss für meinen Laptop legen zu lassen.

»Was meinen Sie, gar nichts? Da drin stehen die goldenen Standardbücher.«

Mir fällt ein Blatt Papier auf, das innen an die Schranktür geklebt ist. Die blaue Tinte ist zwar mit den Jahren verblasst, aber ich erkenne sofort die Handschrift meiner Mutter und lese mir eine detaillierte Beschreibung ihres Ordnungssystems durch, gefolgt von der Bitte, alles geordnet zu lassen. Als ich mir diese Disziplin vorstelle, fühle ich mich sofort gestärkt. Es ist beruhigend und gleichzeitig bedrückend.

Ich schaue mir Moms Plan an, greife in den Schrank und nehme ein Fachbuch mit dem Titel *Veterinärdermatologie* heraus. »Ich glaube, Mrs Silverman hasst mich.«

»Natürlich tut sie das«, sagt Lewis ruhiger. »Ethel ist an ihren besten Tagen eine streitsüchtige alte Ziege. Sie findet über jeden etwas Schlechtes zu sagen.«

Diese Bemerkung lässt mich innehalten. »Aha«, sage ich und drehe mich zu ihm um. »Weiß sie, wer ich bin?«

»Keine Ahnung«, erwidert Lewis und trinkt den letzten Schluck Kaffee. »Übrigens gut gemacht, mit dem Bart.«

Ich schnaube, um ihm zu sagen, dass das Leben ohne morgendliches Rasieren einfacher war. Die Rasur soll mich zu jemandem machen, der ich nie sein wollte.

»Hat Sie sie erkannt?«, fragt Lewis.

»Wenn, dann hat sie es nicht gesagt.«

Lewis stellt seinen Becher ab. »Wann waren Sie das letzte Mal in Eden Falls?«

Das ist eine schwierige Frage, nicht zuletzt, weil damit eine schamlose und vernichtende Tatsache klar wird – ich bin nicht zu Bobby Cobbs Beerdigung gekommen. »Vor vierzehn Jahren, drei Wochen vor dem Tod meiner Mutter. Aber ich war nicht in Bedside Manor. Ich war die ganze Zeit im Krankenhaus in Patton.«

Ich sehe sie noch im Bett sitzen, ein rotes Bandanatuch strahlte auf ihrer blassen Haut. Sie machte Witze, war aufgedreht und wollte nach Hause. Wir besprachen ihre Blutwerte. Sie war auf dem Weg der Besserung. Sie sollte gesund werden. Das sollte auf gar keinen Fall mein letzter Besuch sein.

Lewis fummelt am Becherhenkel herum. »Und davor?«

»Ich bin mir nicht sicher«, lüge ich. Ich weiß genau, wann das war. »Es könnte im Sommer vor meinem zweiten Jahr in der Highschool gewesen sein.«

Lewis macht diese Mundbewegung, ein angeknackster Schneidezahn knabbert an seiner Unterlippe. Mir ist aufgefallen, dass er das immer tut, wenn er ernst wird. »Sind Sie damals in den Süden gezogen?«

»Sagen wir, ich bin geschickt worden.«

»Das klingt ja, als wären Sie deportiert worden.«

Ich beiße mir auf die Zunge und wähle meine Worte mit Bedacht. »Mom wollte nie, dass ich weggehe. Cobb hatte das letzte Wort. Er schwor, es ginge nur um meine Ausbildung. Eine heruntergekommene örtliche Highschool gegen eine private Eliteschule. Gratis Schulgeld besiegelte es, dank meiner Tante Rachel.«

»Die Schwester Ihrer Mutter, richtig?«

Ich nicke. »Sie war Schulleiterin. Beaufort, South Carolina. Von einem rein akademischen Standpunkt aus betrachtet war es absolut sinnvoll.« Ich warte einen Augenblick und füge dann hinzu: »Jedenfalls für Cobb.«

»Und der picklige Teenager kam nie zurück?«

Ich zögere, die Gründe sammeln sich wie Galle in meinem Rachen.

»Mom zog es vor, in den Süden zu kommen«, sage ich und hoffe, dass ich es dabei belassen kann.

Lewis nickt, und ich weiß nicht, ob ihm bewusst ist, dass er sich auf vermintem Gebiet befindet.

»Okay. Dann waren Sie das letzte Mal, als Sie in Eden Falls waren, vielleicht vierzehn oder fünfzehn Jahre alt, und wie alt sind Sie jetzt?«

»Vierzig.«

»Vierzig. Fünfundzwanzig Jahre später, und Sie tragen einen anderen Namen und sprechen mit einem lustigen Akzent. Ich würde behaupten, dass Ethel Silverman keine Ahnung hat, dass ihr neuer Tierarzt Bobby Cobbs Sohn ist.«

Ich denke darüber nach. Ich liebe die Vorstellung, eine gewisse Anonymität zu behalten, solange ich in der Stadt bin, aber das wird nicht funktionieren, nicht in Eden Falls. Und der entfremdete Sohn kann auf keinen Fall so tun, als hielte er Cobbs Erbe am Leben. Das bedeutet, meine einzige Hoffnung ist, Geld zu verdienen und die Praxis schneller zu verkaufen, als die peinlich genaue Beobachtung und die unausweichliche Missbilligung zuschlagen.

Ich wende mich wieder der *Veterinärdermatologie* zu und arbeite mich durch das *A* im Register.

»Um fair zu sein, muss ich sagen, dass nicht jedes Wort aus Ethel Silvermans Mund böse ist«, sagt Lewis und blättert noch eine Seite um. »Stellen Sie sich nur mal vor, was passieren kann, wenn der neue Arzt in unserer kleinen Stadt das Problem von Kais hartnäckiger Hautkrankheit lösen würde, wo jeder andere versagt hat? Das ist die Art von Tratsch, die diese Praxis gebrauchen könnte.«

Ich schüttele den Kopf. »Haben Sie je von ›Akrodermatitis enteropathica‹ gehört?«

»Nie«, sagt Lewis, »aber es klingt gut. Glauben Sie, dass Kai das hat?«

Mein Finger erreicht das *B* im Register. Nichts.

»Verdammt, ich sehe dieses Foto eines Kindes, eines Babys aus einem Fachbuch des Militärinstituts für Pathologie, vor mir. Es hat exakt dieselben verkrusteten Schuppen im Gesicht und auf den Händen wie Kai. Und ich sehe sogar den Namen der Krankheit – *Akrodermatitis enteropathica* – und bin mir ziemlich sicher, dass sie von einer Mangelernährung ausgelöst wird.«

»Mangel woran?«

Ich knirsche mit den Zähnen, will die Antwort aus den Tiefen meines Gehirns schütteln. Unglaublicherweise geschieht nichts. Wie kann das sein? Dieser neue Job hat meine Synapsen durcheinandergebracht. »Ich erinnere mich nicht.«

Lewis kommt mir zu nah und denkt keine Sekunde darüber nach. »Wie machen Sie das?«, fragt er.

»Wie mache ich was?«

»Sich an solche Details zu erinnern.«

»Das ist meine Arbeit«, sage ich.

»Aber warum kümmern Sie sich um Krankheiten beim Menschen?«

Ich bin irritiert. »Krankheit ist Krankheit, ob man ein Mensch oder ein Schnabeltier ist. Vieles überschneidet sich. Außerdem mag ich vergleichende Pathologie.«

Lewis zieht seine buschigen grauen Augenbrauen hoch. »Hey, wenn es dabei hilft, Kai zu heilen.«

»Ja, aber vergessen Sie nicht, was man über Hufgetrappel sagt.«

Lewis nickt. »Ein guter Arzt sollte dann an Pferde denken und nicht an Zebras.«

»Genau, nun, ich denke an Einhörner. Was glauben Sie, warum mir der Begriff *Akrodermatitis enteropathica* im Sinn geblieben ist?«

»Wenigstens haben Sie eine Spur, der Sie nachgehen können. Von allen möglichen Gründen für eine Hautkrankheit haben Sie es schon mal auf Mangelernährung eingegrenzt. Wie schwierig kann es jetzt noch sein?«

Lewis hat recht. Die meisten Mangelerscheinungen werden durch einen Mangel an Vitaminen oder Mineralien ausgelöst. Ich greife noch einmal nach der *Veterinärdermatologie* und suche im Register nach dem *V*, und innerhalb von Sekunden sieht Vitamin-A-Mangel gut aus. Dann stolpere ich über den Begriff »ausgebreitete Schuppenbildung«. Kais Läsionen sind örtlich begrenzt. Der schrille »Falsche Antwort«-Alarm ertönt in meinem Kopf, und ich will gerade weiterblättern, als mir eine Liste mit Differenzialdiagnosen auffällt. Ich blättere zurück zum Register, zum Buchstaben *Z* und dann vor zum Text und entdecke die klinischen Anzeichen einer zinkinduzierten Dermatose. Und da ist es, das Hundeäquivalent einer Kinderkrankheit namens »Akrodermatitis enteropathica«, ein angeborener Zinkmangel, der bei Kleinkindern Läsionen auslöst, sobald sie abgestillt sind.

»Was auch immer Sie entdeckt zu haben glauben, welche Behandlung auch immer, es gibt gewisse Kunden, die sehen wollen, dass etwas getan wird, und die nicht nur lange Wörter hören möchten. Ethel Silverman gehört zu der Art Kunden, die etwas … wie soll ich sagen … Handfestes brauchen.«

Lewis' Wortschwall reißt mich von der Buchseite weg.

»Hier ziehen die Leute Ehrlichkeit Ausflüchten und

Nonsens vor, wenn Sie verstehen, was ich meine. Sagen Sie es direkt. Ich verspreche, sie werden Sie nur umso mehr respektieren.«

Lewis lässt die Zeitung liegen und zieht eine weiße Flüssigkeit aus einer Glasflasche auf eine Spritze.

»Okay«, sage ich zögernd, »und was haben Sie da?«

Lewis grinst, schnipst gegen die Spritze und setzt eine Kappe auf die Nadel. »Steroide. Kai wird Ihnen dafür dankbar sein, und wenn es sonst nichts hilft, so wird Ethel für die nächsten vierundzwanzig bis achtundvierzig Stunden denken, dass Sie die Haut ihres Hundes zu ihrer früheren Schönheit zurückbringen.«

Er präsentiert mir die Spritze mit zwei Händen, wie ein Sommelier eine gute Flasche Wein vorstellt.

»Das werde ich«, sage ich und akzeptiere seine Quacksalberspritze.

»Ach – und Cyrus«, sagt Lewis. »Haben Sie Doris heute Morgen getroffen?«

»Doris?«

»Unsere Sekretärin.«

Aha, die zweite Angestellte auf der Lohnliste. »Es war niemand hier.«

Lewis sieht nicht überrascht aus. »Sie werden sie später treffen. Sie muss aufgetaucht sein, als Sie bei Mrs Silverman waren.«

»Wo ist sie jetzt?«

»Sie musste ein paar Besorgungen erledigen. Wir hatten nichts zu tun. Sie wird später wiederkommen. Ach, und sie hatte ein paar Nachrichten für Sie.«

Ich warte einen Augenblick.

»Na, sie sagte, dass zwei Nachrichten auf dem Anrufbeantworter der Praxis sind.«

»Sie hat Ihnen nicht gesagt, worum es geht? Sie hat sie nicht aufgeschrieben, bevor sie ging?«

Lewis lacht über meine Naivität. »Wenn Sie Doris treffen, werden Sie es verstehen.«

Ich sage nichts, denke aber: *Ich kann es kaum erwarten.*

Zurück im Behandlungszimmer, werde ich mit folgenden Worten begrüßt: »Sie haben sich aber lange Zeit gelassen.«

Ups, schwieriger Kunde.

»Entschuldigen Sie, nur noch ein paar Fragen, Mrs Silverman, dann sind Sie fertig.«

Mrs Silverman verdreht die Augen, und plötzlich werden mir ihre unangebrachte Verärgerung und Lewis' weise Worte bewusst und ermutigen mich, meine Fragen deutlicher zu stellen.

»Sie füttern Kai kein normales Hundefutter, nicht wahr?«

»Warum?«, blafft sie.

Ich zwinge mich weiterzumachen. »Weil ich wette, dass Sie ihm etwas füttern, das Sie selbst zusammenmischen, irgendein hausgemachtes Futter.«

Ethel Silverman sieht mich fest an. »Ich habe zuerst den Züchter gefragt«, sagt sie und klingt viel zu nervös. »Er hat gesagt, dass es in Ordnung ist, solange ich Vitamine zusetze, besonders Calcium für das Knochenwachstum.«

Ich habe noch nie Poker gespielt. Vielleicht sollte ich damit anfangen. Vielleicht kann ich doch selbstbewusst auftreten. »Und was genau *frisst* er denn?«

Ethel zieht Luft zwischen ihren falschen Zähnen ein, als könne sie die Antwort fast schmecken. »Hüttenkäse und Cornflakes. Es sollte eigentlich nur vorübergehend sein. Der Hund ist ein wählerischer Esser.«

»Nun«, sage ich, »ich schätze Ihre Ehrlichkeit sehr, Ma'am, aber es ist so. Kais Ernährung ist völlig falsch, zu viel Calcium, zu viel Getreide, und sie löst einen Mangel an einem wichtigen Mineral aus – Zink.« Ich zeige auf Kai. »Deswegen sieht die Haut Ihres Huskys eher wie die eines Krokodils aus.«

Mrs Silverman setzt einen wohlgeübten seitlichen Blick auf. »Wie behandeln wir es, angesichts der Tatsache, dass er bei fast allem die Nase rümpft?«

»Einfach«, sage ich, »hören Sie mit dem Hüttenkäse, den Cornflakes und den Vitaminen auf und füttern Sie Kai von nun an normales Hundefutter.«

»Sie hören mir nicht zu, ich habe Ihnen gesagt, dass er kein normales Hundefutter frisst.«

Sie lehnt sich in ihrem Stuhl zurück, lässt ihr Kinn auf ihren wabbeligen, müden Hals sinken und grinst.

Was soll ich tun? Ich muss entschieden reagieren. Stattdessen bin ich sprachlos. Ich wische mit einem verschwitzten Zeigefinger und Daumen über mein nacktes Kinn und hoffe, dass das als bedeutungsschweres Nachdenken durchgeht. Die *Veterinärdermatologie* sagte nichts über Patienten mit schwierigem Gaumen oder unverschämte Besitzer.

Schließlich frage ich: »Haben Sie Trocken- oder Feuchtfutter versucht?«

»Trocken natürlich. Dosenfutter ist eklig, nimmt Platz weg und ist außerdem teurer. Haben Sie je von Sozialhilfe gelebt?«

»In Ordnung«, sage ich, gehe an ihr vorbei ins Wartezimmer (immer noch leer) zu einem Regal voller Hundefutter. Ich greife mir ein halbes Dutzend Dosen, schleppe sie zurück und biete sie Mrs Silverman an.

»Ich habe doch gesagt, dass ich mir die nicht leisten kann.«

Ich sehe auf Kai hinunter, und er sieht zu mir hoch und

wedelt mit dem Schwanz. Er denkt nicht an das Futter, er denkt nur daran, dass ich ihn noch einmal kratze. So einfach ist es, und sein Bedürfnis rührt mich. Ich sehe wieder zu Ethel. Sie schmollt immer noch, und ich muss unwillkürlich lächeln, als ich den Kopf schüttele.

»Was?«, sagt sie nach einem Moment, aber ihr Tonfall bedeutet, dass sie mehr neugierig als verärgert ist.

Ich wähle meine Worte sorgfältig. »Mrs Silverman, Sie kennen mich nicht, und ich bezweifle, dass Sie wissen, was für eine Art Arzt ich bin, aber ich hoffe, dass Sie Doc Lewis vertrauen und erkennen, dass Doc Lewis an mich glaubt und dass ich, wenn nichts sonst, die schreckliche Hautkrankheit Ihres Hundes heilen möchte, damit Sie und ich uns sehr, sehr lange nicht mehr wiedersehen müssen.«

Ein paar Sekunden lang lässt mich Ethels zu einer Grimasse verzogenes Gesicht befürchten, dass diese brutale Ehrlichkeit nach hinten losging. Zeit zurückzurudern.

»Hören Sie, ich bezahle das Futter«, sage ich. »Lassen Sie mich eine Tüte holen.«

»Hier«, sagt Ethel. Sie hat schnell eine Plastikeinkaufstüte aus der Tasche ihres Wintermantels geholt, die zweifellos eigentlich für Kais Häufchen gedacht war. Ich lasse meine Beute hineinfallen. »Und Sie bezahlen das?«, wiederholt sie.

»Das ist die Abmachung«, sage ich. »Sie versuchen diese Ernährung, Kai wird sie mögen, seine Haut wird besser, und Sie finden einen Weg, mich zu bezahlen. Am besten noch vor Ende der Woche. Wenn Kai es nicht frisst oder seine Haut nicht besser wird, sagen wir, wir sind quitt.«

Ich bin überrascht, dass die unvergleichliche Ethel Silverman trotz meines Angebotes und meiner Bitte immer noch nicht überzeugt aussieht. Dann erinnere ich mich an die Steroidspritze.

»Und bevor Sie gehen, muss ich Kai noch eine Injektion verabreichen. Dadurch wird er sich gleich besser fühlen.«

Und einfach so, genau wie Lewis es vorhergesagt hatte, taut diese sture alte Frau so weit auf, dass sie meinen Plan abnickt.

FÜNF

Wie ein pflichtbewusster Sherpa schleppe ich Kais Futter zu Mrs Silvermans von Streusalz bedecktem Subaru, ihr Dankeschön nicht mehr als ein Grunzen, als ich ihr einen schönen Tag wünsche.

»Gut gemacht, Cyrus«, sagt Lewis und packt mich am Arm, bevor ich auch nur auf der Fußmatte im Wartezimmer den Schnee von meinen Schuhen abstreifen kann. »Jetzt habe ich noch eine Herausforderung für Sie.«

Ich bin ganz benommen, als er mich zum Empfang beim Wartezimmer führt. Immer noch unbemannt. Zeit, mir mal Doris' Jobbeschreibung anzusehen.

»Ich habe gerade eine Wagenladung Hundefutter verschenkt«, beichte ich verlegen, weil ich ein schlechtes Beispiel bin. »Irgendwie müssen wir absolut gnadenlos werden, wenn's ums Geldverdienen geht.«

Lewis schreibt etwas auf, die Einzelheiten meiner Abmachung mit Ethel Silverman kümmern ihn nicht, als gehöre das Feilschen mit schwierigen Kunden automatisch zum Job. Er hört auf zu schreiben und sieht mich an. »Und wie sollen wir das machen?«, sagt er. »Sollen wir durch die Stadt fahren und vorbeilaufende Hunde und Katzen anfahren?«

»Keine Ahnung, aber wenn Bedside Manor …« Ich wollte gerade *verkaufbar* sagen, entscheide mich dann aber für: »profitabel werden soll … dann müssen wir beide uns was ausdenken, damit diese dämliche Türklingel öfter läutet. Ist es Ihnen übrigens recht, wenn wir diesen Samstag arbeiten? Ein bisschen was zusätzlich?«

»Natürlich«, sagt Lewis, »aber jetzt müssen Sie erst mal einen Hausbesuch machen.«

»Moment, ich bin noch nicht bereit, allein zu fliegen. Hier habe ich wenigstens Sie und eine Bibliothek veralteter Fachbücher zur Unterstützung. Wenn meine Erfahrung mit Ethel Silverman auch nur ansatzweise typisch ist, dann habe ich unterschätzt, wie sehr sich diese Arbeit von meiner gewohnten unterscheidet.«

Lewis sieht mir in die Augen. »Blödsinn. Es ist nur ein weiteres krankes Tier, das geheilt werden muss.«

»Ja, aber Sie und ich sind daran gewöhnt, dieselbe Krankheit aus völlig unterschiedlichen Perspektiven zu betrachten.«

»Da stimme ich Ihnen nicht zu«, sagt er.

Ich zögere. Wie erkläre ich es am besten? »Hören Sie, es ist vielleicht dieselbe Krankheit, aber Sie sind es gewöhnt, an einem Ende zu stehen, und ich am anderen. Sie sind der praktische Typ, der mit dem Kunden und dem Tier im Hier und Jetzt zu tun hat. Sie versuchen, die Krankheit zu erkennen und aufzuhalten. Wenn ich als Pathologe mit einem Fall zu tun habe, dann ist es meistens schon zu spät.«

Lewis runzelt die Stirn. »Ich stimme nicht zu. Dieselbe Krankheit, dieselbe Schatzsuche. Ob Sie nun ein Pathologe sind, der durch ein Mikroskop sieht, oder ein praktischer Arzt, der eine Brust abhört – Sie suchen nach Indizien, die zu exakt demselben Schatz führen: einer Diagnose.«

»Aber als Pathologe hat man die Zeit auf seiner Seite. Überlegen Sie mal, es ist ja nicht so, als könnte es noch schlimmer werden. Eine Leiche braucht selten eine Prognose.«

»Sie suchen aber immer noch nach Indizien für eine bestimmte Krankheit, nur rückwärts.«

»Ja, aber bei einer Schatzsuche muss man den Hinweisen in einer logischen Ordnung folgen, und manchmal ist mein Gehirn wie ein Frosch auf Speed, es springt einfach überallhin.«

Lewis sagt höhnisch: »Stellen Sie Ihr Licht mal nicht unter den Scheffel. Sie sind ein cleverer Mann. Sie sind nur ein bisschen eingerostet.«

»Nein, bin ich nicht, ich wünschte, es wäre so einfach. In meinem letzten Jahr an der Universität wurde mir ein Dackel mit Verdauungsproblemen zugeteilt. Jeden Morgen vor unserer Runde fand ich einen riesigen Haufen im Hundezwinger, fast so groß wie der Hund selbst. Es ergab einfach keinen Sinn. Ich war wie besessen und versuchte herauszufinden, wie dieser winzige Hund so einen enormen Stuhl produzieren konnte.«

»Welches Problem hatte der Hund?«

»Das Problem des Hundes war ich. Der Witzbold in unserer Gruppe gab schließlich zu, dass er einen frischen Haufen von *seinem* Patienten zu *meinem* Dackel gebracht hat.«

»Und welche Rasse war sein Patient?«

Meine Wangen werden heiß. »Dänische Dogge. Kaum dass ich es wusste, schien es mir so offensichtlich.«

»Sie sind einfach zu vertrauensselig.«

Ich schüttele den Kopf. »Ich habe eine Schwäche für abwegige Diagnosen. Ich kann nichts dafür. Durch meine Erfahrung achte ich auf die kleinsten Kleinigkeiten. Praktische Ärzte brauchen meine Hilfe bei den einfachen Sachen nicht. Sie brauchen mich, um das Merkwürdige und Kuriose zu enthüllen. In meiner Welt lässt mich ein kotzender Hund an Magengeschwüre denken, an Magenkrebs, *Helicobacter*, das Zollinger-Ellison-Syndrom und noch viel mehr. Ich sehe nie einfache Lebensmittelvergiftungen oder Reiseübelkeit oder dass er gerne an Fröschen leckt oder eine Wurmkur braucht.«

»Hey, spielen Sie Ihre Stärken aus.« Er macht eine Pause. »Es heißt, dass Ihre Mutter genauso war«, sagt er in einem weicheren Tonfall, als wüsste er, dass er mit diesem Thema ein Risiko eingeht.

Ich betrachte Bobby Cobbs besten Freund. In den Augen des alten Mannes finden sich keine Anzeichen für Rache oder Bosheit. Ganz im Gegenteil. Er scheint zu bitten, dass ich reinen Tisch mache. Ich kann mir nicht vorstellen, was Cobb ihm über seinen Sohn erzählt hat. Apropos, wie viel hat Cobb den treuen Herrchen von Eden Falls erzählt?

»Ich wollte Pathologe werden wie sie«, sage ich. »Sie hat mir beigebracht, Ordnung zu lieben, Logik und die Herausforderung, einen Fall rückwärts zu lösen, und das lange, bevor ich den Vorteil entdeckte, der Person, die ein krankes Tier liebt, *nicht* direkt gegenüberstehen zu müssen.«

Lewis sieht mich an, und ich merke an seinen Augen, dass er lächelt, bevor es seine Lippen tun.

»Sie gewöhnen sich daran. Das tun Sie. Lassen Sie sich Zeit.«

»Wenn eine Krankheit sich ausgetobt hat, hat man viel weniger Druck. Alles liegt in der Vergangenheit. Es ist, als würde man einen Krimi lesen und direkt am Ende nachschlagen, wer es getan hat. Es ist, als würde man unter den Klippen neben einer Leiche stehen und nur noch nach oben sehen und sich fragen, *ist er gefallen oder wurde er gestoßen und warum*. Niemand bittet einen, ihn zu retten.«

Lewis drückt meinen Oberarm, und ich ziehe mich so höflich wie möglich zurück. »Das, was wirklich wichtig ist,

ist, dass Sie hier sind und zurückkamen, um die Bedingungen im Testament Ihres Vaters zu akzeptieren.«

Ich sollte darauf hinweisen, dass ich, was meine Pläne für Bedside Manor angeht, nicht sehr offen bin, aber ich sage es nicht. Ich weiß, ich weiß, aber im Moment bringe ich es einfach nicht über mich, Lewis zu erzählen, dass ich entschlossen bin, den Laden so oder so zu verkaufen, und dass er arbeitslos wird. Die Wahrheit ist, dass ich ihn noch brauche, um mir die Tricks beizubringen.

»Sehen Sie mich nicht so an«, sagt er.

»Wie?«

»Als hätten Sie gerade an einer Zitrone gelutscht. Eden Falls ist kein so schlechter Ort, um sich niederzulassen. Fahren Sie gerne Ski?«

»Eigentlich nicht.«

»Es gibt spektakuläre Wanderwege. Besonders im Herbst.«

»Ich ziehe das Meer vor.«

»Wenn Sie kulturinteressiert sind, Burlington ist nicht weit weg.«

»Ich wohne in Charleston, einer der Kleinstädte mit dem größten Kulturangebot im ganzen Staat.«

Lewis sieht mich wie ein Lehrer an, der einem Schüler gegenübersteht, der immer eine patzige Antwort parat hat. »Ich werde Sie nicht anlügen«, sagt er, »die Bewohner der Stadt sind alt und misstrauisch, sie werden mit Besuchern nicht schnell warm. Aber ich verspreche Ihnen, wenn sie es einmal sind, werden Sie keine ehrlichere, direktere und nettere Gruppe Menschen finden.«

Ich atme tief durch. Das Geräusch ist irgendetwas zwischen einem Knurren und einem verzweifelten Seufzer. Lewis meint es gut, aber er sollte wissen, dass Eden Falls irgendwo zwischen der Straße von Hormus und Kundus auf der Liste der Orte rangiert, die ich auf dieser Welt am allerwenigsten besuchen möchte, geschweige denn, mich dort niederzulassen. Vierzehn Jahre und eintausend Meilen Entfernung wirkten wie Morphium auf meine Vergangenheit. Zurück in Eden Falls verspricht der Letzte Wille (was für ein passender Ausdruck) meines Vaters nichts als Erinnerungen, Geister und Geflüster hinter vorgehaltenen Händen. Das Problem ist, der einzige Weg nach draußen führt mitten hindurch.

»Hören Sie« – Lewis lockert seinen Griff, bleibt aber nahe stehen –, »dieser Hausbesuch ist bei einem meiner Lieblingskunden. Ich habe ihm alles über Sie erzählt. Ich zeichne Ihnen eine Karte.«

Lewis kritzelt Linien und Namen bestimmter Orientierungspunkte auf ein Blatt. Ihm fällt nicht auf, dass mir der Satz *Ich habe ihm alles über Sie erzählt* Sorgen macht.

»Wie viel haben Sie ihm erzählt?«

Fielding hört auf zu zeichnen und sieht mich an. Auch wenn seine zottelige graue Mähne ihn jünger erscheinen lässt, hat die Zeit doch Falten und Krähenfüße in sein ledriges Gesicht gegraben, die etwas anderes erzählen. Er muss seinen Kopf nach hinten kippen, um Blickkontakt herzustellen, aber als er das tut, wirkt sein Gesichtsausdruck durch die Runzeln fast enttäuscht.

»Ich habe ihm gesagt, dass Sie ein guter Mann sind«, sagt er, sein Tonfall weich, aber fest. »Ich habe ihm gesagt, dass ich Ihnen meinen eigenen Hund anvertrauen würde. Hätte ich noch mehr erzählen sollen?«

Ich schaue zu Boden. Wie gesagt, ich neige dazu, vorschnell Schlüsse zu ziehen, und das sind nicht immer die richtigen. Ich schüttele den Kopf und erwidere schwach: »Nein.«

Wieder drückt er beruhigend meinen Oberarm. Ich atme scharf ein und zucke zurück. Ich kann nicht anders. Ich mag keinen überflüssigen Körperkontakt. So bin ich einfach. Es ist nichts Persönliches. Ich mag diesen Mann ja, und ich verstehe auch, warum Robert Cobb ihn gemocht hat. Lewis strahlt so viel mehr aus als berufliche Herzlichkeit. Irgendwie vermittelt er einem das Gefühl, dass er wirklich mitfühlt. Ja, ich achte auf die Unterschiede zwischen Lewis und Cobb. Ich kann nicht anders. Vielleicht sollte ich eine größere Frage stellen: Warum hat sich Cobb nicht genauso sehr um mich gekümmert?

»Ich sage es nicht gerne«, sagt Lewis, »aber wenn Sie diese Praxis zum Laufen bringen wollen, müssen Sie sich Vertrauen erarbeiten. Dieser Kunde ist ganz anders als Ethel Silverman. Eine perfekte Gelegenheit, um an Ihren Kommunikationsfähigkeiten zu arbeiten.«

»Diagnosen und Heilungen werden mir Vertrauen bringen. Ich will meinen Job erledigen und nicht der Freund der Herrchen werden. Ich mache kein nutzloses Blabla. Meiner Meinung nach sollten die Informationen über einen Fall idealerweise knapp, relevant, detailliert und am besten schriftlich sein.«

Lewis schüttelt den Kopf. »Lassen Sie mich Ihnen etwas sagen: Bei der Tiermedizin ging es schon immer um Auswahl. Es ging früher darum, welcher Tierarzt am besten zur eigenen Persönlichkeit passte. Damals, als Doc Cobb und ich Konkurrenten waren, reichte es nicht, ein guter Arzt zu sein. Man musste eine Beziehung zum Kunden aufbauen. Man musste eine Beziehung zum Patienten aufbauen. Man musste sie dazu bringen, wiederkommen zu wollen. Heute gibt es da eine weitere, hässliche Komponente – Geld. Nehmen Sie Healthy Paws, die Konkurrenz auf der anderen Seite des Tals in Patton. Ihnen geht es mehr ums Geldmachen als darum, dass sich ihre Patienten besser fühlen. Sie haben die Ehre und den Altruismus unseres Berufs völlig aus den Augen verloren. Erst kürzlich hatten sie eine Anzeige in der Zeitung, dass Sterilisationen mittwochs die Hälfte kosten und man bei zwei Impfungen die dritte gratis bekommt. Es ist billig, es ist erniedrigend, aber einige unserer Kunden werden darauf anspringen. Hören Sie mir zu, Cyrus, um sie zu gewinnen, müssen sie etwas an Ihnen entdecken, das sie wirklich sehr mögen.«

Ich weiß nicht, was ich sagen soll. Wie kann ich Lewis sagen, dass es auch bei mir nur darum geht, Geld zu verdienen? Wie kann ich ihm erzählen, dass die rivalisierende Praxis, die er so verabscheut, bald der neue Eigentümer von Bedside Manor sein wird? Und vor allem, dass ich mich dafür entschieden habe, Pathologe zu werden, weil ich es vorziehe, allein und in Stille zu arbeiten. Was nicht heißt, dass ich nicht gesellig bin. Ich möchte Freunde haben, ich bin bloß nicht sehr gut darin. Das Internat war vielleicht toll für meine Ausbildung, aber es hat meine Kommunikationsfähigkeiten verkümmern lassen. Ich war ein schüchterner Yankeejunge, der mitten ins Herz des Südens verpflanzt wurde. Wenn Kinder finden, dass man komisch klingt, hält man den Mund. Es ist viel weniger schmerzhaft, ein Einzelgänger zu werden.

»Hier ist Ihre Karte. Sein Name ist Harry Carp. Sein Hund heißt Clint.«

Ich nehme den Zettel und begreife ungefähr, wohin ich fahren muss.

»Ist er einen Hausbesuch wert?«, frage ich.

Lewis' scharfes Einatmen ist nicht das, was ich hören will.

»Harry bezahlt. Seine Schecks platzen nicht. Er braucht nur Zeit, sie zu schreiben.«

Großartig, noch mehr Kredit. »Ich hoffe, er ist nicht verärgert, wenn ich um eine Vorauszahlung bitte«, sage ich.

Lewis' Schmollmund sagt: »Komm schon, hab ein Herz«, aber er verwandelt sich langsam zu einem Lächeln. »Sehen Sie es als Teil Ihrer Ausbildung, eine Investition, um die Fähigkeiten zu erwerben, die auf lange Sicht Dividenden bringen. Tierbesitzer teilen ihre Sorgen gerne mit anderen Tierliebhabern. Das hat nichts mit Ihnen persönlich zu tun. Das ist eine Chance, an Ihren ... Beziehungen zu arbeiten.«

Leider ist »Beziehungen« kein Lehrfach an der Universität, und wären sie das, dann befürchte ich, es wäre keine leichte Note eins für mich gewesen.

»Sie sollten Doc Cobbs alten Truck nehmen.«

»Diesen heruntergekommenen Silverado hinterm Haus?«, frage ich.

»Ja«, sagt Lewis. »Aber denken Sie daran, dass er ein kleines Problem hat.«

Ich senke meinen Kopf, verdrehe die Augen, sodass ich in seine sehe, und habe Angst vor dem Adjektiv *klein*.

»Keinen Rückwärtsgang.«

»Was?«

»Seien Sie vorsichtig, wie Sie parken. Sie sollten sicher sein, dass Sie vorwärts herausfahren können. Harrys Einfahrt hat einen großen Wendeplatz. Das wird schon klappen.«

»Vielleicht wäre es besser, wenn Sie stattdessen hinfahren?«

Lewis schaut auf seine Armbanduhr und kaut wieder auf seiner Unterlippe.

»Ich habe einen Termin«, sagt er, »zum Haareschneiden, in zwanzig Minuten.«

Bei ihm klingt das ganz ernst.

»Gibt es einen Friseursalon im Ort?«

Lewis greift nach seinem Mantel hinter dem Empfang. »Nein, natürlich nicht«, sagt er. »Mrs Lewis schneidet mir die Haare jeden ersten Dienstag im Monat, seit wir verheiratet sind. Nehmen Sie meinen Zauberkoffer mit, in Ordnung?«

Er dreht sich um, um zu gehen, wendet sich mir aber noch einmal zu. »Probieren Sie ein freundliches Gespräch, kein Verhör. Bemühen Sie sich, öfter Blickkontakt herzustellen, und hören Sie auf, so viel mit Ihren Händen zu fummeln. Reserviert und abgehoben zu tun, das gefällt Ihnen vielleicht, aber es kann desinteressiert wirken. Und wenn das passiert, werden die Kunden woandershin gehen, lassen Sie sich das gesagt sein.«

Nach seiner Warnung geht er zu Vordertür hinaus und lässt mich zurück, um meinen imaginär juckenden Nacken zu kratzen.

Bevor ich mich zu Harry Carp aufmache, sehe ich nach meinem Desperadoretriever. Ich finde Frieda im Wohnzimmer auf dem Sofa. Wahrscheinlich ist ihr fehlender Respekt vor Möbeln ein Überbleibsel aus ihrer Zeit mit Mr Kohlschwarzer Anzug. Ich ignoriere ihre Begrüßung – suchende Schnauze, wedelnder Schwanz und Stepptanzschritte, die mehr an den Zinnmann als an Fred Astaire erinnern –, dann sammle ich goldene Haarbüschel von den Kissen und suche die Oberfläche nach Spuren eines Unfalls ab. Kein nasser Fleck in Sicht.

Ich befürchte eine Wiederholung der unfreiwilligen Werbung von gestern Abend und bringe sie zum Beinheben über den kleinen Balkon vor der Küche im ersten Stock und eine hölzerne Außentreppe in den Garten. Instinktiv benimmt sich Frieda wie eine Bergziege, achtet auf die eisigen Stufen, setzt vorsichtig die Pfoten und zertritt die harte, obere Eisschicht, als ginge sie über knusprige Baisers. Es ist offensichtlich, dass Frieda es liebt, ohne Leine zu laufen, sie springt herum und gräbt Löcher bis nach China. Ich dagegen fühle mich elend – ich zittere, während der beißende Wind mein Gesicht lähmt, und bin davon überzeugt, dass meine Nasenspitze bereits erfroren ist. Was würde ich für eine warme, salzige Brise geben, das Geräusch brandender Wellen oder den Duft von Magnolien. Ich gebe zu: Ich bin schwach, von einem Klima verweichlicht, in dem man sich nicht dreißig Minuten lang anziehen muss, um dreißig Sekunden den Elementen trotzen zu können. Sicher, all dieser Schnee kann nett aussehen und an Weihnachten festlich wirken, aber was soll man machen, wenn diese kahle weiße Welt noch fünf Monate lang jegliches Grün vertreibt? Ich nehme stattdessen sofort die brütende, feuchte Hitze von Charleston im Juli.

Wieder einmal braucht Frieda ewig, um die perfekte Stelle zu finden, aber wieder einmal erledigt sie ihr Geschäft problemlos. Es hat bisher noch keinerlei Hinweise auf exzessives oder unpassendes Urinieren gegeben. Unter anderen Umständen würde ich einen Bluttest vorschlagen und eine Urinprobe untersuchen, aber ich habe weder die Zeit noch das Geld noch die Absicht. Ich kann nicht mehr tun, als sie zu einer Gruppe von Hunderettern zu bringen. Und der Hammer ist – ich muss es anonym tun, was bedeutet, keine Chance auf ein paar Werbegespräche mit fanatischen Hundeliebhabern, die von der Hingabe des neuen Tierarztes beeindruckt sind. Im besten Fall tut es meinem Karma gut, doch soweit ich weiß, bezahlt gutes Karma keine Rechnungen.

Der alte Doc Cobb kümmerte sich offensichtlich nicht um seinen Wagen. Er besteht vor allem aus Rost mit schwarzen Lackflecken hier und da. Der Auspufftopf wird von Gummibändern gehalten, und auf dem Tacho stehen 178000 Meilen. Das Auto verfügt über einen Vierradantrieb, und als ich einsteige, muss ich feststellen, dass ich Sitz und Lenkrad nicht verstellen muss – sie passen perfekt. Beim ersten Mal springt der Wagen an. Ich habe seit Jahren keine Gangschaltung mehr gefahren, und als ich die Kupplung trete und den ersten Gang einlege, fällt mir der Buchstabe R auf. Wie soll ich mich je daran erinnern, dass dieses Vehikel nur vorwärtsfahren kann?

Ich fahre vom Parkplatz nach links, in Richtung Stadt, an einem zerschossenen Schild vorbei, das bestätigt, dass ich in Eden Falls bin. Um es ganz klar zu sagen: Eden Falls ist eine absolute Fehlbenennung. Erstens hat der Ort nichts auch nur entfernt Göttliches, Idyllisches oder Biblisches (wenn man von einer weißen Holzkirche im Stile Norman Rockwells mal absieht). Es gibt weder Park noch Spielfeld, geschweige denn einen Märchengarten. Und genau betrachtet ist auch das Wort *Falls* im Plural nicht mehr korrekt, dank eines Bergsturzes vor fast achtzig Jahren, der eine mittelmäßige Touristenattraktion auf einen enttäuschenden und uninteressanten Wasserfall reduzierte.

Die Main Street, zweispurig und mit erlaubten fünfundzwanzig Meilen Höchstgeschwindigkeit, verfügt weder über eine einzige Ampel noch über ein Stoppschild. In einem Auto, das sich an die Höchstgeschwindigkeit hält, kann ein

Fahrer niesen, seine Nase putzen und geradeaus weiterfahren und verpasst dabei alles und nichts. Das ist das erste Mal, dass ich seit meiner Rückkehr durch den Ort fahre, und ich bezweifle, dass sich seit meinem letzten Besuch viel verändert hat. Es gibt eine Kunstgalerie, ein paar Antiquitätenläden, eine Tankstelle und einen Minimarkt in einer roten, umgebauten Scheune. Im Herzen der Metropole liegt das Miss Eden Falls Diner. Das letzte Mal war ich mit fünfzehn Jahren mit meiner Mom da, eine Woche bevor ich ins Internat geschickt wurde. Ich erinnere mich immer noch, was ich bestellt habe: gegrillter Käse, Pommes frites und ein Eis mit heißer Karamellsauce. Mom hatte ein Reuben-Sandwich und einen Apple Pie à la mode.

Dass Eden Falls überhaupt noch existiert, verdankt es hauptsächlich seiner Nähe zur nördlichsten Privatschule südlich von Alaska, der Eden Falls Academy. Die Schule schafft Arbeitsplätze, und die elterlichen Besuche halten eine Reihe fragwürdiger Pensionen und Restaurants am Leben, die in einer Gegend mit größerer Konkurrenz wahrscheinlich hätten schließen müssen. Dazu gehören Vera's Bed and Breakfast, das Harlequin Inn and Cottages (was viel besser klingt als das, was es tatsächlich ist – ein schwarz-weiß kariertes Motel) und das Inn at Falls View Farm, das, obwohl es das vornehmste Hotel ist, heute einen Blick auf etwas bietet, das einem Steinbruch ähnlicher sieht als einem Wasserfall.

Ich nehme an, dass manche die Stadt als originell oder sogar gemütlich bezeichnen würden. Sie verfügt tatsächlich über eine überdachte Holzbrücke, die den Missiquoi River überspannt, der am südlichen Stadtrand mäandert. Und direkt hinter der Brücke liegt Garvey's Gärtnerei. Ich habe tolle Kindheitserinnerungen an Garvey's. Für ein Kind, das sich nicht für Angeln, Jagen oder Skifahren interessiert, war ein Besuch bei Garvey's wie ein Ausflug nach Disney World. Ich spreche von einer Minigolfanlage, einem Minizug, im Herbst einem Maislabyrinth und einem Streichelzoo mit Kühen, Lamas, dickbäuchigen Schweinen, Miniaturpferden, Ziegen und Hühnern. Nicht, dass ich sie je gestreichelt hätte. Mir genügte es, das Verhalten der unterschiedlichen Spezies zu beobachten, besonders gegenüber altklugen Kindern. Jetzt, eine Ewigkeit später, erfüllt mich dieser Zoo mit Schrecken, weil laut Lewis Garveys Tiere von den Ärzten von Bedside Manor betreut werden. Ich habe genug mit Hunden und Katzen zu tun. Was soll ich mit einem Lama?

Man fährt ungefähr eine Meile bis ins Stadtzentrum, und auch wenn ich es nur ungern zugebe, die Landschaft gleicht wirklich einer wundervollen Winterpostkarte. Ein perfekt blauer Himmel trifft auf weiße, fedrige Wälder, die in flüssigem Sonnenlicht liegen. Ich habe vergessen, eine Sonnenbrille mitzunehmen. Instinktiv greife ich nach der Sonnenblende. Welcher Sonnenblende? Witzig, ich kneife die Augen zusammen. Es ist minus zehn Grad kalt, und die Heizung zielt wohl mehr auf Lärm als auf die Produktion von Wärme, und doch hat diese neue Tätigkeit, in die Welt zu ziehen, um einen Patienten zu besuchen, etwas Angenehmes.

Mir fallen eine Frau und ein Kind auf, die an einem Laternenpfahl stehen, und ich fahre langsamer, um zu sehen, was sie machen. Die beiden kleben einen Aushang fest.

VERMISST
Frieda Fuzzypaws

Darunter befindet sich das Bild eines Golden Retrievers, das Versprechen einer Belohnung und eine Telefonnummer.

Ich fahre rechts ran und beobachte sie im Rückspiegel. Das kleine Mädchen und die Frau steigen in ein Auto, fahren zum nächsten Laternenpfahl und hängen noch einen Zettel auf. Frieda Fuzzypaws ist ein Name, der nur einem kleinen Mädchen einfallen kann, das gerne rosa Nagellack auf die Pfoten ihres besten Freundes pinselt.

Ich drehe mich um und sehe die Straße entlang, in die Richtung, in die die beiden gehen. An jedem Laternenpfahl hängt ein Aushang.

Ich nehme mein Handy und wähle die Nummer vom Zettel.

Während es klingelt, starre ich in den Spiegel und warte darauf, dass der Anruf durchgeht und die Frau im Spiegel in ihrer Manteltasche nach dem Handy sucht und sich meldet.

»Hallo. Hallo.«

Ich höre eine Stimme, aber die Frau im Spiegel hilft weiter dem Mädchen, Aushänge zu kleben.

»Wer ist da?«

Ich kann nicht sprechen.

»Ist es wegen des Hundes?«

Ich lege auf. Im Spiegel nähert sich die Frau dem Mädchen und umarmt sie. Meine Finger fangen an, nervös auf das Lenkrad zu klopfen. Ich habe die Stimme sofort erkannt. Der Mann in dem kohlschwarzen Anzug.

Beruhige dich, denke ich. *Schau dir die Fakten an*.

Offensichtlich ist die Telefonnummer auf dem Aushang nicht die vom Handy der Frau, sondern wahrscheinlich ihre Festnetznummer zu Hause. Ich rufe diese Nummer an, und der Mann mit dem kohlschwarzen Anzug antwortet, was bedeutet, dass diese Frau, dieses Kind und Frieda Fuzzypaws zusammenwohnen. Auf dem Aushang steht »VERMISST« wie verlaufen oder abgehauen, daher glauben die Frau und das kleine Mädchen, dass das wahr ist, was bedeutet, dass der Mann im kohlschwarzen Anzug diese Lüge erfunden hat.

Und was soll ich jetzt tun? Wie verstecke ich einen Hund, nach dem jeder sucht? Und wie kann ich einen Hund vorzeigen, den ich angeblich eingeschläfert habe?

SECHS

Als ich aus der Stadt hinausfahre, sehe ich die letzten Wohnhäuser hinter mir vorbeiziehen, während der Wagen auf eine Reihe Serpentinen zurumpelt. Ein Mann, der nie gelernt hat, auf Schnee zu fahren, sollte sich jetzt besser auf die Straße konzentrieren, aber meine Gedanken sind woanders. Ich bin eigentlich nicht impulsiv, aber ein Teil von mir würde diesen Hausbesuch gerne vergessen. Ich möchte herausfinden, wo die Frau und das kleine Mädchen wohnen, dann Frieda vor ihre Haustür stellen, klingeln und abhauen. Aber der analytische, ermittelnde Teil von mir sagt: nicht so schnell. Das hier ist ein Fall, der darum bettelt, in der falschen Richtung gelöst zu werden, von hinten nach vorn. Bin ich nicht genau darin gut? Wie ich zu Lewis gesagt habe, zieht es mein Intellekt vor, mit dem letzten Kapitel zu beginnen. Ich weiß schon, wer es getan hat, oder besser gesagt, wer es tun wollte. Frieda ist unser Opfer und, soweit ich das sehen kann, unschuldig, was die Vorwürfe ihr gegenüber angeht. Alle suchen nach ihr. Wenn ich sie jetzt zu einem Tierheim oder einer Tierrettergruppe bringe, ist es sehr wahrscheinlich, dass sie zu dem Mann zurückkommt, der sie hatte töten lassen wollen. Ich bezweifle, dass er noch einmal das Risiko eingehen würde, einen Tierarzt aufzusuchen. Er würde sie wahrscheinlich in den Wald bringen und es selbst erledigen. Nein, der Mann im kohlschwarzen Anzug ist unser Möchtegernkiller. Um eine Wiederholung zu vermeiden, muss ich die Antwort auf eine viel kompliziertere Frage finden: Warum?

Ich verpasse die Abbiegung zu Harry Carp. Das geschieht leicht. Denn nur handgeschriebene Zahlen auf einsamen Briefkästen voller Baseballschlägerbeulen markieren die Adressen. Der hinter immergrünen Büschen verborgene Feldweg lag völlig im Dunkeln. Ich sehe in den gesprungenen Rückspiegel, bevor ich wende. Der einer Kirmes würdige Zerrspiegel spielt mit meinen Zügen, aber er kann die dunklen Schatten der Unruhe und Schlaflosigkeit um meine Augen nicht verbergen.

Mit durchdrehenden Reifen und Hinterrädern, die ausbrechen, arbeite ich mich eine enge, baumbestandene Zufahrt hoch, dabei nutze ich eine alte Reifenspur bis zu einer Hütte, die fast ganz in dem sie umgebenden Wald verschwindet. Lewis hatte recht, hier ist endlos viel Platz. Wer braucht da schon einen Rückwärtsgang?

Ich greife mir die treue Zaubertasche, Lewis' »Arztkoffer«, vom Beifahrersitz, springe aus dem Wagen und stapfe durch den Schnee. Ein Weg zur Haustür ist freigeschaufelt, zu beiden Seiten türmt sich der Schnee fast zwei Meter hoch auf, aber es gibt keine Klingel. Irgendwo drinnen höre ich ein Gespräch, dann Schüsse aus einem Fernseher. Ich klopfe fest auf das Holz. Nichts. Ich versuche es noch einmal. Immer noch nichts. Wie alt ist Harry Carp? Und was für ein Wachhund ist Clint?

Ich habe wohl keine große Wahl. Ich stapfe, bis zur Taille in Puderschnee, zu einem Fenster, hoffe, dass es eine Küche oder ein Wohnzimmer ist, hoffe, dass jemand oder etwas mich sehen wird. Ich muss an das Glas klopfen, erst dann merken Mann und Tier, dass sie einen Besucher haben. Harry Carp gestikuliert entschuldigend, während sich etwas im

Schatten bewegt und entweder zur Begrüßung oder aber genervt bellt. Ich kann nicht sagen, was. Ich stapfe zur Tür zurück und klopfe den Schnee ab, bevor sie geöffnet wird.

»Langsam, Clint«, sagt ein Mann, der über achtzig Jahre alt sein muss und mit einer Hand fest einen Gehstock umklammert, auf den er sich lehnt. Früher war er wahrscheinlich mal ein beeindruckender Mann, aber jetzt ist seine Brust mehr Fass als Schrank, als wäre sie durch ein Herz- oder Lungenleiden verformt. Sein Rückgrat hat dem Gewicht der Zeit nachgegeben, auf seinem Kopf befinden sich mehr Leberflecke als dünne Haarreste, und seine milchigen blauen Augen werden durch eine käferhafte Brille vergrößert. »Ich bin Harry. Sie müssen Cyrus sein. Kommen Sie rein.« Harry streckt mir seine freie Hand entgegen, und wir schütteln uns Hände, sein Griff ist trocken und fest. Aber seine Fingernägel wecken meine Aufmerksamkeit. Die Nagelbetten sind lädiert. Bei einem oder zwei könnte man an einen ungeschickten Hammerschlag denken, aber nicht bei allen. Ich kann nicht anders, mein Gehirn gibt Gas.

»Entschuldigen Sie, dass ich Sie nicht gehört habe, Clint und ich schauen unseren Film an.«

Harry spricht atemlos, fängt sich nach der Anstrengung des Weges bis zur Tür wieder, aber ich bin überrascht, wie ehrlich er sich über unser Treffen zu freuen scheint. Es ist nicht nur ein Lächeln, er strahlt, aufgeweckt und lebendig, als hätte ich einen Ozean überquert, um hierherzugelangen. Ich frage mich, ob er allein lebt. Ich frage mich, von wem die Reifenspuren in der Auffahrt stammen. Ich frage mich, wann er das letzte Mal einen Besucher hatte.

»Okay, Mr Carp«, sage ich. »Ich nehme also an, dass das Clint ist?«

Der Hund macht vorsichtig einen Schritt auf mich zu.

Ich bleibe stehen und bemühe mich, nicht ängstlich auszusehen. Clint ist eine schwarze, kurzhaarige Promenadenmischung, und der Körper- und Kopfform nach zu urteilen gehört auf jeden Fall etwas Labrador-Retriever-Blut zur Mischung. Aber seine Beine und sein Schwanz sind nicht ganz richtig. Seine Beine sind viel zu kurz und gebogen wie bei einem Basset, und sein Schwanz ist lang und biegt sich zu einem frechen C, was besser zu einer arktischen Rasse passen würde.

»Hallo … Clint.«

Clint fängt an, an meinem Hosensaum zu schnüffeln. Ich sehe zu Harry auf, den mein Zögern zu verwirren scheint. Ich sollte etwas sagen. Ich sollte etwas tun.

»Ich wette, er kann nicht schwimmen?«

Meine Frage, die zugegebenermaßen aus heiterem Himmel kam, wird nicht beantwortet, und ich weiß nicht, ob Harry sie nicht gehört hat oder sie so dumm findet, dass er sie lieber ignoriert.

»Der Basset in Clint«, erkläre ich. »Bassets können nicht schwimmen. Oder nicht gut. Genau wie Bulldoggen, Möpse, Dackel …«

»Begrüßen Sie den Hund jetzt oder nicht?«

Ich nicke, als würde ich den Ratschlag annehmen, und streichle ihn halbherzig. Zum Glück geht Clint zurück zu seinem Herrchen, bevor ich eine Chance habe.

»Sehen Sie. Normalerweise würde Clint sich auf Sie stürzen. Sie müssten *sie* losreißen.«

»Sie?«

Harry grinst. »Kommen Sie ins Wohnzimmer, dann können Sie nachsehen.«

Ich trample den Schnee aus meinen Schuhsohlen und trete in einen dunklen Flur. Links liegt eine Küche, eng, aber aufgeräumt, und geradeaus führt eine Holztreppe zu einer ersten Etage. Ich bezweifle, dass Harry die in letzter Zeit gesehen hat. Wir gehen nach rechts, die Hitze eines Holzofens trifft mich, lange bevor ich ein kleines Wohnzimmer betrete. Dort steht eine schäbige Couch, ein abgewetzter Sessel und zwischen den beiden etwas, das ein großes und auffallend neues Hundebett zu sein scheint. Die Sitzgelegenheiten sind auf einen Fernseher ausgerichtet, auf dem ich ein klassisches Standbild erkenne.

»Er selbst«, sage ich.

»Natürlich«, sagt Harry, »aber erkennen Sie auch den Film?«

Auf dem Bild ist Clint Eastwood zu sehen, mit Stetson und Poncho und einem Zigarillo zwischen den Lippen.

»Na ja, ausgehend von seinem Alter und Outfit spielt er wohl den Fremden ohne Namen, also ist es von Sergio Leones Spaghetti-Western-Trilogie. Aber mit nur diesem einen Bild müsste ich raten, welcher Film.«

Harry sieht zufrieden aus. »Filmfan?«

»Das können Sie glauben«, erwidere ich, obwohl ich Netflix aus Geldmangel aufgeben musste, und Kabelfernsehen kann ich mir nicht leisten, was bedeutet, keine Turner Classic Movies.

»Der erste«, sagt er. »Das Original. *Für eine Handvoll Dollar.*«

Ich nicke. Der Film *Für eine Handvoll Dollar* ist eigentlich ein Remake von Akira Kurosawas *Yojimbo – Der Leibwächter*. Aber ich schweige.

»Wenn Sie je Lust haben, einen Clint-Eastwood-Film zu sehen, sie sind alle hier.«

Harry zeigt auf eine Wand, vor der Reihen um Reihen mit VHS-Videokassetten stehen mit handgeschriebenen Aufklebern auf ihren Rücken. Es ist die Art von Sammlung, die eine harte Konkurrenz für Blockbusterfilme war, damals, als es noch eine gute Idee schien, für einen Film mit einem Auto durch die Gegend zu fahren.

»Haben Sie *Tausend Meilen Staub*?«

»Natürlich.«

»*Gran Torino*?«

»Ja.«

Ich warte einen Augenblick, aber ich muss fragen: »*Die Brücken am Fluss*?«

Harrys Lächeln verschwindet.

Ups.

»Vielleicht sollten wir wieder über Clint reden. Clint, den *weiblichen* Hund.«

Sie liegt zusammengerollt auf ihrem Bett. Sie scheint recht freundlich, aber so sehen sie doch immer aus, oder? Ich stelle meine Tasche ab und hocke mich hin, nett und langsam, als würde ich mit einem Gorilla und nicht mit einem Hund Kontakt aufnehmen. Ich spüre die Elastizität in meinen Knien und wie meine Muskeln sich anspannen, bereit, beim ersten Anzeichen von Ärger sofort Schutz zu suchen. Clint schließt die Augen.

»Sie ist meine sechste Clint.«

Meine Hand zögert, berührt dann endlich das Fell. Sie zuckt nicht.

»Es ist nur ein Name, wissen Sie. Ich bin mir ziemlich sicher, dass sie kein Problem damit hat.«

Ich nicke, schaue auf und an ihm vorbei zum Tisch am anderen Ende des Zimmers. Er ist voller Medizinflaschen, wahrscheinlich seinen. Daneben steht ein tragbares grünes Sauerstoffgerät bereit.

»Was ist los?«

Plötzlich sehe ich, wie der Mann sich verändert, eine entschiedene Klarheit macht sich in diesen großen blauen Augen breit, während wir zum Kern kommen. »Nun ja, sie wird elf. Sie hat immer einen guten Appetit gehabt. Das ist wohl der Labrador in ihr, nehme ich an. Aber sie mag nicht mehr fressen. Ich hatte gestern Abend Huhn, und normalerweise hilft sie mir immer, wenn ich es nicht packe. Sie hat daran geschnuppert, und das war's. Alles, was sie will, ist schlafen. Das ist nicht meine Clint.«

»Wie oft bekommt sie Reste vom Tisch?« Meine Stimme klingt vorwurfsvoll genug, sodass er weiß, dass ich das nicht gutheiße.

»Nicht oft«, sagt Harry, aber mich führt er nicht hinters Licht.

Ich höre Lewis in meinem Kopf: *Probieren Sie ein freundliches Gespräch, kein Verhör.*

»Was ist mit der Toilette?«, frage ich und zucke innerlich bei diesem unwissenschaftlichen Ausdruck zusammen.

»Sie hat seit Tagen keinen Stuhlgang mehr. Ist das schlecht?«

Ein paar schwierige Sekunden lang bin ich der Schauspieler, der nicht einmal das Drehbuch gelesen hat, geschweige denn sich an seine Zeilen erinnert. Wo ist Lewis, wenn man ihn braucht? Mein einer Zuschauer wartet, und Harrys Sorge ist greifbar. Ich spüre die Hitze in meinen Wangen, die bedrückende Gemütlichkeit des Zimmers wirkt klaustrophobisch, und das Gewicht einer seltsamen Verantwortung für einen gebrechlichen alten Mann bedrückt mich.

»Nicht unbedingt.« Ich sollte ehrlich sein und zugeben, dass ich überfordert bin. »Gehen Sie mit ihr noch spazieren?«

»Ich wünschte, ich könnte«, sagt Harry. »Meine Enkelin

macht das. Sie wohnt hier bei uns. Kümmert sich um uns. Heutzutage bin ich froh, wenn ich von der Hintertür aus zusehen kann.«

Ich nicke. *Die Reifenspuren in der Auffahrt.* Ich bin unsicher, welche anderen Fragen ich stellen soll, wodurch ich in einer weiteren unangenehmen Stille hängen bleibe. Und da fallen mir die Buchstaben GNG ein. GNG ist eine Abkürzung, die Studenten im Tiermedizinstudium lernen und die ein Tier mit einer vagen, unspezifischen Krankheit bezeichnet. Ja, man könnte sagen, dass Clint ein GNG ist, aber für einen ausgebildeten Pathologen, der wissenschaftliche Genauigkeit anstrebt, ist die Diagnose GNG peinlich vage. Und zwar deshalb, weil GNG ausgerechnet für »Geht's nicht gut« steht. GNG ist keine Krankheit. GNG verursacht keine typischen Veränderungen im Körper. Ich kann GNG weder sehen, finden noch ertasten. Bei GNG geht's um das Bauchgefühl des Besitzers, und ich ziehe Fakten Gefühlen vor.

Ich kann nur eines tun: Informationen sammeln, sie an Lewis weiterreichen und alles seiner Erfahrung überlassen.

»Gut, dann. Äh … hoch mit dir.« Zu meiner Überraschung steht Clint auf. Sie schenkt mir sogar ein Schwanzwedeln, aber nicht viel mehr. Ich nehme mein Stethoskop und höre sie ab.

Ruhepuls, normal für einen Hund, sechzig bis hundertsechzig Schläge pro Minute. Ich sehe auf meine Armbanduhr. Abgehakt. Du-dum, du-dum, gleichmäßiger Rhythmus, synchrone Pulsfrequenzen. Abgehakt.

Sobald alles so klingt, wie ich es für normal halte, fangen die Zweifel an, ich frage mich, wie ich nach vierzehn Jahren überhaupt hören kann, dass ein Hundeherz normal schlägt? *Aber sie hat einen normalen Rhythmus und keine Nebengeräusche.*

Ich mache mit Clints Bauch weiter, und da stelle ich überrascht etwas fest, das mich überzeugt.

»Ihr Bauch ist auf jeden Fall weich.«

Hoch oben unter dem Brustkasten lässt Clint mich tief tasten, ich berühre ihre Leber und Milz, aber in ihrem Bauch spannen sich ihre Muskeln zu einem Sixpack an, der einem Abercrombie-&-Fitch-Model alle Ehre machen würde, um sich gegen neugierige Finger zu wehren.

»Durchfall?«, frage ich.

»Nein.«

Ich fordere Harry auf, eine Hand auf ihren Kopf zu legen, ziehe ein Thermometer hervor, eine Tube Gel, entschuldige mich und messe ihre Temperatur.

Die normale Hundetemperatur liegt zwischen 37 und 39 Grad. »39«, sage ich, »perfekt.« Ich stehe auf.

»Was meinen Sie? Können Sie mir sagen, was los ist?«

Ich erinnere mich an Doc Lewis' Rat, wie die Kunden aus Eden Falls zu behandeln sind, und Ehrlichkeit scheint das Mindeste zu sein, was dieser Mann verdient. »Nein, Harry, kann ich nicht.«

Harry nickt, enttäuscht, aber immer noch auf meiner Seite.

»Es ist allerdings offensichtlich, dass Clint sich nicht gut fühlt. Ich denke, wir sollten eine Blutprobe nehmen und in ein Labor schicken, mal sehen, ob wir so Antworten bekommen. Setzen Sie sich, es wäre mir übrigens sehr recht, wenn Sie ihren Kopf halten, während ich eine Blutprobe nehme.«

Harry kommt um den Sessel herum. Er nimmt meine Hand, als ich ihm in den Sessel helfe. »Ich verspreche Ihnen, sie wird nicht beißen.«

Ich würde ihm gerne sagen, dass ich das schon früher gehört habe, aber in seinen Augen liegt eine feste Überzeugung. Ich muss ihm glauben. Harry macht es sich bequem und spielt mit einer Hand mit ihrem Ohr. Clint scheint sich ganz Harrys bekannter Berührung hinzugeben. Ich muss unwillkürlich daran denken, dass man sogar Alligatoren hypnotisieren kann.

Ich hole eine sterile Nadel und Spritze, eine kleine Flasche Alkohol und einen Wattebausch, mehrere passende Entnahmeröhrchen und einen dicken Stauschlauch, um ihn um Clints Vorderlauf zu knoten. Ich atme tief ein, steche in die Vene, warte auf den Schrei, das Schnappen und die Wut. Nichts passiert. Sie merkt es gar nicht. Aber das Lächeln auf Harrys Gesicht sagt mir, dass er es gemerkt hat.

»Äh … gut gemacht«, sage ich und fülle die Röhrchen mit frischem Venenblut. »Ich werde die sofort losschicken, wenn ich wieder in Bedside Manor bin.«

Harry steht mühsam auf. Ich räume alles wieder in die Tasche und nehme sie in die Hand.

»Ich hoffe, es stört Sie nicht, wenn ich Sie nicht zur Tür begleite.«

»Gar nicht«, sage ich. »Ich melde mich.«

Harry macht keine Anzeichen, meine Hand schütteln zu wollen.

»Darf ich Ihnen etwas sagen?«, fragt er.

Oh-oh. Lewis hat gesagt, dass sie eigentlich alle nur ein nettes Gespräch suchen.

»Sicher.«

Harry Carp sieht zur Seite und fährt mit seinen verletzten Fingern über die silbrigen Stoppeln an seinem Kinn. Dann lässt er seine Hände sinken und sieht mir direkt in die Augen. Sein Gesichtsausdruck ist ernst, aufrichtig. Ich möchte wegsehen, während mein Herz schneller schlägt.

»Sind Sie ein religiöser Mann?«

Die Frage erwischt mich unvorbereitet, und ich bin in einem agnostischen Augenblick des Zögerns gefangen. »Eigentlich nicht.«

»Aber Sie glauben an Gott?«

»Ich denke schon.«

Mein Zögern beunruhigt ihn.

»Sagen wir so, Ihnen gefällt die Vorstellung, dass da draußen irgendwo ein liebevolles höheres Wesen ist, das fähig ist, einen immer bedingungslos zu lieben, egal, was war.«

»Ja, ja, das gefällt mir.«

Harry schaut auf seinen Hund, und sein Hund sieht zu ihm auf. »Mir auch«, sagt er, nickt und lächelt mit schmalen Lippen. »Nur dass ich jeden Tag mit dieser Art von Liebe gesegnet bin, von dieser verrückt aussehenden Promenadenmischung! Glauben Sie, dass unsere Haustiere Kontakt zu Gott haben?«

Ich versuche, meine Skepsis hinter einem anerkennenden Lachen zu verbergen.

»Sehen Sie, die Zeit vergeht schnell, wenn Sie mal in meinem Alter sind. Der Rest der Welt will an besseren Orten sein, mit besserer Gesellschaft.« Harry versucht, Clints Kopf zu streicheln, aber sein arthritischer Rücken hält ihn zurück, bis Clint die Situation begreift, sich auf die Hinterläufe stellt und den Körperkontakt herstellt. »Aber diese spezielle, junge Lady ist ganz auf mich eingestellt. Ich bin ihre Welt, und sie ist meine, die Konstante in meinem Leben, die Erinnerung, dass nichts anderes wichtig ist, solange wir einander haben.«

Wieder spüre ich, wie meine Wangen heiß werden, und ich kann nicht sagen, ob das an der bedrückenden Wärme des Zimmers liegt oder an meinem Unbehagen, Zeuge von Harrys Offenheit zu sein. Ich befürchte, Letzteres.

»Sie sehen ja, dass ich kein gesunder Mann bin. Meine Enkelin ist ein Engel, und das meine ich ernst. Sie tut alles für mich, aber, hey, es gibt eine Grenze, was man für ein Herz tun kann, das bereit ist, zu schlagen aufzuhören. Hören Sie …« Harry macht eine Pause. Seine Stimme zittert jetzt. Er schluckt fest. »Wenn ich morgen sterben würde, dann weiß ich, dass man sich gut um Clint kümmern wird. Ich weiß, dass sie es schaffen wird. Aber … aber wenn meine Clint vor mir geht …«

Angst legt sich auf seine Zunge, lähmt seine Stimmbänder, und ich sehe zu, wie der stolze alte Mann um Fassung ringt. Einen Moment glaube ich, dass er es schafft, aber Clint, die das Bedürfnis ihres Herrchens spürt, sucht nach Kontakt zu ihm, und das genügt. Achtzig Jahre verschwinden in einem Augenblick, und Harry weint wie ein kleiner Junge. Seine Schultern beben, und er atmet abgehakt.

Ich stehe einfach nur da, unfähig, mich zu bewegen. Es ist schon schwer genug für mich, ein echter Tierarzt zu sein, geschweige denn ein Psychiater oder Trauerberater. Ich erinnere mich daran, warum ich eine Karriere gewählt habe, die diese sentimentalen Begegnungen vermeidet. Eigentlich habe ich deswegen in meinem ganzen erwachsenen Leben jegliche Art von emotionalen Konfrontationen vermieden. Mein Herz ist da, wo es sein soll. Gut geschützt, tief in meiner Brust verborgen.

»Ich kann mir nicht vorstellen, einen einzigen Tag ohne sie zu leben. Wenn meine Lichter ausgehen, dann wünsche ich mir eine Sache, nur eine einzige Sache.«

Harry schweigt ein paar Sekunden lang, und ich weiß, dass ich jetzt reagieren soll, aber ich muss darum kämpfen, meine Stimme zu finden. Es ist viel einfacher, mein eingebildetes Jucken zu kratzen. »Was ist das, Harry?«, sage ich in einem trockenen Flüsterton.

»Ich möchte meinem letzten, besten Freund in die Augen sehen. Das ist es. Sie sind Tierarzt. Sie wissen, was ich meine.«

Er zuckt, während erneut Tränen über seine Wange fließen. Ich drehe mich weg. Ich versuche, mich auf den Hund zu konzentrieren und nicht auf die Schweißtropfen auf meiner Stirn. Ich höre Harry einen stockenden Atemzug wegschluchzen und bin mir ziemlich sicher, dass er seine Fassung wiedergewonnen hat. Ich sehe ihn an.

»Doc Lewis hat mir gesagt, dass Sie ein kluger Mann sind, mit einer besonderen Ausbildung. Ich glaube, Gott hatte einen Grund, Sie nach Eden Falls zu bringen.«

Ich zucke zusammen.

»Okay, okay, sagen wir, dass das Schicksal Sie hierhergebracht hat, um meine Clint zu heilen.«

»Entschuldigen Sie, Mr Carp, aber ich glaube nicht an Schicksal. Ich vermute, ich bin dafür zu sehr Wissenschaftler.«

Harry wischt sich die Augen ab. »Wirklich? Mein Priester hat mich vor ein paar Tagen besucht, das ist doch nie ein gutes Zeichen, und wir haben über das Leben gesprochen, wissen Sie, die Entscheidungen, die man trifft, den Weg, den man einschlägt, die Dinge, die man anders machen würde, könnte man sie noch einmal machen.«

Warum wollen manche Leute nie begreifen, dass Selbstbeobachtung nichts ändert? Harry fährt fort: »Sie sagen, Sie glauben nicht ans Schicksal, aber was, wenn Sie mit einem Hund arbeiten und entdecken eine Beule an seinem Kopf und dann an seinem Hals, seinem Rücken und seinem Schwanz. Da müssen Sie sich doch manchmal sagen, *das kann kein Zufall sein*.«

»Natürlich.«

Harry strahlt. »Sehen Sie, dieser Priester hat mir etwas

gesagt, das mir im Gedächtnis geblieben ist: ›Zufälle sind Gottes Art, anonym zu bleiben.‹«

Er macht eine Pause, damit diese Lektion richtig bei mir ankommt. »Wissen Sie, wer das gesagt hat? Noch ein ziemlich guter Wissenschaftler namens Albert Einstein. Glauben Sie mir, Sie sind aus einem bestimmten Grund wieder in Eden Falls. Sie kennen ihn vielleicht noch nicht, aber lassen Sie ihm noch etwas Zeit.«

Wieder in Eden Falls.

Er weiß Bescheid.

»Wenn Lewis Ihnen vertraut, dann tue ich das auch.«

Ich weiß nicht, was ich sagen soll. Ich habe mich nur selten weniger des Vertrauens eines anderen würdig gefühlt.

»Wissen Sie, die Ärzte wollten mich in ein Krankenhaus stecken.« Harry schüttelt den Kopf. »Fragen Sie jemanden in meinem Alter, wo er sterben möchte, und er wird sagen, zu Hause.« Er atmet tief ein. »Nun, lassen Sie mich zum Abschied diesen Gedanken formulieren … Clint *ist* mein Zuhause.«

Es ist schwer, von diesem einfachen Mann nicht beeindruckt zu sein, der in seinem bescheidenen Zuhause steht und seine Leidenschaft wie eine Brechstange schwenkt. Aus dieser Nähe droht er, alles aufzubrechen, was ich so sorgfältig weggeschlossen habe. Ich beiße die Zähne zusammen und greife langsam nach Harrys Hand. Ich hoffe, dass er meine stille Entschlossenheit erkennt, und wir schütteln einander die Hände.

»Noch eines, bevor ich gehe«, sage ich, erleichtert, das Thema zu wechseln. »Nehmen Sie Blutverdünner?«

»Ja, warum fragen …«

»Dann sagen Sie Ihrem Arzt, er soll das Coumadin schwächer dosieren.«

Harry holt ein Taschentuch hervor, um seine Nase zu putzen, und ich merke, dass er sich Fragen stellt. »Woher wussten Sie …?«

»Die blauen Flecke unter Ihren Fingernägeln. Mir fallen die seltsamsten Dinge auf.«

Und damit gehe ich zur Haustür.

Zu meiner Überraschung folgt mir Clint. Sie hält Abstand, sie trottet mehr, als dass sie trabt. Ich denke unwillkürlich, dass sie wie ein besorgter Angehöriger den Arzt abpassen will, um unter vier Augen mit ihm zu sprechen. Wir schauen beide zu Harry zurück. Aber er sieht uns nicht an. Er betrachtet das leere Hundebett, und ich habe das Gefühl, dass er sich eine Zukunft vorstellt, von der er hofft, dass er sie nie erleben muss.

Die kalte Luft wirkt wie ein Schlag.

Unglaublich. Ich habe vergessen, Harry eine Rechnung auszustellen.

SIEBEN

Lewis fährt gerade von der Praxis weg, als ich ankomme. Wir stellen unsere Autos nebeneinander, um zu reden, wie zwei Polizeistreifen vor einem Dunkin'-Donuts-Laden. Er lässt das Fenster elektrisch hinunter, während ich bei meinem die Kurbel drehe.

»Wie lief es?«

»Okay«, sage ich.

Lewis sieht verwirrt aus. »Nur okay?«

»Verstehen Sie mich nicht falsch, Harry scheint ein netter Kerl zu sein, aber der Mann ist völlig fertig vor Angst, seinen Hund zu verlieren. All diese Gefühle … sind beunruhigend.«

Lewis schüttelt den Kopf. »Das hier läuft nicht so wie bei einem Auto, das man in der örtlichen Werkstatt zur Reparatur abgibt. Für Besitzer ist es wichtig, dass Sie wissen, warum ihnen das Wohlergehen ihres Tiers so am Herzen liegt.«

»Aber begreifen Sie denn nicht, dass das nur den Druck auf den Tierarzt erhöht, erfolgreich zu sein? Es hilft einem nicht. Ich habe gesehen, was es Doc Cobb angetan hat.«

Etwas in Lewis' Zügen verändert sich, als hätte er eine Tür sich öffnen gesehen, nur einen Spalt breit, und als lehne er sich jetzt dagegen, um festzustellen, ob sie nachgibt. »Was haben Sie denn … genau gesehen … was es … Ihrem *Vater* angetan hat?«

»Sie wissen, wie er war«, sage ich. »Er war besessen von der Arbeit. Tierbesitzer riefen zu allen Tages- und Nachtzeiten an. Er hat nie nein gesagt. Er hat nie abgelehnt, nach einem Anruf hinzufahren. Manchmal frage ich mich, ob sie seine Hingabe nicht ausgenutzt haben, weil sie wussten, dass es seine Schwäche war. Egal. Alles, was ich weiß, ist, dass Cobb Schwierigkeiten hatte, seine Rolle als Tierarzt und die als Ehemann, geschweige denn als Vater unter einen Hut zu bringen.«

Ich bin dankbar, dass wir durch Glas und Stahl voneinander getrennt sind, ich bin mir sicher, dass Lewis sonst in meinen persönlichen Raum eingedrungen wäre. Ich wechsele das Thema. »Ich weiß nicht, was mit Clint los ist.« Ich erzähle von Clints Geschichte und den klinischen Befunden, um zu hören, ob der Maestro vielleicht seine Weisheit mit mir teilen will.

»Klingt wie ein Fall von allem und nichts. Wahrscheinlich geht's von selbst weg. Aber die Blutprobe war eine gute Idee. Verpacken Sie sie und lassen Sie Doris FedEx rufen.«

»Sie ist wieder zurück?«

Lewis nickt.

»Wie lange dauert es, bis wir die Ergebnisse bekommen?«

»Sie werden sie morgen um diese Uhrzeit faxen.« Und dann, als er meine Überraschung sieht, fügt er hinzu: »Wir sind nicht so hinterwäldlerisch, wissen Sie. Hey, wäre es Ihnen recht, meine Nachmittagstermine zu übernehmen? Es sollte nicht allzu viel los sein.«

»Klar«, sage ich und warte auf die Entschuldigung oder Erklärung, aber es kommt nichts, außer seinem charmanten Grinsen. Er will gerade den Gang einlegen, als ich frage: »Die Haare sind aber nicht stark geschnitten?«

»Was? Ach so. Es war nur ein Nachschneiden, im Nacken

gekürzt.« Er greift mit einer Hand in seinen Nacken, wo die Haare auf die Haut treffen, als könne er den Unterschied fühlen, auch wenn es genauso aussieht wie beim letzten Mal, als ich ihn gesehen habe. »Bis später.«

Drinnen herrscht eine trockene, elektrische Hitze, und eine Frau steht vor der Tür zum Untersuchungszimmer. Sie sieht aus, als wäre sie im Jahr 1958 steckengeblieben. Vielleicht liegt es an der Bienenkorbfrisur (in einem Gelb gefärbt, das in der Natur nicht vorkommt). Vielleicht liegt es an den klebrigen orangefarbenen Lippen, die von einem Kreis fester Falten umgeben sind, fast sicher das Ergebnis von lebenslangem Ziehen an Zigaretten. Trotz der Wärme trägt sie eine Skijacke. Sie hält einen Schraubendreher in der Hand und ist gerade dabei, das Schild DR. MED. VET. ROBERT COBB von der Tür abzuschrauben.

»Äh … Sie müssen Doris sein. Schön, Sie kennenzulernen.«

»Ah, Sie müssen Dr. Mills sein. Es tut mir leid, ich wollte das eigentlich schon fertig abgeschraubt haben, bevor Sie zurück sind.«

»Nennen Sie mich Cyrus.«

Doris lächelt. »Das ist nett von Ihnen, aber ich ziehe Dr. Mills vor. Ich habe es mit Dr. Cobb genauso gehandhabt. Professioneller. Es erinnert die Kundschaft daran, dass Sie einen Titel haben, finden Sie nicht?«

»Nun, ich denke schon.« Ich warte eine Sekunde. »Kann ich helfen?«

Das rechteckige Plastikschild dreht sich an der letzten, losen Schraube, und ein paar Sekunden lang schaukelt es wie ein kaputter Uhrzeiger hin und her.

»Danke, aber ich habe es fast … geschafft.«

Jetzt, da sie es in der Hand hält, betrachtet sie es einen Moment lang, als wäre es etwas völlig Neues.

»Hier. Das gehört Ihnen«, sagt sie und reicht mir das Schild.

Ich zögere, es anzunehmen.

»Nein.« Ich lächele gezwungen. »Behalten Sie es.«

Sie antwortet mit einem ebenfalls falschen Lächeln, ganz kurz blitzt es in ihren Augen, und das Schild verschwindet in ihrer Jackentasche.

»Soll ich ein anderes bestellen?«

Ein anderes Doc-Cobb-Schild? Auch wenn ich als »Dr. med. vet. Cyrus Cobb« das Tiermedizinstudium abgeschlossen habe, habe ich so bald wie möglich den Mädchennamen meiner Mutter angenommen. Nach allem, was er mir nach ihrem Tod zugemutet hat, musste ich alle Verbindungen kappen, und dazu gehörte auch, seinen Nachnamen abzulegen.

»Ein anderes?«, frage ich.

»Ja, ein anderes Schild?«

»Nein, danke, das wird nicht nötig sein.« Ich werde in Charleston sein, bevor es ankommt.

Doris zieht ihre aufgemalten Augenbrauen hoch, durchquert den Raum zu ihrem Schreibtisch und wirft die Schrauben in den Papierkorb. »Heute Morgen waren zwei Nachrichten für Sie auf dem Anrufbeantworter.«

»Ja, Doc Lewis hat es mir gesagt. Doris, ich, äh … ich frage mich, ob Sie in Zukunft eventuelle Nachrichten für mich auf einen Zettel schreiben könnten. Besonders, wenn Sie für längere Zeit Ihren Schreibtisch verlassen.«

Doris hört auf, einen Stapel mit Krankenakten durchzublättern. Sekunden vergehen, sie hält ihren Kopf gesenkt, und dann reißt sie ihn schneller als ein Huhn hoch und sieht mir in die Augen.

»Natürlich, Dr. Mills.« Und dann: »Es ist nur so … nein … es war falsch von mir anzunehmen …«

»Was anzunehmen?«

Doris schaut mich mit einer Art von schmerzhaftem Gesichtsausdruck an, den sie wohl für Idioten, die es nicht besser wissen, in petto hält. »Sagen wir einfach, dass Dr. Cobb und ich eine Absprache hatten. Er hatte viel zu tun und schätzte es, wenn ich die Tierbesitzer, die nur ein bisschen Händchenhalten brauchen, herausfilterte und ihn mit den echten Problemfällen weitermachen ließ.«

»Ich verstehe. Und die Nachrichten von heute Morgen?«

»Die erste stammt von Crystal Haggerty. Sie hat gesagt, dass sie sich gefreut hat, Ihnen gestern über den Weg gelaufen zu sein, und bittet Sie anzurufen.« Doris macht eine Kunstpause und fügt dann hinzu. »Wegen ihres schwarzen Labradors.«

Crystal. Schwarzer Labrador. Die Frau, die sich auf mich geworfen hat und mich nicht loslassen wollte. Die Frau, die Frieda vielleicht wiedererkannt hat. In dieser Stadt kennt jeder jeden, und diese »Crystal Haggerty« hat offensichtlich nicht lange gebraucht, um mich zu finden. Wie lange würde es dauern, bis jemand Frieda findet?

»Schauen Sie nicht so besorgt«, sagt Doris, obwohl ihr Grinsen erahnen lässt, dass meine Verlegenheit sie amüsiert. »Ich habe sie aussortiert. Ich kenne diese Kunden. Ich kenne ihre Geschichte. Ich kenne ihren … Ruf.«

Ich spüre, dass Doris noch viel mehr zum Thema Crystal Haggerty zu sagen hat, aber sie wird von ein paar losen Blättern auf ihrem Schreibtisch abgelenkt. »Hier, sehen Sie, das hier habe ich aufgeschrieben. Anne Small hat angerufen, um zu fragen, ob jemand einen Golden Retriever gemeldet hat, der seit gestern Abend vermisst wird. Ich habe noch nie von ihr gehört, bin aber unsere Unterlagen durchgegangen. Der Hund ist kein Patient von uns. Sie geht wohl zu dieser neuen Praxis auf der anderen Seite des Tals in Patton.«

Anne Small ist wahrscheinlich die Frau, die mit ihrer Tochter die Zettel aufgehängt hat. Sicher hat sie auch auf dem örtlichen Polizeirevier angerufen. Sie machen alles nach Lehrbuch, um ihren vermissten Hund zu finden. Wenn ich ihnen doch nur sagen könnte, dass Frieda sich bloß verlaufen hat.

»Hat sie eine Nummer hinterlassen?«

Doris reicht mir den Zettel und versucht gar nicht erst, ihre Schadenfreude zu verbergen.

Ich nehme den Zettel und mein Handy und klicke zu den zuletzt gewählten Nummern. Es ist dieselbe Nummer, die ich vorher gewählt habe. Der Mann im kohlschwarzen Anzug.

»Wenn Sie es vorziehen, von jedem einzelnen Anruf zu erfahren, gerne. Mich juckt das nicht.«

Ich überlege. Ich bin mir sicher, sie hat Dr. Cobbs Leben sehr viel einfacher gemacht, andererseits, wie viele tatsächlich kranke Tiere und wie viel Geld fiel durch die Ritzen? »Vielleicht wäre das für den Augenblick das Beste, in Ordnung?«

Der Moment scheint günstig, um ein paar wichtige organisatorische Veränderungen einzuführen. »Haben Sie vielleicht einen Filzstift und zwei Blatt Papier?«

Doris sagt nichts, öffnet eine Schreibtischschublade und reicht mir den Stift und zwei A-4-Bögen Papier.

In dicken Großbuchstaben schreibe ich:

Neue Sprechstunden:
Jeden Samstag von 9:00 bis 17:00 Uhr geöffnet.

»Bitte schön«, sage ich und reiche es ihr. »Bitte kleben Sie das an die Vordertür. Ich weiß, es ist kurzfristig, aber ich hoffe, Sie stehen zur Verfügung.«

Doris nimmt das Blatt Papier. »Ich habe Zeit. Aber das wird Sie was kosten. Anderthalbfacher Stundenlohn.«

Wow, Gehaltsverhandlungen aus dem Stegreif. »Gut«, sage ich, als hätte ich Geld zu verschenken.

Auf das zweite Blatt schreibe ich: *Die vollständige Rechnung ist sofort nach der Behandlung zu zahlen.*

»Hängen Sie das ins Wartezimmer. Irgendwohin, wo es jeder sieht.«

Sie schenkt mir ein langsames Nicken. »Ist das alles?«

»Danke, ich lasse Sie jetzt in Ruhe. Ich muss ein paar Blutproben verpacken. Könnten Sie FedEx Bescheid sagen, dass ich eine Lieferung habe?«

»Natürlich.«

Ich gehe nach hinten in den Arbeitsraum. Ich schaffe es nicht bis dorthin.

»Es ist ziemlich lange her, nicht wahr?«

Ich drehe mich zu ihr um. Da ist dieses Lächeln wieder. »Wie bitte?«

»Seit Sie das letzte Mal hier waren, in Eden Falls.«

Doris erscheint ehrlich interessiert, aber sie hält mich nicht zum Narren. Ich vermute, dass Robert Cobbs Sekretärin sehr viel mehr weiß, als sie bereit ist zuzugeben.

»Viele, viele Jahre, Doris.«

»Mindestens zwanzig«, sagt sie.

»Haben Sie so lange für ihn gearbeitet?«

»Ja. Und Sie werden keinen besseren Mann finden.«

Sie sagt das, als hätte ich ihn nicht gekannt. Ich wette, Doris kennt das Testament und die unschönen Details meiner Entfremdung von diesem sogenannten besten Mann.

»Fallen Ihnen Veränderungen hier auf?«, fragt sie.

»Um ehrlich zu sein, hatte ich bisher kaum die Chance, mich umzusehen. Aber das werde ich noch.«

Doris fängt an, heftig zu nicken, als könnte sie kaum erwarten, das Ziel ihrer Fragen zu erreichen. Ich versuche noch einmal, zur Tür zu gelangen. Meine Hand schafft es bis zur Klinke.

»Ich frage mich, ob jemand Sie nach so langer Zeit wiedererkennen wird?«

Ich drehe mich um und bemühe mich, den gereizten Tonfall aus meiner Stimme zu verdrängen. »Was wollen Sie damit andeuten, Doris?«

Doris verdreht ihre Falten und Fältchen und zeigt irgendwie einen Blick, der Überraschung nahkommt. »Nichts, gar nichts. Ich denke nur, dass Sie ein paar Haare verloren und ein paar Kilos zugelegt haben, und Sie sprechen jetzt mit einem kleinen Akzent. Viele Leute könnten denken, dass Sie ein völliger Fremder in der Stadt sind.«

Jetzt bin ich an der Reihe, aber meine Überraschung ist echt. Ich habe mich an Lewis und seinen taktvollen Tanz um das Thema Ruth Mills und Bobby Cobb gewöhnt. Offensichtlich verfolgt Doris eine andere Strategie. Ich richte mich auf und versuche, gerade zu stehen. (Hey, sitzen Sie mal den ganzen Tag über einem Mikroskop, dann werden Sie sehen, was das mit Ihrer Haltung macht.) Zeit, meine Lage zu erklären. »Falls mich jemand als Sohn von Robert Cobb erkennt, dann ist das eben so.«

»Wirklich? Denken Sie, das ist gut für die Praxis?«

Mir klappt die Kinnlade herunter.

»Ich meine, es wird Fragen nach sich ziehen«, sagt sie. »Der Namenswechsel, dass Sie nicht bei der Beerdigung Ihrer Mutter waren und auch nicht bei der Ihres Vaters.«

Sie klingt so, als würde sie sich über meine Verfehlungen beklagen, als hätte ich vergessen, zu einem Zahnarzttermin zu erscheinen. Meine Zunge bleibt gelähmt, während die Tür zum Wartezimmer aufgeht und ein Teenagermädchen mit einer Papptrage für Katzen erscheint.

Es entsteht eine unangenehme Stille, als hätte sie ein Ehepaar bei einem Streit unterbrochen.

Ich beuge mich zu Doris vor und atme den Geruch des nikotinverseuchten Bienenkorbs ein. »Jede Geschichte hat zwei Seiten.« Ich drehe mich zu dem Neuankömmling um. »Es tut mir leid, aber die Sprechstunde beginnt erst um ein Uhr dreißig.«

Das Mädchen sieht überrascht aus und schaut auf ihre Uhr.

Doris rückt mir etwas näher. »Für Dr. Cobb war es immer wichtig, niemals ein krankes Tier wegzuschicken.« Und der Gesichtsausdruck, mit dem sie mich verlässt, bedeutet: *Aber das ist allein Ihre Entscheidung.*

Mann, ich habe langsam mein Kontingent an falschen Lächeln für einen Tag aufgebraucht. »Komm doch schon mal ins Untersuchungszimmer, während Doris deine Akte heraussucht.«

Das Mädchen kann nicht älter als achtzehn Jahre sein, wenn überhaupt. Sie trägt die Art von Piercings, die garantiert Aufmerksamkeit auf sich ziehen – vorn und seitlich in der Nase und in der Lippe – und bei denen sich die Ungepiercten unter uns immer fragen, was mit dem Metall und dem Schleim bei einer Erkältung passiert. Ihre Haare müssen gefärbt sein, sie sind viel zu schwarz im Vergleich zu ihrer weißen Haut, sodass sie aussieht, als könne sie im nächsten Vampirfilm auftreten. Ihr schäbiger Mantel fällt auf und enthüllt eine riesige Kugel unter einem T-Shirt mit der Aufschrift FETTE MENSCHEN SIND SCHWER ZU ENTFÜHREN!

»Wann ist der Termin?« Auch wenn meine Frage eventuell politisch inkorrekt ist, wenn etwas so offensichtlich ist, verrät mich mein vorlautes Mundwerk meistens.

»Letzten Dienstag.«

Keine Ringe an den Fingern. Manche würden das als Vorsichtsmaßnahme wegen geschwollener Finger ansehen. Ich glaube, dass sie eine Alleinerziehende wird.

»Will man denn nicht einleiten?«, frage ich und stelle die überraschend schwere Trage auf den Untersuchungstisch, schließe die Tür hinter uns und biete dem Mädchen einen Stuhl an.

»Nächsten Montag, aber ich hoffe eigentlich, dass er am Freitag kommt.«

»Warum am Freitag?«

»Weil dann Vollmond ist und der dreizehnte.«

Sie sagt das vollkommen ernst und mit einer Unschuld, die fast genauso erfrischend wie beängstigend ist.

Ich nicke, als klänge es logisch.

»Wie weit ist es bis zum nächsten Kreißsaal?«

»Ungefähr fünfzehn Meilen, aber um die Jahreszeit mit dem Schnee und Eis dauert es eine volle Stunde.«

Ich nicke. »Eine Einleitung ist da vielleicht das Beste.«

Sie betrachtet mich und sagt: »Sie sprechen ein bisschen wie Forrest Gump. Sie sind nicht von hier, oder?«

»Nein«, sage ich. »Nein, bin ich nicht.«

»Arbeiten Sie für den kleinen alten Mann?«

»Irgendwie schon. Wir arbeiten zusammen. Ich bin Dr. Mills aus South Carolina.«

»Ich bin Denise«, sagt sie, »und das ist meine kleine Tina.«

»Und was fehlt deiner … kleinen … Tina?«

»Sagen Sie es mir, Doktor Gump«, sagt sie und hebt zu spät eine Hand vor den Mund, als täte es ihr kein bisschen leid.

Aber Sie haben keine Beine, Lieutenant Dan.

Ich muss lachen. Ich öffne die Trage, greife hinein und hebe eine große schwarze Katze heraus. Tina ist vielleicht ein bisschen schüchtern und ängstlich, aber sie macht wunderbar mit. Sie bleibt, wo ich sie hinsetze, ich presse ihre vielen Speckröllchen flach auf den Metalltisch. Ich schätze, dass sie ungefähr zehn Kilo wiegt, aber um gerecht zu sein, ist das mehr, als durch eine Überfütterung mit Dosenthunfisch erklärt werden kann. Ich riskiere zum zweiten Mal für heute dieselbe Annahme.

»Ist sie auch schwanger?«

Denise nickt. »Ich bin mir ziemlich sicher, dass sie so ungefähr am sechsundsechzigsten Tag ist«, sagt sie. »Doc Lewis hat mir gesagt, ich solle noch einmal kommen.«

Der sechsundsechzigste Tag ist für Katzen der neunte Monat. Ich greife mein Stethoskop, höre Tinas Brust ab, messe ihre Temperatur und betaste sanft ihren Buddha-Bauch. Alles scheint in Ordnung zu sein.

Rassekatzen haben ein viel größeres Risiko einer schwierigen Geburt als Mischlinge.

»Was war das?«, fragt Denise.

Ich riskiere einen Blick unter ihren Schwanz – vergrößerte Genitalien, aber kein Ausfluss.

»Ach nichts. Warum macht Doc Lewis sich Sorgen?«

»Wegen ihres gebrochenen Beckens«, sagt Denise. Sie steht auf, nimmt das spitze Katzengesicht zwischen die Hände und küsst Tina auf die schwarze Nase. »Sie ist ja eine Hauskatze. Oder sollte wenigstens nicht raus. Sie ist vor Jahren mal abgehauen, so für eine Woche, und als sie zurückkam, war sie nur noch Haut und Knochen und zog ihre Beine hinter sich her. Doc Cobb, Sie wissen, der Tierarzt, der gestorben ist, er hat sich Tina angesehen, obwohl ich kein Geld hatte, und er hat gesagt: ›Ach, das wird schon gut verheilen.‹ Ich nehme an, er hatte recht. Es ist nur, er hat gesagt, sie solle *sterelisiert* werden.« Denise bekommt einen empörten Blick.

Sterelisiert. Ich bin mir sicher, dass er es nicht so gesagt hat, aber ich unterbreche sie nicht.

»Na klar, wie sollte ich das denn machen? Ich war ein Kind, und mein Alter würde dafür nicht bezahlen. Also habe ich sie in mein Zimmer eingesperrt, wenn sie läufig wurde. Hat gut geklappt, bis ich Mitbewohner bekommen habe. Sie kommen und gehen den ganzen Tag, wissen Sie.«

»Und Tina ist entwischt und wurde geschwängert?«

»Richtig. Ein bisschen wie ich, denke ich.«

Dieses Gespräch wird immer verstörender. Es löst das bekannte Jucken an meinem Hinterkopf aus.

»Doc Lewis hat Tinas Bauch vor zwei Wochen geröntgt. Es ist nur ein Kätzchen. Er sagt, dass es wohl ziemlich groß ist und Tinas Becken schief zusammengewachsen ist. Sie schafft es allein vielleicht nicht, und ich kann mir keinen Kaiserschnitt leisten. Ich habe keinen Job und« – sie klopft auf ihren Bauch und lächelt gekünstelt –, »und raten Sie mal, wer auch in nächster Zukunft keinen bekommt. Ich habe kein Geld für mein eigenes Baby, geschweige denn für das Baby meiner Katze. Aber ich bin hier, bei Ihnen, bereit zu bezahlen, weil sie wie meine kleine Schwester ist, und im Moment ist sie meine einzige Familie.«

Denise starrt mich mit großen, grünen, feuchten Augen an. Was soll all dieses vorauseilende Weinen wegen Haustieren? Tina wird es wahrscheinlich schaffen. Das Letzte, was ich im Moment gebrauchen kann, ist der Ruf, einen armen, schwangeren Teenager zum Weinen zu bringen. Ich ziehe ein Bündel Papiertaschentücher aus einem Karton vor mir auf der Arbeitsfläche, nur für den Fall.

»Mein Alter hat mich rausgeworfen, als er gemerkt hat, dass ich schwanger bin. Es gibt keinen Vater für das Baby. Diese kleine Katze hört sich seit Jahren meinen Mist an. Sie hat noch nie versucht, mir eins auszuwischen, hat meine Luftschlösser nie kaputtgemacht, hat nie patzig geantwortet, und sie lässt mich in dem Glauben, ich wüsste alles am besten, auch wenn wir beide wissen, dass das nicht stimmt. Ich brauche Tina, und Tina braucht mich. Ich werde sie nicht hängen lassen.«

Irgendwie hält sie ihre Tränen zurück. Denise fallen die unbenutzten Taschentücher in meiner Hand auf, und sie scheint verwirrt.

»Werden Sie jetzt etwa vor mir heulen?«

»Natürlich nicht. Hast du denn gar keine Hilfe? Was ist mit deinen Mitbewohnern?«

»Die sind alle in Cancún. Die Reise wurde geplant, bevor ich schwanger war. Raten Sie mal, wer seine Anzahlung verloren hat!«

Ich schaue Denise an, dann Tina. »Na, ihr seid ja ein Paar«, sage ich und streichle der Katze über den Rücken, woraufhin Tinas Schwanz ein bisschen wie ein Periskop hochfährt. »Am besten, wir drücken die Daumen, dass keine von euch sich Sorgen wegen eines Kaiserschnitts machen muss.«

Wenn Tina, die Katze, Probleme bei den Wehen bekommt, wird Doc Lewis sie aufschneiden und ihr Kätzchen herausholen müssen. Als Student habe ich nicht mal die kleinsten Operationen an Katzen gemacht, geschweige denn etwas so Komplexes wie einen Kaiserschnitt.

»Keine Sorge, ich werde mich mit Doc Lewis besprechen und ihm von unserem Treffen erzählen. Du hast unsere Nummer, und denk daran, dass du uns jederzeit anrufen kannst, Tag oder Nacht, wenn es irgendein Problem geben sollte.«

»Worauf sollte ich denn achten?«

Okay, ich glaube, ich kann ein paar der allgemeinen Anzeichen für eine bevorstehende Geburt herunterrattern, aber ich verspreche, noch mal in den Fachbüchern nachzuschlagen und Denise anzurufen, sollte ich etwas Nützliches entdecken. »Vaginaler Ausfluss. Vergebliches Drücken und Anspannen. Du weißt schon, Pressen. Schwäche, Zittern oder Erbrechen.«

»So ziemlich wie bei mir?«

»Korrekt. Aber ich bin mir sicher, ihr werdet das beide gut schaffen.« Ich tätschele Tina noch einmal sanft auf den Kopf, hebe sie hoch, stöhne über ihr Gewicht und stelle sie zurück in die Trage.

»Ich begleite dich noch bis zum Auto«, sage ich, die Trage in der einen Hand, und biete Denise meinen anderen Arm zur Unterstützung an. So watscheln wir durch das Wartezimmer an einer böse blickenden Doris vorbei.

Denise zeigt auf einen überraschend neuen, wenn auch schmutzigen VW Beetle. »Ich habe ihn ausgeliehen, solange mein Freund in Mexiko ist. Er ist Mist im Schnee, aber besser, als zu Fuß zu gehen.«

Ich lächele. Ich mag Denise' direkte, geradlinige Art. Oder vielleicht gefällt mir auch ihre dickköpfige, sture Haltung, die ihr geholfen hat, so viel zu überstehen und so weit zu kommen.

»Ruf mich an, wenn ich helfen kann«, sage ich. Und ich meine es tatsächlich ernst.

»Danke«, sagt Denise. Sie sieht zu mir hoch. »Aber was ist mit der Bezahlung für die Untersuchung heute?«

Nach meinem Treffen mit Mr Critchley, seinen düsteren finanziellen Prophezeiungen und der tickenden Uhr für meine Anzahlung kann ich kaum glauben, dass ich hier mit diesem schwangeren Mädchen und ihrer schwangeren Katze stehe und das Konzept Geld mir einfach nicht in den Sinn kommt. Ich kann Dr. Robert Cobb fast hören: *Jetzt ist es nicht mehr so einfach, was?*

»Lass uns das beim nächsten Mal erledigen. Versprich mir, mich mit Tinas Kätzchen und deinem Baby zu besuchen.«

Denise strahlt mich so begeistert an, dass es mir wehtut hinzusehen, und ich erkenne zum ersten Mal, dass Denise verletzlich ist. Innerhalb von Sekunden sucht sie nach den Autoschlüsseln, sagt, dass sie kommen wird, und beeilt sich, so gut es geht, in die Wärme des Käfers zu gelangen.

Wieder im leeren Wartezimmer, schaut Doris immer noch finster. »Kommt sie noch mal rein, um zu bezahlen, oder was?«

»Äh, nein … sie … ist in Eile, weil sie selbst einen Arzttermin hat. Ich habe gesagt, wir schicken ihr die Rechnung. Ich werde Lewis informieren.«

Doris hat die Arme vor der Brust verschränkt, und ich folge ihrem Blick zur gegenüberliegenden Wand, wo sie meinen Zettel zur Bezahlung deutlich sichtbar aufgehängt hat. Hätte Doris gegenüber Dr. Cobb doch diese Haltung an den Tag gelegt.

»Ihnen ist wahrscheinlich aufgefallen, dass sie sehr, sehr schwanger ist. Wenn sie es eilig hat, zu ihrem Arzt zu kommen, dann dachte ich, dass es in ihrem Zustand das Beste ist, sie gehen zu lassen.«

Doris' Blick bohrt sich in meine Augen, und aus ihrem Rachen erklingt ein beunruhigendes Grummeln. Es ist nicht von dieser Welt und macht mir Angst.

Ich strahle vergebens und gehe zurück, zurück in den Untersuchungsraum, zur »Bibliothek«, schlage Geburtsstörungen bei Katzen nach und stelle fest, dass alles, was ich Denise gesagt habe, korrekt war.

Doris streckt den Kopf durch die Tür. »Ich bin um zwei wieder hier.«

»Danke, Doris.«

»Und das hier ist für Sie gekommen.«

Sie reicht mir einen großen, versiegelten Umschlag mit meinem Namen drauf. *Keine Briefmarke, kein Poststempel. Er wurde abgegeben.*

»Wer hat ihn gebracht?«

»Keine Ahnung. Ich habe ihn auf der Türschwelle gefunden, als Sie bei Harry Carp waren.«

Sie wartet nicht darauf, dass ich sie frage, warum sie ihn mir nicht schon früher gegeben hat.

Ich reiße ihn auf, greife hinein, und es ist, als bekäme ich einen elektrischen Schlag. Ich ziehe ein einziges Blatt Papier heraus, einen ausgedruckten Artikel aus dem Internet, bekannt und vernichtend, aus einer alten Ausgabe des Charleston *Post and Courier*.

> CHARLESTON, S. C. (AP) – Ein Mann aus Charleston wurde nach einem Handgemenge mit der Polizei gewaltsam von seinem Arbeitsplatz entfernt.
>
> Der einundvierzigjährige Cyrus Mills wur-

de am späten Freitagnachmittag von McCall and Rand Pharmaceuticals, wo Dr. med. vet. Mills in den letzten zwei Jahren als Chefpathologe gearbeitet hat, gekündigt. Beamte wurden gerufen, als Mills sich weigerte, das Betriebsgelände zu verlassen. Weder Mills noch McCall and Rand wollten die Gründe für die Kündigung kommentieren, die Veterinärmedizinische Zulassungsbehörde von South Carolina hat Mills die Zulassung als Tierarzt jedoch vorübergehend entzogen, solange die Ermittlungen noch nicht abgeschlossen sind. Es wird keine Anklage erwartet.

Ich spüre das Blut in meinen Ohren dröhnen.

Das ist alles. Es liegt keine Nachricht bei, nur dieses eine Blatt Papier. Fünf erniedrigende Sätze, die den dunkelsten Moment meiner beruflichen Karriere markieren und der Todesstoß für Bedside Manor sind.

ACHT

Zum Essen zu gehen ist undenkbar, und warum antwortet Lewis nicht auf seinem Handy? Ich laufe draußen über die ausgetretenen Kippen hin und her, und es ist fünf nach zwei, als Doris die Auffahrt heraufspaziert. Sobald sie in Hörweite ist, ruft sie: »Können Sie eine Akte nicht finden? Ist ein Patient da?«

Da ist wieder dieses boshafte Lächeln.

»Ich muss mit Lewis sprechen. Es ist dringend. Wissen Sie, wo er hingegangen ist?«

Doris zieht ein letztes Mal an der Zigarette und behält den Rauch tief in ihrer Lunge. Die Fältchen um ihre Augen beginnen zu zucken. »Das Privatleben der Ärzte von Bedside Manor geht mich nichts an.«

Dann tritt sie den Schnee von den Schuhen und öffnet die Vordertür. Ich gehe zu ihr in das leere Wartezimmer.

»Es muss sich herumgesprochen haben«, sagt sie, zieht Schal und Handschuhe aus. »Wissen Sie was, falls doch jemand auftaucht, komme ich und hole Sie. In Ordnung?«

Ich bin sprachlos. Nicht nur, dass in dieser Stadt jeder jeden kennt, sie wissen auch über alles, was vor sich geht, Bescheid, und eben auch, dass ich die Nachmittagssprechstunde von Lewis übernommen habe. Eine Sekunde lang frage ich mich, ob Doris hinter dem anonymen Zeitungsausschnitt steckt. Nein, das ergibt keinen Sinn. Falls Bedside Manor zugrunde geht, verliert sie ihren Job, und nach allem, was ich bis jetzt gesehen habe, hätte sie wohl ziemliche Schwierigkeiten, einen neuen zu bekommen.

»Ich bin oben, wenn Sie mich brauchen.«

Obwohl ich jetzt über einen goldenen Schatten verfüge (Frieda beharrt auf einem ständigen Körperkontakt), laufe ich im Esszimmer hin und her, Kandidaten und Motive für Erpressung oder Rache gehen mir durch den Kopf. Ich muss mich zusammenreißen, logisch denken und die Fakten betrachten. Der Zeitungsartikel ist offensichtlich von der *Post and Courier*-Website heruntergeladen worden. Jeder mit Zugang zum Internet hätte ihn finden können. Keine Nachricht. Vielleicht spielt jemand Spielchen, sucht Rache oder will eine Warnung schicken? Warum wendet er sich nicht direkt an die Zulassungsbehörde? Zwei Möglichkeiten. Erstens, der Absender hat kein Interesse an den genauen Bedingungen meiner Zulassung, weil er oder sie einfach nur hinter Schmutz her ist, der mich und meine Absicht, Bedside Manor zu verkaufen, ruiniert. Zweitens, die meisten Erpresser wenden sich nicht an die offiziellen Stellen.

Der Umschlag wurde abgegeben, er stammt also wahrscheinlich von jemandem von hier, und angesichts der Tatsache, dass es erst mein zweiter Arbeitstag ist, ist es jemand, der mein Auftauchen erwartet hat. Mr Critchley von der Green State Bank wusste, wo er mich finden würde, und er schien enttäuscht, sich das Gebäude nicht unter die Nägel reißen zu können, aber er machte auf mich nicht den Eindruck eines Erpressertyps. Damit bleiben so ziemlich alle Tierbesitzer in Eden Falls übrig, bei denen Cobb schlecht über seinen einzigen Sohn gesprochen hat. Da draußen muss es viele loyale Kunden von ihm geben – geschockt darüber, dass ich ihn im Alter im Stich gelassen habe, davon überzeugt, dass ich seine Beerdigung boykottiert habe und nur des Geldes wegen gekommen bin –, die mich sehr gerne erniedrigen würden, bevor sie mich aus der Stadt verjagen.

Frieda sucht meinen Blick wie ein Kind, das sicherstellen will, dass ich sehe, was es vorhat. Ich nehme meine Hand von ihrem Kopf, mache eine Pause – sie schaut ein paar Sekunden ungläubig –, bevor ich ihr wieder den Rücken kratze. Meine versäumte Streichelpflicht vergibt sie mir anscheinend, denn ihr Schwanz schnellt hoch. Ich hasse es, es zuzugeben, aber die Gesellschaft von jemandem, dem ich vertrauen kann, fühlt sich gut an. Sie schenkt mir ihr Lächeln, und ich frage mich, ob sie ein Hund ist, der immer glücklich »erscheint«, egal, unter welchen Umständen. Ich kann es nicht erwidern, und das nicht nur wegen des anonymen Artikels. Um Friedas Glück zu teilen, muss ich wissen, dass sie wieder sicher dorthin zurückkehrt, wo sie hingehört. Jetzt scheint es genauso gut zu passen wie zu einer anderen Zeit. Ich hole mein Handy und drücke auf Wiederwahl.

Eine andere, dünnere Stimme begrüßt mich am anderen Ende der Leitung, sie wiederholt die Nummer, bevor sie hinzufügt: »… hier spricht Emily.«

»Hallo, könnte ich bitte mit Mrs Small sprechen?«

»Mommy ist im Moment nicht da.«

Es bleibt still, weil Emily weiß, dass ich jetzt an der Reihe bin.

»Ist dein Daddy da?«

»Mein Daddy ist tot.«

Ich zögere, verpasse meinen Einsatz.

»Brendon ist unter der Dusche. Soll ich ihn rufen?«

Emily spricht die Silben getrennt aus und betont das »don« in Brendon. Ist das Mr Kohlschwarzer Anzug? Es könnte ein Verwandter sein oder ein Freund, aber angesichts meiner Fragen wette ich, dass der Mann unter der Dusche Emilys Stiefvater ist.

»Nein, lass nur.«

»Mommy ist zum Wal-Mart gefahren, um Zettel aufzuhängen.«

Ich hasse es, die nächste Frage zu stellen, aber ich spüre, dass Emily darauf hofft.

»Was für Zettel?«

»Aushänge wegen meines Hundes. Frieda, Frieda Fuzzypaws. Sie ist ein Golden Retriever.«

»Wie sieht sie aus?«

Emily lässt sich Zeit, als wolle sie Frieda ganz genau beschreiben.

»Sie ist elf Jahre alt, goldfarben, mit grauen Haaren um ihren Mund und die Augen. Sie ist fett. Das ist meine Schuld. Sie hat riesige, puschelige Pfoten, und deswegen nenne ich sie Frieda Fuzzypaws. Daddy hat mir ein Bilderbuch geschenkt, als ich klein war, und das hieß *Frieda Fuzzypaws*, es ging um eine Katze, aber wir haben dann gemerkt, dass ich eine Katzenallergie habe, und haben stattdessen einen Hund adoptiert, und Daddy hat mich den Namen aussuchen lassen.«

»Aha.«

»Sie hat ein rosa Halsband. Darauf steht ihr Name. Sie ist sehr, sehr freundlich. Mommy sagt, irgendjemand wird sie bald finden.«

»Wo ist der Wal-Mart?« Ich frage mich, ob Mrs Small zurückkommen wird, bevor »Bren-Don« sich abgetrocknet hat.

»In Patton. Sie müsste bald zu Hause sein.« Und dann, als würde ihr gerade bewusst, dass sie sich nicht an die Regeln gehalten hat, fragt Emily: »Darf ich fragen, mit wem ich spreche?«

Ich atme tief ein. Es ist an der Zeit, Emily meine Handynummer zu geben, damit ihre Mutter mich zurückruft. Es ist an der Zeit, dass Anne Small erfährt, dass der Mann im Haus nicht die Liebe ihrer Tochter zu Frieda Fuzzypaws teilt.

»Emily, du müsstest meine Telefonnummer für deine Mom aufschreiben. Hast du einen Stift und ein Blatt Papier?«

»Einen Moment bitte.«

Es wird still in der Leitung, und dann ist sie wieder da. Ich diktiere die Nummer.

»Sag deiner Mom, sie soll mich anrufen, sobald sie zu Hause ist, okay?«

»Okay.«

Es klopft an der Tür, die als meine Haustür dient, und Frieda bellt instinktiv ein paarmal kurz und neugierig. Ich merke, dass Emily immer noch zuhört, und die kleine Stimme wird noch dünner, als sie sagt: »Das klingt wie …«

Obwohl es mir wehtut, lege ich auf, schließe Frieda in der Küche ein und sehe Doris, immer noch in ihrer Skijacke, oben auf der privaten Treppe zum ersten Stock stehen.

»Wartet ein Patient auf mich?«

Doris schnaubt ungläubig: »Ich wusste nicht, dass Sie einen Hund mitgebracht haben.«

Ich möchte ihr gerne sagen, dass sie vieles über mich nicht weiß, aber sie spricht schon weiter. »Doc Lewis kam vorbei und hat das hier für Sie abgegeben.«

Sie gibt mir zwei Dinge: ein zusammengefaltetes Papier und einen Pieper. Ich zögere, sie anzunehmen, und frage mich, warum er sie mir nicht direkt gegeben hat. Dann lese ich seine Nachricht in Krakelschrift:

Lieber Cyrus,
entschuldigen Sie die kurzfristige Absage, aber meine Frau hat vorgeschlagen, wir sollten uns mal was gönnen, aus der Stadt rausfahren, ins Restaurant und ins Kino gehen. Ehrlich gesagt ist es lange her, seit wir das letzte Mal die Praxis hinter uns gelassen haben, und sei es auch nur für ein paar Stunden. Wir sollten gegen zehn, spätestens elf zurück sein. Ich lasse Ihnen meinen Pieper da. Ich bezweifle, dass irgendetwas Problematisches passieren wird. An den meisten Abenden vergesse ich ganz, dass ich ihn überhaupt dabeihabe. Ich werde den Praxisanrufbeantworter wieder auf meine Privatnummer umleiten, wenn ich zurück bin.

Einen ruhigen Abend und vielen Dank.

Fielding

PS: Haben Sie die vielen Suchplakate in der Stadt gesehen – was nun?

Ich schalte den Pieper an und stecke ihn in meine Tasche. Ich kann nicht glauben, dass Lewis mich so früh auf dem Weg zu meiner tierärztlichen Rehabilitation im Stich lässt.

»Gemäß Ihrer neuen Anweisung, Dr. Mills, diese hier sind für Sie.« Sie gibt mir eine Handvoll von »Während Sie weg waren«-Telefonnachrichten. Eine ist von Tidy Town Refuse Collection, die mich darüber informiert, dass sie unseren Müll nicht mehr abholen; eine von der Bank of New England, die der Praxis eine Platinkreditkarte anbieten, und eine vom Yankee Golden Retriever Rescue, die mich bitten, »auf einen Hund zu achten, der auf den Namen ›Fritter Frosty Pause‹ hört«.

»Hier ist die Telefonnummer für die letzte Nachricht«, sagt sie. »Ich hoffe, das sagt Ihnen was.«

»Das ist in Ordnung, Doris. Ich nehme nicht an, dass jemand vorbeigekommen ist, um eine Einverständniserklärung zum Einschläfern zu unterschreiben?«

Doris' finsterer Blick lässt mich die Frage sofort bereuen. »Natürlich hätte ich Sie darüber informiert, Dr. Mills.«

Sie tut so, als katzbuckele sie, was mein Unbehagen nur noch verstärkt. Wir starren einander an. Vielleicht hofft sie auf eine Erklärung, aber genau in diesem Moment wird mir bewusst, dass ich einen Weg finden muss, mit dieser Frau zusammenzuarbeiten, die Talente, die Cobb in ihr gesehen hat, zu meinem Vorteil zu nutzen.

»Ich nehme an, dass Sie nach zwanzig Jahren besser wissen, wie man diejenigen, die tatsächlich knapp bei Kasse sind, von den unnötig säumigen Kunden teilen kann. Könnten Sie eine Liste der Kunden zusammenstellen, die uns Geld schulden, und sie in diese zwei Gruppen einteilen? Und wenn ich dann einen Kranken behandle, könnten Sie mich vielleicht warnen, zu welcher Gruppe der Besitzer gehört, damit ich weiß, ob ich ihn nach dem Geld fragen muss, *bevor* er das Gebäude verlässt.«

Doris sieht mich noch misstrauischer an, murmelt »hm«, als würde sie meiner Bitte gerne nachkommen, und verschwindet die Treppe hinunter, Zippo und Marlboro schon in der Hand, bevor sie die unterste Stufe erreicht hat.

Ich lese noch einmal die Nachricht in meiner Hand. Im Moment ist Fritter Frosty Pause bei mir sicherer als mit gewissen Mitgliedern ihrer Familie vereint. Und dann klingelt mein Handy.

»Lewis?«

Nach einem kurzen Moment sagt eine raue Stimme, die ich gleich erkenne: »Sie stecken genauso mit drin wie ich.« Es klickt langsam, die Leitung ist tot, und in meinem

Kopf sehe ich den Mann im kohlschwarzen Anzug, wie er eine Nachricht für »Mom« mit einer Handynummer findet. Brendon Small ist offensichtlich ein nervöser Mann, ein Mann, der weiß, dass er einen schrecklichen Fehler gemacht hat, und sehr wahrscheinlich ein Mann, der in einem alten Zeitungsartikel das Druckmittel sieht, um mich zum Schweigen zu bringen.

Um den Abend nicht allein zu verbringen, beschließe ich, in die Stadt zu fahren und mir im Miss Eden Falls Diner etwas zu essen zu holen. Allein dazusitzen mag für einige unangenehm sein. Für mich nicht. Ob im Kino oder an einem Tisch für eine Person, es ist mir wirklich egal, solange ich etwas zum Lesen dabeihabe, um die Zeit zu füllen und so auszusehen, als habe ich ein Ziel. Normalerweise nehme ich ein wissenschaftliches Magazin mit, aber meine Abos sind abgelaufen, und ich kann es mir nicht leisten, sie zu erneuern. Das zwingt mich, eine alte Zeitschrift aus dem Wartezimmer mitzunehmen – das Angel- und Jagdheft *Field & Stream*. Hey, die Alternative war das *Ladies' Home Journal*.

Wenn ich ehrlich bin, macht mir Doris' Rat, so zu tun, als wäre ich ein Fremder, Sorgen. Es wirft die Frage auf, was und wie viel Bobby Cobb seiner Sekretärin und seiner Gemeinde anvertraut hat. Cobbs Version unserer Entfremdung beinhaltet wahrscheinlich irgendwas, was in die Richtung geht, ich hätte ihn im Stich gelassen, als er mich brauchte, und hätte jeden Versuch der Kontaktaufnahme seinerseits ausgeschlagen. Sollten die Tierbesitzer von Eden Falls der Version ihres Docs glauben, dann wird es mit dem Geschäft wohl kaum aufwärtsgehen, kein Geldregen, keine Anzahlung und meine Hoffnung, Bedside Manor zu verkaufen, ist zum Scheitern verurteilt. Mich als Fremder auszugeben könnte also meine Chance, Profit zu machen und dann zu verschwinden, erhöhen, aber es wird nicht funktionieren. Sagen wir also, dass ich aus Neugier und mit einem bisschen Nostalgie auf dem Weg ins Diner bin. Mal sehen, ob mich irgendwelche Gäste dort als Mamas Jungen wiedererkennen, der jeden Sonntag zum Mittagessen mit ihr herkam.

Ich habe nicht die passende Kleidung für die extreme Kälte mitgebracht, kaum überraschend, da ein Winter in South Carolina praktisch wie ein Sommer in Vermont ist. Daher muss ich mir ein paar Sachen von Cobb leihen, und nach all diesen Jahren ist mir diese Notwendigkeit immer noch unangenehm. Wenn ich Hilfe bei den Hausaufgaben brauchte, krank war oder Schwierigkeiten hatte, bin ich immer zu Mom gegangen. Kinder wenden sich immer dem Elternteil zu, der stets da ist, und nicht dem, der sagt, »warte, bis ich fertig bin« oder »ich habe jetzt zu tun«. Wäre Vaterschaft eine Schulklasse, dann würde auf Cobbs Zeugnis stehen, dass er nur selten anwesend war, immer in der letzten Reihe gesessen hat, nie gestört hat, aber sich leicht hat ablenken lassen. Wissen Sie, er hat mich manchmal hineingelassen, aber nicht genug. Das war das Frustrierendste: zu wissen, dass er so viel mehr zu geben hatte. Es mag stimmen oder nicht, aber sein Desinteresse fühlte sich dadurch persönlich an. Genug, um aufzufallen, genug, um zu verletzen.

Frieda neben mir drückt ihre Schnauze an meinen Oberschenkel. Ich stehe zum ersten Mal seit fünfundzwanzig Jahren auf der Schwelle des Raumes, der das Schlafzimmer meiner Eltern war. Ein Hauch Lavendel weht mir in die Nase, die letzten Duftspuren einer Handcreme, die meine Mutter während der trockenen Wintermonate immer benutzte. Ich (wir) gehe(n) zu einer Kommode an der Bettseite, auf der mein Vater schlief, solange sie noch keine getrennten

Schlafzimmer hatten. Oben drauf steht eine Reihe von gerahmten Fotos aus meiner Kindheit, und die Erinnerungen treffen mich wie ein Schrapnell. Mom, die mich auf meiner alten Schaukel anschubst, wir beide beim Ballspielen im Garten und eine vergrößerte Nahaufnahme ihres lächelnden Gesichts. Ich betrachte Ruths Wangenknochen, ihre Nase, das deutliche Philtrum, das Oberlippengrübchen, und es ist, als sähe ich auf mein Spiegelbild. Aber da, wo es zählt, wo es mich trifft, unterscheiden wir uns. Das Foto fängt Moms grüne Augen mit den mandelfarbigen Flecken ein. Meine haben ein uninteressantes, ausgewaschenes Blau, ihre Form, die Lider, die Augenbrauen, die Wimpern gleichen völlig den Augen des verstorbenen Bobby Cobb.

Da ist ein Foto, das ich noch nie gesehen habe: Ich auf einer Laufbahn bei einem Sportfest im ersten Highschool-Jahr, bevor ich in den Süden ins Internat gegangen bin. Seltsam. Mom hat die Kamera, eine Leica M6 Classic, Cobbs ganzer Stolz, nie benutzt, und ich erinnere mich nicht daran, dass er während meiner gesamten Schulzeit auch nur ein einziges Sportereignis von mir besucht hätte.

Ich öffne die oberste Schublade, und rechts neben einer ordentlich gefalteten Sammlung Flanellhemden liegen Dutzende von Briefumschlägen mit einem dicken Gummi zusammengehalten. Ich erkenne die Handschrift sofort – meine. Sobald ich im Internat angefangen hatte, tauschten Mom und ich wöchentlich Briefe aus. Es wurde ein Ritual, eine Tradition. Sogar an der Universität konnte ich mir ein Handy nicht leisten, und das Telefon in meinem Wohnheim lag in der ersten Etage, und ich wohnte in der vierten. Der Typ in der Wohnung neben dem Telefon hasste es, Nachrichten entgegenzunehmen, und immer, wenn ich anrief, waren andere Studenten in der Nähe, die Krach machten und lauschten. Briefe waren ruhig, kontemplativ und vor allem vertraulich. Zwei Wochen vor meinem Abschlussexamen hörte ich auf zu schreiben, weil Mom darauf bestand, dass ich mich aufs Lernen konzentrieren solle. Ihr letzter Brief kam nur wenige Tage vor ihrem Tod.

Ich schließe die obere Schublade, öffne die darunter und entdecke Cobbs Pulloversammlung. Das Zeug wird sofort gespendet, sobald das Haus verkauft wird. Ich wähle einen dicken weißen Wollpullover, ziehe ihn an und atme tief ein. Mottenkugeln, vielleicht ein Hauch Weichspüler. Keine olfaktorische Nostalgie. Vielleicht sollte mir genau das etwas sagen. Ich sehe mich im Spiegel an der gegenüberliegenden Wand. Nicht gut. Die nackten Wangen und das nackte Kinn sind immer noch ein Schock, auf meinem Hinterkopf reckt sich eine sture Locke, und jetzt sehe ich ein bisschen aus wie der Fischer aus einer Werbung für Fischstäbchen.

Das Diner liegt fünfzehn Minuten Fußweg von der Praxis entfernt, ich werde also lieber nicht mit dem Silverado hinfahren, um ihn dann eventuell gezwungenermaßen mitten auf der Straße stehen lassen zu müssen, weil ich nicht rückwärts in eine Parklücke fahren kann. Ich entschuldige mich bei Frieda, ziehe mich fertig an und gehe zu Fuß los.

Ruth Mills und ich sind bei jedem Wetter – Regen, Hagel oder Schnee – diesen Weg gegangen. Es wurde zu unserem Ritual, obwohl es mich schmerzt, sagen zu müssen, dass eigentlich, als ich aufwuchs, alle schönen Rituale unsere Dinge waren. Einmal, als ich so sieben oder acht Jahre alt war, passierte etwas, an das ich mich immer erinnert habe. Damals gingen Mom und ich Hand in Hand, eine Gewohnheit, die ich nie infrage gestellt habe, bis ich an diesem speziellen Sonntag ein paar Klassenkameraden in der Ferne gesehen habe. Zum ersten Mal in meinem kurzen Leben fand ich es etwas peinlich, an meiner Mutter zu hängen, und gleichzeitig fühlte ich mich schuldig, weil ich sie loslassen wollte. Lange bevor wir aufeinandertrafen, ließ Mom meine Hand los, zog ihren Handschuh aus und tat so, als kaue sie auf einem schmerzenden Nietnagel herum. Wir gingen an den zwei Jungen vorbei, grüßten, niemand kicherte, und ich war erleichtert, dass die Gefahr, in der Schule gehänselt zu werden, abgewandt war. Obwohl nichts darüber gesagt wurde, achteten wir darauf, in der Öffentlichkeit nicht mehr Hand in Hand zu gehen. Ich kann mir vorstellen, dass Mom sich traurig und still vom unschuldigen Aufwachsen eines Sohnes verabschiedete. Die Sache ist die: Ich habe ihr nie dafür danken können.

Nahe dem Stadtzentrum, hinter einer weiteren, monolithischen Schneewehe, neben den Benzinpumpen, befindet sich ein Münztelefon, und vor dem Telefon stehen unter der gelben Straßenlaterne zwei Figuren, die ich wiedererkenne: die unvergleichliche Mrs Silverman und ihr Husky Kai.

Mrs Silverman wird von den Schwaden ihres eigenen Drachenatems verschluckt, und auf dem Kopf trägt sie eine handgestrickte blaue Pomponmütze, die sie bis über die Ohren gezogen hat. Aber Kai zieht meine Aufmerksamkeit auf sich. Er sitzt neben Mrs Silverman. Ruhig. Ohne sich zu kratzen. Natürlich könnte das nur der beruhigende, betäubende Effekt der bitteren Kälte sein oder, wahrscheinlicher, die Ladung Steroide, die ich ihm auf Lewis' Rat hin gespritzt habe. Egal, ich hoffe jedenfalls, dass es die veränderte Ernährung ist, die jetzt Wirkung zeigt.

»Es wird eine Weile dauern«, sagt Ethel Silverman und legt einen großen schwarzen Handschuh über den Hörer, als sie mich auf sie zukommen sieht. Sie sieht mich mit großen Augen an und weigert sich, ihr Telefonat fortzuführen.

»Das ist in Ordnung«, sage ich, »ich brauche es nicht.« Ich lächele und zeige über die Straße zum Diner.

Mrs Silverman wirft noch ein 25-Cent-Stück ein, sieht mich aber weiter an, als würde ich ihr gleich das Kleingeld stehlen. Als ich die Straße überquere, rattert wie aus dem Nichts ein Schneepflug vorbei und sprüht mich mit frostigem Matsch voll. Ich sehe noch das Lächeln des Fahrers, klopfe mich ab und frage mich: *Was ist los mit dieser Stadt?*

Sie kennen doch diesen Moment in jedem guten Western, in dem der Held den vollen Saloon betritt, und sofort ersterben alle Gespräche, und die Männer drehen sich zu diesem neuen Fremden um. Nun, als ich die Tür zum Diner öffne, geschieht genau das. Entweder habe ich bereits den Stempel des verrufenen Sohns von Robert Cobb, oder ich gelte als der nichtsnutzige Herumtreiber, der gekommen ist, weil er Ärger sucht. Während ich zögere und nach einem Anzeichen suche, ob ich mir einen Tisch aussuchen soll oder einen zugewiesen bekomme, bemerke ich, dass ein spezielles Augenpaar mir ein Loch in den Hinterkopf brennt. Ich bemühe mich, nicht dorthin zu sehen, aber die Uniform fällt mir auf. Ich stehe einem Polizisten gegenüber. Ich konnte mir noch nie gut Namen merken, Gesichter aber sehr gut, wohl oder übel. Und jetzt weiß ich, dass ich dem Mobber gegenüberstehe, der mich während meiner Schulzeit in Vermont gehänselt hat.

Ich schaue weg. Das Diner ist voll und dunstig, die Luft feucht von Frittierfett. Der Polizist hat sich offensichtlich *Der Pate* oder *Die Sopranos* genau angesehen. Er sitzt an einem Tisch mit freier Sicht auf jeden, der durch die Tür tritt. Als ich in das Scheinwerferlicht der intensiven und stillen Prüfung trete, spüre ich das bekannte Jucken am Hinterkopf und kratze mich.

Der Laden ist genau so, wie ich ihn in Erinnerung habe: ein einziger Raum, etwas größer als ein Speisewagen, gestückeltes Linoleum, Vichykaro-Vorhänge, Resopaltheke, Barhocker und auf einer Seite eine Bar, auf der anderen Zweier- und Vierertische. Die Bänke sind aus Holz, ohne Kissen und so unbequem wie Kirchenbänke. Meine Mom sagte mir immer, dass sie das extra gemacht hätten, damit man schneller isst und sie den Tisch häufiger reservieren können. Zwei Köche stehen am Grill, und ich entdecke eine Kellnerin, ganz am anderen Ende des Restaurants. Ich möchte, dass sie mich sieht und mich erlöst, aber sie scheint ganz darauf konzentriert, eine Bestellung zu notieren. Alles, was ich tun kann, ist, zu lächeln und zu hoffen, dass die Einheimischen verstehen, dass ich in Frieden komme. Ich gehe schnell zum einzigen freien Tisch, direkt hinter dem Polizisten. Ich sage deutlich »guten Abend«, als ich an ihm vorbeigehe. Er folgt mir mit dem Blick, erwidert meinen Gruß aber nicht. Ich ziehe meinen Mantel aus, hänge ihn an den matten Messinghaken an meinem Platz und rutsche auf die Bank, um meine Ellbogen auf die rot karierte Tischdecke zu stützen.

Obwohl der Polizist mir den Rücken zuwendet, kann ich sehen, dass seine Proportionen dieselben sind wie zu seinen Zeiten als angsteinflößender, älterer Schüler, als ich ein ängstlicher Schulanfänger war. Dieselben defensiven Schultern und dreieckigen Nackenmuskeln, die einen übergroßen Kopf stützen. Aber die Zeit ist nicht spurlos an ihm vorübergegangen. Die schwarzen Locken wurden durch eine Glatze ersetzt, die spiegelglatt ist und an eine dieser kitschigen Rosenkugeln erinnert. Der Mobber ist ein Opfer der Eitelkeit geworden. Nichts kann die dunklen Schattenmuster der restlichen Haare verbergen, die er wahrscheinlich zweimal täglich rasiert.

»Kann ich Ihnen was zu trinken bringen?« Ich blicke auf und sehe meine Kellnerin neben mir stehen, und ich erschrecke und zucke zurück.

»Äh … oh, ja … was war es?«

Es sind ihre Augen: eines perfekt blau, das andere perfekt braun. Keine partielle, sondern eine komplette Heterochromie. Faszinierend. Der Grund dafür kann genetisch oder erworben sein. Sie ist bei Menschen allerdings extrem selten, interessanterweise haben fast acht Prozent der Wasserbüffel eine Art von Heterochromie.

Sie wischt den Tisch ab, gießt Eiswasser in ein Glas und stellt es neben die Sammlung von Saucen und Ketchup. »Nur damit Sie Bescheid wissen, wir servieren keinen Alkohol, aber Sie können selbst eine Flasche mitbringen.«

Bei der kompletten Heterochromie geht es darum, wie viel Melaninpigmente in der Iris vorkommen oder fehlen.

»Alles klar bei Ihnen?«

Sie spricht mit mir.

»Ja … Entschuldigung … das ist in Ordnung, ich bin in Rufbereitschaft.« Ich lasse es so klingen, als müsse sie nicht mehr wissen, und ich kann nicht einschätzen, ob sie durcheinander oder davon überzeugt ist, dass ich Schwierigkeiten machen werde. Ich rede weiter. »Besteht die Chance, einen Kaffee zu bekommen?«

»Natürlich«, sagt sie und sieht erleichtert aus, »geben Sie mir ein paar Minuten, und ich koche eine frische Kanne. Hier ist die Speisekarte, während Sie warten, und unsere Tagesgerichte stehen an der Tafel.«

Sie zeigt auf eine weiße Tafel neben den Köchen, die grillen und wenden. »Bin gleich wieder da.« Sie lächelt mich an, und mir gefällt, wie sie lange genug innehält, bevor sie weggeht, sodass ich die Aufrichtigkeit erkennen kann.

Ich beobachte, wie sie geht und, ehe sie weit gekommen ist, von einem anderen Gast an einem anderen Tisch angesprochen wird. Sie ist attraktiv, wahrscheinlich Mitte dreißig, hat dicke kastanienbraune Haare, die zu einem beeindruckend langen Zopf geflochten sind. Sie scheint allein für alle Tische zuständig zu sein, und sie trägt kein Namensschild. Ich nehme an, wenn man täglich dieselben Stammgäste bedient, kennt jeder deinen Namen.

»Hey, Chief.« Ein gebeugter alter Mann mit einem watteweißen Bart wendet sich an den Polizisten. »Wann reden Sie denn noch mal mit Greer, diesem blöden Engländer? Sein verdammter Hund hat heute Morgen wieder ganz früh wie ein Irrer gebellt. Schlimmer als ein Hahn!«

»Hör mal, Sam«, sagt der Polizist, seine Stimme seidigglatt und überraschend ruhig, »ich habe vor ein paar Tagen mit Mr Greer gesprochen. Er sagt, es täte ihm leid, aber er hat einen festen Schlaf.«

»Besoffen ist er«, erwidert Sam und verzieht sein Wellpappegesicht vor Empörung über Mr Greers Unverschämtheit. »Der verdammte Hund will sein Frühstück, und alles, was sein Herrchen macht, ist, bis Mittag zu schlafen.«

Der »Chief« seufzt, lehnt sich zurück und breitet seine Hände aus, Innenflächen nach oben. »Was soll ich denn noch tun? Ihn morgens mit einem Anruf wecken? Darauf bestehen, dass er Toby abgibt?«

Sam geht schnaubend vom Tisch weg.

»Wäre vielleicht keine schlechte Idee«, sagt er, holt eine Pfeife aus seinem karierten Holzfällerhemd und sucht in seiner Malerhose nach dem Tabak. »Andererseits wäre Rattengift vielleicht auch keine schlechte Idee.« Und damit schlurft Sam zur Vordertür und schüttelt dabei ständig den Kopf.

Ich schaue mir die leicht klebrige, laminierte Speisekarte an. Es ist das übliche Dinerangebot: Burger, Clubsandwiches, Frühstück während des ganzen Tages, die einzige Art von Meeresfrüchten die allgegenwärtige Muschelsuppe und ein Thunfischsandwich.

»Hier ist Ihr Kaffee«, sagt eine Stimme in mein rechtes Ohr. Die Kellnerin stellt die dampfende Tasse vor mir hin. »Milch?«

»Ja, danke.«

Sie gießt. »Haben Sie etwas ausgesucht?«

Die erworbene Form von kompletter Heterochromie kann durch ein Trauma, eine Entzündung und Tumore ausgelöst werden.

Block und Bleistift in der Hand, ist sie bereit für meine Bestellung. Oder vielleicht irritiert sie auch mein aufstehendes Fischmaul.

»Nein, Entschuldigung, was ist das Tagesgericht?« Von meinem Platz aus kann ich nur schwer entziffern, was auf der weißen Tafel steht.

»Mal sehen.« Sie schaut ein paar Sekunden zur Decke. »Dienstagabends bietet die Küche fein gehacktes, mit Gras gefüttertes Rind mit knackigem Gemüse und Gewürzen, serviert mit pürierten Yukon Golds mit einem Hauch Knoblauch und einer Sauce aus delikat angedicktem Bratensaft.« Sie schaut mich mit einem ernsten und geduldig-erwartungsvollen Gesichtsausdruck an, bereit, sich etwas zu notieren. Sie ist sehr hübsch. Ich spüre, wie meine Augenbrauen sich zusammenziehen und meine Wangen unerklärlich rot werden, während ich herauszufinden versuche, was sie gesagt hat.

»Haben Sie gerade Kartoffelpüree, Hackbraten und Sauce beschrieben?«

Sie zuckt mit den Schultern und erlaubt sich ein angedeutetes Lächeln.

»Klingt gut.« Bevor ich nach ihrem Namen fragen kann, dreht sich der Chief auf seiner Bank um und ruft: »Hey, Amy, bringst du mir noch ein Stück, wo du gerade unterwegs bist?«

Amy nickt, während sie schreibt und weggeht. Sie ist ein paar Minuten später wieder da, und als sie ein zweites Kuchenstück über den Tisch zum Chief schiebt, scheint er sie am Handgelenk zu packen, denn sie erschrickt, als er sich zu ihr beugt. »Denk darüber nach«, sagt er. Er versucht zu flüstern, wiederholt aber alles lauter, als Amy sich losmacht. »Es ist nur ein Abendessen. Zwei alte Freunde, die miteinander reden. So einfach. Nichts Ernstes.«

»Ehrlich, Matt«, sagt sie, die Worte triefend vor Sarkasmus. »Keine krummen Dinger, keine faulen Tricks? Du spielst bis zum Abpfiff fair?«

Komische Formulierung, denke ich. Wo habe ich das früher schon mal gehört? Ich versuche, mich auf eine Ketchupflasche und ihre spannende Zutatenliste zu konzentrieren, während ich lausche.

»Erstens waren wir nie ›Freunde‹.« Amy macht mit den Fingern Anführungszeichen, doch angesichts der vernichtenden Blicke, die sie dem Chief schickt, sind die völlig unnötig. »Und zweitens bist du bei den heiratsfähigen und nicht so heiratsfähigen Damen im Ort nicht gerade für ›nichts Ernstes‹ bekannt.«

Ich fand, dass die Anführungszeichen beim zweiten Mal einen ziemlichen Schlag einrahmten.

Chief Matt windet sich richtig auf seiner Bank, beugt sich vor und macht beschwichtigende Handbewegungen, damit Amy leiser spricht, während er den Kopf schüttelt und versucht zu flüstern: »Bei allem Respekt, das ist eine verdammte Lüge, und das weißt du auch.«

Dieses Mal beugt sich Amy vor, streicht eine Haarsträhne hinters Ohr und flüstert, nahe an seinem Ohr: »Bei weniger Respekt, nein ist es nicht.«

Und damit tritt sie zurück und zeigt auf mich. »Ihr Abendessen kommt sofort.« Und dann geht sie zur Theke, um meine Bestellung aufzugeben.

Ich beobachte sie, wie sie durch den Raum läuft. Ich bin gebannt, als hätte ich eine Waldelfe entdeckt. Was ist nur mit mir los? Ich habe dafür keine Zeit, warum empfinde ich diese Anziehung? Allein die Tatsache, dass Chief Matt in Amy verliebt ist, sollte Grund genug für mich sein, mich von ihr fernzuhalten. Er wird sich nicht an mich erinnern – wie viele Mobber werden von ihren Opfern verfolgt? –, aber wenn ich den Film *Scarface* (ab achtzehn, mit dem er angab, während meine Freunde und ich noch Sachen wie *Bambi* sahen) erwähnen würde und dass er jedes Mal, wenn er mir in der Schule beim Völkerball den Ball ins Gesicht schmetterte, brüllte: »Sag hallo zu meinem kleinen Freund«, dann könnte es sein, dass er sich erinnert. Am besten, ich lasse es.

Ich hole meine alte Ausgabe von *Field & Stream* heraus, blättere die ersten Seiten durch und erinnere mich an mein Handy. Nur fürs Protokoll, ich bin nicht abhängig von hirnloser Telekommunikation. Ich habe keine Kontaktliste. Ich bin stolzer Besitzer eines Telefons, das als dumm und nicht smart angesehen wird. Sie werden mich nicht dabei ertappen, mich bei Facebook einzuloggen, um sogenannte Freunde davon zu überzeugen, dass mein Leben besser ist als ihres, und ich gehöre nicht zu der Masse derer, die sofort, wenn das Flugzeug gelandet ist, das Handy zücken, weil es irgendwo auf dieser Welt jemanden gibt, der wissen muss, dass ich sicher gelandet bin. Ich schaue nur nach, ob ich Empfang habe, für den Fall, dass ich angepiept werde.

Mir ist bewusst, dass ich immer wieder mal angesehen werde oder dass jemand in meine Richtung deutet, aber es ist unmöglich zu sagen, ob dahinter Wiedererkennen und Verachtung stecken oder Neugier und Neuigkeit. Die Vorstellung, meine Vergangenheit gegenüber einer Gruppe Fremder zu rechtfertigen, macht mir Angst. Oder vielleicht habe ich angesichts meiner momentanen Situation auch mehr Angst davor, dass die Vergangenheit darauf besteht, dass ich meine Handlungen mir selbst gegenüber rechtfertige.

Amy taucht mit einem dampfenden Teller in der Hand auf. »Ein Hackbraten mit Kartoffelbrei und Sauce.«

»Danke schön.« Normalerweise würde ich es dabei belassen, aber ich merke, wie mein Geist und mein Mund verschlagen hinzufügen: »Dieses Mal keine krummen Dinger, keine faulen Tricks.« Es ist die merkwürdige Formulierung, die sie vorher benutzt hat. Ich erinnere mich jetzt daran. Es ist ein Zitat aus einem Dirty-Harry-Film.

Sie betrachtet mich, unsicher, ob ich mit ihr spiele, und wir merken beide, dass Chief Matts Gabel auf dem Weg zum Mund in der Bewegung erstarrt ist. Er lauscht offensichtlich. Amy lacht schließlich und schüttelt leicht den Kopf. »Guten Appetit.«

Ich sehe ihr nach, während sie weggeht, genau wie Chief Matt, und für eine träumerische Sekunde oder zwei wird mir klar, dass auch ich daran interessiert sein könnte, die resolute Ms Amy kennenzulernen. Das unerwartete Brummen in meiner Hose überrascht mich. Ich brauche einen Moment, um zu merken, dass der Pieper in meiner Tasche vibriert.

Ich lese die Nummer auf dem Display, suche nach meinem Handy und wähle sie. Ich sollte darum bitten, mir das Essen einzupacken, zurück zur Praxis gehen, um so wenigstens die Möglichkeit zu haben, in ein paar Fachbüchern nachzuschlagen, da die Wahrscheinlichkeit, nach etwas gefragt zu werden, was ich entweder vergessen habe oder worüber ich nichts weiß, hoch ist. Ich hätte mir keine Sorgen zu machen brauchen.

»Wer ist da?«, fragt eine Frauenstimme, die ich sofort erkenne.

»Guten Abend Mrs Silverman, hier ist Dr. Mills.«

»Warum rufen Sie mich an?«

»Sie haben mich angerufen oder besser gesagt angepiept.«

»Hören Sie, ich wollte nur eine Nachricht für Doris auf den Anrufbeantworter sprechen.«

Ich rutsche auf der Bank ans Fenster und sehe Ethel und ihren Hund, die immer noch am Münztelefon stehen. »Ich kann ihr etwas ausrichten.«

Eine Pause. Ich sehe, wie Ethel zögert. »Sind Sie sicher?«

»Natürlich.«

»Also, ich wollte, dass sie noch etwas von diesem Futter bestellt, das Sie mir für Kai gegeben haben. Ich sage jetzt nicht, dass es funktioniert oder so, aber ich sage, dass er es frisst. Zumindest hat er das heute Abend getan. Und es nützt ja nichts, es auszuprobieren, wenn Ihnen das Zeug ausgeht.«

Ich beiße mir auf die Unterlippe, um nicht zu lächeln. »Keine Sorge, Mrs Silverman, ich werde dafür sorgen, dass wir genug für die nächsten Wochen bestellen, genug, um herauszufinden, ob es funktioniert oder nicht.«

»Ja, aber machen Sie das auch wirklich«, sagt sie, und bevor ich noch ein Wort erwidern kann, legt sie auf.

Draußen, hinter dem Fenster, sehe ich einen jungen Husky, der eine gelbe Punktlinie in den Schnee malt, bevor ihn sein Herrchen auf die Straße zieht. Im Diner reden die

Menschen und genießen ihr Essen. An der Wand neben mir befindet sich ein gerahmtes Foto von den drei *Stooges* und ein ausgebleichtes Poster für Moxie-Limonade.

Mom erlaubte zu Hause keine Limonade, aber hier in diesem Diner wurde sie schwach und gönnte mir eine Moxie.

»Noch Platz für einen Nachtisch?«, fragt Amy und nimmt meinen leeren Teller mit.

Ich sehe ihr in die Augen. Eigentlich stimmt das nicht ganz. Mein Blick fixiert zuerst ihr linkes Auge und schwenkt dann zum rechten.

»Wir haben tolle Pies. Boston Cream, Chocolate Cream, Coconut Cream, Lemonbaiser, Apfel.«

Ich sollte eigentlich gehen, aber ein Teil meines Gehirns greift nach einem anderen, stellt Verbindungen her, will, dass ich Gründe finde zu bleiben.

»Vielleicht ein anderes Mal«, sage ich und bringe das launische Gerede in meinem Kopf zum Schweigen. »Ich muss wirklich los.« Der Berserker auf dem Schneepflug donnert am Fenster vorbei und spritzt noch eine Wand Matsch auf. »Der Typ ist bekloppt. Wer ist das?«

»Ach, das ist Skippy«, sagt Amy. »Skippy De Tora. Normalerweise fährt er immer mit seiner Katze auf dem Schoß.«

»Seiner Katze?«

Sie nickt. »Dem Großen Vorsitzenden«, sagt sie und fügt fast ohne Pause hinzu: »Der Große Vorsitzende Miau.«

Wir sehen einander an und lassen unsere Augenbrauen miteinander kommunizieren. Ich starre schließlich etwas zu lange.

»Was?«, fragt Amy, aber auf eine sanfte, neugierige Art.

»Entschuldigung … es sind nur Ihre Augen … sie sind wirklich …« Sie wartet, und während ich nach dem richtigen

Wort suche, scheint der Lärm um uns herum zu verschwinden. »Ungewöhnlich. Sie sind wirklich ungewöhnlich.«

Wenn ich es nicht besser wüsste, würde ich sagen, dass ihr Gesichtsausdruck sich von kurzfristiger Sorge zu etwas wie Erleichterung, ja sogar Freude wandelt, als schätze Amy es, dass ich ein Kompliment umgangen habe.

»Danke«, sagt sie und fügt hinzu: »Wahrscheinlich schon.«

»Sie sind sicher mit zwei blauen Augen geboren worden, und in der frühen Kindheit ist eines braun geworden. Kein Trauma im Auge, oder?«

»Das stimmt. Sie wissen also über Menschen genauso viel wie über Tiere, Doc?«

Zuerst bin ich verwirrt, bis mir klar wird, dass sie wissen muss, dass ich der neue Tierarzt der Stadt bin. Natürlich weiß sie das, das hier ist Eden Falls.

»Was«, sagt sie, »haben Sie gedacht, ich würde Sie für einen Hummerfischer halten?«

Amy lacht, zieht vorn an ihrer Uniform und erinnert mich daran, dass ich angezogen bin, als wollte ich auf den Atlantik. Ich schneide eine Grimasse und ziehe den rauen Wollkragen von meinem Hals weg. Chief Matt lehnt sich an die niedrige Rückenlehne der Bank. Er hat mit seinem zweiten Kuchenstück gespielt, gewartet und gelauscht, was der Fremde *seinem* Mädchen zu sagen hat, das diese so lustig findet.

»Hier ist jedenfalls die Rechnung.«

Ich hole Geld und bezahle sie.

»Brauchen Sie Kleingeld?«

»Nein, das ist für Sie«, sage ich, und mir wird zu spät klar, dass ich mir ein Trinkgeld von fast fünfzig Prozent gar nicht leisten kann und es außerdem für ein kleines Diner peinlich auffällig ist.

»Danke«, sagt sie und stopft die Scheine in ihre Brusttasche. »Willkommen in Eden Falls. Und bitte kommen Sie wieder.«

Ich beobachte sie, wie sie an einen anderen Tisch geht. *Sprach da die Hoffnung auf ein weiteres großes Trinkgeld aus ihr, oder möchte sie mich tatsächlich wiedersehen?* Ein vernünftiger innerer Monolog weist schnell darauf hin, dass Romantik meine Kreditkartenschulden nicht bezahlt, den Rausschmiss aus meiner Mietwohnung in Charleston nicht verhindert und das Bargeld nicht einbringt, das ich brauche, um den geldgierigen Mr Critchley am Wochenende zu besänftigen. Außerdem habe ich seit Jahren kein Rendezvous mehr gehabt, geschweige denn irgendetwas in Richtung einer romantischen Beziehung. Viel zu heikel.

Ich stehe von der Bank auf und gehe direkt am Chief vorbei. Ich sehe sein Spiegelbild im Fenster der Tür des Diners. Er beobachtet Amy, die aufblickt, um mir nachzuschauen.

Die Welt draußen raubt mir den Atem. Nach der angenehmen Wärme des Diners tobt sich die Kälte auf meiner Nase, meinen Ohren und Wangen aus. *Winter Wunderland! Eher ein frostiges Fegefeuer!* Ich überquere die Straße, und mein Pieper meldet sich zum zweiten Mal. Ich dachte, Lewis hatte gesagt, er vergisst meistens, dass er Rufbereitschaft hat.

Ich bin schon am Münztelefon vorbei, keine Ethel Silverman. Ich wähle die Nummer auf meinem Handy.

»Hallo, Dr. Mills hier, jemand hat mich angepiept.«

»Doc, ich bin's.« Es ist eine Frau, und sie ist offensichtlich nervös. »Denise, erinnern Sie sich? Tina, meine Katze, sie hat, also Wehen. Ich glaube, sie braucht einen Kaiserschnitt.«

Ich höre den Hilferuf und hoffe, dass ich das Schimpfwort nur in meinem Kopf ausgesprochen habe, bin mir aber nicht sicher.

»Wo bist du?«

»Ich fahre gerade zu Ihnen. Ich bin noch fünf Minuten entfernt.«

Dieses Mal bin ich mir sicher, dass mir der Fluch entwischt ist. »Entschuldigung. Hör mal … äh … mach dir keine Sorgen. Ich warte dort auf dich. Denise?« Denise ist nicht mehr in der Leitung.

Ich sehe auf meine Armbanduhr, es ist kurz nach neun. Mist. Das kann doch nicht wahr sein. Doc Lewis ist immer noch mindestens eine Stunde lang weg. Ich laufe zur Praxis zurück, und zwar auf der griffigeren, geräumten Straße anstatt auf dem eisigen Bürgersteig. Ich fange an zu keuchen, als Scheinwerfer irgendwo hinter mir auftauchen und meinen Weg erleuchten. Ich strecke den Arm aus, um den Wagen vorbeizulassen, und der Schnee wird plötzlich knallblau. Eine Sirene heult, und über meine Schulter sehe ich einen Polizeiwagen.

Das Fenster auf der Fahrerseite wird geöffnet. »Alles in Ordnung?«

Chief Matt klingt tatsächlich aufrichtig besorgt. »Sie sehen aus, als müssten Sie schnell irgendwohin.«

»Ich will zurück zur Praxis. Da wartet eine Kundin mit einem Notfall auf mich.«

Der Polizist betrachtet mich. Es ist draußen stockdunkel, aber ich fühle mich, als wäre ich ein Stinktier, das am Tag herumspaziert, und er versucht zu entscheiden, ob ich tollwütig bin oder nicht.

»Springen Sie rein«, sagt er. »Ich fahre Sie hin.«

Ich danke ihm, gehe zur Beifahrerseite, und ein Gedanke schießt mir durch den Kopf. Wie Amy hat er mich nicht gefragt, wer ich bin, was wohl bedeutet, dass er es bereits weiß.

»Danke«, sage ich noch mal. »Ich weiß das zu schätzen. Ich bin Cyrus. Cyrus Mills.«

Ich strecke meine Hand aus, und wir schütteln einander die Hände. Kein Zweifel, der Mann, der mich während einiger meiner prägendsten Jahre gehänselt und geärgert hat, ist zu einem gut aussehenden Kerl geworden, wie ein Model aus einem Groschenroman, wie Fabio, nur glatzköpfig. Die Innenbeleuchtung ist noch an, und der Chief betrachtet mich genauer, viel intensiver, als man es bei einem oberflächlichen Kennenlernen erwartet. Falls er mich wiedererkennen sollte, dann ist das jetzt seine Chance.

»Matt Devito. Sind wir uns schon mal begegnet?«

Sag hallo zu meinem kleinen Freund.

»Ich glaube nicht. Es sei denn, Sie waren schon mal in South Carolina.«

Matt Devito muss darüber nachdenken, als frage er sich, ob er schon mal einen Ausflug dorthin gemacht hat und wir uns dabei zufällig im Shoney's oder Popeye's getroffen haben. Er schüttelt den Gedanken ab, wartet, bis ich angeschnallt bin, und gibt Gas. Ich schätze, dass diese Fahrt neunzig Sekunden dauern wird, wenn überhaupt.

»Muss komisch für Sie sein, so weit in den Norden zu ziehen? All der Schnee, die Kälte?«

»Ja.« Ich nehme an, er hofft auf mehr, aber ich spiele den Schweigsamen.

»Doc Lewis hat davon erzählt, dass er genau den Richtigen sucht, um Doc Cobb zu ersetzen. Glauben Sie, das sind Sie?«

Noch einer, der »Doc Cobb« sagt und nicht »Ihr Vater«.

Ich tue so, als würde ich nachdenken, um Zeit zu gewinnen. »Vielleicht.«

Ich sehe, wie er nickt. »Wird nicht einfach, sich einzuleben. Das ist eine kleine Stadt. Jeder kennt jeden.«

Bei ihm klingt diese Zusammenfassung des Lebens in Eden Falls etwas bedrohlich, als würde ich mich um die Mitgliedschaft in einem exklusiven Club bewerben, ohne die Chance, akzeptiert zu werden, sodass ich es am besten sein lassen sollte. Ich frage mich, ob das nicht vielleicht seine Art ist, mich zu warnen, die Finger von Amy zu lassen.

Wir fahren auf den Praxisparkplatz.

»Danke schön«, sage ich beim Aussteigen und fühle mich genauso erleichtert wie in der Highschool, wenn ich mein Essensgeld behalten durfte oder einem Bad im Klo entging.

»Wir sehen uns«, sagt Devito, aber es klingt mehr wie: *Ich behalte dich im Auge.*

»Richtig«, sage ich, und bevor ich die Tür schließen kann, sehen wir beide, wie Denise sich aus ihrem VW hievt.

»Ah, ich sehe, dass die sehr schwangere Ms Laroche Ihre Hilfe braucht.« Devito lehnt sich zu mir herüber. »Erwarten Sie keine Bezahlung.« Er sieht mich an, die schwarzen Augenbrauen hochgezogen, als wolle er sagen, ich habe Sie gewarnt, dann setzt er mit durchdrehenden Reifen zurück. Ich bleibe in einer Wolke von öligem blauem Smog stehen.

»Entschuldigung«, sagt Denise, als ich näher komme. »Ich wusste nicht, was ich sonst machen sollte.«

»Du hast das Richtige gemacht«, sage ich, greife nach Tina und packe Denise am Ellbogen. »Lass uns reingehen, damit ich sie mir ansehen kann.«

Im Untersuchungsraum breite ich ein sauberes Handtuch auf dem Tisch aus und stelle Tina darauf. Die Katze zittert und ist schwach, froh, ihren Kopf sinken lassen zu können.

»Sie ist erschöpft«, sage ich.

Denise scheint zu viel Angst zu haben, um zu sprechen. Ich zwinge mich dazu, den Arm auszustrecken und ihre Schulter zu drücken. Ich könnte mich kaum unwohler fühlen, aber ich bin mir sicher, das würde Lewis jetzt tun.

»Ich muss herausfinden, was in ihr vorgeht.«

Denise nickt und macht ein hohles Sauggeräusch, während sie einen pinkfarbenen Kaugummi zwischen den Backenzähnen malträtiert. »Ich habe doch nicht zu lange gewartet, oder?«

Ich habe darauf keine Antwort, also greife ich nach einem Paar steriler Handschuhe und der anscheinend obligatorischen Tube Gel. Denise umfasst Tinas Kopf, während ich den Schwanz der Katze hochhebe und vorsichtig einen kleinen Finger voller Gel in den engen Geburtskanal schiebe. Sofort mache ich eine erschreckende Entdeckung – Krallen. Winzige, weiche und perfekt geformte Krallen. Sanft drücke ich ein bisschen weiter, spüre ein Fußgelenk und ein Knie.

»Steißlage.«

»Was meinen Sie?«

»Ich meine, das Kätzchen kommt mit dem Po zuerst raus.«

»Ist das schlecht?«

Ich schüttele den Kopf. »Nein. Es ist normal für Kätzchen und Welpen, falsch herum herauszukommen.« Zum Glück habe ich das gesamte Kapitel über Geburtsstörungen bei Kleintieren durchgelesen, weil niemand in die Sprechstunde gekommen war.

»Sie müssen sie also nicht aufschneiden und das Kätzchen herausziehen oder so?«

Denise merkt, wie ich auf meine Armbanduhr schaue. Es ist noch nicht einmal Viertel nach neun.

»Theoretisch nein.«

Ich sehe zu, wie Denise' Gesichtsausdruck sich von Sorge zu Panik wandelt. Ich vermute, dass sie auf eine selbstbewusstere, entschlossenere Antwort hoffte. Die Sache ist die: In der Fachliteratur zu diesem Thema ist es absolut klar – *Verengungen des Geburtskanals, egal welcher Ursache, sind eine Indikation für einen Kaiserschnitt.* Aber ich wage es nicht, diese Katze zu narkotisieren, geschweige denn ein Skalpell anzusetzen. Nur weil ich alles über ein Rezept weiß, heißt das nicht, dass es am Schluss wie von einem Chefkoch gekocht schmeckt. Und dieses dumme Sprichwort *gesehen, gemacht, gelernt* ist ungefähr so hilfreich, als würde ich mit den Fingern schnipsen und *Hokuspokus* rufen. Ich bin ein Arzt mit null chirurgischer Fingerfertigkeit und keinerlei Erfahrung.

»Nicht«, ruft Denise, »bitte, bitte, sehen Sie nicht so ängstlich aus.«

Ich nehme an, dass ich nicht besonders gut darin war, meine Angst zu verbergen. Es ist nicht so sehr ihre Panik, die mich trifft, sondern die Enttäuschung, die in den mit schwarzem Eyeliner umrandeten Augen zu erkennen ist. Und anders als in so vielen anderen schwierigen Momenten in meinem Leben ist es sicher, dass ich mich jetzt nicht umdrehen oder mich herauswinden kann. Eine Mischung aus Schuld und Scham droht, mich zu überwältigen, und es scheint, als wäre es das Beste, das Einzige, was ich tun kann, alles zuzugeben.

»Ich habe so etwas noch nie gemacht«, gebe ich zu.

Ich habe es zwar nicht für möglich gehalten, aber Denise' Gesichtsausdruck verstärkt sich zu Fassungslosigkeit.

»Seien Sie still«, brüllt sie. »Sie sind … alt. Wie kann Tina die erste schwangere Katze sein, die Sie sehen?«

»Ich meine, dass ich noch nie selbst Kätzchen auf die Welt

geholfen habe. Ich habe es eigentlich noch nie gesehen.« Dann, nur zur Erläuterung, füge ich hinzu: »Aber ich habe darüber gelesen.«

Tina hat die Augen geschlossen. Denise streichelt weiter den Kopf ihrer Katze, ihre Fingernägel und die Nagelhaut sind abgebissen, sie streichelt eher hektisch als beruhigend. Eine Weile sagen wir nichts, unser gemeinsames Schweigen unterbrochen vom rhythmischen Kaugummikauen. Ich rieche etwas Fruchtiges, vielleicht Wassermelone.

»Okay«, sagt sie, als hätte der Moment des Grübelns ihr zu einer Entscheidung verholfen, »dann läuft's ja noch gut. Ich meine, Sie machen das doch?«

Ich sehe in ein junges Gesicht voller gepiercter Löcher mit glänzendem Metall, aber ich sehe ein Kind, das clever genug ist, Mitleid als verschwendete Energie zu erkennen. Ich nehme an, dass dieses Mädchen ohne Lebensziel in einem permanenten Zustand der Sorge lebt, doch sie tut es mit dieser dickköpfigen Überzeugung, dass schließlich noch alles gut werden wird. Wann ist das letzte Mal in ihrem Leben etwas nach Plan verlaufen? Was sie eigentlich sagt, ist: *Sie sind alles, was Tina und ich haben, also strengen Sie sich an.*

»Hast du je den Film *Vom Winde verweht* gesehen?«, frage ich.

»Nein. Was für eine Art von Musik spielen die denn?«

Ich tue so, als hätte sie das nicht gesagt. »Es ist ein Film, und darin gibt es den Satz: *Man kann nicht mutig sein, ohne Angst zu haben.*«

Der verwirrte Gesichtsausdruck sagt mir, dass Denise es nicht verstanden hat.

»Um deine Frage zu beantworten, klar, ich mache es.« Ich sage das nicht, weil ich es möchte, sondern weil wir beide wissen, dass ich keine Wahl habe.

Denise geht in sich, und ihr raues Lächeln richtet mich auf.

Ich hole einen Katheter, einen langen, weichen roten Gummischlauch, der normalerweise in die Blase eingeführt wird, um Urin aus dem Körper zu leiten. Jetzt führe ich ihn in den Geburtskanal ein und injiziere tonnenweise Gel um die Hinterpfoten des Kätzchens. Das Konzept ist simpel, wie beim Kind, das seinen Kopf zwischen Metallstäben eingeklemmt hat. Wenn alles glitschig und glatt ist, ist die Chance, dass unser kleiner, pelziger Freund hängen bleibt, geringer. Das Problem ist, dass ich immer noch die Mama brauche, die mir mit Keuchen und Pressen hilft, und so wie Tinas Kopf in Denises' Hand liegt, bin ich mir ziemlich sicher, dass diese kleine Katze viel mehr braucht als ermutigende Worte, um zu gebären.

»Ich gebe ihr eine Spritze, mal sehen, ob das hilft.«

Ich überlege, ob ich Oxytocin nehmen soll, das Hormon, das die Wehen verstärkt, aber wenn der Fötus richtig feststeckt, ist Oxytocin kontraindiziert, weil es den Uterus zerreißen kann. Stattdessen wähle ich Calciumgluconat. Es ist wahrscheinlich weniger effektiv, könnte aber die Kontraktionen des Uterus unterstützen, und es ist sehr viel sicherer. Meinen erbärmlichen Hintergedanken behalte ich für mich: das Grundbedürfnis, das Gefühl zu haben, überhaupt etwas zu tun.

Die nächsten paar Minuten habe ich zu tun, lege einen Zugang, gebe Tina eine Infusion, kontrolliere ihren Puls und ihre Atmung. Die ganze Zeit flüstert Denise beständig das Versprechen, Tina nicht im Stich zu lassen.

»Es funktioniert nicht. Wie viel länger werden Sie noch warten?«

Wieder einmal höre ich auf Lewis' weisen Rat, wie man

am besten mit den Tierbesitzern von Eden Falls umgehen sollte.

»Du hast recht. Ich dachte, die Calciumspritze hätte ihre Wirkung jetzt schon gezeigt, aber Tina macht nicht mit.« Wieder sehe ich auf meine Uhr. Verdammt, noch nicht mal halb zehn.

»Sie wird so schwach. Ich spüre es, sie …«

Und das ist es. Mehr Kraft hat sie nicht. Denise hat den Punkt erreicht, an dem es kippt. Der kämpferische Tonfall verschwindet. Sie hört auf, so zu tun, als käme sie mit allem klar, versucht nicht mehr, stark zu sein und so zu tun, als ginge alles gut. Ich sehe zu, während das harte gläserne Äußere dieses jungen Mädchens zerspringt und die Tränen kommen.

Die zukünftige Trauer dieser zukünftigen Mutter durchdringt aus nächster Nähe meine Verteidigungslinie. Die meiste Zeit meines Lebens war ich, wenn jemand um Hilfe rief, der Typ, der den Notruf wählt. Hier und jetzt muss ich für Denise und Tina der Typ sein, der nicht nachdenkt, sondern einfach handelt, der seine Jacke abstreift und in das brennende Haus rennt.

»Lass mich noch eines versuchen«, sage ich und ziehe mir frische Handschuhe an. »Wenn das nicht funktioniert, werde ich einen Kaiserschnitt machen.«

Die Gefahren, ein neugeborenes Kätzchen aus dem Geburtskanal zu ziehen, waren in Lewis' Fachbuch markiert, als hätte ein Leser es auf die harte Tour gelernt, weil er zu weit gegangen war. Fötale Gliedmaßen sind zu zart, um mehr als den sanftesten Zug zu überstehen. Zieht man zu fest, wird das Kätzchen zerreißen. Oder die Mutter.

Ich sehe zum Himmel, als ich spüre, wie der Ringfinger und der kleine Finger meiner rechten Hand sich ganz leicht trennen und zwischen sich zwei Füße, zwei Fußknöchel und zwei Knie spüren. Das ist neu. Tina muss gepresst haben, denn ihr Kätzchen ist weitere ein bis zwei Zentimeter in den Geburtskanal gerutscht. Ich schaue zu Tinas spitzem, kleinem Gesicht und sehe, dass ihre Augen fest geschlossen sind. Ich bete, dass sie immer noch mitmacht.

»Komm schon, Tina, komm, Süße, nur noch ein kleines bisschen.«

Ich fange an, meinen inneren Monolog laut zu äußern. *Der Tierarzt darf nur dann ziehen, wenn er seine Fingerspitzen um die Schultern oder Hüfte des Fötus legen kann.*

Denise lehnt sich an den Tisch, ihr Gesicht vor Tinas Gesicht. »Bitte, Tina, bitte«, flüstert sie, große Tränen tropfen auf die Schnurrhaare ihrer Katze, was Tina zum Schnüffeln und Grunzen bringt. Glauben Sie mir, es ist schwierig, zu sagen, aber ich glaube, es hat sich etwas bewegt, nein, es hat sich ganz sicher etwas bewegt, denn jetzt kann ich etwas Festes, Knochiges berühren. Es könnte eine Hüfte sein. Ich ziehe so sanft, wie man es sich nur vorstellen kann.

Und es ist, als hätte man einen Schalter umgelegt. Tina ist von den Toten wieder auferstanden, hebt den Kopf, miaut, presst zielbewusst, und ich ziehe meinen Finger gerade noch rechtzeitig zurück, um ein lebloses schwarzes Katzenbaby mit rosa Pfoten aufzufangen.

Denise und ich sind erstarrt, unfähig, uns zu bewegen. Wir sehen zu, wie der Mutterinstinkt einsetzt und Tina ihre raue rosa Zunge benutzt. Sie kaut dünne Haut ab und leckt das Kätzchen ins Leben. Während ich das zarte Geräusch des Neugeborenen höre, wird mir bewusst, dass ich ganz begeistert über das Wunder bin, erstaunt, dass ich immer noch über das staunen kann, was ich eigentlich als Beruf mache. Ich habe nichts getan, und doch sagt mir der Anblick dieser winzigen Kreatur, dass ich irgendwie genug getan habe. Ich, ein vollkommen Fremder, ein flüchtiger Niemand habe mich irgendwie in die tiefe und komplizierte Beziehung zwischen diesem verängstigten jungen Mädchen und ihrer besten Freundin gedrängt, in diesem kleinen, aber kostbaren Moment. Einem Moment, den wir drei für immer teilen werden, einem Moment, von dem ich weiß, dass ich ihn entgegen aller Erwartungen als Erinnerung schätzen werde.

»O mein Gott, also, o mein Gott.« Eine Sekunde lang denke ich, die alte Denise ist wieder zurück und fröhlich, bis mir auffällt, dass sie immer noch so ängstlich wie vorher aussieht, als könne sie einfach nicht glauben, dass Tina es geschafft hat, dass sie keinen Kaiserschnitt gebraucht hat, dass alles vorbei ist, dass es Mama und Kätzchen gut geht.

Ich strecke mich nach ihr, um ihre Hand zu nehmen, und merke zu spät, dass das von mir kam und nichts mit Lewis zu tun hat.

»Ich weiß, ich weiß«, sage ich. »Es wird alles gut.« Obwohl mein Herz rast, strahle ich vor ehrlicher Freude.

»Nein«, sagt sie und tritt vom Tisch zurück. »Sie verstehen nicht.«

Ich schaue nach unten und sehe, dass Denise in einer riesigen Pfütze steht, und eine Sekunde lang bin ich verwirrt.

Woher kommt diese Pfütze nur?

»Meine Fruchtblase ist geplatzt«, sagt Denise. »Ich werde *mein* Baby bekommen, und zwar … jetzt!«

MITTWOCH

NEUN

»Na sieh mal an, wenn das nicht der Mann der Stunde ist«, sagt Doris im selben Moment, in dem ich das rappelvolle Wartezimmer betrete. Ihr Publikum verstummt, da mir die Leute all ihre Aufmerksamkeit schenken. Und ich bin überhaupt nicht darauf vorbereitet. Es ist kurz nach zehn Uhr morgens. Ich habe nicht mal geduscht. Ich habe mir die Haare nicht gekämmt. Ich bin der strubbelige Schuljunge, der zu spät zur Schule kommt und sofort verlegen ist.

»Die sind für Sie.« Doris geht um ihren Schreibtisch herum, um mir ein Bündel Nachrichten zu überreichen. Dutzende von Zetteln. Ich schaue auf. Jeder Mann, jede Frau, jede Katze und anscheinend auch ein Albinohase blicken in meine Richtung. Ich erröte, senke den Kopf und marschiere nach hinten.

Meine Stimmung hebt sich sofort, als ich Tina, die Katze, und ihr neugeborenes Kätzchen friedlich dösend in einer Box sehe. Mir fällt eine frische Wasserschüssel auf, ein hübsches und sauberes Handtuch, auf dem sie liegen, eine leere Futterschüssel und ein angenehm gerundeter Katzenbauch. Auch wenn ich mich so fühle, als hätte ich gerade einen turbulenten Nachtflug hinter mir, zischt etwas Bitteres in mir und löst sich auf, als ich diese Szene betrachte, und wird durch eine seltsame, aber angenehme Ruhe ersetzt. Es ist eine Erleichterung zu wissen, dass Lewis heute Morgen nach ihnen gesehen hat. Ich frage mich, wie es Denise und ihrem Baby geht. Ich sollte später mal im Krankenhaus anrufen.

Im Behandlungsraum höre ich gedämpfte Gespräche. Lewis arbeitet, schwärmt von den Vorteilen einer ballaststoffreichen Kost. Es ist sein Morgen für Termine, daher das volle Wartezimmer. Ich habe noch ein straußengroßes Hühnchen mit ihm zu rupfen, weil er mich gestern hat hängen lassen, und wir haben immer noch nicht darüber diskutiert, wie wir am besten mit dem geheimnisvollen Zeitungsartikel umgehen sollen, aber als ich anfange, meine Nachrichten durchzusehen, wird meine Entschlossenheit von Übelkeit vertrieben.

Nach den vielen Anrufen zu urteilen, die Doris bereits heute Morgen angenommen hat, sieht es so aus, als müsse ich einen hohen Preis dafür bezahlen, Denise von ihrem Sohn entbunden zu haben, und zwar in Form ungewollter Aufmerksamkeit.

Jemand namens Ron von der *Burlington Free Press* hat zweimal angerufen und um ein Exklusivinterview gebeten. Ein Produzent vom örtlichen NBC-Sender, WPTZ, und ein Produzent von FOX 44 wollen die Geschichte in ihren Abendnachrichten bringen. Es gibt Telefonnummern vom Vermont Public Radio, AM 620 und The Zone Talk Radio. Mrs Silverman besteht auf einen Rückruf, Doris hat für ein bisschen extra Pep DRINGEND mit Sternchen danebengeschrieben. Jemand namens Dominique von der *Montreal Gazette* hat angerufen. Denise hat angerufen, um sich nach Tina und ihrem Kätzchen zu erkundigen, und last, but not least hat ein Mr Peter Greer von der *Eden Falls Gazette* angerufen. Warum kommt mir der Name Greer bekannt vor?

Jeder kennt in dieser Stadt jeden. Perfekt. Und da mache ich mir Sorgen wegen eines anonymen Erpressers, hoffe gegen jede Logik, dass er oder sie nur diskret an Geld kommen will. Warum nicht noch ein bisschen ungewollte Medienaufmerksamkeit dazu, sodass die Chancen, dass mich ein Zuschauer, Zuhörer oder Leser bei der Zulassungsbehörde verpfeift, deutlich steigen? Ich kann genauso gut sofort packen.

Draußen im Warteraum gehe ich zur Theke und ignoriere dabei die Blicke. Doris ist in den Papierkram vergraben.

»Doris, wie viele Fälle muss Lewis noch abarbeiten?«

Ein gelb verfärbter Zeigefinger hebt sich vor mein Gesicht, damit ich warte, bis Doris langsam den Kopf in meine Richtung dreht und mir in die Augen sieht.

»Ein halbes Dutzend«, sagt sie mit einem ihrer furchterregenden Lächeln.

Ich wage es, mich etwas näher vorzubeugen.

»Hören Sie, ich muss mit ihm sprechen.«

»Ich denke, das wird nicht möglich sein, Dr. Mills. Wissen Sie, er hängt schon etwas hinterher, und einige dieser armen Menschen warten bereits seit fast einer Stunde.«

Hat sie gerade lauter gesprochen, damit jeder unserem Gespräch lauschen kann? Es gibt nur eine Sache, die ich tun kann. »Da er so viel zu tun hat, werde ich aushelfen und ein paar seiner Fälle selbst behandeln.«

Doris wirft mir einen Blick zu, den sie ansonsten für ein Familienmitglied reserviert, das hinter Gefängnisgittern sitzt, während sie sich weigert, die Kaution zu bezahlen, damit er seine Lektion lernt.

»Das ist nett von Ihnen, Dr. Mills, aber diese Kunden kommen extra her, um Dr. Lewis zu sehen. Wir wollen sie doch nicht etwa enttäuschen, oder?«

Ich bin mir ziemlich sicher, dass das kein Kompliment war. »Geben Sie mir einfach die nächste Krankenakte, Doris«, sage ich leise. »Und könnten Sie sie bitte mit *Zetteln* versehen, wie wir es gestern Nachmittag besprochen haben.«

Doris weiß, wovon ich rede, warum also zuckt sie mit ihren knochigen Schultern? Wenn die Leute reden wollen, dann darüber, dass dieser neue Tierarzt für jeden Besuch bezahlt werden möchte.

Es entsteht ein theatralischer Moment, in dem Doris so tut, als falle der Groschen. Sie nimmt heimlich eine gelbe Haftnotiz, schreibt etwas und klebt sie innen auf eine Akte und reicht sie mir. Ich sehe den Namen des Patienten auf der Außenseite.

»Puck«, rufe ich. Ein stark übergewichtiger, keuchender schwarzer Labrador steht auf und trottet auf mich zu, gefolgt von einer Frau und einem Mann mit der Hundeleine in der Hand. Der Mann ist klein, nicht ganz so klein wie Doc Lewis, aber fast. Er trägt einen dreiteiligen stahlblauen Nadelstreifenanzug, der etwas zu lange Ärmel hat, dazu ein weißes Hemd und einen gestreiften Schlips. Das flotte Ensemble wird durch ein paar plumpe Schneestiefel vollendet. Als er auf mich zukommt, sehe ich, dass seine Haare falsch sind, das dunkle Braun am Rand passt nicht ganz zum Toupet auf dem Kopf.

Die Frau hinter ihm muss zehn Jahre jünger und gut acht Zentimeter größer sein. Sie trägt Turnschuhe, einen Designer-Jogginganzug, und ihre Haare sind zu einem Pferdeschwanz gebunden. Sie sieht aus, als wäre sie auf dem Weg ins Fitnessstudio, abgesehen von einer frischen, dicken Schicht knallroten Lippenstifts. Aber was mir am meisten auffällt, ist, wie sie mich anstarrt, als könne sie ihre Heiterkeit kaum verbergen. Und da wird mir klar: Sie ist die Frau, die ich aus der Schneewehe gezogen habe, die mit dem schwarzen Labrador, die Augenzeugin, die mich mit Frieda gesehen hat.

»Äh … hier entlang bitte.« Ich führe sie nach hinten ins Arbeitszimmer, das ich umzuorganisieren versuche. »Es tut mir leid, es ist nicht das Behandlungszimmer, aber ich dachte, wir könnten alles etwas beschleunigen. Ich bin Dr. Mills.«

»Dr. Ken Haggerty, Schulleiter der Eden Falls Academy.« Bei ihm klingt seine Berufsbeschreibung, als wäre er ein Staatsminister oder so. Und für einen Mann, der wissen sollte, wie man mit einem ganzen Raum voller Leute spricht und arbeitet, ist sein Händedruck überraschend schwach.

»Das ist meine Frau, Crystal, und noch wichtiger, das ist Puck.«

»Wir sind uns schon mal begegnet.« Crystal tritt vor, und ohne dass ihr Mann es bemerkt, zwinkert sie mir zu, während sie meine Hand zwischen ihre beiden weichen Hände nimmt. »Aber ich mag die formelle Vorstellung.« Ich muss meine Hand aus ihrem Griff befreien. »So«, sagt sie, »dann haben Sie gestern also das Baby des jungen Mädchens geholt.«

»Das war vom alten Lewis aber ganz schön fies«, sagt Haggerty, »neu in der Stadt und direkt ins kalte Wasser geworfen.«

Ich zucke mit den Schultern. »Reine Glückssache. Ich habe seine Rufbereitschaft übernommen, damit er mit seiner Frau ins Restaurant und ins Kino gehen konnte.«

Sowohl Dr. als auch Mrs Haggerty sehen überrascht aus.

»Unmöglich«, sagt Haggerty. »Mrs Lewis lebt seit ein paar Monaten in einem Pflegeheim. Soweit ich weiß, hat sie nicht mehr viel Zeit zu leben. Das stimmt doch, Liebling?«

Seine Frau nickt.

Ich weiß nicht, was ich sagen soll. Warum sollte Lewis mich anlügen?

Crystal Haggerty spürt meine Betroffenheit. »Aber wir sind genauso froh, Sie zu sehen, nicht wahr, Ken?«

»Natürlich. Woher stammt Ihr Akzent?«

Wird diese Inquisition je aufhören? Ich zögere, unsicher, wie viel ich erzählen soll, und erinnere mich an ein Zitat aus *Lawrence von Arabien*.

Ein Mann, der Lügen erzählt wie ich, verbirgt nur die Wahrheit. Aber ein Mann, der Halbwahrheiten erzählt, hat die Wahrheit vergessen.

»Aus den Carolinas.«

»Nord oder Süd?«, fragt Crystal.

Ich gebe auf. »Süd. Charleston.«

»Wirklich?«, sagt sie, übermäßig begeistert. »Ich frage mich, ob Sie unsere Freunde kennen, Martin und Stephanie, sie züchten Tibet-Terrier, haben großen Erfolg bei den Hundeschauen in Charleston.«

»Nein«, sage ich zu schnell, »ich hatte nie etwas mit Hundeschauen zu tun.«

»Ach, ich habe heute Morgen mit Stephanie gesprochen, und sie hätte schwören können, dass Ihr Name ihr bekannt vorkam. Wo war Ihre Praxis?«

Mein Zögern muss verdächtig wirken, und ich weiß nicht, ob Crystal Haggerty einfach nur neugierig ist oder mich wissen lassen will, dass sie ihre Hausaufgaben erledigt hat und mir auf die Schliche gekommen ist.

Ken rettet mich. »Also bitte, wenn er New York gesagt hätte, hättest du ihn dann gefragt, ob er Donald Trump kennt? Können wir uns auf das konzentrieren, warum wir hier sind?«

Ich bemühe mich, einen Seufzer der Erleichterung zu unterdrücken. »Auf jeden Fall«, sage ich. »Also, was hat Puck?« Der Name genügt diesem netten Tier, um herüberzukommen, der Schwanz wedelt dabei wie wild und bettelt um ein Streicheln. »Wahrscheinlich ist er nach der Figur aus dem *Mittsommernachtstraum* benannt?«

Ich versuche mich an diesem Bau-eine-Beziehung-zu-den-Kunden-auf-Kram. Ich denke, Ken ist Schulleiter, ein akademischer Typ, da ist das eine vernünftige Frage.

»Sie machen Witze, oder? Ich meine, schauen Sie ihn an. Er ist schwarz und stämmig. Er ist nach einem Hockeypuck benannt!«

Okay, kein weiteres Tiernamenraten mehr.

»Er hat wieder seine alten Ticks«, sagt Dr. Haggerty und streicht über den Kopf seines Hundes. »Stimmt doch, alter Junge? Erbrechen. Es passiert immer wieder, er übergibt sich ein- oder zweimal pro Woche, aber im Moment ein- oder zweimal täglich.«

Ich schaue Puck an, der gerade einen Staubsauger imitiert und mit seiner Schnauze alle Gerüche auf dem Fußboden einsaugt. Oberflächlich betrachtet wirkt er absolut gesund, konzentriert, der Schwanz wedelt hin und her, keinerlei Sorgen.

»Was ist normalerweise sein Problem?«, frage ich.

Haggerty schaut zu seiner Frau. »Wo soll ich anfangen? Wenn man sich Puck anschaut, sieht man, dass er gerne frisst. Aber es ist mehr als das. Es ist mehr als das Bedürfnis nach Kalorien oder Geschmack. Es geht darum, dass er etwas im Maul hat, etwas, das er schlucken kann. Ich rede davon, dass er auf die Küchentheke springt, um einen Laib Brot zu klauen.«

Ich bin nicht beeindruckt.

»Ich rede davon, dass das Brot immer noch in einer Plastikhülle steckt. Ich rede von einem ganzen Thanksgiving-Truthahn in Alufolie.«

Dieses Mal zucke ich mit den Schultern. Ein Hund besitzt über zweihundertzwanzig Millionen Geruchsrezeptoren in seiner Schnauze. Menschen nur fünf Millionen. Wenn mir beim Geruch eines Thanksgiving-Truthahns das Wasser im Mund zusammenläuft, dann kann ich mir nur vage vorstellen, was er mit einem Hund anstellt.

Haggerty schüttelt den Kopf. »Sie verstehen es nicht. Er war nicht mal gebraten. Es geht nicht darum, seinen Hunger zu befriedigen, Puck liebt es, Dinge verschwinden zu lassen. Schnürsenkel, Schuhe, Autogurte, Golfbälle, Flaschenverschlüsse, was auch immer Sie sich vorstellen können, er hat's verschluckt. Und vergessen wir nicht seine Vorliebe für Unterwäsche. Natürlich nicht meine, o nein. Puck hat einen gehobenen Geschmack, er zieht die große Wäschesammlung meiner Frau vor. Der arme Hund hat sich durch genug Strings, Spitzenhöschen und Strümpfe gekaut, um einen Katalog von Victoria's Secret zweimal füllen zu können.«

Während ihr Mann redet, schaue ich unwillkürlich zu seiner Frau. Crystal steht hinter ihm, und als er von ihrer schicken Unterwäsche spricht, zieht sie eine perfekt gezupfte Augenbraue hoch, ihre Lippen kurz vor einem schüchternen Lächeln. Vielleicht täusche ich mich, aber es ist ein Blick, den ich von einer halb so alten Frau erwarten würde, ein Gesichtsausdruck, der sagt: »Tja, was kann man als Frau schon tun?« Ich wende mich ab, bevor ich erröte. Ich habe Angst, sie könnte ihre Oberlippe mit einer schnellen, feuchten Zunge ablecken.

»Und Sie glauben, dass er jetzt etwas Schlimmeres erwischt hat?«

»Deswegen sind wir hier«, sagt Haggerty.

Ich überlege, Mrs Haggerty zu fragen, ob irgendein besonderes Wäschestück aus ihrer verruchten Sammlung fehlt, besinne mich aber eines Besseren. »Und wie lange geht das jetzt schon?«

Der Schulleiter sieht seine Frau an. »Knapp über eine Woche, was meinst du?«

»Möglich«, sagt Crystal. »Es könnte noch länger sein.«

»Nein«, sagt Haggerty, »es fing definitiv erst an, nachdem ich bei dieser Wochenendkonferenz in Atlanta war. Bevor ich weggefahren bin, war er völlig in Ordnung.«

Haggerty wendet sich wieder mir zu, bereit für weitere kluge Fragen. Crystal dagegen wirkt abgelenkt, kämpft mit der Erinnerung.

»Sabbert Puck?«, frage ich.

»Nein«, sagt Haggerty.

Es entsteht eine lange, unangenehme Pause, während ich nach Fragen suche, die zu Pucks Problem führen. Ich weiß nicht, was ich als Nächstes sagen soll. *Warum können Sie mich nicht allein lassen, damit ich, ohne beobachtet zu werden, nachdenken kann?* Die Stille zwischen uns wird bedrückend und peinlich, und schließlich platze ich heraus mit: »Wie ist sein Stuhlgang?«

»Normal.«

Verdammt. »Kein Blut, Schleim oder starkes Pressen?«

Haggerty will es mit seiner Frau besprechen, doch sie ist in irgendeiner unruhigen Träumerei versunken. Er schüttelt den Kopf.

»Frisst und trinkt er gut?«

»Wie immer.«

Noch eine verlegene Pause, und dann schwebt eine klassische Frage vorbei, und ich greife danach. »Und wenn Puck erbricht, wie sieht das dann aus?«

Haggerty legt einen Finger und den Daumen an sein Kinn und überlegt, wie er es beschreiben soll.

»Ich würde sagen, gelb, nein, buttergelb, dickflüssig und mit einigem Schaum.«

Crystal ist wieder da, aber aufgebracht. »Es ist Kotze, Ken, kein Glas Wein.«

»Ich will nur hilfreich sein.«

Ich schalte mich ein, bevor es eskaliert. »Und war es sicher ein aktives Erbrechen. Ich meine, muss Puck seine Bauchmuskeln einsetzen, um es herauszubringen? Oder senkt er einfach den Kopf, und es fällt heraus?«

Endlich schütteln sie beide gemeinsam den Kopf. Ich bin froh. Nein, mehr als das. Zum ersten Mal in meiner kurzen Karriere als echter Tierarzt habe ich *mündlich* eine lange Liste falscher Spuren abgehakt und bin dadurch im Ausschlussverfahren der Diagnose einen Schritt nähergekommen. Auch wenn Ken und Crystal es nicht wissen, so habe ich gerade die Möglichkeit des passiven Rückflusses ausgeschlossen.

»Gut«, sage ich. »Dann schauen wir ihn uns mal an.«

In diesem Moment denke ich, dass ich wahrscheinlich mit einem geselligen Labrador klarkomme, also hocke ich mich hin, und Puck schwingt seinen Kopf, die Zunge rutscht hin und her, er verdreht seinen Rumpf, um mich mit seinem Schwanz zu peitschen.

»Ich möchte wissen, ob irgendetwas in seinem Bauch feststeckt«, sagt Haggerty, als wäre das das Einfachste der Welt.

Dankenswerterweise tritt Crystal vor, um Puck abzulenken, indem sie ihm die Ohren krault, während ich den Hundebauch abtaste. Ich nehme mir Zeit, von vorn nach hinten, von oben nach unten. Puck ist wunderbar entspannt und lässt mich machen, sein weicher Bauch erlaubt es mir, alles zu ertasten. Ich bin mir nicht ganz sicher, was ich da fühle, aber er zeigt keinerlei Schmerzen, zuckt nicht zusammen, gar nichts.

»Ich kann da nichts Ungewöhnliches fühlen. Keine kleinen Kinder oder Nummernschilder, soweit ich sagen kann.« Mein Humor trifft auf verständnisloses Starren. Das versuche ich besser nicht mehr. Ich wähle eine andere Taktik von Lewis – Zeit gewinnen. »Aber es gibt eine Reihe anderer Sachen, die ihn zum Erbrechen reizen können. Wir sollten eine Blutprobe nehmen und seinen Bauch röntgen.«

»Nein, nein, nein«, sagt Haggerty und wedelt mit der Hand. »Ich bin mir sicher, das wird nicht nötig sein.«

Standen mir Dollarzeichen in den Augen? Ich hebe die Krankenakte hoch, schlage sie vorsichtig auf und sehe Doris' Haftzettel: *$!* Was, um Himmels willen, soll das bedeuten?

»Puck kommt über diese Sachen immer gut weg, nicht wahr, alter Junge? Ich wollte nur sichergehen, dass er in Ordnung ist.«

Puck bellt einmal, wie um zu bestätigen, dass sein Herrchen die Wahrheit sagt.

»Hören Sie, wenn es in den nächsten Tagen nicht besser wird, bringen Sie ihn lieber für weitere Untersuchungen vorbei, in Ordnung?«

»Ich werde ihn bringen«, sagt Crystal, »weil mein Mann vergisst, dass er dieses Wochenende wieder unterwegs ist.«

Ich bin mir nicht sicher, ob sich diese Information an Dr. Haggerty oder an mich richtet. »Sehr gut«, sage ich. »Aber wenn irgendetwas sich zum Schlechten ändert, kontaktieren Sie bitte mich oder Doc Lewis.«

Haggerty tritt vor und nimmt die Hundeleine. »Nett, Sie kennengelernt zu haben. Wir müssen Sie mal zum Abendessen einladen, nicht wahr, Crystal?« Aber bevor seine Frau antworten kann, verschwindet Haggerty aus der Tür. »Ich gehe und wärme den Wagen schon mal vor?«

Glaubt er wirklich, er könnte meine Dienste mit einem Abendessen zu Hause bezahlen?

»Doris wird gerne die Bezahlung für die heutige Untersuchung entgegennehmen«, rufe ich ihm nach. Die Wirkung dieser Worte auf die Leute im Wartezimmer ist erschreckend, als würde jemand in einem Flugzeug »Ich habe eine Bombe« rufen. Alle starren mich, Panik in den Augen, an.

»Oh«, sagt Mrs Haggerty, unfähig oder unwillig, ihre Enttäuschung zu verbergen, »es ist nur so, dass Dr. Cobb, diese ›kleinen Untersuchungen‹ einfach so gemacht hat.«

Mein Lächeln muss aussehen wie das einer Bauchrednerpuppe.

»Nun, es war trotzdem nett, Sie kennengelernt zu haben.« Sie streckt mir die Hand hin. »Sollte Puck nicht bald über den Berg sein, werde ich mich auf jeden Fall melden.«

Sie will gehen, dann hält sie inne und fragt: »Sagen Sie, Doktor, machen Sie auch Hausbesuche?«

»Ja, natürlich«, erwidere ich und verspüre das Bedürfnis hinzuzufügen: »Aber das kostet einen Aufschlag.«

»Natürlich«, sagt sie. »Und sollten Sie je in der Gegend sein, kommen Sie mal vorbei. Der Campus ist wunderschön, sogar im Winter. Es wäre mir ein Vergnügen, Ihnen zu zeigen, was wir im Angebot haben.«

Mir fällt ein bisschen roter Lippenstift auf ihrem oberen Schneidezahn auf. Flirtet sie etwa mit mir?

»Und ich werde auf jeden Fall noch mal meine Freundin Stephanie anrufen. Mal sehen, was sie über unseren berühmten Dr. Mills aus Charleston weiß.«

»Danke schön«, murmele ich, während Mrs Crystal Haggerty verschwindet und ich mich frage, ob ich dazu ausersehen bin, der Liebessklave dieser frustrierten Hausfrau zu werden, um mir ihr Schweigen zu erkaufen.

Ich bin bereit, eine weitere Krankenakte aus Doris' knochigen Klauen zu schnappen. »Wer ist als Nächster dran, und was war das für eine Notiz?«

»Entschuldigung«, flüstert Doris. »Ich dachte, es wäre offensichtlich wie bei einem Hotelbewertungssystem, wissen Sie, ein Stern bedeutet eine Absteige, fünf Sterne ein Palast. Ein Dollarzeichen bedeutet also einen Geizhals, der nie pünktlich bezahlt, und fünf Dollarzeichen bedeuten jemanden, der genug Geld zum Ausgeben hat. Soll ich Ihnen das aufschreiben?«

»Nein, ich habe es begriffen. Ich nehme einfach nur die nächste Akte.«

Sie reicht mir einen Ordner, so dick wie die Gelben Seiten.

»Hier, die gehört Clint, Harry Carps Hund. Das Fax mit ihren Blutergebnissen ist heute Morgen gekommen. Ich dachte, Sie wollen ihn vielleicht anrufen.«

Hm, das ging ziemlich schnell, und Doris hat recht, ich hatte die arme Clint ganz vergessen.

Ich blättere die Akte durch und finde die neuen Unterlagen nicht. »Wo sind sie?«

»Wo sie immer sind, hinten neben dem Mikroskop.«

Und da habe ich geglaubt, dass Doris mir helfen wollte.

Ich entdecke das Faxgerät auf der Theke neben einem Mikroskop. An der Arbeitsfläche hängt ein Zettel, sorgfältig laminiert und neben das Mikroskop geklebt: NUR ÖL FÜR HOCHLEISTUNGSOBJEKTIVE VERWENDEN! Wieder Moms Schrift, das Fehlen von *Bitte* wird pflichtschuldig bemerkt. Schwer zu glauben, dass Cobb diese Erinnerungen an meine Mutter behalten hat, aber ich bin froh darüber. Sie fühlen sich wie eine Oase in einer Wüste des Unfriedens an, ein Maßstab für Ordnung und Disziplin.

Im Korb des Faxgerätes finde ich einen einzelnen Bogen Papier, die Blutergebnisse einer älteren Promenadenmischung namens Clint Carp. Die Informationen sind in Zeilen geordnet: eine lange Liste von allem, das untersucht wurde, die absoluten Werte sowie die Ober- und Untergrenzen für den jeweiligen Wert. Es ist eine hieroglyphische Mischung von Zahlen und Enzymen und Ionen und Zelltypen, aber da ich mich lebhaft an den Hundebesitzer, an Harry, erinnere, fühle ich mich verpflichtet, mir Zeit zu lassen und alles zu übersetzen.

Neutrophilie.

Verborgen in der Geheimsprache auf dieser Seite steht, dass Clint eine leicht erhöhte Anzahl weißer Blutkörperchen hat. Es sind zu viele, als dass es am Stress liegen könnte, ausgelöst durch die Blutentnahme durch einen ungeschickten Neuling. Es sind zu wenige, um daraus zu schließen, dass Clint irgendeine Infektion hat. Kurz gesagt sind die Ergebnisse von Clints Blutprobe vollkommen unspezifisch und uneindeutig.

Ich finde Harrys Nummer in der Krankenakte und wähle. Er hebt nach dem zehnten Klingeln ab. Ich stelle mich vor, gebe ihm die Chance, Luft zu holen, und erzähle ihm von den Blutergebnissen.

»Könnte es Krebs sein?«

»Vielleicht, aber nicht unbedingt«, sage ich. »Neutrophile sind die häufigsten weißen Blutkörperchen …« Meine Worte verhallen, als ich verstumme. Für mich lag in der medizinischen Fachsprache immer Sicherheit, eine tröstende Präzision, aber jetzt im Moment wird mir zum ersten Mal in meiner Karriere klar, dass es das Allerletzte ist, was Harry hören möchte. Da ich ihn getroffen habe und genau weiß, wo er im Moment zu Hause steht, das Gesicht schmerzverzerrt, ein komisches kleines Tier an seiner Seite, überkommt mich plötzlich das Bedürfnis, diesem sterbenden alten Mann etwas Bedeutungsvolleres zu geben, anstatt bloß die Details zu vereinfachen. Kein Herumreden, kein Schwafeln, nur einfache »Ja«- oder »Nein«-Antworten. Harrys zitternde Stimme löst und befreit etwas in mir, etwas völlig Irrationales und vielleicht auch Unbekümmertes.

»Nein«, höre ich mich sagen, ohne jegliche wissenschaftliche Begründung. »Nein, Harry, Clint hat keinen Krebs.«

Was ist denn da über mich gekommen? Kann es eine Lüge sein, wenn ich keine böse Absicht habe? Aber ich gebe ihm eine Antwort, wo es keine gibt.

Ein Seufzer der Erleichterung dringt durch das Telefon, und ich muss zugeben, dadurch wird meine Verfälschung der Wahrheit viel erträglicher. Es ist sinnlos, Clints Krankheit zu erforschen, wenn der Besitzer vor Kummer stirbt. Wenn ich falschliege, und um ehrlich zu sein, ist das immer noch möglich, dann werde ich damit umgehen müssen, wenn es so weit ist.

»Gut zu wissen, aber was kann es denn sonst sein?«

Das war keine lange Atempause.

»Es tut mir leid, Harry, ich bin mir immer noch nicht sicher. Wie geht's ihr heute?«

Noch ein Seufzer, und mir fällt der subtile Unterschied zwischen Erleichterung und Enttäuschung auf.

»Genau wie vorher. Sie pickt nur am Fressen, aber sie trinkt gut.«

Mann, dieses frustrierende »Ihr geht's nicht gut«.

»Ich frage Doc Lewis, ob er mal kommen kann, um sie sich anzusehen«, sage ich. »Noch besser wäre es, wenn Sie sie hierher nach Bedside Manor bringen könnten.«

Stille in der Leitung. »Ich schaue mal, ob mich jemand

fahren kann. Um ehrlich zu sein, fühle ich mich schon sehr viel besser, weil ich weiß, dass sie keinen Krebs hat. Danke, Doc.«

Irgendwie bringe ich es nicht über mich, »ich auch« zu sagen.

ZEHN

Im Wartezimmer sitzen nur noch zwei Patienten: ein Typ in einer Tarnjacke, einen Albinohasen im Arm, und eine Frau mittleren Alters, die neben einem jungen Mann mit einem teuren Katzenkorb sitzt.

Ich nähere mich Ihrer Majestät und flüstere: »Wer ist der Nächste?«

Doris sagt nichts, schiebt mir aber die Krankenakte (noch ein Monster) über die Theke zu, ein gelber Fingernagel tippt auf einen gelben Haftzettel vorn drauf. Ich schaue mir an, worauf sie zeigt: *$$$$$$*.

»Sechs«, sage ich tonlos. Mir ist meine erstaunte Aufregung bewusst. *Jawohl!*

Ihr Nicken ist fast unsichtbar, während sie den Zettel abzieht und in ihrer Hand zusammenknüllt.

»Chelsea«, rufe ich und drehe mich um, als der junge Mann und die Frau aufstehen. Ich bezweifle, dass er schon dreißig Jahre alt ist, und ich bezweifle, dass sie noch in ihren Fünfzigern ist. *Es müssen Mutter und Sohn sein.* »Ich kann gar nicht sagen, wie leid es mir tut, dass Sie warten mussten, Ms …«

»Weidmeyer, Virginia Weidmeyer, aber bitte nennen Sie mich Ginny.« Sie schüttelt mir die Hand. »Und das ist Steven.«

Steven reißt nur knapp das Kinn hoch, was meiner Meinung nach ihren Altersunterschied nur noch verdeutlicht.

Gott sei Dank erspart er mir das »Was geht ab«. Er trägt einen langen, matten schwarzen Ledermantel über einem Jeanshemd, blauen Jeans mit Bügelfalte und glänzenden Cowboystiefeln. Vielleicht dachte er, dass die tote Kuh seinem kanadischen Smoking etwas Klasse verleiht. Ich finde den Look ein bisschen bemüht, als hoffte er, gefragt zu werden, ob er gerade zu einer *Matrix*-Convention fährt oder von einer kommt.

»Freut mich, Sie beide kennenzulernen, ich bin …«

»Ich weiß, wer Sie sind, Cyrus«, sagt Ginny. »Ihr Vater war ein guter Freund. Mein Beileid.«

Ich halte den Atem an. Aus meinem Mundwinkel könnte Speichel tropfen. Diese Frau muss alles über mich und meine Entfremdung von Cobb wissen, und doch spuckt sie mir nicht ins Gesicht oder attackiert meine Halsader.

»Danke«, murmele ich knapp, obwohl es sich falsch anfühlt. Ich räuspere mich gekünstelt. *Zurück zur Arbeit.* »Also, dann muss das Chelsea sein.«

Ginny keucht, legt eine ausgebreitete Hand auf ihre Brust, als hätte sie eine Todsünde begangen. »Verzeihen Sie, ja, das ist die Liebe meines Lebens: Chelsea.«

Steven hebt die Transportbox hoch wie einer, der mit einem vollen Glas Bier jemandem zuprostet. Die Katze scheint sich ganz hinten zu verstecken.

»Ginny, schon wieder hier?«

Lewis führt seinen zweitletzten Patienten zu Doris – guter Mann. Er und Ginny tauschen ein Küsschen aus, Steven sieht zu.

»Ich wollte Chelsea ihrem neuen Tierarzt vorstellen.«

»Na, dann nehmen Sie lieber meinen Untersuchungsraum. Ich bin mir sicher, Malcolm und Mr Snuffles kommen auch gerne mit nach hinten, stimmt's, Malcolm?«

»Lewis, ich hatte eigentlich die Hoffnung, wir könnten uns schnell unterhalten …«

»Keine Zeit, Dr. Mills. Diese Patienten waren viel zu lange geduldig. Bitte.« Er hält die Tür zum Untersuchungszimmer für uns auf, und wir haben offensichtlich keine Wahl.

Steven stellt die Transportbox auf den Boden, setzt sich und fängt an, mit seiner Uhr zu spielen. Ich weiß nicht, ob er mir damit sagen will, ich solle mich beeilen, oder mir zeigen will, dass es eine TAG Heuer ist. Ginny steht am Untersuchungstisch.

»Ich sollte etwas erklären«, sagt sie. »Wir waren sehr lange Patienten Ihres Vaters.«

Ich bemühe mich, nicht zusammenzuzucken.

»Er hat ihr Nierenleiden schon ewig behandelt. Stimmt doch, Baby? Steven, sei so lieb. Chelsea muss dem netten Arzt hallo sagen.«

Seufzend steht Steven auf, hockt sich hin, öffnet den Riegel an dem kleinen Plastikgitter und greift in die Box. Man hört ein teuflisches Knurren, ein jenseitiges Fauchen, und Steven ändert schnell seine Meinung, hebt die Transportbox hinten an und kippt sie, damit die Katze herausrutscht. Chelsea hat vielleicht keine guten Nieren, aber obwohl ihre Box neunzig Grad gekippt ist, hat sie offensichtlich immer noch die Kraft, gegen die Schwerkraft zu bestehen.

»Doch nicht so. Lass mich mal.«

Falls die beiden ein Paar sind, dann klingt diese Aufforderung völlig falsch. Steven zuckt mit den Schultern, murmelt, er sei halt kein Katzenmensch, und kehrt unbeeindruckt zu seinem Stuhl zurück. Er scheint zufrieden damit zu sein zuzusehen. Er streicht über seinen gepflegten Ziegenbart, als wolle er sicherstellen, dass er noch da ist.

Ginny hebt die Transportbox hoch, stellt sie auf den Untersuchungstisch, und dieses Mal gibt es keine Beschwerden, als sie eine orangefarbene, langhaarige Katze mit flachem Gesicht herausholt. Mein Gehirn sollte eigentlich nach Nierenleiden bei Katzen suchen, aber es steht gerade auf »Pause«. Mir ist komplett entfallen, wie Chelseas Rasse heißt.

»Wir hoffen, dass Sie dieselbe Behandlungsphilosophie vertreten wie Ihr Vater.«

War das eine Frage? Und wie schaffe ich es, dass sie dieses Wort nicht mehr benutzt?

»Wöchentliche Untersuchungen. Regelmäßige Urinproben. Sorgfältige Überwachung, damit sie nicht dehydriert.«

Perser. Die Rasse heißt Perser. Ursprünglich aus dem Iran. Bekannt für polyzystische Nierenkrankheiten, eine vererbte Schwäche. Diese Katzen werden mit abnormalen Nieren geboren, aber die meisten zeigen erst mit drei bis zehn Jahren irgendwelche Symptome.

Ich brauche eine Weile, bis ich merke, dass Ginny mich anstarrt, als hätte ich gerade einen narkoleptischen Anfall und schliefe im Stehen. Habe ich mal wieder Selbstgespräche geführt? »Entschuldigen Sie, ja«, sage ich. »Sicher. Sehr gerne.« Ich streichele Chelsea über den Rücken und spüre das fettige, verknotete Fell und das knochige Skelett eines Tiers, das gegen eine chronische, unbarmherzige Krankheit kämpft.

»Ich bin mir sicher, dass Sie das öfter hören, Doktor, aber Chelsea ist die beste Katze der Welt. Entschuldigen Sie, ich hätte fragen sollen, ob Sie lieber Dr. Mills oder Cyrus genannt werden?«

Ist das ein Test? Hinterfragt sie damit meine Familienloyalität?

»Äh … Cyrus, und ich bezweifle es nicht … also, dass sie die beste Katze der Welt ist.«

»Ich würde alles für sie tun. Alles. Das stimmt doch, Steven?«

Steven hört nicht zu, er spielt immer noch mit seiner Uhr, und wieder einmal wartet Ginny auf eine Antwort von mir. Was soll ich sagen? Irgendetwas Philosophisches? Etwas Beruhigendes? Ich lege meinen Kopf nach hinten, öffne den Mund, atme tief ein, überlege verzweifelt, welche persönliche, eloquente Weisheit ich loswerden könnte. Sekunden vergehen, der vertrauenswürdige Tierarzt hat sich in einen Dorfdeppen verwandelt. Schließlich tue ich das Einzige, was mir einfällt. Ich hebe Chelsea hoch und drücke sie an meine Brust.

Zu meiner Überraschung strahlt Ginny, als hätte sie genau darauf gehofft, kommt zu mir und streichelt den Körper ihrer geliebten Katze. Botox hat Ginnys Fähigkeit, Sorge zu zeigen, vielleicht eingeschränkt, und sie ist an den falschen Stellen zu angespannt, aber ihre Lippen können immer noch zittern. Sie schauspielert nicht.

Dann fällt mir die linke Hand, die die Katze streichelt, auf, nicht die Falten – der Teil des Alterungsprozesses, den ihr Schönheitschirurg nicht verbergen kann –, sondern der riesige, glitzernde Stein am Ringfinger. »Das ist ein wunderschöner Ring.«

Da ist Steven ganz Ohr, bewegt sich auf seinem Stuhl und verschränkt demonstrativ seine Finger im Schoß. Er scheint daran gewöhnt, den Dank dafür zu hören.

»Danke schön«, sagt Ginny. »Drei Karat.«

»3,2«, sagt Steven. »Ich habe ihn in New York gekauft. Ein Freund in Midtown hat mir ein Angebot gemacht. Bevor ich nach Vermont gezogen bin, habe ich in Manhattan gelebt.«

»Entschuldige bitte, 3,2.«

Sie übertreibt das bescheidene Schulterzucken. »Steven hat mich damit vor, na, ein paar Monaten überrascht. Ist ein komisches Gefühl, in meinem Alter verlobt zu sein.«

Dieser Kommentar bringt Steven tatsächlich auf die Füße. Er legt einen Arm um Ginnys Hüfte und tätschelt sie unangenehm auf den Po. »Man ist so alt, wie man sich fühlt, stimmt doch, Doc?«

Ginny stupst ihn spielerisch gegen den Arm, und Steven tut so, als hätte er Schmerzen. Chelsea und ich schauen zu. Ich glaube, wir empfinden beide dieselbe Abneigung.

»Also«, sage ich, ich möchte gerne weitermachen, »Chelsea bekommt Blut entnommen, eine Urinprobe wird untersucht, noch etwas?«

»Röntgen. Doc Cobb machte sich Sorgen wegen Nierensteinen.«

Die üblichen Arten von Steinen: Cystinsteine, Calciumoxalatsteine, Uratsteine und Struvitsteine. »Wirklich. Wann wurde sie das letzte Mal geröntgt?«

Ginny bespricht sich mit ihrem Toyboy.

»Ein paar Wochen vor seinem Tod«, sagt Steven.

Ginny scheint zuzustimmen. »Sie bleibt nicht sitzen. Ich muss sie immer festhalten.«

Mir sind ein paar breite Regale im Arbeitsraum aufgefallen, in denen große braune Umschläge stehen, vermutlich die Praxissammlung von Röntgenbildern. Das scheint mir eine Chance, endlich Lewis zu erwischen. »Ist es in Ordnung, wenn ich mir die ansehe? Damit ich mir einen Überblick verschaffe.«

»Ganz wie Sie möchten«, sagt Steven. »Nehmen Sie sich Zeit.« Er zwinkert mir zu. Ich will mir gar nicht vorstellen, was er während meiner Abwesenheit zu tun hofft.

Lewis kämpft mit einem puscheligen weißen Ding und

scheint sich bewusst darauf zu konzentrieren, mir nicht in die Augen zu sehen, während ich das Regal mit den Röntgenbildern durchsehe und den gesuchten Ordner finde. Er ist dick und schwer, und die Aufnahmen reichen viele Monate zurück. Keine Frage, Ginny Weidmeyer macht sich Sorgen um Chelsea, aber noch wichtiger für Bedside Manor, sie ist bereit, richtig viel Geld für ihre Katze auszugeben. Ich frage mich, ob ich das noch vor Ende der Woche veranlassen kann.

An der Wand hängt ein Schaukasten. Ich schalte ihn ein und sehe mir die Aufnahmen in chronologischer Reihenfolge an. Es ist schon eine Weile her, seit ich das letzte Mal ein Röntgenbild interpretiert habe, und anders, als Lewis in seiner früheren Zusammenfassung behauptet hat, ist es überhaupt nicht wie Fahrradfahren.

Als ich das letzte Bild aufhänge, aufgenommen elf Tage vor Robert Cobbs Tod, sehe ich es – einen winzigen Nierenstein.

Ich könnte mir mehr Zeit nehmen, in einem Fachbuch nachlesen, meine Fragen und mein Wissen wasserdicht machen, bevor ich zurückgehe, aber mein Blick fixiert bereits einen völlig anderen Teil der Röntgenaufnahme. Ich sehe ein paar kleine Knochen, die nicht da sein dürften – menschliche Knochen, Ginnys Hand, die auch geröntgt wurde, als sie ihre unruhige Katze festhielt. Und auf dem Bild ist der Ring, der Diamant in seiner goldenen Fassung, völlig weiß und nicht durchsichtig. Wie kann das sein?

Wieder einmal hat sich eine unnütze Information in meinem Hirn festgesetzt: Diamanten bestehen aus Kohlenstoffatomen in einer kubischen Gitterstruktur. Sie ist auf Röntgenbildern nicht zu sehen. Ich sollte also eine schwarze, leere Fassung sehen. Aber Ginnys Dreikaräter – Entschuldigung, 3,2 – ist weiß und undurchsichtig. Entweder wurde Steven beim Kauf des Rings betrogen, oder diese kleine Katze mit einem Nierenstein hat gerade unabsichtlich Loverboy Steven als Betrüger entlarvt.

Kein Wunder, dass Lewis' Termine so lange dauern. Hört der Mann je auf zu reden? Ich bin schon seit fast zwanzig Minuten mit Ginny fertig. Ich habe versprochen, mir Chelseas komplette Krankengeschichte noch einmal anzusehen, »Dr. Cobbs« Therapieplan wegen des Nierensteins neu zu bewerten (ich hoffe, ihr ist aufgefallen, wie ich ihn nenne) und mich dann noch einmal zu melden. Natürlich sage ich nichts von dem falschen Verlobungsring. So faszinierend es ist, es geht mich nichts an.

Das Klingeln der Türglocke ist mein Stichwort, um zuzuschlagen. »Endlich. Können wir uns unterhalten?« Ich mache eine Geste, damit Lewis zu mir in den Laborraum kommt, um nicht vor Doris »unter vier Augen« sagen zu müssen.

»Ich hab's nicht geglaubt, bis ich heute Morgen herkam.« Ein jovialer Lewis spaziert an mir vorbei, und ich mache hinter ihm die Tür zu. Warum ist er so aufgekratzt und will mir gratulieren? Und diese rot-weiß gepunktete Fliege hilft auch nicht gerade. Er nickt in Richtung des Käfigs, in dem Tina und ihr Kätzchen liegen. »Die einzige Möglichkeit, dieses junge Mädchen von ihrer Katze loszueisen, war ihr eigenes Baby. Und das bedeutet, dass die Gerüchte über den talentierten Dr. Mills wahr sein müssen.«

Er tritt vor und legt einen Arm um meine Schultern wie ein stolzer Vater, offensichtlich unfähig, meinen Ärger zu erkennen. Nach zwei unruhigen Stunden Schlaf war ich nach unten getappt, entschlossen, Lewis von dem mysteriösen

Zeitungsartikel zu erzählen und mit ihm darüber zu sprechen, dass er mich gestern Abend im Stich gelassen hat. Dieses große Medieninteresse hat meinen Fokus jedoch verändert. Wo soll ich anfangen?

»Schauen Sie sich die hier mal an.«

Lewis hält inne, während ich ihm eine Handvoll gefühlter Haftbefehle überreiche. Er schaut mich eher optimistisch als besorgt an, ein fröhlicher »Wie schlimm kann's schon sein«-Gesichtsausdruck. Dann beginnt er zu lesen, und je mehr er liest, umso stärker verschwindet seine unbekümmerte Zuversicht. Und damit auch mein Bedürfnis, ihn in die Zange zu nehmen, um die Wahrheit über seine kranke Frau zu erfahren.

»Was sollen wir tun?«, frage ich. »Das Letzte, was ich gebrauchen kann, sind Reporter, die Fragen über einen Tierarzt stellen, der sich für einen Geburtshelfer hält. Wenn sie neugierig sind, werden sie weitergraben, und wenn sie weitergraben, werden sie meine Suspendierung entdecken, und sobald sie das tun, ist es vorbei. Wenn ich nicht arbeite, kann ich diese Praxis nicht auf Vordermann bringen, und wenn ich sie nicht als gut laufende Praxis verkaufen kann, kann ich nicht wieder zurück.«

Plötzlich scheint Lewis traurig zu sein, und ich weiß nicht, ob das wegen mir ist oder einfach so aus ihm dringt. »Wohin zurück?«

Vor einer Minute hätte ich ihn noch mit einem vehementen »In das private und leidenschaftslose Leben eines Veterinärpathologen, natürlich« überfallen. Aber ich spüre eine Veränderung in ihm, also schwäche ich meine Antwort so ab, dass sie ihm hoffentlich gefällt. »Zu dem, was ich am besten kann.«

Lewis senkt den Kopf, spitzt die Lippen und nickt. Liegt

das an etwas, was er gelesen hat, oder an etwas, was ich gesagt habe?

»Sie haben mir nie direkt gesagt, dass Sie die Praxis verkaufen wollen. Ich hatte gehofft, dass Sie einen Neustart wagen wollten. Ich meine, Sie sind doch gerade erst hergekommen.«

Ich runzele die Stirn. »Es ist ja nicht so, als hätte ich eine Wahl. Ich bin pleite. Ich muss Rechnungen bezahlen, hohe Anwaltsrechnungen, und niemand würde mich ohne Zulassung einstellen. Bedside Manor hat mich gefunden, und dafür werde ich stets dankbar sein, aber es war immer nur Mittel zum Zweck. Die Sache ist die: Wenn ich nicht in den nächsten drei Tagen eine gewisse Summe zahle, dann wird die Bank alles übernehmen, und ich werde alles verlieren.«

»Über wie viel reden wir?«

Ich nenne ihm die Summe. Lewis wirkt erschlagen, als hätte ich ihm seine Kündigung überreicht. Critchleys Anzahlung, um guten Willen zu zeigen, sollte eher Anzahlung des »herzzerreißenden, bösen Willens« heißen.

»Wann wollten Sie denn versuchen zu verkaufen?«, fragt Lewis.

»Idealerweise noch diesen Monat.«

»Ernsthaft. Weniger als ein Monat?« Einen Moment lang verliere ich ihn, während sich die Gedanken hinter seinen Augen von mir entfernen. Ich weiß nicht, wohin sie ihn tragen, aber so schnell, wie sein Gesichtsausdruck bekümmert wird, ist das Ziel wohl schmerzhaft. Als der Lewis, den ich kenne, wieder da ist, sagt er: »Lassen Sie mich Ihnen eine Frage stellen: Gestern Abend, als Sie das Kätzchen entbunden haben, als Sie das Baby entbunden haben – wie haben Sie sich da gefühlt?«

»Wer hat Ihnen erzählt, was passiert ist?«

Lewis entdeckt die Nachricht von Ethel Silverman und lässt sie zwischen den Fingern flattern wie ein Patriot, der die Truppen begrüßt. »Ihre Schwiegertochter arbeitet als Frauenärztin im University Hospital.«

Ich schüttele den Kopf. Wer braucht schon das Internet, wenn Ethel Silverman die Neuigkeiten der Stadt verbreitet?

»Und keine Sorge. Ich habe Ethel schon angerufen. Kai geht's gut. Und Denise und ihrem Baby geht es gut. Ethel wollte nur die Einzelheiten wissen, was gestern hier genau geschehen ist. Wenigstens möchte Mrs Silverman, dass ihre Neuigkeiten korrekt und aktuell sind.« Er wartet eine Sekunde. »Also, sagen Sie die Wahrheit: Wie haben Sie sich gefühlt?«

Meine rechte Hand greift wieder nach dem eingebildeten Jucken an meinem Hinterkopf. Es war eine lange Nacht. Nachdem ich Denise und ihren Sohn im VW (sie hatte recht, es hat über eine Stunde gedauert, und der Käfer fährt schlecht im Schnee) ins Krankenhaus gefahren und missbilligende Blicke von Krankenschwestern ertragen hatte, die annahmen, ich sei der uneheliche Vater des Kindes, musste ich auf den Schichtwechsel warten, um mit einem Krankenwagen zurück nach Eden Falls fahren zu können.

»Wenn ich so tue, als würde ich mich im Moment nicht miserabel fühlen, und die unerwünschte Aufmerksamkeit ignoriere, dann … natürlich … lag eine gewisse Befriedigung in dem Prozess.«

Lewis stürzt sich auf meine Zurückhaltung. »Eine gewisse? Geben Sie zu, es hat sich verdammt gut angefühlt, stimmt's?«

»Wenn Sie es sagen.«

»Wie etwas, das Sie beim Blick durch ein Mikroskop nie erlebt hätten?«

Ich verstehe, worauf er hinauswill. »Es ist einfach anders. In der Pathologie gibt's viele befriedigende Herausforderungen.«

»Wirklich?« Er legt seinen Kopf etwas schräg. »Seit wann lässt einen Pathologie vergessen zu atmen? Seit wann lässt Pathologie einem das Herz in der Brust anschwellen?«

Mein Zögern ist Beweis genug, und er feiert ihn mit einem enormen Grinsen. Ich kann nicht wütend auf ihn sein. Was auch immer in seinem ominösen Tagtraum lauerte, es kann erst mal da bleiben. Wichtige Dinge gehen vor.

»Was sollen wir wegen der Medien tun?« Ich benutze das Wort *wir*, ohne nachzudenken, aber Lewis stürzt sich darauf, als sei er dankbar, als gäbe es noch Hoffnung.

Er blättert die Nachrichten noch einmal durch. »Sie können sich davor nicht verstecken. ›Kein Kommentar‹ zu sagen, das wird die Neugier nur noch anfeuern, besonders, wenn es sonst nicht viele Nachrichten gibt. Aber es gibt da vielleicht einen Weg, den Schaden zu minimieren und die Chance, unserer Praxis zu helfen, zu maximieren.«

Ich kann ihm nicht folgen.

»Peter Greer. Ein Engländer, netter Kerl, Chefredakteur der *Eden Falls Gazette*. Er ist seit Jahren Kunde im Bedside Manor. Hat einen Jack Russell Terrier, Toby. Wir werden den anderen Reportern sagen, dass wir die Geschichte exklusiv dem Kolumnisten unserer Heimatstadt geben. Wenn sie die Schlagzeile wollen, müssen sie Greer zitieren.«

»Warum sollten wir ihn auswählen?«

»Ganz einfach«, sagt Lewis. »Greer war der Praxis immer treu, und er weiß, wie es ist, als Außenseiter seinen Platz in einer Kleinstadt finden zu müssen. Er wird aufgeschlossen sein und die Geschichte für Sie vorteilhaft erzählen. Konzentrieren Sie sich einfach auf die Ereignisse von letztem

Abend und machen Sie deutlich, dass Sie sich ein bisschen Werbung für die Praxis erhoffen. Denken Sie daran, das ist die *Eden Falls Gazette*. Es ist kein Interview mit *Vanity Fair*. Und er wird Sie nicht in die Pfanne hauen, nicht nach allem, was Sie für Denise Laroche getan haben.«

Ich bin noch nicht überzeugt. »Sie glauben wirklich, dass dieser Typ unsere beste Wahl ist?«

»So bleibt die Geschichte regional. Überlegen Sie mal, wie viele Leute tatsächlich die *Gazette* lesen? Sie werden Greer anrufen, und ich werde Denise anrufen und ihr sagen, dass sie für gestern Abend nichts bezahlen muss, wenn sie sich weigert, mit Reportern zu sprechen.«

»Was? Welchen Teil von ›Wir brauchen Geld‹ haben Sie nicht gehört?«

»Wissen Sie einen billigeren Weg, ihr Schweigen zu erkaufen? Ich glaube nicht. Doris kann den Rest des Rudels im Schlaf vertreiben. Schließlich ist Direktheit an der Grenze zur Unverschämtheit Doris' Spezialität.«

Ich wollte nach Mrs Lewis fragen, nach Ginny Weidmeyers Beziehung zu Cobb und ob ich mir wegen der möglicherweise aufdringlichen Crystal Haggerty Sorgen machen muss, aber Lewis geht schon zum Empfang und wedelt dabei triumphierend mit meinen Zetteln.

Peter Greer hätte bei unserem Telefongespräch nicht netter sein können. Das liegt wohl am britischen Akzent, dadurch klingt alles, was man sagt, gewichtig und eindrucksvoll. Anscheinend war es »absolut wundervoll« von mir, ihm ein Exklusivinterview zu gewähren. Er versicherte mir, dass er kein Schreiberling sei, der in das Wort *Held* verliebt sei, und wenn ich heute Abend gegen sieben für ein Interview »vorbeischneien« könnte, wäre das »entzückend«.

Ich lege auf und denke an den letzten Abend und an das, was Lewis gesagt hat. Die Sache ist die: Mein Erlebnis mit Denise und Tina war anstrengend, erschreckend, es lässt einen bescheiden werden, und, warten Sie, es war einfach wunderbar. Es war der Rausch des Möglichen. Es war die Neuheit, dass man mir tatsächlich dankt, nicht unbedingt mit Worten, sondern in einem Augenblick des schweigenden Einverständnisses. In meinen Jahren als Veterinärpathologe hatte ich immer das Gefühl, zu spät zur Party zu kommen. Letzten Abend war ich zum ersten Mal als echter Tierarzt ihr Herz und ihre Seele.

Und vergessen wir nicht das andere große Erlebnis von gestern Abend: mein Treffen mit Amy, der Kellnerin im Diner. Ich bin mir nicht ganz sicher, was da geschehen ist, aber ich habe mich sofort wie ein Teenager gefühlt, der sich im Ferienlager verknallt hat. Lächerlich. Es ist ja nicht so, als könnte daraus etwas werden. Wenn ich zurück nach Charleston ziehe, was sollte ich dann tun, Freundschaftsarmbänder austauschen? Versprechen, jeden Tag zu schreiben?

»Dr. Mills?« Es ist Doris. »Ich habe das hier für Sie zusammengestellt. Es sind die ausstehenden Rechnungen.«

Doris reicht mir ein Blatt Papier mit einer handgeschriebenen Liste von Kunden und der Summe, die jeder uns schuldet. Es sind ungefähr dreißig Namen, und wie ich gebeten hatte, hat sie sie in zwei Spalten aufgeteilt: diejenigen, die bezahlen können, es aber nicht tun (wie die Haggertys), und diejenigen, die nicht bezahlen können, aber ihr Bestes versuchen (wie Denise Laroche). Jeder kennt jeden in dieser Stadt, und ich vermute, wenige so gut wie Doris. Warum ihre Verbitterung und angeborene Neugier nicht ausnutzen?

»Gute Arbeit, Doris. Es ist nicht so schlimm, wie ich dachte.«

»Das ist der letzte Monat, Dezember. Ich fange morgen mit dem restlichen letzten Jahr an.«

»Wow! Das ist schlecht.« Und dann schafft es ein innerer Monolog über meine Lippen. »Was hat er sich nur dabei gedacht?«

Doris sieht auf, als würde sie mir liebend gerne ihre Meinung dazu sagen, ohne Rücksicht auf die Konsequenzen, aber sie wirft sich in die Brust und zügelt ihre Zunge, ganz das kluge Schulmädchen, das immer die Antwort weiß, aber gezwungen ist, auch anderen Kindern eine Chance zu geben.

»Könnten Sie vielleicht noch eine Sache für mich tun, bevor Sie gehen?«

Sie wartet, blinzelt etwas häufiger.

»Sie müssten unsere Telefongesellschaft anrufen und fragen, ob die uns einen drahtlosen Internetzugang verschaffen können. Fragen Sie nach, ob sie irgendwelche Angebote haben.« Am besten einen Vertrag, der im ersten Monat gratis ist.

»Moment, Moment.«

Doris läuft zu ihrem Schreibtisch, wühlt nach einem Blatt Papier und notiert sich was, ihre Lippen formen dabei die Worte »drahtloser Internetzugang«, als lerne sie eine Fremdsprache. Dann gräbt sie ein antiquiertes Bürozubehör aus, ihr Rolodex. Sie blinzelt eine Karte an, greift nach dem Telefonhörer und wählt eine Nummer. Vielleicht sollte ich dankbar sein, dass sie nicht nach draußen geht, um eine Brieftaube loszuschicken.

Weitere Maßnahmen, um ins einundzwanzigste Jahrhundert zu gelangen, müssen warten. Es ist Zeit, nach Informationen über Nierenkrankheiten bei Katzen zu suchen, all den Kram, den ich bisher nicht wissen musste, welche Therapie, welche Kontrolle und woran man erkennt, ob eine Katze leidet und ein miserables Leben führt, auch wenn sie keine Schmerzen zu haben scheint. Fünfzig Minuten vergehen, bis ich das Selbstbewusstsein habe, Ginny Weidmeyer anzurufen, und sogar dann habe ich die relevanten Buchseiten aufgeschlagen in der Nähe.

»Sie hätten sich nicht so schnell melden müssen.«

»Kein Problem. Ich bemühe mich darum, schnell und organisiert zu arbeiten.« Ein Teil von mir hofft, dass ihr auffällt, wie diese Philosophie mich deutlich von Cobb unterscheidet. Wie oft hatte ich Cobb etwas von meinem Schultag erzählen wollen, nur um zu sehen, wie sein Blick verschwamm, bevor er sagte: »Tut mir leid. Ich habe vergessen, eine Blutprobe wegzuschicken« oder »einen Kunden anzurufen«. Cobb genoss das Chaos, und für ein Kind, das mit diesen wichtigeren Prioritäten um seine Aufmerksamkeit kämpfte, fühlte sich das sehr nach Ablehnung an.

»Wissen Sie«, sagt Ginny, »da sind ein paar Dinge, die ich vergessen habe, Ihnen zu sagen.«

Ich wappne mich, erwarte fast, dass sie mir etwas vorwirft. Oder vielleicht weiß sie, dass der Stein falsch ist, und ich werde jetzt erfahren, dass Steven eigentlich nur ein gemieteter Gigolo ist.

»Chelseas Nahrung: Sie bekommt ein spezielles Futter, um das Risiko von Kristallen im Urin zu mindern. Denken Sie, dabei sollte es bleiben?«

»Äh, auf jeden Fall. Wenn sie es frisst.«

»Steven sagt, sie tut es. Morgens füttert er sie, bevor er mir meinen Cappuccino bringt. Er ist so ein Schatz.«

Ginny Weidmeyer ist schwer verknallt. Und ihre Zuneigung zu Steven löst bei mir Brechreiz aus.

»Sehr gut«, sagt sie. »Der zweite Punkt betrifft Sie.«

»Ach ja.«

»Ja. Sowohl Steven als auch ich hatten heute Morgen ein gutes Gefühl bei Ihnen. Und ich merke, dass Chelsea sie auch mag.«

Ich höre, dass ihre Stimme etwas zittrig wird.

»Ich möchte, dass Sie wissen, sollten Sie irgendwann denken, dass Chelsea eine …«

Es wird still in der Leitung, als brächte sie es nicht über sich, den Satz zu beenden. Man hört ein Rascheln, ein Schluchzen, und ich stelle mir vor, wie sie die emotionalen Dämpfe wegwedelt.

»Entschuldigen Sie. Was ich meine, ist, sollten Sie irgendwann der Meinung sein, dass Chelsea eine Nierentransplantation braucht, dann bitte, bitte, zögern Sie nicht, es mir zu sagen. Es ist egal, wo auf dieser Welt. Es ist egal, wie viel es kostet. Meine Stiftung für meine Katze ist vielleicht nicht ganz so groß wie die von Leona Helmsley für ihren Hund, aber sagen wir einfach, dass Geld nie Chelseas Behandlung einschränken wird.«

Da ich mich selbst als Wissenschaftler sehe, ziehe ich die Vorstellung von »Heureka-Momenten« dem Blinken der Glühbirne über dem Kopf vor. So oder so ist das eine bedeutende Enthüllung. »Trouble« Helmsley hatte eine Stiftung über zwölf Millionen Dollar hinterlassen. »Nicht ganz so groß« könnte also immer noch bedeuten ziemlich groß. Jetzt ergibt alles einen Sinn – Steven muss es auf Ginnys Geld abgesehen haben und hat sie mit einem Verlobungsring aus billigem Zirkonium reingelegt.

»Natürlich«, sage ich, »aber hoffen wir, dass es nie so weit kommen wird. Ich habe noch einige Hausaufgaben in Chelseas Fall zu erledigen.«

»Vielen Dank, Cyrus. Wir sind wirklich begeistert, dass

Sie den Weg zurück in unsere kleine Ecke der Welt gefunden haben.«

Nach weiteren fünf Minuten Small Talk lege ich schließlich auf, aber Ginnys Kompliment bleibt mir im Gedächtnis haften wie das Motto einer Rede, und für einen Augenblick verschwindet die ständige Verlegenheit und nervöse Unruhe, die ich seit meiner Rückkehr nach Bedside Manor empfinde, und wird von einer ausgelassenen, entspannten Ruhe ersetzt, wie ich sie seit dem Tod meiner Mutter nicht mehr gefühlt habe.

ELF

Ein Bellen, ein Klopfen an der Tür, und mein goldenes Kissen verschwindet, sodass mein Kopf zur Seite kippt. Ich schwinge meine Beine vom Sofa, stehe auf und versuche, mich zu orientieren. Die Vorhänge sind zurückgezogen, aber draußen ist es dunkel, und an meiner linken Wange klebt eine Strähne Hundehaar. Ich gehe in die Richtung des erneuten Klopfens und des erneuten Bellens und sehe Lewis oben an der Treppe stehen.

»Ist es Zeit?«, frage ich und blinzle ins Treppenhaus, während Frieda mal wieder einen begeisterten Begrüßungstanz vollführt.

»Kurz nach fünf.«

Ich gähne. »Ich musste wohl den Schlaf von letzter Nacht nachholen.« Ich spüre einen Vorwurf in der Luft und füge hinzu: »Keine Sorge, ich werde ihren Besitzer vor meinem Interview mit Mr Greer besuchen.«

Lewis schafft es, mich so anzusehen, als dächte er darüber nach. »Ich habe mich eigentlich gefragt, was passieren würde, wenn Sie behaupten, Sie hätten sie gefunden. Ein Baby entbinden. Einen vermissten Hund finden. Sie wären die örtliche Mediensensation. Wir hätten über Nacht dreimal so viele Patienten.«

Meint er das ernst? »Sie scheinen den Mann zu vergessen, der sie gebracht und für ihr Einschläfern bezahlt hat.«

»Einspruch angekommen. Am besten, wir entscheiden

das heute Abend. Wir wollen ja keinen wütenden Mob mit Mistgabeln und Fackeln im Wartezimmer finden.« Er kratzt über Friedas Rücken. »Haben Sie eine Sekunde?«

Frieda ist so in Lewis verliebt, dass ich sie von ihm losreißen und hinter die Tür schieben muss. Mein Mentor fordert mich mit einer Geste auf, ihm nach unten zu folgen, durch das Labor, das Wartezimmer und durch die klingelnde Eingangstür.

»Schauen Sie da hoch«, sagt Lewis. Er steht in einem Wirbel mottengroßer Schneeflocken, den Kopf in den Nacken gelegt. »Ich habe vergessen, Ihnen zu sagen, dass Sie heute Abend noch den Schnee vom Dach fegen müssen, besonders über der Tür, sonst haben Sie da morgen früh lauter Eiszapfen. Hier entlang.«

Er geht an mir vorbei zum gegenüberliegenden Ende vom Wartezimmer. Da ist noch eine Tür, auf der PRIVAT steht, und wir betreten das, was ein Lagerraum war, als Bedside Manor es sich noch leisten konnte, Medikamente und Tierfutter zu kaufen. Der Raum ist praktisch leer, aber weil er neben dem Wartezimmer liegt, kommt mir eine Idee.

»Wissen Sie, es wäre kein großer Aufwand nötig, diesen Raum zu einem zweiten Untersuchungszimmer umzubauen.«

Lewis bleibt stehen, als hätte er beim Verlassen eines Geschäfts den Alarm ausgelöst. Er dreht sich zu mir um. »Na, das klingt doch gut.«

Ich sage nichts. Er hat eine Idee, mehr Umsatz zu machen, offensichtlich als ein langfristiges Engagement missverstanden. »Wohin bringen Sie mich?«

»Waren Sie noch nicht in diesem Teil des Hauses?«

»Warum sollte ich? Er hat mir als Kind immer Angst gemacht.«

Lewis kaut auf seiner Unterlippe, antwortet aber nicht, als solle mir sein bedeutungsvolles Schweigen auffallen. Er dreht sich um, schiebt einen schweren Messingriegel zurück, öffnet eine Tür, drückt auf einen Schalter, und am Ende einer engen und steilen Holztreppe flackert, summt und leuchtet eine Neonröhre. Auf der dritten Stufe trifft mich das organische Aroma eines schimmligen Feldsteinkellers.

Ich gehe zu ihm nach unten. Rechts von mir, im Schatten, erkenne ich einen uralten Ölofen und eine Pumpe (wahrscheinlich für die kurze Zeit, in der das Wasser auch in diesem Teil der Welt flüssig ist). Lewis geht links in den Schatten, greift nach einer Kette, die von der Decke herabhängt, zieht daran und schaltet eine kahle Glühbirne ein.

»Was ist das?« Ich weise auf eine große Sammlung von Geräten zur Holzbearbeitung – eine riesige Werkbank, eine Bandsäge, eine Tischkreissäge und genug Schleifmaschinen, Meißel, Schraubzwingen und Halterungen, um einen Möbelladen einzurichten.

»Bobby Cobbs Hobby waren Holzarbeiten«, sagt Lewis. »Stühle, Schreibtische, Antiquitäten restaurieren. Er war gut. Er hat mir mal ein hübsches Vogelhäuschen gebaut.«

Aber was mir wirklich auffällt, wonach ich eigentlich frage, ist alles andere. Da stehen ein alter Sessel, eine Elektroheizung, ein kleiner Kühlschrank und eine Kaffeemaschine. Ein einzelner weißer Becher steht auf der Werkbank, die trockenen, glänzenden braunen Reste von Cobbs letztem Getränk kleben an der Keramik.

»Ich weiß, dass ich diesen Dachrechen hier irgendwo gesehen habe«, sagt Lewis und wühlt am Rand meines Sichtfeldes herum. Ich helfe ihm nicht, weil ich zu viel damit zu tun habe zu begreifen, was an der Wand neben der Bank lehnt. Neben einer Werkzeugwand befindet sich ein großes Korkbrett voller Fotos. Lewis murmelt irgendetwas, aber die Fotos ziehen mich an und verschlingen mich. Wieder einmal sind sie mir neu. Ich als Kind mit einem gebrochenen Arm, ich ziehe eine Schnute, während ich den Gips zeige. Ich als weinendes Kleinkind, im Arm einen Plüschhasen, dem ein Ohr fehlt, zweifellos hat ein Hund es abgekaut. Ich auf dem Schoß meiner Mutter, ich zeige ein Zahnlückenlächeln und schwenke ein Eis, als wäre ich die Freiheitsstatue. Mein Blick gleitet weiter, aber ich kehre wieder zu diesem letzten Foto zurück. Ohne hinzusehen, strecke ich die klebrigen, kleinen Finger meiner freien Hand hoch, um die Wange meiner Mutter zu streicheln, unsere Verbindung zu betonen. Und ich sehe, dass meine Mutter den Augenblick genießt, samt klebriger Finger. Das ist die Ruth Mills, die ich geliebt habe – eine Mutter, die jegliche Deckung fallenlässt und sich unserer emotionalen Verbindung hingibt. Dank ihr sieht der Junge auf dem Foto glücklich aus. Heute muss ein beunruhigter Vierzigjähriger zugeben, dass dieses Bild nur einen Geisteszustand abbildet und mir bewusst macht, wie viel ich verloren habe.

Mein Blick gleitet über die restliche Fotosammlung. Auf jedem Bild bin entweder ich zu sehen oder meine Mutter und ich. Nie Bobby Cobb. Unausweichlich zieht mich das perfekte Quadrat aus braunem Kork genau in der Mitte der Sammlung an. Es scheint merkwürdig, dass dieser Kreis aus Familienerinnerungen sich um ein leeres Zentrum versammelt. Sind Bobby Cobb die Fotos ausgegangen, oder fehlt da ein einzelnes Foto? Ich trete noch einen Schritt näher, um genauer nachzusehen. In allen vier Ecken des leeren Quadrats kann ich ein winziges, aber deutliches Loch erkennen, das eine Nadel im Kork hinterlassen hat.

Ich schaue zu Lewis, und einen Augenblick lang, eine halbe Sekunde, erwische ich ihn dabei, wie er mich ansieht, bevor er wegschaut.

Ist seine Suche nach dem Dachrechen ein Bluff? Geht es hier eigentlich darum, dass ich diese Fotos sehe?

»Hier ist er ja«, sagt Lewis und greift hinter eine ordentliche Reihe von alten Farbdosen, um einige dünne Aluminiumstangen und ein breites Aluminiumblatt hervorzuholen. »Bauen Sie die zusammen, das sind gute sechs Meter. Mehr als genug, um das Dach zu erreichen.«

»Was wissen Sie darüber?« Ich deute mit dem Kinn zum Korkbrett.

Lewis legt den Rechen ab und kommt zu mir. Er betrachtet die Sammlung, als hätte er sie noch nie gesehen.

»Sieht aus wie Sie und Ruth vor langer Zeit.« Und dann ergänzt er ausatmend: »Sie vermissen sie immer noch.«

Ich könnte sagen: *Ich bemühe mich, es nicht zu tun, weil es zu wehtut*, aber ich ziehe es vor, es als Aussage und nicht als Frage zu interpretieren. Ich warte einen Moment. »Und das?« Ich zeige auf den Stuhl. »Nicht gerade die gemütlichste Ecke von Bedside Manor.«

Lewis dreht sich zu mir um und sieht es sich genauso interessiert an wie die Fotos.

»Bobby hat mir gesagt, dass das hier der einzige Teil des Hauses ohne Erinnerungen sei. Deswegen kam er gerne hier herunter. Ein Platz für sich.«

Ich kann nicht anders.

»Sie kannten ihn besser als irgendwer sonst. Sind Sie beide nie bei einer Flasche Jack ins Reden gekommen?«

»Das war schon lange vorbei.« Lewis dringt in meinen persönlichen Raum, um seine Botschaft zu verdeutlichen.

»Wirklich?«

Lewis fährt fort: »Sicher. Er hat geschworen, dass er lange vor dem Tod Ihrer Mutter das letzte Glas getrunken hat. Er hatte aber schwer Geschmack an Süßem gefunden. Er lutschte ständig Pfefferminzbonbons, und er ist gerne eine Stunde durch einen Schneesturm gefahren, um einen Eisbecher und einen ordentlichen Kaffee zu bekommen.«

Es ist mir neu, dass Cobb zu spät bemerkt hat, dass er ein Alkoholproblem hatte. Nicht, dass er je heftig betrunken war. Genauer gesagt hat der Alkohol seine Isolation verstärkt. Ich belasse es dabei. »In seinem Schlafzimmer steht ein Foto von mir: ich auf einer Laufbahn. Ich war hier nur im ersten Highschool-Jahr und erinnere mich nicht, ihn bei einem einzigen Sportfest gesehen zu haben.«

Lewis' Lippen bewegen sich, aber sein intensiver Blick lässt nicht nach. »Dass Sie ihn nicht gesehen haben, bedeutet nicht, dass er nicht da war.«

Ich frage: »Hat er je von mir gesprochen?«

Lewis zeigt ein vorsichtiges Lächeln. »Bloß die ganze Zeit.«

Ich lache gezwungen. »War sicher nicht nett.«

»Er hat nie schlecht über Sie geredet.« Lewis ist todernst, und entgegen meiner unsicheren Lockerheit treffen mich seine Worte wie ein Holzprügel. Ich spüre, wie die Spannung zwischen uns steigt.

»Das ist schwer zu glauben.«

»Sie müssen es ja nicht mir allein glauben«, sagt er, als würde ich es bald aus anderer Quelle hören. Dann erinnere ich mich an mein Zusammentreffen mit Ginny Weidmeyer. Vielleicht ist das die andere Quelle.

»Aber ich will Ihre Version hören. Ich will Ihre Gedanken hören, will wissen, ob Sie finden, dass ich ihn falsch eingeschätzt habe, ob Sie denken, dass ich mich falsch verhalten habe.« Noch während dieser Hunger nach Antworten mir entwischt, frage ich mich, ob ich einen Fehler gemacht habe.

Lewis bleibt gelassen. Vielleicht hat der alte Mann diesen Augenblick geprobt.

»Oberflächlich betrachtet war Bobby Cobb ein so unbekümmerter, umgänglicher Mensch, wie man ihn sich nur vorstellen kann. Mitfühlend, sehr gut im Umgang mit Tieren und gesegnet mit dem Talent, Kleinigkeiten im Leben der Menschen zu erkennen. Es war egal, wer man war, er wusste irgendwie, dass er danach fragen sollte, ob sich die Großmutter besser fühlte, ob der Klempner die Rohre repariert hatte, ob man diesen neuen Wagen gekauft hat. Manche würden es vielleicht eine Gabe nennen, so wie er einem das Gefühl vermittelte, man sei etwas Besonderes und er kümmere sich. Aber ich glaube, es war ein Trick, denn was er eigentlich damit bezweckte, war, sich selbst im Hintergrund zu halten. Ich habe das Gefühl, Bobby Cobb hat einen riesigen Fehler gemacht, weil er niemanden in sein Leben ließ. Sie eingeschlossen. Seine Privatsphäre war ihm das Wichtigste, bis hin zu einem selbstgewählten Exil.« Lewis zögert. »Und nach wem klingt das?«

Ich sollte über diesen Vergleich empört sein, aber ich beiße mir auf die Zunge. Ich sehe, dass Lewis keine Antwort erwartet. Er schweigt einfach, lässt mich wissen, dass es in Ordnung ist, sich zu öffnen. Ich weiß nicht, wie er das schafft, aber ich spüre, wie meine innere Abwehr nachlässt.

»Einmal, im Herbst, im letzten Jahr im Internat, machte ich einen Spezialkurs in Biologie, den ich liebte, vor allem wegen meiner Lehrerin, Ms Collingwood. Ich sah sie jeden Abend mit ihrem gelbem Labrador Darwin über den Campus spazieren, und eines Abends fragte sie mich wegen eines Hautausschlags ihres Hundes. Sie sagte, sie wüsste, dass mein Vater Tierarzt sei, und vielleicht hätte ich ja schon einmal so etwas gesehen. Sie wirkte überrascht, dass ich keine Ahnung hatte und nichts vorschlagen konnte. Wie hätte ich das auch? Cobb hat mir nie erlaubt, bei seinen Untersuchungen dabei zu sein. Es war mir peinlich. Nein, ich fühlte mich bloßgestellt. Das Beste, was ich anbieten konnte, war zu versprechen, es herauszufinden. Also rief ich zu Hause an. Natürlich hatte er zu tun, also hinterließ ich Nachrichten, und als Cobb mich schließlich zurückrief, war es mitten in der Nacht. Es war das einzige Mal, dass ich ihm vorwarf, dass ich mich wie zweite Wahl nach seinen Patienten und seiner Arbeit fühlte. Und das Schlimmste: Ich war völlig ruhig. Ich nehme an, Cobb hätte Wut an sich abprallen lassen können, aber ich wollte ihn verletzen. Manchmal ist Kritik, die auf Beweisen beruht, die beste Art, Eindruck zu hinterlassen.

Ein paar Tage später bekam ich einen Brief. Es war eine Entschuldigung, irgendwie, aber sie wurde von der Antwort auf meine Frage zu dem Hautausschlag des Hundes überschattet. Er schickte mir eine Liste mit weiteren Fragen, Vorschläge für Tests, mögliche Ergebnisse und Diagnosen, die aus diesen Ergebnissen folgten. Der Hund war zu einem weiteren seiner Patienten geworden, und wieder einmal stürzte sich Cobb auf Darwins Problem, wie er sich nie auf mich stürzte. Während ich diesen Brief las, verschwanden Wut und Eifersucht, und ich blieb bei etwas genauso Schmerzlichem hängen: Enttäuschung.«

Lewis wartet einen Augenblick, um zu hören, ob ich fertig bin. »Sie sind also nicht wirklich wütend auf ihn gewesen bis … bis zum Tod Ihrer Mutter.«

Ich sehe zur Seite, gewähre ihm ein Nicken, aber nicht

mehr. Es ist definitiv Zeit für einen Themenwechsel. »Hat er sich Doris anvertraut? Sie wirkt …«

»Was?«

»Nun ja … vernarrt in ihn.«

»Doris hat Ihren Vater vielleicht verehrt, aber soweit ich weiß, gab es nach Ruth keine Frau mehr in seinem Leben.«

Das kann ich mir vorstellen. Der Doc Cobb, den ich kannte, hatte viel zu viel zu tun, um sich für Frauen zu interessieren.

»Falls er mit Doris Geheimnisse über mich geteilt hat, dann waren sie nicht angenehm. Sie hat schon gestichelt, weil ich nicht bei der Beerdigung meiner Mutter war.«

»Waren Sie an ihrem Grab?«

»Nein.«

Zu spät wird mir bewusst, dass ich »noch nicht« hätte sagen sollen.

»Es ist ein wunderschöner Ort«, sagt er und packt mich an den Oberarmen. »Sie sollten hingehen.«

Wie merkwürdig, dieser komische, kleine Mann mit seinen Fliegen und seiner lächerlichen Frisur aus Stahlhaaren hat einen so festen Griff, als wollte er mich erdrosseln. Er schaut auf, mit festem Blick, versucht, in mich hineinzusehen, als könnte er erkennen, was fehlt.

»Sie sollten hingehen.« In seiner Stimme liegt eine schneidende Ehrlichkeit. Das ist kein leicht hingeworfener Vorschlag. Andererseits ist es auch kein Befehl. Es fühlt sich herzlich an, voller Weisheit, und diese neue Erfahrung durchdringt mich. Ich vermute, dass das die Art von freundlichem Ratschlag ist, die man von einem besorgten Vater bekommt.

Ich glotze, und er ist nett genug, mich zu erlösen. »Doris wird Ihnen gegenüber schon noch auftauen«, sagt er, »es braucht nur etwas Zeit …« Lewis hält abrupt inne, als er merkt, dass er einen Fehler gemacht hat, denn er weiß, dass ich genau das – Zeit – nicht habe.

Ich schließe meine Augen und zucke innerlich zusammen, weil ich mich schuldig fühle wegen des Wunsches, die Praxis zu verkaufen und nach Charleston zurückzukehren. Mein Gehirn projiziert auf meine Lider ein schwarz-weißes Bild: Humphrey Bogart als Rick in dem Filmklassiker *Casablanca. Du wirst es bereuen. Vielleicht nicht heute. Vielleicht nicht morgen, aber bald und für den Rest deines Lebens.*

Leise wage ich zu fragen: »Warum haben Sie mir nichts von Mrs Lewis erzählt?«

Lewis lockert seinen Griff, kehrt zu seinem typischen Lächeln zurück, und das macht es für mich nur noch schlimmer.

»Sie haben schon genug Sorgen.«

»Die frischen Laken auf meinem Bett, das vorgekochte Essen im Kühlschrank, der Haarschnitt, der Abend im Kino.«

»Schuldig. Aber ich habe es nicht böse gemeint.«

»Aber warum?«

»Bobby hat mich eingestellt, um die Praxis am Laufen zu halten, damit ich sie Ihnen übergeben kann. Aber ich hatte meine eigenen Gründe. Meine Frau stirbt, Cyrus. Während der letzten Jahre habe ich unsere Ersparnisse aufgebraucht, darunter auch das Geld vom Verkauf meiner Praxis in Patton. Sie liebt das Heim, in dem sie jetzt ist. Liebt die Schwestern. Es ist wahnsinnig teuer, aber dank Bedside Manor – oder sollte ich sagen, dank Ihnen – ist es machbar.«

Ich erinnere mich an den Besuch von dem verabscheuungswürdigen Mr Critchley. *Ihre Krankenversicherungskosten sind lächerlich hoch.*

»Das Letzte, was ich wollte, war, meine Frau auf die Liste

Ihrer Probleme zu setzen. Wir kommen klar. Falls sie in ein staatliches Heim verlegt werden muss, werden wir uns dann darum kümmern, wenn das passiert.«

Kein Selbstmitleid, keine Feindseligkeit. Es ist, wie es ist. Dann macht er mich fertig. »Sie müssen sich auf das konzentrieren, was für Sie richtig ist.«

Es ist zu viel. Lewis hat offensichtlich ziemlich viel um die Ohren. Ich kann ihn auf keinen Fall auch noch mit dem anonym zugestellten Artikel belasten. Ich trete einen Schritt zurück, betrachte den Fußboden und ziehe mit dem Schuh eine Linie in die Sägespäne. Ich will unbedingt, dass es aufhört, und fange an zu schwafeln. »Ich habe Doris an die ausstehenden Rechnungen gesetzt. Ich denke, sie weiß, welche Kunden Zeit schinden, in der Hoffnung, dass wir schließen müssen, bevor wir ihnen einen Inkassodienst schicken.«

Lewis bemerkt die Veränderung bei mir. Er weiß, dass wir uns auf sichereres Terrain zurückziehen, aber er scheint immer noch zufrieden, als sei er viel weiter gekommen als erwartet. »Gut, aber zuerst mal würde ich versuchen, das Beste aus Ihrem Interview mit Peter Greer zu machen. Seien Sie ehrlich und erzählen Sie ihm, dass unsere Praxis kämpfen muss. Ach, und passen Sie auf seinen Hund auf.«

»Was ist denn mit seinem Hund los?«

»Er ist in Ordnung. Ähnelt den Hütern des Hades, aber sonst in Ordnung. Konzentrieren Sie sich auf Greer. Er wird Ihnen weiterhelfen.« Er macht eine Pause. »Falls Sie das wirklich wollen?«

Lewis hat mich berührt, und ich habe das überwältigende Bedürfnis, meine Lage zu erklären. »Die Sache mit dem Geld«, sage ich, »das ist nur, damit ich die Praxis verkaufen und meine Rechnungen bezahlen kann. Es ist nicht so, dass ich hoffe, damit in Saus und Braus leben zu können.«

»Natürlich«, sagt Lewis. »Was glauben Sie, warum ich so fest daran glaube, dass Sie Ihre Zulassung unschuldig verloren haben? Der Mann, der bereit ist, alles zu verlieren, ist der Mann, der die Wahrheit sagt. Außerdem wette ich, dass das Konzept, Geld zu verdienen, Ihnen kein einziges Mal in den Sinn gekommen ist, als Sie dieses Kätzchen entbunden haben. Warum sollte es? Es ist egal, wer es ist oder was es ist, zu helfen und sich zu kümmern ist ein Gefühl, und Gefühle können nur verschenkt werden. Nie gekauft. Was Sie gestern Nacht entdeckt haben, ist unbezahlbar.«

Das haut mich um. Es ist Zeit, ihn zum Schweigen zu bringen. »Was ist eigentlich mit der Frau des Schulleiters, Crystal Haggerty?«

Lewis zögert. »Sie ist … kontaktfreudig.«

»Mehr können Sie dazu nicht sagen?«

»Worauf haben Sie denn gehofft?«

»Ich weiß nicht, promiskuitiv, unmoralisch, durchtrieben. Sie sagt, sie habe Freunde in Charleston, und erzählt, dass die sich über mich informieren würden.«

»Ich würde mir keine Sorgen machen. Crystal Haggerty ist viel Schein und Bluff. Sie ist gelangweilt und einsam, ihr Ehemann ist ja ständig auf irgendeiner Konferenz. Ja, sie flirtet gerne und ist daran gewöhnt, dass alles nach ihrem Kopf geht, aber sie ist keine Femme fatale. Vielleicht bringt Ihr Südstaatencharisma sie dazu, ihre Rechnungen pünktlich zu bezahlen.«

Ich ignoriere das und schaue demonstrativ auf meine Uhr. »Ich muss los, wenn ich mich um Frieda kümmern soll, bevor ich Greer treffe.«

»Natürlich. Bitte schön.« Er reicht mir die Sammlung Stangen und die Schaufel.

»Danke«, sage ich, und obwohl ich damit unser Gespräch

meine und auch, dass er mich nach hier unten gebracht hat, füge ich hinzu: »Für den Dachrechen«.

»Gerne geschehen.« Lewis schaut mich an, lächelt, und ich weiß, dass er verstanden hat.

ZWÖLF

Da mir kein Google zur Verfügung steht, müssen das Telefonbuch und eine zerschlissene Straßenkarte reichen, um meinen Weg zum Zuhause von Mr und Mrs Brendon Small zu finden. Hier gibt es nichts Besonderes – eine Sackgasse voller Einfamilienhäuser, mit Maschendraht anstelle von Lattenzäunen. Es stehen noch die Reste von blinkenden, bunten Weihnachtsdekorationen herum, konkurrierende Schneemänner in den Vorgärten, und von den Regenrinnen hängen wegen der schlechten Isolierung Eiszapfen wie Stalaktiten. Ich parke den Wagen am Ende ihrer Auffahrt. Ich könnte es auf den fehlenden Rückwärtsgang schieben, aber das wäre eine Lüge. In Wahrheit stelle ich mich auf einen schnellen Rückzug ein.

Die Auffahrt ist ein sauberes Rechteck aus trockenem Asphalt. Zu sauber. Nirgendwo ist ein Fleckchen Schnee zu sehen, und die Auffahrt ist von präzisen, Grand-Canyon-artigen Schneewehen eingerahmt, die von einem erfahrenen Schneefräser stammen. Ganz offensichtlich das Werk eines Mannes mit zu viel Freizeit.

Ich atme tief ein, steige aus dem Wagen und marschiere zielstrebig los. Durch die Kälte tränen meine Augen, die Tränen erstarren sofort auf meinen Wangen. *Konzentriere dich auf deine Aufgabe: den Hund zurückbringen, sicherstellen, dass er dort gut versorgt ist, feststellen, dass Small hinter dem Zeitungsartikel steckt, und dich für eine mögliche Konfrontation wappnen.*

Ich stehe auf einer Ananasfußmatte und klingele an der Tür. Erst jetzt frage ich mich, *was ich tun werde, sollte Brendon Small nicht an die Tür …*

»Ja, bitte?«

Ich erkenne natürlich die Frau wieder, die die Zettel aufgehängt hat. Ich sehe das Red-Sox-Sweatshirt, freundliche Augen, eine Stupsnase und kurze rotbraune Haare mit leichtem Grau am Mittelscheitel.

»Äh … hallo … guten Abend … ich bin Cyrus Mills, Dr. Cyrus Mills. Ich arbeite in der Tierarztpraxis im Ort. Bedside Manor. Sie haben vielleicht schon davon gehört.«

»Ja.« Und dann, als ob meine Anwesenheit dadurch vollkommen logisch sei, kreischt sie: »O mein Gott, Sie haben Frieda gefunden?«

Ihre Aufregung überrascht mich.

»Äh … nein. Ich habe Frieda nicht gefunden.« Plötzlich wird mir bewusst, dass ich sie nicht anlügen würde. Ich halte mich an die Wahrheit und sage präzise, was wahr ist, als könnte es sich noch irgendwie positiv auswirken, wenn ich mich nicht noch mehr in Lügen verstricke. Genau genommen habe ich Frieda nicht *gefunden*. Frieda wurde zu mir *gebracht*. Aber während ich meine fehlgeleitete Logik zu begründen versuche, sehe ich, wie Anne Small die einzig andere mögliche Schlussfolgerung zieht. Das ist der schlimmste Fall, den sie sich vorstellen kann.

Sie schwankt, ihre Knie werden weich, und sie presst eine Hand auf den Mund. Ihr scharfes Einatmen klingt, als würde sie ersticken.

»Mami?« Emily sieht genau so aus, wie ich sie mir nach dem Telefonat vorgestellt hatte – große blaue Augen, rote Apfelbäckchen und lange blonde Haare (wenn auch keine symmetrischen Zöpfe). Sie taucht aus dem Nichts an der Seite ihrer Mutter auf, und ich bin mir nicht sicher, ob sie unser Gespräch gehört hat. Es ist aber auch egal. Wenn etwas ihrer Mutter Angst macht, dann muss es schlimm sein, und Emily reagiert mit einer zitternden Unterlippe und einer Träne, die auch von ihren langen blonden Wimpern nicht zurückgehalten werden kann. Eine Sekunde lang erinnere ich mich an etwas aus der Zeit, als ich in Emilys Alter war. Ich komme gerade aus der Schule, und Bobby Cobb sieht von seinem Mikroskop auf und sagt: »Bring das mal schnell deiner Mutter.« Er reicht mir einen Objektträger. Ich war begeistert, diese Verantwortung übertragen zu bekommen, und trug ihn wie ein Küken in meiner Hand, aber oben auf der Treppe bin ich gestolpert, und die Glasscheibe zerbrach auf dem Holzboden. Als ich, Tränen der Enttäuschung in den Augen, aufblickte, sah ich meine Mutter, die neben mir stand, mit exakt demselben Ausdruck bedingungsloser Liebe, der jetzt auch in Anne Smalls Gesicht steht.

»Ist … ist Frieda tot?«, fragt Mrs Small und legt einen Arm um Emily.

»Nein«, sage ich in einem etwas entsetzten Tonfall, bevor ich daran denke, dass ich eigentlich gar nicht wissen sollte, ob ihr Hund tot oder lebendig ist. »Ich meine, ich weiß es nicht. Ich wollte Ihnen nur meine Unterstützung anbieten. Ich habe die Aushänge in der Stadt gesehen. Ich dachte, es könnte hilfreich sein, einen in der Praxis aufzuhängen.«

Meine Worte scheinen ein Rettungsanker für Anne zu sein und sie aus ihrer Panik zu befreien. »Es tut mir so leid. Bitte, kommen Sie herein. Es ist schon in Ordnung, Honey. Mami hat einen Fehler gemacht. Der Doktor will uns nur helfen, Frieda zu finden. Ist das nicht nett von ihm?«

Emily wischt sich die Tränen mit dem Handrücken weg, während ich über die Schwelle in eine kleine Diele trete.

Rechts von mir befinden sich Arbeitszimmer, Küche, Esszimmer und links die Treppe. Das kleine Mädchen schaut zu dem Mann hoch, der ihrer Mami Angst gemacht hat. Ihre Angst ist einem misstrauischen Stirnrunzeln gewichen. Ich frage mich, ob sie meinen Akzent von unserem Telefongespräch wiedererkannt hat.

»Mein Mann hat gesagt, dass Frieda schon seit Wochen irgendetwas hatte. Und wir wollten mit ihr zum Tierarzt. Ich hätte nie gedacht, dass ich stattdessen Vermisst-Zettel aufhängen würde. Bedside Manor, richtig?«

Ich nicke.

»Ich war gestern da. Eine Frau hat den Aushang entgegengenommen und versprochen, ihn für mich aufzuhängen. Ich vermute, dass Sie ein schwarzes Brett haben, wo Sie die Bilder von vermissten Hunden oder solchen, die ein neues Zuhause suchen, aufhängen.«

Eine Sekunde lang frage ich mich, wie Bobby Cobb, der Schutzengel vermisster Hunde, mit dieser speziellen Situation umgegangen wäre. Dann sehe ich Doris vor meinem inneren Auge, wie sie falsch lächelt und dann den Aushang zusammenknüllt, sobald Anne und Emily außer Sichtweite sind. *Wenn Sie diese Praxis nicht unterstützen, dann unterstützt diese Praxis Sie nicht.*

»Glauben Sie, es geht ihr gut?«, fragt Emily. Ihre Stimme ist dünn und ohne das Selbstvertrauen, das sie gestern hatte. Es ist seit Tagen weit unter null Grad. Ein Haustier könnte da draußen auf keinen Fall im Freien überleben. Das Problem ist, wenn jemand sie zu sich genommen hat, dann würde er doch sicher anrufen, oder? Doch während Emily auf meine Antwort wartet, sehe ich Hoffnung in ihren strahlend blauen Augen aufblitzen.

Sieh sie dir an. Dieses Kind leidet. Beende das sofort.

Ich überlege, mich umzudrehen, die beiden zu bitten, mich zu begleiten, und schnell nach Bedside Manor zurückzukehren. Aber was passiert dann? Was würde das für diese Familie bedeuten? Was würde es für ihren Hund bedeuten? In meinem Kopf verfluche ich die Tatsache, dass nicht Brendon Small die Tür geöffnet hat.

»Niemand ist mit einem verletzten oder kranken Golden Retriever namens Frieda zu uns gekommen.«

»Sie heißt Frieda Fuzzypaws.«

»Entschuldige, Frieda Fuzzypaws. Du hast recht.«

Emily lässt sich nicht beruhigen. »Warum findet sie nicht den Weg nach Hause?«

Ich denke daran, dass Frieda vor meinem Kühlschrank liegt. Ich weiß nicht, was ich sagen soll. Behaupten, dass das hündische GPS ein Mythos ist? Was, wenn sie *Lassie* oder *Die unglaubliche Reise* gesehen hat?

»Was, wenn jemand sie entführt hat?«

Anne Small kniet sich hin und nimmt das Gesicht ihrer Tochter sanft zwischen die Hände. »Niemand würde das tun, Sweetheart. Sie trägt doch ihr Halsband.«

»Aber was, wenn doch? Was, wenn ein böser Mann sie mitgenommen hat?« Emily beginnt, an der Brust ihrer Mutter zu schluchzen, und ich stehe nutzlos da, bete, dass sich der Boden öffnet und mich in den tiefsten, dunkelsten Abgrund reißt, wo ich hingehöre.

Anne sieht zu mir auf und lächelt mich beruhigend an. »Hey, deine Serie hat angefangen.«

Im Arbeitszimmer erscheint ein sprechender Schwamm auf dem Bildschirm, und einfach so scheint Emily wieder in Ordnung zu sein, springt aufs Sofa, kuschelt sich in eine Decke, glücklich, hypnotisiert zu werden und dieser schmerzhaften Realität zu entfliehen. Auf den Kissen neben ihr entdecke ich eine bekannte Visitenkarte: die Haare eines goldfarbenen Fells.

»Lassen Sie mich noch einen Aushang für Ihre Praxis holen. Dauert nur eine Sekunde.« Anne verschwindet, und da Emily von einem sprechenden Wirbellosen fasziniert ist, schleiche ich mich ins Esszimmer. Zwei Hundeschüsseln stehen an der hinteren Küchentür auf dem Boden – eine fürs Futter, eine fürs Wasser. Beide sind voll, als würde das Friedas Rückkehr beschleunigen. Auf einem Sideboard liegt ein Handy neben einer Reihe Familienfotos.

Warum ziehen mich solche Einblicke in das Leben anderer Menschen an? Etwa, weil ich sehen will, was in meinem eigenen Leben fehlt? Eine gewisse gleich bleibende Komposition fällt mir auf: Mann, Frau und Kind; das Kind nicht in der Mitte, sondern immer an einer Seite neben Mami, in Mamis Armen oder auf Mamis Schoß. Obwohl Brendon nicht Emilys leiblicher Vater ist, ist es offensichtlich, dass die Smalls das Bedürfnis haben, wenigstens für den Sekundenbruchteil, in dem man »Cheese« sagt, wie eine normale Familie zu wirken. Falls es ein solches Foto von den Cobbs gibt, dann habe ich es nie gesehen.

Anne Small kommt auf mich zu, einen zusammengerollten Aushang in der Hand.

»Es tut mir leid, dass ich Ihren Mann nicht angetroffen habe«, sage ich und deute mit dem Kinn auf die Fotos.

»Ja, er ist gerade bei einem Vorstellungsgespräch.« Es dauert einen erstarrten Moment, bevor sie mir anvertraut: »Das dritte in diesem Monat.«

»Nun … das ist gut«, sage ich, um irgendetwas zu sagen.

Mrs Small konzentriert sich wieder auf ihre völlig gebannte Tochter. »Sie verstehen nicht«, sagt sie, und ihre Stimme beginnt zu zittern. »Ich bin Hausfrau. Brendon wurde vor acht Monaten gekündigt.« Sie dreht sich zu mir um, unfähig, ihre Angst zu verbergen. »Wir haben die letzten zwei Hypothekenraten nicht gezahlt. Letzte Woche wurde eines der Autos von der Bank zurückgenommen. Ich weiß nicht, wie lange wir uns die Satellitenschüssel und den Strom und die Telefone noch …«

»Es sind harte Zeiten.«

Der Blick der guten Mutter huscht wieder zu Emily, um sicherzugehen, dass sie nicht lauscht und ihr die Wahrheit erspart bleibt.

»Er will arbeiten. Er will uns versorgen. Er braucht nur eine Chance. Es ist anstrengend, wissen Sie.«

Ich kann ihr nur kurz in die Augen sehen. Ich balle meine Fäuste. Sie muss meinen Wunsch wegzulaufen spüren.

Sie zwingt sich zu einem Lachen, das mehr wie ein Keuchen klingt. »Da erzähle ich einem Doktor etwas von Stress. Sie wissen mehr darüber als ich. Überstunden. Immer in Bereitschaft. Emotional gestresste Tierbesitzer.«

In einem Halt-die-Klappe-und-hör-zu-Modus gefangen schaffe ich ein steifes Lächeln.

»Ihr Beruf ist bestimmt ziemlich rezessionssicher. Die Leute werden sich immer um ihre Tiere kümmern wollen.«

»Ja, aber Sie wären überrascht«, sage ich und entscheide mich, hoch zu pokern, »manchmal möchte jemand zwar unbedingt das Richtige tun, aber er kann es sich einfach nicht leisten. Ich kann mir vorstellen, dass die Entscheidung, ob man ein krankes Tier behandeln lässt oder Essen kauft, schwierig sein muss.«

»O nein, da gibt es nichts zu überlegen. Auch wenn es im Moment wirklich schlecht aussieht, kann ich mir kein Szenario vorstellen, in dem ich unserer Frieda eine Arztbehandlung vorenthalten würde.«

Ich fühle mich wie der Trauzeuge, der am Abend vor der Hochzeit entdeckt, dass der Bräutigam die Braut betrügt.

»Solche Menschen« – sie spuckt die Wörter geradezu aus – »sollten kein Tier halten. Niemals. Und sie sind sicher nicht die Art von Menschen, mit denen ich zu tun haben möchte. Ich meine, welcher Mensch würde so etwas tun?«

Ich versuche zu schlucken, habe aber keinen Speichel im Mund.

»Hätten Sie vielleicht ein Glas Wasser für mich?«

»Natürlich.«

Ich folge Mrs Small in die Küche, aber mir fällt etwas Neues auf, das mich innehalten lässt.

»Hübscher Boden«, sage ich wie in Trance.

»Danke. Das ist recycelte Kiefer. Wir haben ihn letztes Jahr machen lassen. Als das Leben noch gut und einfach war.«

Ich höre, wie sie eine Schranktür öffnet, und stelle mir vor, wie sie ein Glas herausholt. Was auch immer sie gerade gesagt hat, ist völlig an mir vorbeigegangen. Ich sehe nicht hin und höre nicht zu, weil ich im Moment abgelenkt bin. Damit beschäftigt zu ergründen, wie es zu dieser Situation kam, erinnere ich mich an den wahren Grund für mein schicksalhaftes Treffen mit Brendon und Frieda. Der glänzende, Bowlingbahn-artige Schimmer des Hartholzbodens war entscheidend (und Sie dachten wirklich, ich würde nette Konversation machen), er zog meinen Blick auf eine einzelne, farblose Ecke, einen deutlichen Fleck, an dem ein Hund mit chronischem Urinaltraktproblem die Patina stumpf werden lässt. Und die Lage, direkt vor dem Kühlschrank, passte perfekt, da es Friedas Lieblingsplatz im Haus war.

Ich schaue fasziniert zu, während Anne Small mein Glas an einem Spender in der Kühlschranktür füllt. Der Kühlschrank ist mit Bleistiftzeichnungen von einem magischen goldenen Hund bedeckt. Und ich schaue weiter zum Wasserspender und ignoriere das Glas, das über eine Holzarbeitsplatte zu mir geschoben wird.

»Alles in Ordnung?«

Ich registriere alles: den Fußboden, den Spender, die Stelle. Ich tippe mit einer Faust an meine Unterlippe. *Es passt perfekt.*

»Entschuldigung?«

»Ich habe gerade gefragt, ob alles in Ordnung ist«, sagt Mrs Small. »Es sah aus, als seien Sie einen Moment abwesend gewesen.«

Ich nehme das Glas und kippe den Inhalt wie einen Shot Tequila.

»Ja. Danke schön.«

Ich weiß, dass alles gut werden wird, wenn ich es schaffe, Brendon Small davon zu überzeugen, dass er bei verschiedenen Dingen falschliegt.

Ich stehe auf Mr Greers Veranda, die Hand über dem Türklopfer, die unendliche ländliche Stille nur vom metallischen Klimpern des abkühlenden Auspuffs meines Wagens unterbrochen, bis Toby, der Terrier, einen Einbruch in die Sicherheit wittert. Sein Bellen ist so durchdringend, so gnadenlos, dass ich einen Schritt nach hinten mache, und dabei fällt mir die schattenhafte Figur eines Nachbarn auf der anderen Straßenseite auf, der einen Vorhang zurückzieht, an die Fensterscheibe klopft und Obszönitäten schreit, als wäre ich die Quelle der Störung.

»Ah, Dr. Mills, Peter Greer, welch ein Vergnügen, Sie kennenzulernen. Treten Sie ein.«

Ich blicke nach oben, da Greer knapp unter zwei Meter

groß sein muss, ein einhundertdreißig Kilogramm schwerer Bär Ende fünfzig, für den sich sein knochenbrechender Handschlag vielleicht wie ein höfliches Drücken anfühlt. Falls er eine heimelige, lockere Atmosphäre kreieren wollte, indem er Pantoffeln und eine dicke Strickjacke trägt, dann funktioniert es nicht, denn mein Blick bleibt ausgerechnet an seiner Frisur hängen, die eindeutig weniger leger ist als seine Kleidung. Obwohl die Farbe immer noch eher schwarz als grau ist, ist der Haarschnitt trendy und affig. Er muss ab und zu mit einer wischenden Handbewegung die Haare aus der Stirn streichen. Und das, zusammen mit seinem vornehmen britischen Akzent, vermittelt mir das Gefühl, dass er lieber eine Aura von verwegener Extravaganz verbreiten möchte.

»Und das ist mein Mitverschwörer Toby.« Der schrille Sopran des Terriers wird zu einem grummelnden Bariton, als Greer sich zu ihm hinunterbeugt, um ihn hochzuheben, was mir einen unerwünschten und unerwarteten Blick auf seine roten Seidenboxershorts bietet.

»Ihr Nachbar wirkt etwas aufgebracht«, sage ich und trete ein.

»Sam von gegenüber?« Greer schließt die Tür. »Der ist in Ordnung. Hunde, die bellen, beißen nicht. Hier entlang.«

Sam. Der alte Mann aus dem Diner mit dem Zuckerwattebart, der sich bei Chief Matt über Tobys Bellen beschwert hat. Jetzt erinnere ich mich.

»Ich hoffe, das hier dauert nicht allzu lang«, sage ich, während ich in ein Wohnzimmer geführt werde. »Ich muss noch nach einem Patienten sehen.«

»Natürlich müssen Sie das.«

Höre ich da einen Hauch Unehrlichkeit?

»Bitte, setzen Sie sich. Bedienen Sie sich bei den Nüssen,

und ich hole uns beiden etwas zu trinken. Ich probiere gerade einen neuen Malbec. Klingt das gut?«

»Nicht für mich, danke.« Wenn ich je klar und konzentriert sein musste, dann jetzt.

»Oh, ich bestehe darauf.«

Und bevor ich antworten kann, lässt er mich allein, und ich sehe mich um. Ich bemühe mich sehr, einen weiteren Vermisstenaushang von Frieda auf Greers chaotischem Schreibtisch zu ignorieren, und betrachte stattdessen den Kaminsims über einem Ziegelsteinkamin, auf dem Fotos und gravierte Tafeln stehen, alle mit demselben Thema: Golf. Es ist für mich eine Fremdsprache (Canadian foursome, Texas scramble), aber einen Namen, Greers Partnerin und gemeinsame Zweitplatzierte im Mixed-Tournier des Clubs, erkenne ich: Virginia Weidmeyer. Ich nehme eine Tafel in die Hand, und plötzlich höre ich von irgendwo hinter mir ein boshaftes Knurren. Toby muss sich so übernatürlich leise wie ein Ninjakiller ins Zimmer geschlichen haben. Ich erinnere mich an Lewis' Warnung vor dieser haarigen Heulboje und wappne mich gegen das Gefühl hungriger Zähne, die mich in die Fußgelenke beißen.

»Da bin ich schon«, sagt Greer und kommt mit einer offenen Flasche Rotwein und zwei großen Gläsern in der Hand ins Zimmer. »Ah, Ihnen ist meine Trophäensammlung aufgefallen. Spielen Sie?«

»Nein. Nie.« Ich sehe nach unten zu Toby, der jetzt höflich neben seinem Herrchen sitzt. Er ist ein hübscher, kleiner Kerl, weiß und hellbraun, kurzhaarig und kräftig, und er verfolgt aufmerksam alles, was vorgeht, aber sobald ich ihm in die Augen sehe, knurrt er tief. »Ginny ist eine Kundin von mir«, sage ich und halte Greer die Tafel hin.

»Natürlich. Chelsea. Ich habe Ginny kaum noch zu Gesicht bekommen, seit dieser jämmerliche Schnorrer, wie heißt er noch … Steven, sie in Beschlag genommen. Was denkt sie sich nur? Dieser Fremde taucht bei einer unserer Cocktailpartys für Mitglieder auf, und niemand hat eine Ahnung, wer ihn eingeladen hat, und bevor der Abend zu Ende ist, gehen die beiden zusammen. Sie haben Ginny getroffen. Eine wundervolle Frau, fantastisches Short Game. Auch wenn sie ein bisschen über ihrem Verfallsdatum ist, ist sie immer noch ein ziemlich heißer Feger. Habe ich recht?«

Ich kämpfe darum, einen neutralen Gesichtsausdruck zu bewahren.

»Und ich habe diesen Mann noch nie auf dem Golfplatz gesehen. Soweit ich das sagen kann, ist er ein völlig anderer ›Spieler‹«, erklärt Greer mit den passenden Anführungszeichen.

Ich stelle die Tafel zurück und bemerke das Foto einer attraktiven Frau vor dem Eiffelturm.

»Meine verstorbene Frau Susan. Ich bin durchs ganze Land von einer sterbenden Zeitung zur nächsten gezogen, bis sie schließlich darauf bestand, nach Vermont nach Hause zu kommen. Wir waren erst drei Monate hier, als sie bei einem Autounfall ums Leben kam.«

Er verzieht bei der Erinnerung das Gesicht, macht aber weiter. Sehr britisch. Sehr steife Oberlippe.

»Das war vor fünf Jahren, und jetzt sehen Sie mich an, Chefredakteur der *Gazette*. Es hat sich herausgestellt, dass mir der Ort liegt. Sind Sie Abonnent?«

»Im Moment nicht«, sage ich und fühle mich verpflichtet hinzuzufügen: »Aber das werde ich sicher noch.«

Ich werde mit einem kräftigen Schlag auf den Rücken belohnt. Warum sind alle in dieser Stadt so versessen aufs Anfassen?

»Bitte, fühlen Sie sich wie zu Hause.« Greer deutet auf ein kleines Sofa und einen großen plüschigen Sessel, die um einen niedrigen Glassofatisch stehen, auf dem sich ein gelber Notizblock, ein Stift und eine riesige Schüssel mit Macadamianüssen befinden. Das kleine Sofa ist voller weißer Haare, also wähle ich den Sessel.

Greer sitzt mir gegenüber und gießt in zwei große Gläser Wein ein. »Cheers. Hoch die Tassen.«

Ich rutsche vor, erhebe mein Glas und nippe ein winziges bisschen an dem Wein.

»Bevor wir loslegen, möchte ich Ihnen sagen, dass ich ein Riesenfan Ihres Vaters war.«

Und schon wieder geht's los. Ungeschützt, untrennbar verbunden und nicht verachtet. Hat Lewis deswegen gesagt, Greer würde die Geschichte zu unseren Gunsten schreiben? Vielleicht wird es bei diesem Interview mehr um Werbung als um Journalismus gehen. Und, falls Lewis recht behält und Cobb nie schlecht über mich geredet hat, was hat Cobb den Leuten denn dann erzählt, warum ich nicht bei der Beerdigung meiner Mutter war?

»Robert hat sich immer sehr aufmerksam um Tobys Problem mit den Analnüssen gekümmert.«

Ich kann den Schock auf meinem Gesicht nicht verbergen. »Wie bitte?«

»Analnüsse«, wiederholt er.

Er muss sehen, dass ich entgeistert bin.

»Sie wissen, die zwei Drüsen an seinem Anus, die sich immer mit einer stinkenden Flüssigkeit füllen und einmal im Monat geleert werden müssen.«

Ich nicke ruhig, als hätte ich das von Anfang an verstanden. Sein vornehmer britischer Akzent hat aus *Drüsen Nüsse* gemacht.

»Ja«, sage ich, »natürlich.« Ich schaue zu Toby, der es sich auf der rechten Schulter seines Herrchens bequem gemacht hat, und der Terrier versucht zu lächeln. Falls das Naserümpfen, um seine Zähne zu zeigen, als Lächeln durchgeht.

Greer greift nach Block und Stift. »Also, ich nehme an, dass die Klatschmäuler die meisten Details richtig getroffen haben. Sie haben ein Kätzchen entbunden, die Besitzerin wird nervös, bekommt Wehen, und Sie entbinden einen gesunden Jungen.« Er wartet auf eine Antwort, auf seinem Gesicht steht *Das war's doch so ungefähr?* »Ich vermute, dass Sie nicht zu Tränen gerührt waren oder etwas Berührendes oder Profundes gesagt haben?«

Ich denke darüber nach. »Nein.«

»Hatte ich mir auch nicht gedacht«, sagt er, etwas zu schnell für meinen Geschmack. »Finden Sie, dass Ihr Erfolg bei einer Katze und einem Menschen Ihre Vielseitigkeit beweist? Ich habe gehört, dass es schwieriger ist, Tierarzt zu werden als Humanmediziner. Stimmt das?«

Will er mir Dinge in den Mund legen?

»Das weiß ich nicht. Ich war ja nie Humanmediziner.«

Greer trinkt noch einen Schluck Wein.

»Wie ist's damit: Ihr Job ist viel schwieriger, weil Ihre Patienten Ihnen nicht sagen können, wo es wehtut, und Sie mit vielen unterschiedlichen Spezies zu tun haben anstatt mit nur einer?«

Ich versuche, mich in meinem Sessel vorzubeugen, aber es tut sich nichts. Ich sitze in einer gepolsterten Venusfliegenfalle.

»Mr Greer.«

»Peter.«

»Peter, ich ... weiß das Kompliment zu schätzen, aber bitte, stellen Sie mich nicht als Möchtegerngynäkologen dar. Ich habe getan, was jeder in meiner Situation getan hätte.«

Greer greift sich eine Nuss. »Gehen wir mal aus einer anderen Perspektive ran. Was hat Sie nach Eden Falls geführt? Was macht Sie zu einem besseren Tierarzt als Doc Cobb?«

»Ich bezweifle, dass irgendjemand ein besserer Tierarzt sein kann.«

Ich könnte behaupten, ich wollte mich einschmeicheln, aber die Worte sind draußen, bevor ich nachdenken kann, und ich bin überrascht, wie einfach sie auszusprechen waren.

Greer lächelt, als sei das die richtige Antwort.

»Wie finden Sie … etwas wie … Doc Mills mag das neue, jüngere Gesicht in Bedside Manor sein, aber er wird denselben hohen tierärztlichen Standard beibehalten wie Doc Cobb, den die Tierbesitzer von Eden Falls kennen und schätzen.«

»Klingt großartig. Ich«, sage ich und nehme das als mein Stichwort, »ich weiß es wirklich sehr zu schätzen, wenn Sie durch den Artikel der Praxis etwas helfen.« Ich spüre, dass es gut ist, die örtliche Legende zu loben, gehe noch etwas weiter und ergänze: »Es ist schwer genug, in Cobbs Fußspuren zu treten, noch dazu als Außenseiter.«

Greer legt den Kopf zurück und erhebt sein Glas. »Absolut. Es wird mir ein Vergnügen sein.« Der restliche Rotwein Greers verschwindet in seiner Kehle, und er greift nach der Flasche. Er schenkt mir nach, obwohl ich kaum einen Tropfen getrunken habe. »Wissen Sie, als ich in die Stadt kam, habe ich mich sehr angestrengt, Kontakt zur Gemeinschaft zu bekommen. Es könnte hilfreich sein, wenn Sie auf die Tierbesitzer von Eden Falls zugingen.«

Das klingt bedenklich. »Ich bin mir nicht sicher, was Sie meinen.«

»Sie wissen schon, irgendetwas, damit man sich für Sie und die Praxis interessiert.«

»Ich dachte, das könnten Sie mit diesem Artikel erreichen.«

»Natürlich, alter Knabe, aber Worte auf Papier führen nicht automatisch zu einem gefüllten Wartezimmer. Haben Sie mal daran gedacht, ein Kinderbaseballteam zu sponsern?«

»Darf ich ehrlich sein?«, frage ich.

Greer legt seinen Stift weg und lehnt sich im Sofa zurück. Plötzlich bewegt sich etwas, und etwas Weißes blitzt auf, dann hat Toby sich in seinen Schoß gekuschelt und sieht engelsgleich aus.

»Ich bin mir nicht sicher, dass die Praxis bis in den nächsten Frühling überlebt.« *Wir überleben vielleicht nicht mal das Wochenende.*

Greer atmet scharf ein, dann trinkt er noch etwas von dem Malbec. »Ich verstehe. Dann müssen wir das etwas aggressiver angehen. Wie gut sind Sie bei öffentlichen Reden?«

Ich bin sprachlos. Ich hoffe, mehr braucht er nicht als Antwort.

»Hm. Das ist schade. Ich bin mir sicher, Sie würden aufmerksame Zuhörer bei den Knights of Columbus oder dem Rotary Club finden.«

Greer deutet mit dem Zeigefinger auf mich, als hätte er die Antwort auf eine Scharade gefunden. »Tag der offenen Tür. Bereiten Sie die Praxis so vor, dass Sie Führungen geben können, nein, noch besser, ein Blick hinter die Kulissen, wie es wirklich ist, das Leben unserer geliebten Tiere zu retten. Dazu ein billiger Wein, ein paar Horsd'œuvres aus der Mikrowelle, und die Sache ist geritzt. Der Laden wird brechend voll sein.«

Ich bin entsetzt. *Zu meiner Rechten sehen Sie unsere leeren Medizinschränke und leeren Hundezwinger und direkt vor Ihnen unsere schöne Sammlung veralteter und schlecht gepflegter Gerätschaften. Am besten, Sie lassen jetzt röntgen, solange es noch geht.*

»Was?«, fragt er.

»Nein … es ist keine schlechte Idee … es ist nur, dass …«

Greer seufzt, kneift die Augen zu Schlitzen zusammen, und ich weiß nicht, ob er genervt ist oder weitermachen will. »Hören Sie, wenn Bedside Manor wirklich auf dem letzten Loch pfeift, wäre es vielleicht besser, Ihre Geschichte einer Zeitung mit größerer Leserschaft zu erzählen.«

»Nein.« Meine zu schnelle und laute Antwort verdeutlicht nur, wie viel ich zu verbergen habe. Ich versuche zurückzurudern. »Ich gebe nicht gerne an. Schieben Sie's auf meine Südstaatensensibilität.« Dann überlege ich, wie ich am besten meine Botschaft klarmachen kann, und füge hinzu: »Wenn Lewis Ihnen vertraut, dann vertraue ich darauf, dass Sie mir dabei helfen, Robert Cobbs Bedside Manor zu erhalten.« Ich fühle mich sofort schuldig, weil ich die letzten fünf Wörter dieses Satzes verschlucke: *damit ich es verkaufen kann*.

Ich weiß nicht, ob Greer mehr weiß, als er zeigt, oder ob er denkt, dass ich das tue. Hoffen wir, dass er nicht eng mit Mr Critchley von der Green State Bank befreundet ist.

»Also, ich bin sehr dankbar für diese Exklusivgeschichte. Geben Sie mir einen oder zwei Tage, und ich bin mir sicher, dass mir etwas Großartiges einfällt, um Ihre Kundschaft zu vergrößern.«

»Je früher, umso besser. Ich weiß das zu schätzen«, sage ich, grunze vor Anstrengung, den Sessel loszuwerden, und kämpfe mich auf die Füße. »Danke für den Wein, aber ich muss jetzt wirklich los.«

»Ach, das ist zu schade. Vielleicht ein anderes Mal.«

»Auf jeden Fall«, sage ich und sehe zu, wie Greer auf seinen Oberschenkel klopft und der Horrorhund Cujo junior in seine Arme springt.

»Wenn Sie jetzt auch noch diesen vermissten Retriever finden könnten«, sagt er und schaut auf den Aushang auf seinem Schreibtisch, während wir daran vorbeigehen, »wären Sie ein gemachter Mann.«

»Frieda Fuzzypaws«, lese ich, als wäre es das erste Mal, und frage mich, was Greer mir über Brendon Small erzählen kann.

»Sie müssen die Aushänge gesehen haben?«

»Ja. Ist der Hund weggelaufen?«

»So heißt es. Die Tochter ist völlig aufgelöst.«

»Gehört der Hund einem Kind?«

»War ein Geschenk ihres verstorbenen Vaters. Er ist vor ein paar Jahren gestorben. Jetzt gibt's da einen Stiefvater. Netter Kerl. Ist aber seit einiger Zeit arbeitslos. Ich habe Gerüchte gehört, dass die Bank ihr Haus zwangsversteigern wird.«

Netter Kerl. Nett genug, um mich zu erpressen, um mein Schweigen wegen Frieda zu erkaufen?

»Es ist furchtbar«, sagt Greer. »Schwer vorstellbar, dass irgendein Hund solche Nächte im Freien überleben kann.«

Wir sind an der Haustür angekommen.

»Ich muss Sie noch was fragen, bevor ich Sie gehen lasse. Ihnen ist lieber, wenn ich Ihre Beziehung zu Ihrem Vater nicht erwähne?«

Meine instinktive Reaktion, *um Gottes willen, bloß nicht*, verzerrt mein Gesicht.

»Was immer Sie möchten, um das Geschäft anzukurbeln.«

Greer scheint zufrieden, aber ob er mit meiner Antwort zufrieden ist oder mit dem Effekt, den seine Frage auf mich hatte, kann ich nicht sagen.

»Sehr gut. Und machen Sie sich keine Sorgen, ich werde kein Wort darüber verlieren, dass Sie bei Ihrer letzten Stelle in Charleston gekündigt wurden.«

DREIZEHN

Heute Abend ist es ein völlig anderes Diner, mit Ausnahme der Konstante, auf die ich gehofft hatte. Der Hauptbetrieb ist vorbei, und der Lärm der wettstreitenden Gespräche fehlt, genau wie das Klirren des Bestecks, aber ich entdecke Amy, die den Tisch am anderen Ende des Raums abwischt. Zu meiner Begeisterung lächelt sie, als sie mich sieht.

Ich kann ziemlich frei entscheiden, wo ich sitze. Zwei ältere Gentlemen, die Lemonmeringue Pie essen, die Reste eines Sixpacks zwischen ihnen auf dem Tisch, besetzen eine Sitzecke, und ein rothaariger Mann, der mir den Rücken zuwendet, stützt seine Ellbogen auf die Bar und spricht zwischen hektischen Bissen in seinen Burger mit dem einsamen Koch. Trotzdem zieht es mich zum selben Platz, an dem ich letzten Abend gesessen habe.

»Bitte schön, Milch, kein Zucker, stimmt's?«

Bevor ich mich setzen kann, schiebt mir Amy eine frische Tasse Kaffee auf den Tisch.

»Geht aufs Haus«, flüstert sie.

Ich muss verwirrt aussehen.

»Was? Sagen Sie mir nicht, dass Sie einen ohne Koffein möchten.«

»Nein, das ist wunderbar. Aber, Sie müssen nicht …«

Sie achtet darauf, dass sie dem Koch den Rücken zuwendet, und legt einen Zeigefinger an die Lippen.

»Was kann ich Ihnen bringen?«

Ich nehme die Speisekarte und versuche zu lesen. Sie steht direkt neben mir, ihre zweifarbigen Augen beobachten jede meiner Bewegungen. Alles, was ich sehe, sind Wörter und Ziffern.

»Gibt's noch ein warmes Frühstück?«

Ich schaue auf und wage es, sie zu betrachten. Sie ist exakt dieselbe, und ihre Wirkung auf mich ist auch exakt dieselbe.

»Natürlich. Komplett?«

Ich schaffe es zu nicken.

»Wir haben aber keine Maisgrütze«, sagt sie in einem passablen Südstaatenakzent. Da ist wieder dieses Lächeln, und bevor ich antworten kann, ist sie weg. Ich sehe zu, wie sie meine Bestellung an den Koch weitergibt, und der rothaarige Mann dreht sich um, um nach mir zu sehen. Er starrt mich an, als hätte ich gerade Hochrippe bestellt, aber ein Fleck auf seinem Gesicht lenkt mich ab. Es ist eher eine Portweinmaske als ein Portweinfleck. Naevus flammeus, eine venöse Fehlbildung der Haut. Angeboren und nicht heilbar.

Ich hätte mich fast nicht mehr in das Diner getraut, nachdem Greer enthüllt hat, dass er meine Vergangenheit herausgefunden hat. Er hat geschworen, er hätte einfach nur meinen Namen in eine Suchmaschine eingegeben, und schon tauchte der Artikel im *Post and Courier* über meinen Rausschmiss bei McCall and Rand Pharmaceuticals auf. Der Teil in strahlender Neonschrift über eine suspendierte Zulassung wurde nicht erwähnt, aber er hat mich beruhigt, weil er sagte, dass die Leute von Eden Falls Neuankömmlinge nicht online überprüfen. Ich fuhr weg, in dem Glauben, dass Greer nicht die Art von Mann ist, der einen Ausdruck in einen Umschlag stecken und in Bedside Manor vorbeibringen würde. Wenigstens glaube ich das.

Einer der Biertrinker lacht ein raues Lachen tief aus dem Bauch, und jetzt wünsche ich, ich hätte mein Glas Wein bei Greer ausgetrunken. Wenn ich unvernünftig und unverantwortlich genug sein will, um ein Gespräch mit Amy zu versuchen, werde ich alle Hilfe brauchen, die ich bekommen kann. Ich mache nicht auf »cool«. Habe ich nie. Ich habe den größten Teil meines Erwachsenenlebens damit verbracht, diese Art von Situationen zu vermeiden, und bei den wenigen Gelegenheiten, bei denen ich schwach geworden war, habe ich schwer daran gearbeitet, das Gespräch auf jedes Thema außer mich selbst zu lenken. Es ist, wie nachts zu fahren und dabei immer das Fernlicht anzuhaben. Wenn man strahlt und blendet, ist es für die anderen schwer zu erkennen, was sich wirklich hinter dem Licht befindet. Okay, vielleicht nicht gleich blenden.

»Bitte. Sagen Sie mir, wenn Sie noch etwas möchten.«

Ein dampfender Teller mit Rührei, Bacon, Würstchen und Bratkartoffeln taucht vor mir auf, zusammen mit vier Scheiben Vollkorntoastbrot.

Amy verschwindet, bevor ich mich bedanken kann. Verdammt. Ich sollte immer einen Satz vorbereitet haben. Enttäuscht falte ich meine Serviette auf, greife nach dem Besteck, und als das erste Stück Würstchen auf dem Weg zum Mund ist, ist sie plötzlich wieder da und setzt sich auf die Bank mir gegenüber.

»Ich muss einfach fragen …«

Meine Gabel erstarrt in der Luft zwischen Teller und offenem Mund. Amy legt die Finger beider Hände auf den Tischrand (sie kaut an den Fingernägeln), beugt sich vor und sagt: »Ich habe das Gerücht gehört.«

Sie weiß Bescheid. Sie weiß, wie alles zwischen meinem Vater und mir geendet hat.

»Und was ich wissen möchte, ist« – sie macht eine Pause, scheint über jedes Wort nachzudenken –, »hatten Sie Angst?«

Angst. Angst, den einzigen Verwandten aufzugeben, den ich in der ganzen Welt noch hatte. Angst, wieder hierherzukommen. Angst, eine neue Arbeit zu beginnen. Angst, ohne Zulassung zu praktizieren.

Zum Glück ist es egal, wie ich die Frage interpretiere, denn die Antwort ist immer dieselbe. »Ja«, sage ich, »natürlich.«

Amy senkt den Kopf, aber ich bemerke ein leichtes Lächeln. Sie steht auf und klopft zweimal auf den Tisch. »Guten Appetit.«

»Warum fragen Sie?« Dieses Mal erwische ich sie, bevor sie geht.

Sie sieht mir in die Augen und wirkt so ernst. »Jedermann hat seine Fehler, der seinige ist zu viel Ehrlichkeit.«

In der Pause versuche ich zu entschlüsseln, was sie gesagt hat, sie ist wieder weg und hat zu tun, sie befüllt einen Aluminiumbehälter mit frischen Papierservietten. Sie kommt erst wieder an meinen Tisch, als ich mit dem Essen fertig bin.

»Ich finde, Sie hätten ruhig früher zurückkommen können.«

»Wirklich? Sagen Sie mir nicht, dass Sie zu den Leuten gehören, denen es tatsächlich gefällt, wenn die Kellnerin wartet, bis man den Mund voll hat, und dann fragt: *Ist alles in Ordnung*? Kommen Sie, das hier ist ein Diner.«

Ihre Worte treffen mich wie eine Sturmbö.

»Was Sie vorher gesagt haben, war das ein Filmzitat?«

»Shakespeare«, erwidert sie. »*Timon von Athen*, wenn Sie's genau wissen wollen. Eines seiner unbekannteren Stücke. Dachten Sie, eine Kellnerin kann nicht gebildet sein?«

Ich glaube nicht, dass sie böse ist. Ich glaube, sie will mich necken.

»Nein, nein, nein. Ich habe von dem Stück nur noch nie gehört, das ist alles.«

Sie stützt ihre Hände in die Hüften. »Und dabei sind Sie ein gebildeter Mann.«

Sag etwas. Hör auf zu starren.

»Sie sollten heute Abend wirklich eine Pie bestellen«, sagt sie und rettet mich vor mir selbst. »Der Zitronenbaiser ist fantastisch.« Und dann: »Darf ich zwei Gabeln bringen?«

»Bitte«, sage ich mit der Überzeugung eines schüchternen Jungen und bete, dass sie es nicht als fehlendes Interesse interpretiert. Allein gelassen habe ich eine Minute Zeit, um mir innerlich eine Standpauke zu halten. Was werde ich sagen? Wenn ich über Shakespeare reden soll, wird das ein kurzes Gespräch.

Ein dicker, dreieckiger Keil taucht vor mir auf, unten klebrig gelb, darüber knusprig weiß. Amy setzt sich mir gegenüber hin und nimmt einen ersten Bissen. »Machen Sie schon. Probieren Sie.«

Ich tue, was man mir sagt.

»Wirklich gut.« Mir wird zu spät bewusst, dass ich ihr einen Mundvoll halb gekautes Essen gezeigt habe.

»Hat Ihre Mutter Ihnen diese Manieren beigebracht?«

Der Schock dieser Frage blitzt auf meinem Gesicht auf, als spräche sie über Ruth. Ich versuche, eine Hand vor dem Mund, mich mit einer schnellen Entschuldigung wieder zu fangen. Vielleicht hat sie es nicht bemerkt.

»Lustig, dass Sie gerade diesen Tisch zweimal hintereinander ausgesucht haben.«

»Warum das denn?«, frage ich, schlucke aber vorher.

»Weil das hier Doc Cobbs Lieblingsplatz war. Netter Kerl.«

Ich ziehe die Augenbrauen hoch und nehme eine zweite Gabel voll. »Anscheinend beliebt.«

Sie zuckt zusammen. »Ich hasse das Wort. So abgenutzt. Es ist fast so schlimm wie *nachhaltig* oder *zeitnah*. Und mit *sozusagen* und *ein Stück weit* fange ich besser gar nicht erst an.«

Ich weiß nicht, ob ich zustimmen soll oder nicht.

»Ich habe Englische Literatur studiert«, sagt sie. »Deswegen das Shakespeare-Zitat. Ich will meinen Master an der UVM machen. Creative Writing … Haben Sie sich je so gefühlt, als ob Sie Gott spielen?«

»Sind Sie immer so direkt?«

»Wäre es Ihnen lieber, wenn wir über Ihren Akzent sprechen, über unser Wetter oder ob Sie es vermissen, Ihre Seersuckeranzüge und Pennyloafers zu tragen? Es tut mir leid, aber wenn etwas es wert ist, gesagt zu werden, dann sage ich es. So bin ich einfach.«

Bei einem Mann, dem Privatsphäre wichtig ist und der aktuellen und alten Konflikten aus dem Weg geht, muss das Unbehagen, das mein Lächeln verzerrt, offensichtlich sein.

»Sie kommen aus South Carolina«, sagt Amy. »Na und? Das hier ist Eden Falls. Man kennt sich in weniger als einer Minute aus. Lassen Sie uns also zu den guten Sachen kommen. Gestern Abend, Denise Laroche, was Sie geleistet haben, war wie aus einer Episode *ER*. Ich will wissen, wie Sie sich dabei gefühlt haben.«

Jetzt verstehe ich. Die »Angst« bezog sich auf das Entbinden von Denise' Baby. Ich habe mal wieder vorschnell die falschen Schlüsse gezogen. Ich lege meine Gabel ab. Diese Frage kann ich beantworten. »Demütig. Ich habe Demut empfunden.« Aber dann fügt etwas Dunkles in mir hinzu:

»Sind Sie enttäuscht? Wäre es Ihnen lieber, ich würde sagen, es war keine große Sache?«

Sie macht ein Schnappgeräusch mit dem Mund, als wäre das letzte Stück besonders sauer gewesen.

»Gar nicht. Demütig ist exakt das, was Cobb gesagt hätte. Wie gut kannten Sie ihn?«

Obwohl ich versucht bin, ausweichend zu antworten, bringt mich ihr Zitat über Ehrlichkeit dazu, offen zu sein. Die Frage ist, kann ich aufhören, wenn ich einmal begonnen habe?

»Ich bin Bobby Cobbs Sohn.«

Nach dem Tod meiner Mutter hat sich alles verändert, und dieses Etikett *Sohn* wurde erträglicher, als Cobb als meinen Vater anzuerkennen. Sein Sohn zu sein fühlt sich schuldlos an. Und zu behaupten, er sei mein Vater gewesen, wäre zu viel Ehre für ihn, angesichts dessen, wie sich alles entwickelt hat.

Amy kämpft gerade mit einem harten Randstück, da klirrt ihre Gabel auf den Teller. »Sie machen Witze. Warum haben Sie das nicht gesagt? Sie sehen ihm nicht sehr ähnlich. Außer vielleicht um die Augen.«

Ich möchte ihr für das Kompliment danken. »Es heißt, ich sähe meiner verstorbenen Mutter ähnlich.«

»Moment mal. Mills?«

»Der Mädchenname meiner Mutter.«

Ihre Lippen öffnen sich, und jedes bunte Auge glitzert auf seine Weise, als sie sich irgendeine Version meiner Vergangenheit vorstellt. »Also was? Gehören Sie zu einem Zeugenschutzprogramm?«

Ich denke, sie macht Witze, aber es ist keine schlechte Analogie: ans andere Ende des Landes ziehen, meine Identität ändern, ein neues Leben beginnen. Beim Zeugenschutzprogramm ist jeglicher Kontakt mit der Vergangenheit verboten. Ich dagegen bin völlig in meine eingetaucht.

»Ich erinnere mich nicht, Sie bei der Beerdigung gesehen zu haben. So ziemlich die ganze Stadt kam wegen ihm.«

Jetzt bin ich an der Reihe, die Gabel fallen zu lassen. »Ich war nicht da. Okay?« Es kann daraus zwar nichts Gutes entstehen, aber ich mache weiter, fühle mich in der Defensive. »Manchmal kommt es mir so vor, als wäre diese ganze Stadt nur ein Schrein für Bobby Cobb. Ich kann den Weihrauch fast riechen.« Amys Zurückzucken trifft mich, und ich warte eine Sekunde, bevor ich hinzufüge: »Entschuldigung … das klang etwas …«

»Feindselig?«

»Wütend. Ich wollte nicht so wütend klingen.«

»Machen Sie sich darüber keine Sorgen. Man wird nur über die Dinge wütend, die man liebt, stimmt's?«

Es ist merkwürdig (und etwas unangenehm), jemanden dieses Konzept aussprechen zu hören. »Hören Sie, er und ich waren sehr unterschiedlich. Wir haben uns vor ein paar Jahren einfach zerstritten.«

Amy wirkt perplex, oder vielleicht ist sie bereits auf Cobbs Seite. »Aber er war doch so beliebt?«

»Na ja, sagen wir einfach, er war zu Hause nicht ganz so beliebt.«

Sie neigt ihren Kopf leicht zur Seite, als ob sie mich körperlich und metaphorisch in einem neuen Licht sähe.

»Er war aber gut zu Tieren«, sage ich. »Und, hey, was kann man an einem Mann nicht mögen, der praktisch gratis arbeitet?«

»Finden Sie, dass es im Leben vor allem ums Geldverdienen geht?«

»Wenn ich das täte, wäre ich dann hier in Eden Falls?«

Kaum, dass ich das gesagt habe, befürchte ich, sie beleidigt zu haben. Wenn sie im Kopf meine Antworten aufschreibt und Buch führt, dann bekomme ich wohl keine hohe Punktzahl. »Ich finde nur, dass das Leben nicht völlig von der Arbeit aufgefressen werden sollte, das ist alles.«

Das scheint sie innehalten zu lassen.

»Ja, aber Sie haben nach einer Neigung gewählt, oder? Eine Berufung. Die Grenze zwischen beidem muss verschwimmen.«

»Vielleicht. Aber wenn man die Grenze nicht sehen kann, wenn man kein Gleichgewicht schaffen kann, wird irgendjemand dafür bezahlen.«

Sie legt ihre Gabel ab. Dreißig Zentimeter trennen ihre Hand von meiner. *Kein Schmuck, keine Armbanduhr, kein Ehering.*

»Das ist also falsch gelaufen zwischen Ihnen?«, fragt sie, und ich frage mich, ob sie dasselbe macht – auf den Ringfinger meiner linken Hand sieht, kein Ehering, keine Vertiefung, kein verräterischer blasser Hautring, den die Sonne nie erreicht hat. Klang die Entfremdung von meinem Vater bei mir etwa wie eine gescheiterte Ehe?

»Ich … äh … ich würde lieber nicht …«

»Das ist schon in Ordnung«, sagt sie, und wir erleben unsere erste unangenehme Stille.

»Sie sind also hier aufgewachsen? Auf die MRH gegangen?«, fragt sie.

Ich brauche einen Moment, um mich daran zu erinnern, dass die MRH die Missiquoi Regional Highschool ist. »Ja, allerdings nur das erste Jahr. Aber Sie sind jünger als ich, ich bin mir also sicher, dass wir uns nie begegnet sind. Haben Sie Ihr ganzes Leben hier gelebt?« Geh zurück zu dem, was funktioniert. Schalte das Fernlicht an.

Sie weicht zurück, als hätte ich einen Nerv getroffen. »Warum glauben Sie das?«

»Ich dachte einfach, dass Eden Falls Ihr Zuhause sein könnte.«

»Nee, ich bin nur für eine Weile wieder hier. Ich mache an der Uni eine Pause. Ich muss noch ein paar Prüfungen ablegen. Dieses Kellnern ist für den Moment gut. Ich habe flexible Arbeitszeiten, und solange es Leute wie Sie gibt, bekomme ich ordentliches Trinkgeld.«

»Aber werden Sie Ihre Ausbildung noch abschließen?«

Sie sträubt sich, zieht ihre Hände zurück. »Finden Sie es für eine kluge Frau unpassend, als Kellnerin zu arbeiten?«

»Nein, natürlich nicht. Ich meine, nein, ich finde es in Ordnung. Aber … ich finde, jeder sollte die Chance bekommen, sein Potential auszuschöpfen.« Warum klinge ich so aufgeblasen?

»Wirklich. Finden Sie, ich bin ein Klischee, eine Uniabbrecherin, die gezwungen ist, Hilfsarbeiten zu machen? Glauben Sie, ich kann nicht weiter rechnen als fünfzehn Prozent? Glauben Sie, ich habe ein Kind zu Hause?«

»Nein, ich wollte nicht andeuten …«

»Ist denn Bedside Manor, übrigens ein schrecklicher Name, zu leiten etwas, wovon Sie Ihr ganzes Leben geträumt haben? Schöpfen Sie damit Ihr Potential aus?«

»Ich habe das eigentlich nicht bewusst gewählt. Es ist nur etwas, das ich im Moment tun muss. Aber ich stimme Ihnen zu, was den Namen angeht.«

Sie richtet sich auf und lächelt, aber es ist das Lächeln eines bitteren Sieges. »Etwas, das Sie tun müssen. Etwas, das sich ein bisschen wie eine Pflicht, eine Bürde anfühlt, unangenehm, aber unausweichlich.«

»Exakt.«

Sie schüttelt den Kopf und steht auf. Ihrem Gesichtsausdruck nach zu urteilen bin ich in Schwierigkeiten. »Es klingt, als hätten wir etwas gemeinsam, aber einer von uns sieht das Dilemma völlig anders.«

Käme ich damit durch, nichts zu sagen, würde ich das tun. »Welches Dilemma?«, frage ich.

»Dass sich gegenüber jemandem anständig zu benehmen bedeutet, den eigenen Stolz runterzuschrauben.« Sie seufzt, greift in ihre Brusttasche, zieht die Rechnung heraus und schiebt sie über den Tisch. »Danke schön«, sagt sie und klingt alles, nur nicht dankbar. »Ich nehme es, wenn Sie so weit sind.«

Auf dem Weg nach Hause halte ich im Fancies Convenience Store an, um ein paar Lebensmittel einzukaufen. Der erste Eindruck: Er hat nichts Besonderes. Es ist eine umgebaute rote Scheune, rustikal, komplett mit hoher Decke und originaler Balkenkonstruktion. Aber ich lag falsch. Oh, es ist kein riesiger Supermarkt, er hat enge Gänge und Zwergeneinkaufswagen, aber für einen Laden in einer Kleinstadt ist er überraschend gut sortiert. Es gibt eine Feinkostabteilung, eine Fleischtheke und eine für hausgemachtes Eis. Hinter durchsichtigen Streifenvorhängen liegt eine kühle Schatzkammer voller Bier und Wein. Ich frage mich, ob sie einen Barista haben?

Der Zusammenstoß unserer Wagen ist eines Ben Hur würdig.

»Das tut mir leid.«

»Kein Problem, Doc.« Steven, Ginny Weidmeyers Verlobter, packt den Griff seines Einkaufswagens, als würde er sich verzweifelt an eine Harley klammern. Mir fällt eine Liste auf, die er zwischen Daumen und Zeigefinger hält, und dann, wie die meisten Leute, die in einem Supermarkt ins Reden kommen, schaue ich unwillkürlich auf die Dinge, die Steven kaufen will: eine Packung Land-O'Lakes-Butter, ein halbes Dutzend Flaschen Grolsch-Bier, eine Schachtel Cherry-Garcia-Eis und eine Tüte Lavazza-Espresso. Ich erinnere mich, dass Ginny erzählt hat, dass Steven ihr morgens immer als Erstes einen Cappuccino bringt.

Ich schaue auf. Er scheint bemerkt zu haben, wie aus Neugier eine Überprüfung wurde. Ich muss etwas sagen.

»Teure Koffeingewohnheit?«

Steven sieht mich an und zwingt sich zu einem höflichen Lächeln. »Ginny will mir Tiramisu machen, was auch immer das ist.«

Ich ziehe meine Augenbrauen hoch, tue so, als hätte ich keine Ahnung, doch was mir wirklich aufgefallen ist, hat nichts mit den in Likör getränkten Löffelbiskuits zu tun, aber viel mit Chelsea, der Nierensteinkatze. Hinter einer Tüte Zucker und einer Packung Mascarpone liegen mehrere kleine Dosen Katzenfutter. Sie sind das absolute Gegenteil von Chelseas wichtiger Diät. Es sind die, die in der Fernsehwerbung einer fluffigen weißen Dr.-No-Katze von einem Butler mit weißen Handschuhen auf einem Silbertablett serviert werden.

»Wie geht es Chelsea?«

»Der geht's total super«, sagt Steven eher feindselig als desinteressiert. »Ginny ist total verrückt wegen ihr. Ich meine, sie ist alt. Was erwartet sie?«

»Soweit ich weiß, ist Chelsea zehn. Das ist nicht sehr alt für eine Katze.«

»Aber auch nicht sehr jung. Ginny neigt dazu, die Perspektive zu verlieren. Wie vor einer Weile, als Chelseas Impfungen aufgefrischt werden mussten und sie das nicht wollte.

Da habe ich gesagt: ›Worüber machst du dir Sorgen, glaubst du, Chelsea wird dann plötzlich autistisch?‹«

Er lacht los. Wedelt mit der Liste vor meinem Gesicht.

»Ich muss noch Sahne holen. Für mich, nicht für die Katze.«

Und damit fährt Steven um mich herum in Richtung der Kühltheke mit den Milchprodukten.

Da nur eine Kasse geöffnet hat, stehe ich schließlich leider hinter ihm, während er alles auf das Band legt.

»Ich brauche einen Ausweis«, sagt ein pickliger junger Mann mit Wangen voller Mondkrater, als er das Grolsch-Bier über den Scanner zieht.

Steven fährt mit Daumen und Zeigefinger über seinen Ziegenbart, die Finger treffen sich an der Kinnspitze und ziehen die Haare lang, als sollte der Kassierer selbst über einen Bart nachdenken, damit er der Öffentlichkeit den entsetzlichen Anblick seiner Aknenarben erspart.

»Finden Sie, dass ich jünger als einundzwanzig Jahre aussehe?«

»Geschäftsregel, Sir. Jeder muss sich ausweisen. Jeder.«

Steven schaut über die Schulter zu mir, schüttelt den Kopf, nimmt seinen Geldbeutel aus der vorderen Jeanstasche und reicht dem Kassierer seinen Führerschein. Der Junge nimmt ihn, zieht noch die Sahne über den Scanner und sieht sich dann das laminierte Plastik an, als könne es eine Fälschung sein.

»Danke, Stuart«, sagt der Junge und schiebt den Führerschein über das Band.

Steven grapscht danach, als wäre es das Ass, auf das er gewartet hat.

»Steven ist mein zweiter Vorname«, sagt er zu mir. »Ich habe den Namen Stuart immer gehasst.«

Ich tue so, als wäre ich von einem *Brangelina*-Artikel im *People Magazine* fasziniert. Als hätte ich sein giftiges Katzenfutter nie gesehen. Als wäre es mir völlig egal, ob er Steven oder Stuart vorzieht. Als wäre ich zu langsam, um zu sehen, dass der Mann, der angeblich aus Manhattan stammt, ein Nummernschild nicht vom »Empire State« New York hat, sondern vom »Sunshine State« Florida.

DONNERSTAG

VIERZEHN

Am nächsten Morgen um Punkt neun Uhr gehe ich nach unten ins Wartezimmer und mache eine sonderbare, aber erfreuliche Entdeckung: Ein Kunde wartet auf mich. Und dann fällt mir Doris auf, meine fröhliche Tasse dampfender Guten-Morgen-Kaffee, die nicht am Empfang sitzt, sondern draußen vor der Tür hin und her läuft. Unglaublich. Sie macht bereits eine Zigarettenpause. Jetzt weiß ich, warum sie ständig eine Skijacke trägt. Es liegt nicht daran, dass es am Empfang zu kalt für sie ist, es liegt daran, dass sie mehr Zeit im Freien verbringt als drinnen und Zigaretten inhaliert.

Ich begrüße den Kunden, versichere ihm, dass ich sofort wieder zurückkomme, und gehe hinaus.

»Gut gemacht auf dem Dach«, sagt Doris. Sie zieht verkrampft an ihrer Zigarette und gestikuliert mit dem glühenden Ende in meine Richtung. Paradoxerweise spreizt sie dabei ihren kleinen Finger ab wie eine englische Lady beim Teetrinken.

Ich verfolge den roten Punkt ihres Laserstrahls und schaue zum Haus zurück. *Die Eiszapfen*. Nach meinem Interview mit Greer und meinem katastrophalen Zusammentreffen mit Amy hatte ich völlig vergessen, den frischen Schnee vom Dach zu schieben. Es sieht zum Glück so aus, als hätte Lewis daran gedacht.

»Sie wissen, dass da ein Kunde wartet?«

»Ja, Dr. Mills. Sie werden sehen, seine Krankenakte wartet oben auf dem Empfangstresen auf Sie.«

Ich bin nicht gut mit strafenden Blicken, versuche aber mein Bestes.

Doris verlagert ihr bisschen Gewicht von einem Fuß auf den anderen. »Die Wi-Fi-Leute wollen heute Morgen vorbeikommen.« Sie sagt »wiffi« anstatt »weifei«. »Und Mrs Haggerty hat eine Nachricht hinterlassen. Sie will, dass Sie sich Puck noch mal ansehen.«

Ich denke darüber nach. Ich kann mir einreden, dass Bluttests und Röntgenaufnahmen ihres Wäsche fressenden Hundes medizinisch sinnvoll sind, aber wenn ich ehrlich bin, dann bin ich, wo mir doch die Zeit wegläuft, verzweifelt genug, um jegliche Art von geldbringender Diagnose durchzuführen, selbst wenn mir die Frau Todesangst einjagt.

»Sagen Sie ihr, sie soll ihn herbringen«, sage ich ohne Erklärung und gehe wieder hinein. Dieses Mal fällt mir Friedas »Vermisstenaushang« auf. Ich habe ihn an Cobbs Ruhmeswand aufgehängt. Was macht's, wenn die goldene Amelia Earhart oben vor meinem Kühlschrank döst.

Ich hebe die Krankenakte hoch. Verdammt, noch eine enttäuschende Haftnotiz – $!

»Mr Minch.«

»Es heißt Dr. Minch.«

Der Mann, der mich korrigiert, ist ein kräftiger Kerl, der mir nicht in die Augen sehen will. In der rechten Hand hält er eine billige Papptransportbox für Katzen.

Ich schließe die Tür des Untersuchungszimmers hinter uns. »Entschuldigen Sie, Doktor, was kann ich für Sie tun?«

Dr. Minch stellt die Transportbox auf den Tisch zwischen uns und keucht vor Anstrengung. »Kastrierter Kater. Ich schätze, zehn oder elf Jahre alt, ungefähr. Ich habe ihn vor ein paar Tagen als streunende Katze adoptiert. Er hat ein Sarkom zwischen seinen Schulterblättern.«

Seine Zusammenfassung des Wesens in der Box ist monoton, sachlich, aber er und ich wissen beide, dass das Wort Sarkom wie ein geheimer Handschlag eingeschoben wurde, genug Insiderjargon, um mich wissen zu lassen, dass er wahrscheinlich keinen Doktor in Ingenieurswissenschaften hat. Wie lange kann ich weitermachen, ohne nachzufragen?

»Ein Sarkom?«

»Korrekt.«

In Dr. Minchs Mundwinkeln glänzen kleine Speichelbläschen.

»Basiert diese … Vermutung … auf früheren Erfahrungen?«

Minchs Schweineaugen beginnen zu leuchten. »Circa einen Zentimeter auf einen Zentimeter große, nur schwer tastbare, harte, schmerzlose Raumforderung mittig auf Höhe der dorsalen Spinae scapulae gelegen. Nicht fluktuierend. Sagen Sie mir, Dr. Mills, was das sonst sein kann?«

Mir gefällt dieser herablassende Tonfall nicht. Er erscheint mir als der Typ Mann, der seinen Titel sogar auf der Geburtstagskarte an einen Freund erwähnt. Nichts wird ihn mehr ärgern als meine Weigerung, mich nach seinem Doktortitel zu erkundigen. Davon abgesehen klingt Minchs Wortschatz gefährlich bekannt.

»Darf ich mal nachsehen?«

Minch zögert, zieht eine Augenbraue hoch, als wolle er sagen: »Sie glauben mir also nicht …« Und dann holt er fast widerwillig einen roten Kater aus der Transportbox.

»Hat er einen Namen?«

»Wie gesagt, er ist ein Streuner.«

Ich nicke, hebe die Katze hoch und inspiziere sie unter dem Schwanz. Ich wünschte, die Katze hätte *keinen* Penis und wäre weiblich, aber Minch hat recht, ein kastrierter Kater. Ich betaste den merkwürdigen Knubbel zwischen seinen Schulterblättern. Der Katze ist es völlig egal. Es ist exakt so, wie Minch es beschrieben hat: keine Hitze, kein Schmerzempfinden, keine Rötung, nur ein fester, unnatürlicher Klumpen in einer eventuell schwierigen Lage.

In unserem klinischen Schachspiel beschließe ich, seine Königin zu schlagen.

»Sie vermuten ein vakzineinduziertes Sarkom?«

Er schenkt mir ein faltiges Shar-Pei-Lächeln und kontert mit einem selbstzufriedenen: »Sie nicht?«

Ich denke darüber nach. Wenn er an der üblichen Injektionsstelle sitzt, wird vermutet, dass der Tumor durch den Impfverstärker Aluminium in der Impfung gegen Tollwut und feline Leukämie ausgelöst wird. Minchs Diagnose erscheint passend. »Ist es in Ordnung, wenn ich ihn mir kurz ausleihe?«

Minch schnaubt, aber vielleicht ist das auch einfach nur seine normale Atmung, als ich die Katze hochhebe und nach hinten in den Laborraum bringe.

»Was geschieht mit Clint?«, fragt Lewis. Er steht am Spülbecken und spült, dabei wendet er mir den Rücken zu. Er hat operiert, hat eine Katze von einem Freund von Doris kastriert.

»Ich hoffe, dass Harry sie später herbringt. Könnten Sie vielleicht mal eine Geschwulst für mich betasten? Ich glaube, ich habe hier ein vakzineinduziertes Sarkom.«

Lewis trocknet seine Hände an einem Papiertuch ab, drückt mit Zeigefinger und Daumen auf den Knoten des Katers, und ohne ein Wort holt er ein seltsam aussehendes Ding hervor, mit dem er vor und zurück über den Knoten fährt, als würde er einen Zauberspruch sagen. Jedes Mal wenn er über dem Kater ist, leuchtet ein rotes Licht, und es piepst schrill.

»Mikrochip. Schauen Sie es sich an. Ihr Streuner hat eine ID-Nummer.«

Unglaublich. Woher wusste Lewis das?

»Also, was fühlt man denn dann … Narbengewebe um den Chip herum?«

»Exakt. Einfacher Fehler. Ich werde das Haustierregister informieren, und die werden dann den Besitzer anrufen. Der gute Samariter soll die Katze bei uns lassen. Haben Sie mit Frieda alles geklärt?«

»Nicht ganz. Es ist kompliziert.«

»Kompliziert? Wirklich? Soll ich nach Ihrem Interview mit Greer fragen?«

»Es lief gut. Er scheint gerne zu helfen. Darf ich mir das Lesegerät kurz ausborgen?«

»Bedienen Sie sich.«

Im Untersuchungszimmer steht Dr. Minch exakt an derselben Stelle wie vorhin, die Hände vor sich gefaltet, im Gesicht etwas, das er sicher als überlegenes Lächeln deutet, wohingegen ich nur Runzeln und Falten und Furchen sehe.

»Ich bin ein bisschen überrascht, dass ich Ihr Abschlusszeugnis nirgendwo hängen sehe, Dr. Mills.«

»Ich bin noch nicht dazu gekommen, es auszupacken«, erwidere ich, obwohl ich genau weiß, dass es sich immer noch hinten in einem Schrank in einer Mietwohnung in Charleston befindet, nicht zuletzt, weil darauf der Name Dr. Cyrus Cobb steht.

Minch schiebt sein Kinn wie eine Ziehharmonika zusammen, als akzeptiere er meine Entschuldigung. »Stimmen Sie meiner Diagnose zu?«

Ohne zu lächeln, nehme ich das Lesegerät und zeige Lewis' Zauberstabtrick bei der in meinen Armen schnurrenden Katze. Die *special effects* von Licht und Geräusch sind wunderbar theatralisch. »Nein, Dr. Minch, ich befürchte, Sie haben einen völlig gutartigen, völlig normalen Identifikationsmikrochip entdeckt. Dank Ihnen kann ich den Kater seinem rechtmäßigen Besitzer zurückgeben.«

Ich bin mir nicht sicher, ob die Gesichtsmuskeln von Dr. Minch stark genug sind, um die allgemeine Ungenauigkeit seiner Züge zu deutlichem Glück zu verformen. Meine gute Nachricht wird mit kaum einem Zucken entgegengenommen. Er könnte traurig sein, seine adoptierte Katze zu verlieren, aber das bezweifle ich. Ob man nun ein Tierliebhaber ist oder nicht, Krebs zu entgehen ist normalerweise immer ein Grund zu feiern. In Minchs Fall ist es wohl so, dass er unglücklich ist, weil er unrecht hatte.

»Sehr gut. Dann lasse ich ihn jetzt bei Ihnen.« Meine Belohnung ist ein knappes Nicken, die Überzeugung, dass dieser Besuch kostenlos ist, und dann wandert Minch einfach so zur Tür. Ich sollte ihn gehen lassen, aber ich muss es einfach wissen.

»Dr. Minch. Entschuldigen Sie meine Frage, aber auf welchem Gebiet haben Sie promoviert?«

Minch bleibt nicht stehen, und eine Sekunde lang frage ich mich, ob er mich so bestrafen will. Schließlich murmelt er über die Schulter: »Veterinärpathologe. Ich habe für Doc Cobb die pathologische Arbeit erledigt. Vielleicht auch für Sie.« Und dann erklingt vom anderen Ende des leeren Wartezimmers der Hammer, den er bisher zurückgehalten hat: »Sollten Sie dafür je genug zu tun haben.«

Ich sehe ihm nach, wie er geht, die Beleidigung trifft mich nicht, aber die Karrierewahl des Mannes verstört mich.

»Sie haben nicht gesagt, dass Minch die Katze gebracht hat.« Lewis tritt hinter mich. Da ich immer noch den Kater im Arm habe, muss ich einen Schritt zurücktreten, um ihm in die Augen sehen zu können.

»Sie kennen ihn?«

»Natürlich«, sagt Lewis. »Ausgezeichneter Pathologe.«

»Wirklich. Er sieht alt genug aus, um im Ruhestand zu sein.« Und dann, als ich daran denke, mit wem ich spreche, füge ich noch hinzu: »Nicht böse gemeint.«

Lewis lacht. »Er ist nur ein paar Jahre älter als Sie. Da überlegt man es sich doch gleich zweimal, ob man noch einen Donut zum Kaffee nehmen soll.«

Ich weiß nicht, was ich sagen soll, und das hat nichts damit zu tun, wie Fettleibigkeit sich auf den Alterungsprozess auswirken kann. Minchs Persönlichkeit hat mich irritiert: wichtigtuerisch, schnippisch und sauertöpfisch. War das ein Blick in meine eigene erbärmliche Zukunft? Fehlt mir nur der tägliche Doppelcheeseburger, um zu einem weiteren Dr. Minch zu werden?

»Ihm hat Ihr Trick mit dem Lesegerät nicht gefallen.«

»Nein«, sagt Lewis, »manchmal ist es schwer, wenn man widerlegt wird. Besonders, wenn man es unter die Nase gerieben bekommt.«

Ich taxiere Lewis mit einem zynischen Zwinkern, um sicherzugehen, dass er immer noch über Minch spricht.

»Übrigens«, sagt er, »das Haustierregister hat sofort zurückgerufen und mir den Namen der Besitzerin genannt. Sie ist sehr dankbar. Geben Sie mir den Kater. Ich bringe ihn auf dem Weg zu Mrs Lewis vorbei. Brauchen Sie etwas?«

»Nein, danke. Puck Haggerty kommt noch mal, ich sollte also ein bisschen was über gastrointestinale Störungen nachschlagen.«

»Gute Idee. Konzentrieren Sie sich auf den Hund, vielleicht wird Crystal sich dann nicht mehr so sehr auf Sie konzentrieren.«

Warum klingt das bei Lewis so, als bräuchte ich Nachhilfe zur »Vermeidung von sexueller Belästigung am Arbeitsplatz«? Ich ignoriere ihn, verschwinde in der beruhigenden Verbindlichkeit eines Fachbuchs und höre das Klingeln der Türglocke nicht einmal.

»Sie ist hier«, sagt Doris. »Wollte im Untersuchungszimmer warten.«

»Okay. Sonst noch Fälle, von denen Sie wissen?«

Sie schüttelt den Kopf. Und dann, als ich gerade den ersten Schritt zum Untersuchungsraum mache, fügt sie hinzu: »Sie brauchen sich keine Sorgen wegen Störungen zu machen.«

Mit dem Rücken zu ihr erlaube ich mir ein halbes Lächeln. Sie ist gut.

Im Untersuchungsraum überfällt mich ein schrecklicher, neuer Geruch – das übliche Desinfektionsmittel wird von einem intensiven, zuckersüßen, fruchtigen Parfum überlagert. Wie beim letzten Mal stürmt Puck auf mich los und will gestreichelt oder gekrault werden oder sucht nach einem verirrten T-Bone-Steak. Crystal Haggerty zieht jedoch meine Aufmerksamkeit auf sich. Es liegt nicht an ihren Haaren, die frisiert über die Schulter ihrer weißen Seidenbluse hängen, die Bluse weit genug aufgeknöpft, um eine dicke Goldkette zu zeigen. Es liegt auch nicht an ihrer Jeans – ich kenne mich mit Mode nicht aus, aber sie ist viel zu eng und unvorteilhaft für ihre Figur, sodass ihre üppigen Oberschenkel deutlich fett aussehen. Nein, es liegt daran, wie sie über dem Tisch lehnt, offensichtlich aufgebracht, dabei zeigt sie mir anscheinend den Stinkefinger.

»Verdammte Linsen«, schreit sie, und erst jetzt sehe ich die winzige durchsichtige Scheibe auf ihrem Mittelfinger. »Ich habe das Gefühl, als hätte ich einen Stein im Auge. Könnten Sie mal nachsehen?«

»Oh, ich glaube wirklich nicht, dass ich …«

»Bitte«, bettelt sie, während Wimperntusche eine schmutzige Linie auf ihre rechte Wange malt. »Ich würde Sie nicht darum bitten, wenn es nicht so wehtäte.«

Ich seufze genervt, trete näher, unangenehm nah, so nah wie für einen letzten Tanz, um ihre Hornhaut und Lederhaut zu untersuchen. »Darf ich Ihr Augenlid anheben?«

»Natürlich«, sagt Crystal Haggerty, plötzlich ganz ohne Angst und Panik.

Selbst ohne Stiftlampe sehe ich, dass ihre Bindehaut stark entzündet ist. »Ist diese Rötung neu?«

»Keine Ahnung«, sagt sie.

»Ich frage mich nur …«

»Was?«

»Nun«, sage ich, »es ist möglicherweise ein Infekt.«

»Was für ein Infekt?«

»O … ich weiß nicht … irgendein Virus. Vielleicht ein Herpesvirus.« Wäre Crystal Haggerty eine Katze, dann wäre der feline Herpesvirus das Erste, was mir einfiele.

Mrs Haggerty richtet sich auf. »Herpes! In meinem Auge! Ich versichere Ihnen, dass ich die Liebe nie an zweifelhaften Orten gesucht habe!«

»Nein, nein, es war … nur ein Vorschlag. Menschen können sich eigentlich gar nicht mit dem felinen Herpesvirus anstecken, und genauso kann man Herpes nicht auf Katzen übertragen. Gesetzt den Fall, man hat eine Katze.«

Dem verzweifelten Gesichtsausdruck von Mrs Haggerty nach zu urteilen sollte ich lieber den Mund halten.

»Bitte.« Ich mache eine Geste und halte es für das Beste, meine Untersuchung zu Ende zu bringen. Um einen Kratzer auf der Hornhaut auszuschließen, muss ich ihr so nah kommen, dass wir fast Wange an Wange sind. Langsam merke ich, wie Mrs Haggerty ihren Körper an meinen drückt.

»Hatten Sie in letzter Zeit ein Trockenheitsgefühl?«

Ich spüre ihre Lippen an meinem Ohrläppchen, sie hält inne, dann flüstert sie: »Nicht in diesem speziellen Moment.«

Als mir endlich klar wird, worauf sie sich bezieht, springe ich zurück, als hätte mich ein Defibrillator an der Brust getroffen. Meine Güte, diese Frau denkt, sie könne sich wie Kathleen Turner in dem Film *Bodyheat – Eine heißkalte Frau* benehmen, bloß ohne deren Body.

»Entspannen Sie sich, Dr. Mills«, sagt sie, fast beleidigt. »Ich mache nur Witze.«

»Ja, natürlich«, stammele ich.

Sie beugt den Kopf, wartet eine Sekunde, und dann wendet sie sich mit eiskalter Distanz wieder an mich: »Aber falls nicht, dann habe ich die leise Vermutung, dass Sie ein Geheimnis bewahren können.«

»Wie bitte?«

»Wissen Sie, ich habe meine Freundin in Charleston angerufen, Stephanie, die mit den Tibet-Terriern. Was hatten Sie gesagt, in welcher Praxis Sie gearbeitet haben?«

»Ich habe nichts gesagt.«

»Das stimmt. Und doch könnte Stephanie schwören, dass sie schon von Ihnen gehört hat. Sind Sie berühmt, Dr. Mills? Oder berüchtigt?«

Letzteres klingt bei ihr viel aufregender.

Ich zaudere. »Weder noch.«

»Vielleicht sind Sie nur zu bescheiden?«

Ich sage nichts.

»So oder so, ich warte immer noch darauf, dass sie mich anruft, wenn sie mehr herausgefunden hat. Sind Sie in Ordnung? Sie sind plötzlich ganz blass.«

Crystal Haggerty genießt die Wirkung, die ihre Drohung auf meinen Körper hat. Zum Glück rettet Puck mich, er quetscht sich in die Lücke zwischen uns, seine Schnauze in meinem Schritt ist eine willkommene Alternative, zu was auch immer sie für mich geplant hatte.

»Mir geht es gut, Mrs Haggerty. Wenn es Ihnen jetzt recht ist.« Ich hocke mich hin und fange an, Pucks dicken Labradorbauch abzutasten, dabei frage ich mich, ob ich jetzt endlich meinen Tiefpunkt erreicht habe, wenn ich gezwungen bin, die sexuellen Avancen dieser Frau zu befriedigen, um damit ihr Schweigen wegen meiner eingezogenen Zulassung zu erkaufen. Bin ich wirklich so verzweifelt, und wenn ja, liegt das am Geld oder an dem Wunsch, Bedside Manor zu retten? »Alles fühlt sich gesund an«, sage ich, stehe auf und achte darauf, den Hund zwischen uns zu lassen.

»Das liegt nur daran, dass er hier immer aufgeregt ist.«

Ich kann fast dabei zusehen, wie Crystal Haggerty lüstern überlegt, wie sie noch etwas Zweideutiges ergänzen kann, wie »da ist er nicht der Einzige« oder »Das muss wohl an der Gesellschaft liegen«. Ich bremse sie aus.

»Gibt es, soweit Sie wissen, auf dem Schulgelände irgendwelche giftigen Substanzen?«

»Ich glaube nicht.«

»Bekommt Puck irgendwelche Medikamente?«

»Nein, nichts.«

»Darf ich eine Blutprobe nehmen?«

»Wozu?«

»Weil wir dann erfahren, ob er eine Stoffwechselstörung hat oder nicht.«

»Glauben Sie das denn?«

»Keine Ahnung, Ma'am. Deswegen will ich ja den Test machen.«

Crystal Haggerty fährt langsam mit der Spitze ihres kleinen Fingers über ihre Lippen. »Sagen wir mal, der Test ist unauffällig. Was dann?«

»Dann muss Puck ein Problem mit seinem Magen haben, seinem Dünndarm oder sonst irgendwo in seinem Bauch.«

»Ich sage Ihnen, das Problem ist sicher wieder etwas, das er nicht hätte fressen sollen. So ist es immer.«

Unkontrolliertes Fressen. Typisch für einen oral fixierten Labrador. »Wann haben Sie ihn das letzte Mal gefüttert?«

»Vor ungefähr einer halben Stunde. Er hat heute Morgen gegen acht erbrochen. Er tat mir leid, also habe ich ihn wieder gefüttert.«

»Wie viel hat er gefressen?«

»Ungefähr zwei Tassen Trockenfutter. Du hattest Hunger, nicht wahr, alter Junge?« Puck umkreist Crystal, um gestreichelt zu werden, und einen Moment lang mache ich mir Sorgen, meine Unterstützung verloren zu haben. Zum Glück kommt er wieder zurück.

Dass er vor Kurzem ordentlich gefressen hat, wollte ich eigentlich nicht hören. »Ich hatte gehofft, seinen Bauch zu röntgen, aber wenn der Bauch voller Futter ist, dann ist es wahrscheinlich Zeit- und Geldverschwendung.«

»Haben Sie ein tragbares Röntgengerät?«

Überinterpretiere ich diese Frage? Oder glaubt Crystal Haggerty etwa, dass ich mich unweigerlich verführen ließe, wenn ich einem Hausbesuch zustimme?

»Nein, Mrs Haggerty, habe ich nicht.«

Dann macht mein Gehirn etwas Komisches: Es lässt ihren letzten Besuch hier wieder aufblitzen, wie nervös sie wurde, als ihr Ehemann meinte, dass Pucks Probleme wieder auftraten, nachdem er von einer Konferenz zurückkehrte.

»War Puck je länger bei Freunden?«

Die Frage hat sie nicht erwartet.

»Nein.«

»Haben Sie schon mal einen Tiersitter engagiert?«

»Nein. Warum fragen Sie?«

»Weil ich vorschlagen würde, dass Sie mal Ihren Ehemann fragen, ob auch von seiner Unterwäsche etwas fehlt.« Die Tatsache, dass diese Fragen Mrs Haggerty sichtbar aus dem Konzept bringen, lässt mich weitermachen. »Wenn es Ihnen lieber ist, kann ich ihn auch anrufen?«

Sie muss viel mehr wissen, als sie zugibt, doch mein »Touché«-Moment wird von Tumult im Wartezimmer unterbrochen, und als ich nachsehe, kommt Peter Greer auf mich zu, ein lebloses Wesen im Arm. »Ich glaube, er wurde vergiftet. Stirbt er?«

Um die Wahrheit zu sagen, Toby, der Terrier, sieht wirklich aus, als stünde er dem Tod nahe, so sehr, dass ich es wage, meine Finger auf das Herz des Hundes zu legen. Es schlägt schwach und viel zu schnell.

»Ich habe ihn in der Küche gefunden, bewusstlos neben der Hundeklappe. Er hört nicht auf zu zittern.«

Ich drehe mich wieder zu Crystal um. Puck sitzt ruhig und fast respektvoll neben ihr, als spüre der Labrador, dass da ein Tier ein größeres Problem hat als er.

»Entschuldigen Sie, aber ich muss mich darum kümmern.«

»Natürlich«, sagt Crystal und macht eine Handbewegung, dass jede Erklärung überflüssig ist. »Ich melde mich.«

Aber als Puck gehen will, kann Crystal nicht verbergen, dass zwischen ihr und Greer ein gewisses Unbehagen, eine Verlegenheit herrscht. Ihr Verhalten erscheint übertrieben förmlich und bewusst distanziert. Was ist da los?

Greer folgt mir nach hinten, wo ich auf der Arbeitsfläche ein Bett improvisiere. Toby reagiert kaum auf meine Untersuchung. Ich messe rektal die Temperatur, und er reagiert nicht.

»41,2 zwei Grad«, sage ich. Irreversible Zellschäden entstehen ab 42,2 Grad. »Er verbrennt innerlich.«

»Er wurde also vergiftet. Ich wusste es. Dieses alte Schwein Sam Cartwright hat immer damit gedroht, ihn zu töten.«

Ich greife nach einem intravenösen Katheter, einer Infusionslösung und einem Infusionsbesteck.

»Wir müssen Toby abkühlen, bevor wir vorschnelle Schlüsse ziehen, Mr Greer. Helfen Sie mir doch bitte mal, eine gute Vene zu finden.«

Er hat zwar gute Absichten, aber der große Engländer stellt sich als unfähiger Assistent heraus. Das nervöse Zittern meiner Hände ist kaum sichtbar im Vergleich zum seismischen Schütteln von Greers Händen. Gott sei Dank ist Toby, wahrscheinlich zum ersten Mal in seinem Leben, absolut brav, gleichgültig gegenüber den Flüchen seines tobenden Herrchens.

»Gut. Jetzt müssen Sie mir ein paar dieser Handtücher bringen, halten Sie sie unter kaltes Wasser, wringen Sie sie aus und wickeln Sie sie dann um seinen Körper.«

Greer tut, was ich ihm sage, während ich ein paar Eiswürfel aus dem Gefrierschrank hole, sie in eine Schüssel lege und dann den Plastikschlauch hineinstecke, sodass die Flüssigkeit schön kühl ist, wenn sie in Tobys Blut fließt. Ich überlege, es Greer gegenüber mit Weißwein zu vergleichen, entscheide mich aber dagegen.

Fünf Minuten später messe ich noch einmal die Temperatur. »40,4 Grad. Viel besser. Aber wir müssen ihn sehr genau beobachten. Ich will nicht, dass es in die umgekehrte Richtung geht und er zu kalt wird.«

Greer scheint ganz woanders zu sein. »Ich wusste, dass irgendetwas nicht stimmte, als er heute Morgen nicht gebellt hat.«

Wieder einmal gehe ich das Gespräch durch, das ich an meinem ersten Abend im Diner zufällig gehört habe. Sam sagte: »Rattengift ist vielleicht keine schlechte Idee.« War das Bellen, als ich gestern Abend Greer besucht habe, der Tropfen, der das Fass zum Überlaufen brachte? Hat Sam Toby heute Morgen ein kriminelles extra All-you-can-eat-Frühstück gebracht?

»Toby bellt normalerweise morgens, stimmt's?«

»Er ist wie ein Wecker. Ich kann mich eigentlich immer umdrehen und weiterschlafen, aber schließlich muss ich aufstehen und ihm Frühstück machen. Dass er heute Morgen *nicht* gebellt hat, hat mich geweckt.«

Ich überlege, warum das so bekannt klingt. »Der seltsame Zwischenfall mit dem Hund in der Nacht.«

Greer lächelt zum ersten Mal, und ich sehe die trockenen Reste des Rotweins von gestern Abend an seinen rissigen Lippen. »Sehr gut, Dr. Mills. Ich hätte mir denken können, dass Sie ein Sherlock-Holmes-Fan sind.«

»Ich ziehe die Sherlock-Holmes-Filme allerdings vor. Besonders die mit Basil Rathbone. Aber ich habe diese Geschichte gelesen, als ich noch ein Junge war.« Wieder einmal hatte Ruth Mills sich bemüht, einen schlussfolgernden Geist zu füttern.

»Dann werden Sie sich daran erinnern, dass der Hund den Täter kannte. Deswegen hat er nicht gebellt. Deswegen fand Holmes es merkwürdig. Und deswegen ergibt es keinen Sinn.«

»Ich weiß nicht, ob ich Ihnen folgen kann.«

»Toby kennt Sam Cartwright nämlich gut genug, um zu bellen und zu beißen und zu verletzen.«

Jetzt verstehe ich. Wenn Toby sich auf die Halsschlagader des alten Mannes gestürzt hätte, dann ist es wahrscheinlich, dass er es unter Kampfgebell getan hätte. Andererseits habe ich in Greers Haus auch erlebt, wie leise der Terrier schleichen kann. Ich bin mir nicht sicher, ob diese Beobachtung, also das fehlende Bellen, relevant ist, deshalb schiebe ich sie erst einmal beiseite.

»Wann hat Toby das letzte Mal gut gefressen?«

»Zur Bettzeit. Ich muss gegen Mitternacht eingeschlafen sein.«

Das war lange, nachdem ich gegangen war, und viel Zeit für Greer, mehr belastende Beweise über meine Vergangenheit zu sammeln. »Wissen Sie was, lassen Sie ihn hier bei mir. Ich werde ihn abkühlen, und sobald er aufwacht, werde ich ihn erbrechen lassen, damit sein Magen leer ist. Mal sehen, ob er etwas gefressen hat, was er nicht hätte fressen sollen. Wenn sich irgendetwas ändert, rufe ich an. Auf Ihrem Handy?«

Greer nickt, und zusammen legen wir Toby in eine der Hundeboxen. Ich führe den Reporter ins Wartezimmer, und wieder einmal ist es kein bisschen leer. Zudem ist Doris tatsächlich mal am Empfang, und ein ernster Chief Matt Devito kommt auf mich zu. Doch ein Paar – eine Frau und ein Hund – hinter dem Chief fesselt meine Aufmerksamkeit, weil sie nicht zusammenpassen. Clint liegt auf dem Boden,

den Kopf ausgestreckt auf ihren überkreuzten Pfoten, die Augen geschlossen. Und zu meiner Verwunderung befindet sich am anderen Ende der Leine, auf einem Stuhl, ausgerechnet – Amy.

FÜNFZEHN

Amys Haare sind gleichzeitig völlig zerzaust und vollkommen. Da sie nicht mehr auf Hygienevorschriften achten muss, trägt sie sie offen, und sie rahmen ihr Gesicht perfekt ein.

»Dr. Mills.« Der Chief reicht mir die Hand. Scheint, der Völkerballmobber hat mich immer noch nicht erkannt. »Mr Greer hat mir gesagt, sein Hund sei vergiftet worden.«

Ich drehe mich zu dem Reporter um.

»Ich habe den Chief auf dem Weg hierher angerufen. Das musste ich. Man kann nicht einfach herumlaufen und die Hunde anderer Leute töten.«

Obwohl ich Doris' Raubtierblick auf mir spüre, ist mir deutlich bewusst, dass Amy anscheinend an meinen nächsten Worten hängt.

»Ich weiß nicht, ob der Hund vergiftet wurde. Noch nicht.«

Greer schnaubt. »Können Sie nicht irgendeinen Test machen?«

»Ein toxikologisches Screening.« Devito lässt diesen Satz als fast professionelle Erläuterung einfließen, und ich frage mich, ob der Chief ein gewisses Mitglied des Publikums beeindrucken will. Amy sitzt in meiner Blickachse, nicht in seiner, und er bemerkt nicht, dass sie die Augen verdreht und den Kopf schüttelt, völlig unbeeindruckt von seiner Liebe zu Wiederholungen von *CSI* und *Law & Order*.

»Das könnte ich«, sage ich, obwohl ich das in Wahrheit gar nicht weiß. »Aber im Moment glaube ich, dass wir uns darauf konzentrieren sollten, das Leben des Hundes zu retten, und nicht darauf, jemandem die Schuld an seiner Lage zu geben.«

Amy schaut mich direkt an, lässt mich mindestens fünf Sekunden leiden, und dann, gerade als ich es schon aufgegeben habe, schenkt sie mir ein ganz leichtes Lächeln.

»Wir warten mal ab, wie sich die klinischen Anzeichen entwickeln. Alles hängt davon ab, ob Toby während der nächsten Stunden auf meine Therapie anspricht.« Ich sehe Greer an. »Sehen Sie in Ihrem Garten nach, in der Garage, der Spüle, überall dort, wo Toby etwas gefressen haben könnte, das er nicht fressen sollte. Wenn Sie nichts finden und alles auf Rattengift hindeutet, dann und erst dann würde ich über Schuldzuweisungen nachdenken.«

Devito sieht mich an, als hätte ich ihm den Teppich unter den Füßen weggezogen und seine große Ermittlung ruiniert. Greers auffallend buschige Augenbrauen schwanken über seinen blutunterlaufenen Augen zwischen Widerspruch und Zustimmung.

»Und jetzt, wenn es Ihnen recht ist, sollte ich mich um meinen Patienten kümmern.«

Greer geht auf diese Anmerkung ein, schüttelt meine Hand und besteht darauf, dass ich ihn anrufe, sollte sich irgendetwas tun.

Der Chief beugt sich vor, sein Atem minzfrisch. Ich hatte nichts anderes erwartet.

»Trotzdem werde ich mich mal mit Sam unterhalten.« Und dann hebt er eine Augenbraue und fügt hinzu: »Mal sehen, ob er einknickt.«

Ich frage mich, wie oft Chief Matt sich danach sehnt,

»Keine Bewegung« zu rufen oder »Gib mir Deckung, ich gehe rein«, nur um von der gesetzestreuen Freundlichkeit seines Reviers enttäuscht zu werden. Wer bin ich, ihm die Spannung einer Ermittlung zu verweigern?

Ich lächele ihn ermutigend an und merke, dass Amy aufsteht und Clint ebenfalls, wenn auch widerwillig. Der Chief sieht mir in die Augen, schaut zu Amy und wendet sich dann mir zu. »Halten Sie mich auf dem Laufenden.«

Das klingt wie ein Befehl. Ich nicke, warte einen Moment, bis er zur Tür geht, und mache dann einen Schritt auf Amy und Clint zu. »Ich erkenne Sie kaum wieder.«

Amy tut so, als sei sie geschockt. »Angezogen, meinen Sie?«

Sie sagt es laut genug, um Chief Matt vor dem Empfang verharren zu lassen, laut genug, um bei Doris einen Hustenanfall auszulösen. Mein Gesicht wird knallrot, und aus meinen Ohren züngeln Flammen.

»Äh, nein …« – die Hitze strahlt von meinen Wangen aus – »mit offenen Haaren.« Ich will langsamer und lauter sprechen, für die Hörer auf den billigen Rängen. »Ohne Uniform.«

Sie genießt das.

»Und was machen Sie mit Harry Carps Hund?«

Amy kommt näher, und Doris und der Chief verschwinden, während ich die Symmetrie ihres Gesichts betrachte, ohne auf ihre Augenfarben zu achten. »Harry Carp ist mein Grandpa.«

Sie lässt diese Aussage zwischen uns hängen, lässt sie sacken, sie weiß, wie tief diese wichtige Information sinken muss, bevor sie am richtigen Platz landet. Ich erinnere mich an letzten Abend im Diner, wie alles, was ich sagte, falsch klang, arrogant und abschätzig, als beharrte ich darauf, dass sie ihr Leben und ihre Talente verschwende. Dabei tut sie in Wirklichkeit das Richtige, das Schwierige, hält ihr Leben sozusagen an, für jemanden, den sie liebt. Jetzt ergibt es einen Sinn. Von Amy stammen die mysteriösen Reifenspuren in Harrys Auffahrt. Amy bringt ihm Abendessen, sie geht mit Clint spazieren. Amy ist Harry Carps Engel.

»Warum haben Sie das nicht gesagt?«

»Hätte es einen Unterschied gemacht?«

Ich weiß nicht, ob die Frage oder ihr Blick mich am meisten trifft. »Nein. Das hätte es nicht tun sollen«, bringe ich heraus, aber Amy ist großzügig.

»Hören Sie, wegen gestern Abend. Ihr Privatleben geht mich nichts an. Ich habe nur Dampf abgelassen.« Sie fährt sich mit einer Hand durch die Haare, streicht eine lose Strähne hinters Ohr. »Die Uni macht Druck, wann ich wieder zurückkomme, sie meinen, ich nehme einen wertvollen Platz in ihrem Kurs weg, als sollte ich vorhersagen, wie lange mein Großvater noch lebt.« Ich sehe, wie das Aussprechen dieses Satzes sie so aufregt, dass ihr Tränen in die Augen treten. »Ich war schnippisch und feindselig. Ich habe es an Ihnen ausgelassen, und das tut mir leid. Ich hoffe, wir können noch mal von vorn anfangen. Ich bin hier, weil Grandpa gesagt hat, Sie müssten seinen Hund noch einmal sehen.«

Ein Teil von mir will nicht so leicht davonkommen. »Ich bin dazu ausgebildet, aus verfügbaren Informationen Schlüsse zu ziehen. Manchmal habe ich es zu eilig und ziehe vorschnelle Schlüsse. Nicht mein bester Charakterzug.«

»Gerade eben, als Mr Greer Sam Cartwright lynchen wollte, haben Sie aber keine voreiligen Urteile gefällt.«

Ich sehe zur Seite, gebe widerwillig »Ich bemühe mich« zu und sehe wieder zurück, erwische Amys Gesichtsausdruck, demzufolge die Geschworenen immer noch darüber beraten, was sie von mir zu halten haben.

»Also Grandpa hat normalerweise eine gute Menschenkenntnis. Normalerweise. Und er scheint Sie zu mögen. Weiß der Himmel, wieso, denn soweit ich das sehe, haben Sie seinen Hund ja noch nicht geheilt.«

Ein bittender Blick von unten bringt mich wieder zurück. »Wo sind nur meine Manieren?« Ich hocke mich hin und nehme Clints Kopf zwischen die Hände. Es strengt Clint an, mit ihrem Schwanz nur einmal hin und her zu wedeln, dann legt sie sich in meine geöffneten Arme und sackt zusammen, als sei sie erledigt. Dieser Hund hat große Probleme.

»Bringen wir sie mal nach hinten. Schauen wir nach, was los ist.«

Was habe ich mir dabei gedacht, Amy mit hereinzubitten? Warum nicht einfach: »Lassen Sie Clint bei mir«, sodass sie aus der Gleichung raus ist und ich mögliche weitere peinliche Gespräche und unangenehme Selbstbeobachtungen vermeide? Aber ich kann nicht anders. Ich überlege, wäge ab und frage dann trotzdem.

Wir beginnen damit, Clint zu röntgen.

»Arbeiten Sie normalerweise allein?«

»Ja«, sage ich und beruhige Clint, während sie sich auf die Seite legt. Keine Sedierung nötig, keine strategisch platzierten Sandsäcke, damit sie ruhig liegen bleibt. Clint ist nur allzu froh, die Augen zu schließen und geröntgt zu werden.

Ich fokussiere das Fadenkreuz aus Licht auf ihrer Brust. Lewis hat mir die Grundlagen des Röntgens erklärt, aber das hier ist trotzdem mein erstes Mal. Ich möchte sehen, was in Clints Körper vor sich geht, ihr aber keine Tschernobylstrahlendosis verpassen.

»Bitte treten Sie zurück, in die Ecke.«

»Glauben Sie, dass jede Frau in dieser Stadt schwanger ist?« Amy wirft mir einen großäugigen Blick zu, bevor sie theatralisch einen großen Schritt zurück macht. »Ein Witz.«

Ich drücke den Knopf auf der Bedienungsleiste, höre das *Ping* und trete vor, um den nicht entwickelten Film herauszuholen. Was mal ein halbes Badezimmer neben dem Hauptarbeitsraum war, wurde vor langer Zeit in eine kompakte, lichtundurchlässige Dunkelkammer umgewandelt.

»Dauert keine Minute.«

»Darf ich zusehen, wie das gemacht wird?«

»Es geht vor allem nach Gefühl. In völliger Dunkelheit.«

Amys Schulterzucken sagt mir, dass sie trotzdem interessiert ist, also schalte ich das erlaubte Rotlicht an. Wir beide treten ein, und wie Lewis es mir eingeschärft hat, schließe ich die Tür ab, damit niemand zufällig hereinkommt und den kostbaren Film ruiniert.

Ich werde ehrlich sein. In einem dunklen Kabuff mit dieser schönen Frau gefangen zu sein, das bringt eine heimliche, fast pubertäre Erregung mit sich. Diese essenzielle Dunkelheit wirkt wie eine »stimmungsvolle Beleuchtung«. Es ist wie ein Teenagerdate in einem Wäscheschrank.

»Das Licht muss aus sein, wenn ich Clints Film entwickle oder die Kartusche erneut befülle.«

Amy nickt, ich drücke auf den Schalter, und wir verschwinden im Abgrund.

Ein paar Sekunden lang taste und fühle ich, um mich zu orientieren.

»Sind Sie schon immer lieber allein gewesen?«

»Ich arbeite gerne unabhängig, selbstständig. Es passt zu mir.«

»Ich meinte, als Junggeselle. Single.«

Ich zucke zusammen, und die Röntgenaufnahme von Clints Brust rutscht mir aus den Fingern, der unentwickelte Film schwebt in meiner Vorstellung langsam schaukelnd zu Boden. Ich fluche.

»Gibt's ein Problem?«, fragt Amy.

»Bleiben Sie exakt, wo Sie sind.«

Ich bücke mich in der Hüfte und bewege meine Hand hin und her, bis ich spüre, wie mein Kopf gegen etwas Weiches stößt.

»Ich kenne mich ja nicht in South Carolina aus, aber ich bin mir ziemlich sicher, dass das in diesem Staat unter sexuelle Belästigung fällt.«

»Entschuldigung«, schnappe ich. »Es ist hier drin so verdammt dunkel. Ich habe es geschafft, den …«

»Suchen Sie danach?«

Etwas Flaches, Biegsames berührt meinen Handrücken.

»Danke schön«, sage ich und greife nach dem Film.

»Es war mir ein Vergnügen«, sagt Amy, ihre Nonchalance überdeckt ihr Amüsement.

Aber jetzt bin ich natürlich in einer völlig falschen Position. Der Schrank mit den paar Röntgenfilmen, über die die Praxis noch verfügt, und die Öffnung des Entwicklerapparates sind nicht mehr da, wo meine Erinnerung sie zurückgelassen hat, bevor wir in die völlige Dunkelheit abgetaucht sind.

»Haben Sie als Kind je Blindekuh gespielt?«

»Nein«, zische ich, bevor ich aufschreie, weil ich mich mit der Hüfte an etwas Spitzem gestoßen habe.

»Waren Sie geschickt beim Zerschlagen einer Geburtstags-Piñata?«

Sie amüsiert sich ganz offensichtlich.

»Nicht, dass ich mich erinnere.« Ich verziehe das Gesicht,

als die Öffnung des lichtundurchlässigen Schranks mir die Fingerspitzen amputieren will. »Warum fragen Sie?«

»Ach, nur so.«

Meine Gedanken springen zu *Harry und Sally*, Billy Crystal, der mit Meg Ryan spricht.

»Es gibt zwei Arten von Frauen: leicht im Umgang und schwierig im Umgang.«

»Was bin ich?«

»Du bist die schlimmste Sorte. Du bist schwierig im Umgang, denkst aber, es sei leicht mit dir.«

Es dauert noch sechzig Sekunden, bis der Film in der Maschine verschwunden und es in Ordnung ist, das rote Sicherheitslicht wieder anzuschalten.

Aber ich tue es nicht.

Ich warte und lausche ihrem Atem. Ich warte und genieße ihre Nähe, ihre Gegenwart und einen leichten Geruch nach Äpfeln, der von ihrem Haar zu kommen scheint.

»Alles in Ordnung?«

»Ja. Er wird entwickelt.«

Ich riskiere es, noch etwas länger zu warten, und greife dann nach dem Schalter.

»Also, warum ist Dr. Cyrus Mills ganz allein?«

Ich erstarre, und das Geräusch meines Einatmens, die Pause, während der ich den Atem anhalte, füllt den winzigen Raum. Mein Zeigefinger hält inne. In der Sicherheit der Dunkelheit antworte ich: »Ich glaube, man gewöhnt sich daran, allein zu sein, das Leben nicht mit jemandem zu teilen und zu glauben, man verpasse nicht viel. Man lässt die Arbeit dominieren, lässt sie den Rest wegschieben. Nach einer Weile vergisst man, über eine andere Art von Zukunft nachzudenken. Ich nehme an, aus Hoffnung wird Frustration, und schließlich arrangiert man sich mit der Enttäuschung.«

Ich erwische mich gerade noch, bevor die Stille zu lange anhält. Ich kann nicht glauben, dass mir das gerade rausgerutscht ist. »Entschuldigung, das klang viel düsterer, als ich es gemeint habe.«

Ich kann ihr Nachdenken fast spüren.

»Keine Freundinnen? Keine Frau?«

»Ich habe schon ein paar Frauen gekannt«, sage ich und klinge fast beleidigt.

»Tatsächlich. Hübsche Frauen? Sexy Frauen? Starke Frauen?«

»Äh … vielleicht.«

In der Pause frage ich mich, ob ihre rosigen Lippen lächeln.

»Aber nicht die richtige Frau.«

Ich erwidere nichts, sondern schalte das Licht an, in der Hoffnung, dass das rote Leuchten jede möglicherweise belastende Entfärbung meiner Wangen verdecken wird. »Hier ist der Film. Schauen wir ihn uns mal an.«

Ich mache eine Geste, damit Amy hinausgeht. Sie schließt die Tür auf, tritt in das Halogenlicht des Laborraums, und ich folge ihr, stolpere blinzelnd und kopflos gegen ihren Rücken.

»Da sind Sie ja, Dr. Mills. Ich habe überall nach Ihnen gesucht. Der Wiffimann ist gerade fertig. Ihr Cybernet ist jetzt wohl bereit.«

Ich glaube, es wäre einfacher, mit Doris zu reden, wenn sie peinlich berührt und entsetzt wäre, weil sie Amy und mich aus der pechschwarzen Dunkelkammer stolpern sieht. Stattdessen wirkt sie völlig unbeteiligt, als wäre sie daran gewöhnt, dass ihr Boss seine Hose nicht anbehalten kann. Sie huscht zurück hinter ihre Theke, bevor ich die Chance habe, alles zu erklären.

Ich hänge das Bild an den Schaukasten, und die Gefahren der Dunkelkammer verblassen, um von einem anderen Dilemma ersetzt zu werden: der hellen Objektivität verwirrender Grautöne.

»Sehen Sie was?«, fragt Amy.

»Ich sehe viel.«

»Irgendetwas Unnormales?«

Ich betrachte die Lunge, das Herz, das Rückgrat. »Ich bin mir nicht sicher.«

Das Bellen, eigentlich mehr ein Japsen, kommt von der Hundebox, und wir drehen uns beide um und sehen Toby am Gitter stehen, er schwankt, als hätte er zu tief ins Glas geschaut.

»Wie der Vater so der Sohn«, sagt Amy, öffnet die Tür, bückt sich und streichelt Tobys Kopf. Ihr Zutrauen beeindruckt mich, und ich hocke mich neben sie. Meine Nähe führt zu einem halbherzigen Grummeln.

»Ups. Da geht's jemandem aber besser. Könnten Sie bitte noch eine Sekunde warten, während ich seine Temperatur messe.«

Amy hält Toby fest, und sein Grummeln wird zu einem Knurren, bis ich das Thermometer zurückziehe.

»Ich glaube, dieser Hund mag Sie nicht.«

»Er hasst mich«, sage ich. »39,2, fast normal. Kein Eis und keine kalte Infusionen mehr für dich.«

»Bedeutet das, dass er nicht vergiftet wurde?«

Ein erfahrener Tierarzt könnte diese Frage wahrscheinlich beantworten. Ich frage mich, ob Amy das merkt.

»Haben Sie je Conan Doyle gelesen?«, frage ich.

»Natürlich.«

»*Silberstern?* Die Geschichte mit dem merkwürdigen nächtlichen Zwischenfall mit dem Hund?«

»Ja«, sagt Amy, als hätte jeder das irgendwann mal gelesen.

»Also, Greer hat erzählt, dass er davon wach geworden ist, dass Toby *nicht* gebellt hat.«

»Wie könnte der Hund bellen, wenn er vergiftet wurde?«

Da hat sie recht. Warum hänge ich an diesem blöden fehlenden Gebell fest? Weil ich zwar keinen sechsten Sinn habe, wie Lewis gesagt hat, aber es kann sinnvoll sein, Fälle aus einer anderen Perspektive zu betrachten. Wenn mich ein kleines Detail in den letzten vierzehn Jahren gestört hat, dann verdiente es wenigstens eine gewisse Aufmerksamkeit, selbst wenn ich nicht klug genug war, um zu wissen, wohin es passte.

»Müssen Sie noch irgendwohin?«

Sie schaut auf die Uhr. Es ist fast elf.

»Ich muss noch ein Rezept für meinen Grandpa einlösen. Und ich habe die Mittagsschicht im Diner. Aber ich habe noch etwas Zeit, warum?«

Wieder einmal suche ich nach Ausreden, um diese Frau länger hierzubehalten, in der Hoffnung, dass ich am Ende vielleicht das Richtige sage. »Mr Greer und Ihr Freund, der Chief …«

»Der Chief ist nicht mein Freund. Wir sind zufällig auf dieselbe Highschool gegangen, aber bei unserem Altersunterschied war ich wahrscheinlich noch im Kindergarten, als er dort angefangen hat.«

»Entschuldigung. Mr Greer und … was … Ihr … entfernter Bekannter« – Amy nickt zustimmend – »Chief Devito schienen Sam für Tobys Krankheit verantwortlich zu machen, weil Sam sich darüber ausgelassen hat, dass er den Hund ein für alle Mal mit Rattengift zum Schweigen bringen wolle.«

Amy sieht verwirrt aus. »Wann?«

»Als ich das erste Mal im Diner war.«

»Das ist furchtbar.«

»Ich bin mir ziemlich sicher, dass es eine leere Drohung war. Aber nach dem, was geschehen ist, hätte ich gerne Beweise. Ich frage mich … nein … Sie haben genug um die Ohren, das kann ich machen.«

»Was?«

Ich schaue ihr in die Augen und sehe den aufrichtigen Wunsch zu helfen. »Ich glaube, Toby geht es besser. Ich möchte Clint vorziehen, aber ich fände es schrecklich, wenn Mr Greer etwas täte, das er bereuen würde. Wenn ich noch eine Aufnahme von Clints Brust und zwei von ihrem Bauch mache, könnten Sie dann vielleicht etwas für mich nachschlagen?«

Amy spitzt die Lippen, als würde sie sie für einen Kuss schürzen. »Haben Sie Angst vor einem weiteren peinlichen Moment in der Dunkelkammer?«

Ich bin nicht schlagfertig.

»Klar«, sagt sie. »Zeigen Sie mir, wo.«

Da ich weiß, dass es eine Weile dauern wird, das neue Wi-Fi auf meinem Laptop einzurichten, führe ich sie zum Schrank mit der Fachliteratur und suche ein paar Bücher über allgemeine und über Notfallmedizin heraus. »Ich würde unter ›Rattengift‹ im …«

Sie lässt mich zu Stein erstarren mit einem Blick, der besagt: *Ich denke, ich weiß, wie man ein Register benutzt.*

»Sie wissen, wo Sie mich finden«, sage ich gekränkt.

Fünfzehn Minuten später, ich habe Clint in ein Nest aus frisch gewaschenen Handtüchern in der Hundebox neben Toby gelegt, betrachte ich ihre neuen Röntgenbilder. Diese kryptischen Aufnahmen von Krankheiten sehe ich mir nur selten an. Warum sich damit herumschlagen, wenn man das echte Ding berühren und untersuchen kann? Sosehr ich mich auch bemühe, die Augen zusammenkneife, mir etwas vorstelle, mir wünsche, dass mich etwas aus diesen grauen Schatten anspringt, ich kann den Grund für Clints Unwohlsein nicht entdecken.

»Das könnte uns weiterhelfen.«

Ich gehe zu Amy, sie hat drei dicke Bücher aufgeblättert.

»Ein paar von Tobys Symptomen scheinen zu Rattengift zu passen. Aber laut diesem Artikel sollte es ihm in dem Fall inzwischen schon viel schlechter gehen.«

Ich nähere mich langsam, achte darauf, keinen Körperkontakt herzustellen. Mein Blick huscht über den Text, saugt die wichtigen Informationen heraus.

»Es ist schwierig, sich an all diese Details zu erinnern, wissen Sie.«

»Natürlich.« Sie klingt nicht überzeugt.

Ich fahre mit den Fingern über eine Liste von Differenzialdiagnosen, andere Gifte, die für Rattengift gehalten werden könnten. Zu meiner Überraschung finde ich dort die Antwort auf die Frage, warum Toby nicht gebellt hat.

»Wir müssen Toby erbrechen lassen«, sage ich und klinge dabei lächerlich hektisch.

Amy sieht verwirrt aus. »Okay. Wie wollen Sie das machen?«

Plötzlich habe ich keine Ahnung, bin mir aber sicher, dass ich das tun muss. Es gibt keine Entschuldigung dafür, dass ich das nicht weiß, und ich kann es auch nicht nachschlagen, solange sie neben mir steht.

»Wollen Sie es vielleicht mit etwas Wasserstoffperoxid versuchen?«, fragt sie.

Ist das eine Falle?

»Natürlich, ich weiß nur nicht, wo Doc Cobb es aufbewahrt.«

Sollten ihr meine mangelhaften Kenntnisse über die praktischen Aspekte des Jobs suspekt vorkommen, dann zeigt sie es nicht, während sie anfängt, Schränke und Schubladen zu öffnen. Und es ist auch nicht hilfreich, dass sie es vor mir findet.

»Haben Sie eine Spritze?«

Ich gehe durch die Hintertür ins Untersuchungszimmer und kehre mit der größten zurück, die ich finden konnte.

»Na hören Sie mal, Toby ist ein Terrier, keine Dänische Dogge.«

Verdammt, ich wusste, ich hätte sie nicht mit nach hinten nehmen sollen. Ich sage nichts. Benutze dein Gehirn, Cyrus. Wenn die größte Spritze für eine Dogge passend ist, dann sollte eine winzige 3-ml-Spritze die richtige für einen Terrier sein. Ich gehe zurück, hole eine und gebe sie ihr. Amy heißt sie gut und zieht mit selbstbewusster Geschicklichkeit eine kleine Menge Wasserstoffperoxid auf.

»Bitte schön.« Sie will mir die Spritze gerade reichen, da zieht sie sie zurück. »Werden Sie mir sagen, warum Sie ihn erbrechen lassen wollen?«

»Noch nicht«, erwidere ich und nehme die Spritze, während wir uns um Toby stellen. Mein Versuch, mich seinem Kopf zu nähern, wird mit einem, für Tobys Verhältnisse, lahmen Schnappen in Richtung meiner Hände beantwortet.

»Moment, lassen Sie mich«, sagt Amy, kniet sich hin und beruhigt Satans Schoßhund mit entnervender Leichtigkeit. Und mit der Fingerfertigkeit eines Zauberers bugsiert sie den Inhalt der Spritze in seine Kehle. »Ich bin mit Hunden aufgewachsen. Helfen Sie mir auf?«

Ich greife nach unten, packe ihre Hand und ziehe sie auf

die Füße, aber sie lässt nicht los, sondern inspiziert meine Handgelenke, meinen Unterarm und schließlich Innen- und Außenseite meiner Hände.

»Erzählen Sie mir nicht, Sie können Hände lesen«, sage ich.

»Wenn ich das könnte, würde ich nie vermuten, dass Sie Tierarzt sind.«

»Warum sagen Sie das?«

»Weil Ihre Hände verkehrt sind. Wann haben Sie Ihren Abschluss gemacht?«

»Vor vierzehn Jahren.«

»Viel Zeit.«

»Viel Zeit wofür?«

»Viel Zeit, um gebissen zu werden, gekratzt. Auf Ihren Händen und Unterarmen befindet sich keine Narbe, keine Verletzung. Wie kann das sein, wenn Sie seit vierzehn Jahren mit Tieren arbeiten?«

Einen Moment lang habe ich das Gefühl, einen Hummelschwarm in meinem Brustkorb zu spüren. Ich kann ihren Gesichtsausdruck nicht interpretieren. Abwertend? Nein, ich glaube nicht. Vielleicht sollte ich den Mund halten, aber diese Frau hat irgendetwas an sich, was dazu führt, dass ich nicht mehr vor der Vergangenheit davonlaufen möchte, nicht mehr mit dieser Fassade leben will. »Tote Hunde beißen nicht.«

»Ich kann Ihnen nicht folgen.«

»Bevor ich nach Bedside Manor kam, habe ich nur mit toten Tieren gearbeitet. Ja, ich habe Tiermedizin studiert, ich bin ausgebildeter Tierarzt, aber ich habe mich auf die Veterinärpathologie spezialisiert, nicht auf die Allgemeinmedizin. Wie Sie sehen können, habe ich die Vorlesung darüber, wie man eine Leiche zum Erbrechen bringt, übersprungen.«

Ich wappne mich gegen eine beißende Antwort, aber Amy

überrascht mich mit einem Blick, der eher nachsichtig als verurteilend scheint, ein Blick, der mich ermuntert weiterzusprechen. Erleichterung und das schwerelose Gefühl, ein Geheimnis zu teilen, erfüllen mich. »Es ist die Schuld meiner Mutter. Sie war eine Perfektionistin, und hier im Haus verfolgt sie mich. Ich meine das positiv. Selbst wenn ich nicht ganz sicher bin, was ich tue, strebe ich immer danach, es außergewöhnlich gut zu machen. Ich hasse es, nicht genug zu wissen, nicht praktisch genug zu sein. Ruth Mills hat mir beigebracht, niemals mittelmäßig zu sein.«

»Und was hat Ihr Vater Ihnen beigebracht?«

Ich bin offen, bereit, Dampf abzulassen, aber ich halte mich zurück. »Indirekt hat er mir beigebracht, dass es gefährlich ist, eine zu enge Bindung aufzubauen, sich zu sehr zu engagieren.«

Sie legt den Kopf in den Nacken, kneift das eine braune und das andere blaue Auge zu, und mit gerade noch genug Humor, um mir Hoffnung zu geben, sagt sie: »Ach ja? Und wie funktioniert das für Sie?«

Und da rettet Toby mich.

»Was zum …«

»Zerkaute Macadamianüsse«, sage ich und hocke mich hin, um die große Pfütze aus Erbrochenem zu untersuchen. »Sie sind für Hunde giftig. Sie sind mir auf der Liste der Giftstoffe aufgefallen, die zu klinischen Symptomen, ähnlich denen bei Rattengift, führen. Gestern Abend war ich bei Greer zu Hause, wegen eines Interviews, weil ich Denise' Baby entbunden habe, und bei ihm stand eine große Schüssel mit Macadamianüssen auf einem Sofatisch. Jetzt ergibt alles einen Sinn. Toby bellt jeden Morgen, weil er sein Frühstück will.«

Amy lächelt und schaltet sich ein.

»Und Toby bellt nicht, wenn er schon gefressen hat. Das gefällt mir.«

»Exakt.«

»Das ist brillant.«

»Eigentlich nicht.«

»Doch, ist es«, sagt sie mit einem frechen Grinsen, »für jemanden, der so tut, als wäre er Tierarzt.«

Und da stürzt Lewis mitten ins Zimmer, tritt fast in die Pfütze aus Erbrochenem und ruft: »Sagen Sie mir, dass das vom Hund stammt und nicht von einem von Ihnen beiden.«

»Und dann sind Sie hereingekommen«, sage ich und knie mich neben Lewis auf den Boden. Ich bestehe darauf, von ihm eine zweite Meinung zu Clint zu hören. Es ist Zeit, dass er die Schuldgefühle, nicht herauszufinden, was Clint fehlt, teilt.

»Ich freue mich, dass Sie jemanden gefunden haben, dem Sie sich öffnen können«, sagt er, hebt eine Lefze und drückt mit dem Daumen auf Clints oberes Zahnfleisch, er lässt den Daumen locker und beobachtet, wie das Gewebe weiß wird und dann wieder rosa.

Ich frage mich, ob er sich vernachlässigt fühlt, als hätte ich Amy ihm vorgezogen.

»Wann kommt sie zurück?«

»Gegen drei«, sage ich. »Finden Sie, ich hätte den Mund halten sollen?«

Lewis legt seine Finger auf Clints Unterkiefer, öffnet sanft ihr Maul und sieht sich ihren Rachen genau an.

»Haben Sie die Zulassung erwähnt?«

»Natürlich nicht«, sage ich, obwohl ein Teil von mir wünscht, ich wäre auch das losgeworden.

»Gut. Wenn sie mit Harry Carp verwandt ist, wird sie

nichts sagen. Wie gesagt, ich bin froh zu sehen, dass Sie Ihre Mauer geöffnet haben. Das sollten Sie öfter tun. Die Menschen bevorzugen jemanden mit Fehlern gegenüber jemandem, der ein Perfektionist sein muss.«

»Hey, ich habe einen Spalt geöffnet, wenn überhaupt, und das gegenüber einer Person, privat. Der Rest von Eden Falls muss mich nehmen, wie ich bin.«

Lewis schaut zu mir, betastet die Lymphknoten an Clints Hals, sodass sie schluckt. »Es ist nicht Ihre Schuld, wie Sie wirken.« Wie ein erfahrener Chiropraktiker beginnt er, Clints Hals zu bewegen, hin und her, sanftes Beugen, sanftes Dehnen. »Warum das lange Gesicht? Sie wissen genau, wovon ich rede … abgehoben. Wie Dr. Minch, nur nicht so rund.«

»Bitte«, sage ich und reagiere auf seine Frechheit, »es gibt einen großen Unterschied zwischen unsozial zu sein und auf seine Privatsphäre zu bestehen.«

»Privatsphäre ist das eine.« Der alte Mann tut ganz locker, während er sein Stethoskop ansetzt. »Einsiedelei ist etwas anderes.«

»Nur weil ich unnütze Gespräche nicht sinnvoll finde, bin ich doch noch kein Einsiedler.«

»Okay, dann beantworten Sie mir Folgendes: Was haben Sie in den letzten vierzehn Jahren getan, wenn Sie nicht gearbeitet haben?«

Dass ich darüber erst mal nachdenken muss, verstärkt meine Frustration nur. »Ich sehe mich als einen Filmfan.« Das auszusprechen bestätigt meine Rolle als völliger Nerd nur noch.

»Okay. Was noch?«

»Ich lese.«

»Lassen Sie mich raten. Zeitschriften und Fachbücher.«

»Ich reise.«

»Ja, wohin?«

»Überallhin. Peru. China. Ägypten. Island.«

Lewis hebt einen Zeigefinger und bittet um Stille, während er Clints Brustkorb abhört. Er nimmt das Stethoskop ab und legt den Schlauch um den Hals.

»Allein?«

»Ist das wichtig? Ich wähle Orte aus, die mich interessieren, Orte mit einzigartiger und unterschiedlicher Kultur.«

»Sie meinen Orte, an denen kein Englisch gesprochen wird? Hat Sie nie eine Kreuzfahrt gereizt, Entspannung in einem Bad?«

»Was nützen Reisen, wenn sie nicht unseren Horizont erweitern?«

Mit einer geschickten und sanften Berührung bringt Lewis Clint in eine Position, in der er ihren Bauch abtasten und nach Besonderheiten suchen kann. Die knacksenden Geräusche stammen von Lewis' arthritischen Knien und Fußgelenken.

»Was ist mit Sport?«

»Ich laufe. Ich versuche, in Form zu bleiben.«

Lewis sieht mir in die Augen, bewegt aber weiter die Hände. »Laufen, nicht gerade ein Mannschaftssport.«

Ich habe genug davon. Ich stehe auf. »Was wollen Sie mir sagen?«

Lewis schaut zu mir auf und kaut mal wieder auf der Unterlippe. »Ich versuche, Ihnen zu zeigen, dass das Leben mehr zu bieten hat als das, was Sie zurückgelassen haben. Ach, und ich weiß, dass diese Praxis in Schwierigkeiten ist, und ich weiß, dass Eden Falls bei Weitem nicht so ist wie Charleston, aber tief im Innersten weiß ich auch, dass ein Teil von Ihnen endlich zum Leben erwacht ist.«

Ich schüttele den Kopf und kämpfe mit einem Lächeln, weil mir das immer noch als richtige Reaktion erscheint. Da schreit Clint vor Schmerzen auf.

»Ruhig Mädchen, es tut mir leid«, sagt Lewis und sieht ihr in die Augen, damit sie begreift, dass er es nicht böse meint. »Es sitzt zwischen ihren Schulterblättern. Wenn ich fest drücke …«

Clint zuckt noch einmal zusammen, aber dieses Mal geht sie kein Risiko ein und trottet zur gegenüberliegenden Seite des Raumes.

Lewis macht eine Handbewegung, damit ich ihm aufhelfe.

»Was bedeutet das?«, frage ich.

»Ich weiß es nicht. Ich habe nichts gefühlt, und die Röntgenbilder sehen gut aus. Aber bei einem stoischen Hund wie Clint glaube ich, dass wir etwas entdeckt haben.«

Ich reibe mit den Händen mein Gesicht. »Es ist so viel schwieriger, als ich in Erinnerung habe.«

Lewis unterbricht eine winzige Korrektur seiner Fliege (heute eine marineblau-weiß karierte), um meinen Oberarm zu drücken. »Sie wissen, je mehr man empfindet, umso schwieriger wird's.«

Ich bin nicht beeindruckt. »Haben Sie das James Herriot geklaut?«

»Nein«, sagt Lewis, »Dr. Robert Cobb.«

Ich versuche, dem Blick des alten Mannes so lange wie möglich standzuhalten, aber ich muss schließlich wegschauen und zurücktreten. Ich habe Angst vor dem, was passieren könnte, wenn er mich umarmt. Cobbs bester Freund scheint mich immer zu erwischen. Ich hasse es, so verletzlich zu sein. Nein, es ist mehr als das. Ich hasse es, so durchschaubar zu sein.

»Ich weiß, was Sie vorhaben«, sage ich. Natürlich will Lewis, dass ich bleibe, will, dass ich daran glaube, dass Bedside Manor einen Weg in die Zukunft bietet. Er ignoriert die Tatsache, dass ich aus meinem alten Job gefeuert wurde, was mich genug erschöpft hat, um daran zu glauben, dass die Kirschen in diesem Garten viel süßer schmecken, als sie es tatsächlich tun. »Und ich will nicht, dass Sie denken, ich sei nicht dankbar für alles, was Sie für mich getan haben.«

Es entsteht eine leere Pause, in der ich *und für meinen Vater* hätte ergänzen müssen.

»Bei Ihnen klingt es, als würde ich meine Zeit verschwenden?«

Obwohl ich die Frage höre, sage ich nichts, weil ich tief im Innersten, wo es zählt, nicht mutig genug bin, um laut zu sagen: *Nein, das tun Sie nicht.*

Plötzlich rauscht Doris wie ein Tornado ins Zimmer. »Tut mir leid, dass ich Sie unterbrechen muss, Dr. Lewis, aber das Pflegeheim hat angerufen, Sie sollen sofort hinkommen.«

In der folgenden Sekunde sehe ich, wie etwas in dem komischen kleinen Mann mit den Seidenfliegen sich verbiegt und bricht, und es fühlt sich an, als würde mir ein Eimer Eiswasser über den Rücken gekippt, als mir bewusst wird, wie trivial meine Sorgen sind im Vergleich dazu, die Liebe seines Lebens zu verlieren.

»Und, Dr. Mills, ich habe noch ein Päckchen ohne Briefmarke auf der Türschwelle gefunden.«

Etwas zögerlich reicht Doris mir einen genau gleich aussehenden braunen Umschlag, auf dem mein Namen steht, aber keine Adresse oder Briefmarke.

Ich nehme ihn. Lewis scheint auf der Stelle erstarrt. Einen Moment lang frage ich mich, ob ihm die Worte *noch einen* aufgefallen sind.

»Los, gehen Sie, Lewis«, sage ich. »Wir kommen schon klar.«

Er schafft es gerade noch, zustimmend zu nicken und wegzuschlurfen, als ob seine dreiundsiebzig Jahre plötzlich akut wären.

Ich warte, bis ich allein bin, eine hässliche Gefühlsmischung köchelt und kocht über. Ich vermute, man kann die Angst vor den neuen, verdammenden Beweisen in meiner Hand nachvollziehen. Aber dann ist da leider auch Neid, eine frische Erinnerung daran, dass ich mich nie von dem Menschen, den *ich* am meisten geliebt habe, habe verabschieden können: meiner Mutter.

Ich reiße das Päckchen auf und entdecke neun zusammengeheftete Blätter. Auf der Titelseite steht:

SATZUNG VERMONT
ABTEILUNG 26: BERUFE
KAPITEL 44: TIERMEDIZIN

Was trockene, langweilige Gesetzestexte sein müssten, bekommt einen ganz anderen Nachdruck, weil ein einzelner Paragraph mit einem heftigen schwarzen Ring aus Tinte umrahmt wurde.

§ 2402. Verbote, Vergehen
(a) Niemand soll:
(1) in diesem Staat als Tierarzt praktizieren oder zu praktizieren versuchen oder sich als dazu fähig ausgeben, wenn er nicht zuvor eine behördliche Zulassung erteilt bekommen hat;

Obwohl meine Hände zittern, bin ich eher wütend als verängstigt. Mein Erpresser mag sich für klug halten, indem er die Punkte verbindet und das ganze Bild sieht, aber es gibt einen Unterschied zwischen einem erhöhten Einsatz und einer überschrittenen Grenze. Vergessen Sie Neugier oder Vergnügen. Durch diesen Angriff bedeutet es nicht mehr bloß Ärger, sondern einen richtigen Kampf. Das hier ist persönlich, und ich lasse mich nicht einschüchtern. Auch wenn es gegen jede Faser meines Seins geht, es ist an der Zeit zurückzuschlagen.

SECHZEHN

Ruth Mills wäre stolz auf mich gewesen. Ich stehe neben dem Mikroskop, an dem sie mich in die Freuden der Zytologie und Histologie eingeführt hat, und höre immer noch ihr Mantra: *Die Antwort liegt vor dir, Cyrus. Um sie zu finden, schau dir das Gesamtbild mit einer schwach vergrößernden Linse an, sieh den Wald vor den Bäumen, betrachte die gesamte Landschaft, bevor du nach dem Fahndungsfoto deines Täters suchst. Behalte einen offenen Geist, wäge alle Möglichkeiten ab, sei genau und beharrlich.* Ich koche vielleicht vor Wut, und mein Magen ist zu einem festen Knoten zusammengeballt, aber ich bin entschlossen, rational zu bleiben (was nicht dasselbe ist wie kühl), auf den Rat meiner Mutter zu hören und dieser Niederträchtigkeit ein für alle Mal auf den Grund zu gehen.

Offensichtlich ist irgendeine Form von Erpressung unausweichlich, und das Motiv dazu muss eines oder mehrere von drei unterschiedlichen Motiven sein: Geld, Rache oder, am verstörendsten, kaltblütige Bosheit. Angesichts der Tatsache, dass Cobb in der Gemeinde so beliebt war, neige ich dazu anzunehmen, dass ich das Ziel bin, nicht Bedside Manor, und wenn ich dieser Logik folge, fallen mir vier Personen ein, die einen Grund haben, mich entweder zu erniedrigen oder aber sicherzustellen, dass ich ins Gefängnis gehe.

Als Erstes McCall and Rand Pharmaceuticals. Gibt es eine bessere Art, einen Prozess wegen ungerechtfertigter Kündigung zu beenden, als zu enthüllen, dass der Kläger illegal als

Tierarzt in einem anderen Staat arbeitet? Obwohl ich das nicht ausschließen kann, so erscheint mir diese Art von Erpressung doch etwas zu grob für ein Multimilliarden-Dollar-Unternehmen.

Als Nächstes Peter Greer. Oh, er wirkt durchaus nett, aber er ist Chefredakteur, ihm geht's nur darum, Zeitungen zu verkaufen. Greer verfügt über die Motivation und die Mittel, um meine Vergangenheit zu enthüllen, und wenn er wirklich ein hinterlistiger, undankbarer, kaltherziger Journalist ist, der hofft, Geld für sein Schweigen zu bekommen, dann wird er schwer enttäuscht werden.

Meine dritte Verdächtige muss Crystal Haggerty sein. Sie war heute Morgen hier und hätte leicht den Umschlag hinterlegen können, die Geschichte über ihre neugierige Freundin in Charleston sollte mich in die Irre führen. Auch wenn ich mich anstrenge, mir vorzustellen, dass ihr einziges Motiv eine lebenslange kostenfreie Tierarztbehandlung sein könnte, so befürchte ich, dass ihre Erpressung vielleicht aus ihrem Wunsch nach sexuellen Gefälligkeiten resultierte. Versteht sie meine Andeutungen, dass ich nicht im Mindesten interessiert bin, denn nicht? Ist das ihre Art zu sagen: *Ich werde tun, was immer nötig ist, um meine Lust zu befriedigen?*

Bleibt noch mein Favorit der Truppe. Brendon Small. Das ist ein Typ, der weiß, dass er auf vielen Ebenen falschliegt. Er muss es auf ein mexikanisches Unentschieden abgesehen haben – mein Schweigen für sein Schweigen –, und dass ich gestern Abend bei ihm zu Hause war, muss ihn provoziert haben. Mom war immer ein Fan der Theorie, das Einfache dem Komplizierten vorzuziehen, und ich wette, dass dieses Mal die einfachste Antwort die korrekte ist. Brendon Small steckt hinter den Päckchen, und deswegen wähle ich seine Nummer.

Anne Small hebt nach dem dritten Klingeln ab und bremst meinen Schwung ab. »Äh … hallo, Mrs Small, hier ist noch mal Dr. Mills … ist Ihr Hund aufgetaucht?«

»Nein.« Ihr Tonfall ist so flach, dass klar ist, dass sie die Hoffnung aufgegeben hat, von der Rettung zur Bergung gelangt ist.

Der Spruch »Keine Nachrichten sind gute Nachrichten« fällt mir ein, aber ich kann ihn nicht aussprechen. »Könnte ich eventuell kurz mit Ihrem Mann sprechen?«

Schweigen am anderen Ende der Leitung. »Er ist bei einer Jobmesse in einer anderen Stadt. Er wird morgen Abend zurückkommen. Darf ich fragen, worum es geht?«

Ich habe nichts in der Hand.

»Dr. Mills, sind Sie noch da?«

»Ja. Sagen Sie ihm, es geht um etwas, das mir gestern Abend aufgefallen ist. Etwas Wichtiges. Er kann mich anrufen, wann immer es ihm passt. Entschuldigen Sie die Störung.« Mein Finger zögert über dem roten Knopf, aber ich denke an die kleine Emily und halte inne. »Frieda wird schon noch zurückkommen«, sage ich, bevor ich auflege.

Vierzehn Uhr. Doris läuft draußen hin und her und zieht ein letztes Mal langsam an der Zigarette, behält den Rauch tief in der Lunge, damit ihr Körper genug Nikotin bekommt, um die nächsten Minuten zu überstehen, dann tritt sie den Schnee von ihren Schuhen und öffnet die Vordertür.

»Irgendetwas Neues?«

Doris schüttelt den Kopf. »Sieht aus, als müssten Sie allein weitermachen.« Sie zeigt auf das Telefon auf ihrem Schreibtisch. »Haben Sie Ihre Nachrichten abgehört?«

Bevor ich antworten kann, drückt Doris auf einen Knopf am Anrufbeantworter, über dem eine digitale »2« steht.

Nachricht eins von 13:35
Dr. Mills, hier ist Ginny Weidmeyer. Chelsea scheint es heute viel schlechter zu gehen, und ich bin mir nicht sicher, ob sie kräftig genug ist, um in Ihre Praxis zu kommen. Könnten Sie bitte so früh wie möglich einen Hausbesuch machen? Ich werde den Rest des Tages zu Hause sein. Danke schön.

Doris kritzelt etwas auf einen Zettel. »Das ist ihre Adresse.«

Sie schiebt ihn mir zu wie ein Croupier. Ich rühre mich nicht, um ihn aufzuheben.

Nachricht zwei von 13:42
Ich hasse es, sie zu nerven, Dr. Mills,

(eine einfältige Crystal Haggerty dehnt meinen Namen für einen dramatischen Effekt)

aber Puck geht es immer noch nicht gut. Sie müssen ihn wirklich mal in seinem natürlichen Umfeld sehen. Übrigens hat mich meine Freundin Stephanie angerufen …
Sie sind wirklich ein stilles Wasser.

(und dann, nachdrücklich)

Ich erwarte Sie vor fünf Uhr dreißig.

Doris schreibt eine weitere Notiz auf einen zweiten Zettel und klatscht ihn auf den ersten.

»Und das ist die Wegbeschreibung zur Eden Falls Academy. Falls Sie den Weg nicht schon kennen. Sehen Sie nicht so besorgt aus«, sagt Doris. »Sollte irgendwer auftauchen, während Sie weg sind, werde ich sagen, dass Sie gleich wieder zurückkommen. Dann werden sie schon warten, denken Sie nicht?«

Ich kann die Anspielung überhören, die professionelle Entmannung, aber das Vergnügen, das es ihr bereitet, die Bosheit, die durch die Falten dieser klebrigen orangefarbenen Lippen kriecht, bringen mich schließlich zum Platzen.

»Was ist es, Doris? Warum gehen Sie mich so hart an, seit Sie mich das erste Mal gesehen haben?«

Doris lässt sich Zeit, richtet sich auf, wartet darauf, dass die Animosität aufsteigt, sich ausbreitet und ihre Züge verhärtet. »Sie haben keine Ahnung, was dieser Mann für Sie getan hat. Und es ist mir egal, was er den Leuten erzählt hat, weil es eine Lüge war, und das wissen Sie.«

»Wovon reden Sie?«

»Der Beerdigung, was sonst? Was für eine Art Sohn kommt nicht zur Beerdigung der eigenen Mutter? Ich sage Ihnen, welche Art … die, die nur an sich denkt. Und was macht Doc Cobb? Er tut, was er immer tut, entschuldigt, erzählt allen, dass Sie irgendeine Freiwilligenarbeit verrichten, irgendwo im Ausland, mitten im Niemandsland, sodass es unmöglich ist, Sie zu erreichen. Und jeder hat ihm geglaubt, außer mir, weil er kaum zwei Stunden nachdem Ihre Mutter ins Grab gelegt wurde, wieder hier ist und mit Ihnen telefoniert, und alles, was ich höre, sind die Tränen und Schreie des armen Doc Cobb. Schütteln Sie bloß nicht den Kopf. Ich habe die Telefonrechnung überprüft. Ich habe es mit eigenen Augen gesehen. Er hat Sie im Collegewohnheim angerufen. Sie waren nirgendwohin verreist. Sie wollten nur tausend Meilen von dem einen Mann auf der Welt entfernt sein, der sie brauchte.«

Ich musste weggehen, in das Labor. Ich ziehe die Flüche eines wilden Terriers der Wut einer wilden Sekretärin vor.

Die Leute sind bereit, Sie nachsichtig zu behandeln, denn das hat Doc Cobb gewollt. Also, ich sage Ihnen, ich gehöre nicht mehr dazu.

Was hat sie damit gemeint? Und warum *nicht mehr*? Hat Doris mich bisher nachsichtig behandelt?

Ich hätte versuchen sollen zu erklären, ihr zu sagen, dass damit meine Entfremdung der letzten vierzehn Jahre begann. Obwohl Cobbs Unvermögen, mir vom Sterben meiner Mutter zu erzählen, nur noch der letzte Tropfen war, das Fass war schon seit Jahren voll. Für meine Mutter wurde die Arbeit zur Geliebten des Mannes, für mich wurde die Arbeit zum Lieblingssohn des Vaters. Mit jedem weiteren Jahr meiner Kindheit wurde Cobb immer mehr von seinem Tierarztleben aufgefressen und hat sich immer weiter von seiner Familie entfernt. Lange vor dem Internat haben Mom und ich aufgehört, ihn zu fragen, ob er uns bei unseren Ausflügen zu ihrer Schwester in Carolina begleiten wolle. Keiner von uns ertrug es mehr, dieselbe alte Ausrede zu hören: *Jemand muss bleiben und das Fort bemannen.*

Cobb hat diesen schicksalhaften Anruf in genau diesem Zimmer gemacht. Bis dahin war die Distanz in unserer Beziehung eine Enttäuschung, aber er war, wer er war. Schlussendlich lag Cobb zu viel an seinen Patienten. Ich hatte gelernt, mich zu fügen. Welche Wahl hatte ich auch? Dann kam dieser Anruf, der alles änderte. Als ich auflegte, war der Wunsch, meinen Namen abzugeben und nie wieder mit ihm zu sprechen, endgültig. Die Zeit hat diese Wirkung vielleicht abgeschwächt und eine Art Perspektive gebracht, aber mit Cobbs Tod ist die Möglichkeit einer Versöhnung verschwunden. Doris wird immer ein bedingungsloser

Cobbgroupie sein. Wie kann ich *meine* Sicht der Geschichte verständlich machen? Hier, in dieser Stadt, scheint meine hässliche Vergangenheit entschlossen nach mir zu greifen und mich zu packen. Ich bin der Mann, der abgehauen ist und jetzt abrupt zurückgeholt wurde. Wenn ich ehrlich bin: Schlimmer als neugierige Blicke und Getuschel ist die Angst, mich endlich mir selbst und meinem Verhalten zu stellen.

Tobys Grummeln behält mit jedem meiner Schritte vor seiner Box den langsamen und regelmäßigen Rhythmus eines Metronoms bei, während ich zum x-ten Mal die Worte aus den Statuten lese. *Wenn er nicht zuvor eine behördliche Zulassung erteilt bekommen hat.* Ich schaue auf und mache den Fehler, dem Terrier in die Augen zu sehen. Er starrt mich böse an, es wirkt, als zeigte er mit einer Pfote zuerst auf mich, um sie dann wie ein Messer über seinen pelzigen Hals zu ziehen. Ich vermute, es geht ihm besser. Zeit, Greer die Neuigkeiten mitzuteilen und ihm die Möglichkeit zu geben, sich zu erklären. Ich wähle seine Nummer, es schaltet sich sofort ein Anrufbeantworter an. Verdammt. Ich hinterlasse eine Nachricht mit den wichtigsten Punkten: Macadamianüsse, auf dem Weg der Besserung, rufe später noch mal an.

Tina säugt ihr Kätzchen, Clint ruht bequem, nachdem ich ihr eine Spritze mit Antibiotika und Entzündungshemmern gegeben habe (Lewis' »Kann nicht schaden«-Vorschlag), und ich ergebe mich dem Schuldgefühl und einem eigensinnigen Pflichtgefühl und mache mich an die nervigen Hausbesuche, zuerst bei Ginny Weidmeyer.

Schon vom unteren Ende einer geräumten Auffahrt, die einen halben Kilometer lang sein muss, fühlt sich das Wort *Haus* verkehrt an für diese Akropolis. Auf mehreren Hektar ehemaligem Waldland erstrecken sich offene Felder bis zu einem enormen, zugefrorenen See, ein freier Blick auf eine zerklüftete Bergkette ist als Zugabe auch noch zu haben.

Ich parke in der Auffahrt. Kein Rückwärtsgang nötig. Abgehakt. In der Mitte befindet sich ein riesiger Brunnen, der aussieht, als hätte man ihn von der Piazza Navona gestohlen. Am beeindruckendsten ist die Tatsache, dass er immer noch funktioniert, er sprudelt sogar bei diesem Wetter. Offensichtlich bezahlt Ginny lieber dafür, das Wasser aufzuheizen, auf dass es durch den Mund von Triton, oder wer immer das ist, fließt, anstatt ohne sein beruhigendes Plätschern zu leben.

Ich steige aus dem Wagen. Auf einer Seite des Haupthauses gibt es eine massive Allwetterveranda, von der aus man die Panoramen genießen kann. Auf der anderen Seite befindet sich eine Vierergarage, neben der ein brandneuer schwarzer Range Rover mit dem Nummernschild ONFYA steht.

Ich drücke auf die Türklingel und werde mit Mozarts *Kleiner Nachtmusik* belohnt.

»Dr. Mills, vielen Dank, dass Sie zu uns kommen.«

Ginny trägt ein pinkfarbenes Polohemd, hautenge Reithosen und Lederreitstiefel. Ich bin sicher, dass es hinter dem Haus genug Platz für einen Stall und eine Reithalle gibt, es sei denn, sie macht Kostümspielchen mit … da tritt er höchstpersönlich ein, bekleidet mit weißem Bademantel und Flipflops schlappt er über den Marmorboden des Foyers. Warum habe ich das unangenehme Gefühl, dass er darunter nackt ist?

»Hey Doc«, sagt Steven und rubbelt seine nassen Haare mit einem Handtuch.

»Bitte«, sagt Ginny und winkt mich herein, »sie ist im Salon.«

Die Zaubertasche in der Hand, folge ich ihnen in etwas, das ein privater Country Club zu sein scheint. Neben der Gewölbedecke und den Flügeltüren, die zu einer Blausteinterrasse mit einem überdachten Swimmingpool führen, sehe ich zwei Kamine, drei antike Perserteppiche und genug Sofas und Sessel, um vier große Wohnzimmer zu füllen.

»Hier ist mein Baby.«

Ginny kniet sich auf einen Schaffellteppich, auf dem Chelsea den goldenen Schein eines Kaminfeuers genießt.

»Worüber machen Sie sich Sorgen, Ms Weidmeyer?«

Ich möchte mitfühlend sein, wirklich, aber mein leidenschaftsloser Tonfall entlarvt mich als einen Mann, der dringendere Probleme im Kopf hat.

»Ich habe sie heute weder trinken noch Pipi machen sehen. Und für mich fühlt sie sich ein bisschen dehydriert an.«

Ich sehe das Weiß in Stevens Augen und sein unmerkliches Kopfschütteln.

Ich hocke mich neben Ginny auf den Teppich, als beteten wir beide, dann kneife ich vorsichtig in Chelseas Nackenhaut und beobachte, wie die leblose, elastische Haut langsam nach unten sinkt. Zu langsam. Ich öffne das Maul der Katze, fahre mit dem Finger über das Zahnfleisch, drücke, bis es weiß wird, und messe die Zeit, bis die Adern sich wieder gefüllt haben. Drei Sekunden. Zu lange. Trotz meiner Skepsis hat Ginny recht. Chelsea ist gefährlich dehydriert.

Ich stehe auf und trete von der Hitze des Feuers zurück. Ich sehe die bekannten Tafeln und Preise fürs Golfspielen, die ich auch in Greers Haus gesehen habe, und etwas, das aussieht wie eine auf Chelsea gerichtete Überwachungskamera.

»Haben Sie Angst, sie könnte entführt werden?« Meine Frage ist nicht witzig gemeint, als ich auf die Kamera zeige.

»Es ist eine Webcam«, sagt Ginny. »Ich habe vier davon an ihren Lieblingsplätzen im ganzen Haus installieren lassen, die jede Bewegung aufnehmen. Dadurch fühle ich mich ruhig. Ich kann immer nach ihr sehen, wenn ich unterwegs bin. Was denken Sie?«

»Ihr geht's gut«, sagt Steven und drängt sich neben Ginny. Sehr nah.

Wahrscheinlich bin ich bereits auf hundertachtzig, da ich sowieso mit fliegenden Fahnen unterzugehen scheine, also nehme ich eine untypische, angriffslustige Haltung ein. Meine Abscheu, als ich sehe, wie Steven seine Hand auf Ginnys Hintern legt und mit seinen ungeduldigen Fingern einen Rhythmus trommelt, ist auch nicht gerade hilfreich. Wenn ich das, was ich jetzt sagen werde, einem einzigen Auslöser zuschreiben muss, dann der unverschämten Anmaßung, die sich in Stevens Augenbrauen zeigt, als würden sie eine Geheimbotschaft senden: Sie und ich stehen doch auf derselben Seite, stimmt's, Doc?

»Nein, es geht ihr nicht gut, Steven, falls Sie wirklich so heißen. Sie ist tatsächlich fünf bis sieben Prozent dehydriert, was für eine Katze mit einem Nierenstein sicher nicht ideal ist.«

Ginny sieht mich an, als hätte ich ihr gerade eine Ohrfeige verpasst. Sofort verändert sich Stevens Miene von herzlich zu feindlich.

Einen Moment weiß ich nicht weiter und räuspere mich. »Entschuldigen Sie meine Offenheit, Ms Weidmeyer, aber gestern Abend habe ich zufällig Ihren Verlobten im örtlichen Supermarkt getroffen, wo er unter anderem Katzenfutter gekauft hat, das nicht verschrieben wurde. Da ich annehme, dass Chelsea Ihre einzige Katze ist und dass Sie selbst wohl kaum an Dosenfleisch und Innereien interessiert sind, muss ich daraus schließen, dass das Futter bewusst verfüttert wurde, um Ihre Versuche, ihre Nierenkrankheit zu kontrollieren, zu sabotieren.«

»Was, zur Hölle, erzählen Sie da?« Steven ist direkt vor mir, die Pupillen sind erweitert, und in seinem Atem liegt offensichtlich etwas von diesem holländischen Bier.

Ich drehe mich zu Ginny um. »Steven ist ein Pseudonym, sein richtiger Name ist Stuart. Seinem Nummernschild nach zu urteilen stammt er aus Florida, nicht aus Manhattan. Was Sie beide miteinander tun, geht mich nichts an, aber was mich etwas angeht, ist das Wohlergehen dieser kleinen Katze.«

Chelsea hebt ihren Kopf ein wenig, als wolle sie uns bitten, leiser zu sein, bevor sie sich wieder auf das weiße Fell kuschelt und die Augen schließt.

»Sie haben mir selbst erzählt, dass Sie Chelsea nicht das Frühstück bringen. Da keimte in mir der Verdacht, dass sie Futter mit viel Salz und Proteinen bekommt. Wenn man ihr dann noch Wasser vorenthält, dann setzt bei einer Katze mit ihren Nieren schnell die Dehydrierung ein.«

Ginny sieht immer noch eher panisch als interessiert aus.

»Falls Sie sie abends füttern, wird Ihnen wahrscheinlich aufgefallen sein, dass sie ihr Fressen kaum anrührt. Das liegt daran, dass diese Futter mit hohem Salzgehalt schnell süchtig machen, genau so, wie die Tierfutterindustrie das beabsichtigt.«

Ginnys leerer Blick bestätigt meine Vermutung nicht, sie widerspricht ihr aber auch nicht.

»Packen Sie Ihre Sachen und verschwinden Sie, verdammt noch mal«, sagt Steven und drückt mit der flachen Hand auf mein Brustbein. »Wie können Sie es wagen, in unser Haus zu kommen und diese lächerlichen Anschuldigungen zu verbreiten.«

Der Stoß lässt mich aufkeuchen. Seine Stimme zittert kein bisschen. Ich vermute, dass Steven kein Problem mit Konfrontationen hat.

»Sie braucht fünfzig Milliliter normaler Kochsalzlösung subkutan.« Ich wende mich mit den Therapieanweisungen an Ginny, während der Mann, der bisher als Steven bekannt war, mich in Richtung Haustür zu ziehen beginnt. Ich frage mich, ob er spürt, dass ich noch eine Bombe aus meiner apokalyptischen Ladung platzen lassen kann.

»Warten Sie nur, bis ich die staatliche Behörde kontaktiert habe, die Verbraucherzentrale, den Staatsanwalt«, brüllt er, und ich spüre, wie sein Speichel auf meinem linken Ohr landet. »Wenn ich mit Ihnen fertig bin, können Sie froh sein, einen Job als Metzger zu bekommen.«

Ich überlege, ihm zu sagen, er solle eine Nummer ziehen und sich hinten in der Schlange anstellen, aber über meine Schulter rufe ich: »Lassen Sie Ihren Diamantring mal von einem Juwelier ansehen, Ms Weidmeyer. Der Stein ist falsch. Es ist mir auf einer Röntgenaufnahme von Chelsea aufgefallen. Wahrscheinlich Zirkonium.«

So effektiv wie von einem professionellen Rausschmeißer werde ich auf ihre Vordertreppe geworfen, rutsche über eine vereiste Stelle und lande hart auf meinem Steißbein.

Ich schaue zurück und sehe Steven, der mir einen vernichtenden Abschied bietet. Und damit meine ich nicht die zusammengebissenen Zähne, den warnenden Zeigefinger und auch nicht das Feuer in seinen Augen, als er behauptet: »Sie sind so tot.« Stattdessen meine ich die Tatsache, dass der Mann, der die Schwelle bewacht, trotz der arktischen Kälte überhaupt nicht zu bemerken scheint, dass sein Bademantel sich weit geöffnet hat.

Mein Verdacht war korrekt.

SIEBZEHN

Ich fahre aus Ginnys Auffahrt, tippe die Nummer ein und habe das Gefühl, als hätte ich mein ganzes Leben damit verbracht, diese Art von Telefongesprächen *nicht* zu führen. Als es um meine Mutter ging, konnte ich nicht. Als es um meinen Vater ging, wollte ich nicht. Selbstschutz oder Egoismus, ich ziehe es vor, wenn die großen Entscheidungen im Leben nur eine Person betreffen. Mich. Jetzt, dank Bedside Manor, bin ich an eine nikotinsüchtige Sekretärin gebunden, an eine todkranke Frau, die ich noch nie getroffen habe, einen entführten Golden Retriever und eine wachsende Liste von Leuten und Tieren, die meinen Kopf ständig mit Sorge und Verantwortung füllen.

»Ich bin's, wie geht's Mrs Lewis?«

»Gut, einen Moment.« Ich höre Schritte und stelle mir vor, wie der alte Mann ein Krankenhauszimmer verlässt, um einen Flur zu finden, auf dem er sprechen kann, ohne mit einer übereifrigen Krankenschwester Probleme wegen Interferenzen mit den Monitoren zu bekommen.

»Danke für die Nachfrage. Sie ist in Ohnmacht gefallen. Jedenfalls nehmen sie das an. Sie wollten kein Risiko eingehen, wissen Sie?«

Lewis' offensichtliche Dankbarkeit hinterlässt bei mir ein schwindelerregendes Schuldgefühl, weil ich ihn mit meinen Problemen belastet habe. »Natürlich.«

»Bei Ihnen alles klar?«

»Sicher. Keine Probleme.«

Es entsteht eine Pause. »Ich bin nicht taub, was ist los? Und was war das für ein Päckchen, das Doris Ihnen gegeben hat?«

Dem Kerl entgeht nichts. Ich erzähle ihm alles und hoffe, dass das meinen Disput mit Steven rechtfertigt.

»Vertrauen Sie mir, es ist nicht Greer.«

»Wie können Sie da so sicher sein?«

»Warum ignorieren Sie das ›Vertrauen Sie mir‹? Wie geht's Toby?«

»Soweit ich sagen kann, ist er wieder ganz sein altes, böses Selbst.«

»Gut. Wenn ich Sie wäre, würde ich ihn heute Abend entlassen. Ich garantiere, dass Greer sich ganz auf das konzentrieren wird, was Sie für seinen Hund getan haben.«

»Aber was ist mit Ginny Weidmeyer?«

»Überlassen Sie Ginny mir. Ich weiß nichts von ihrem Verlobten, aber sie ist ein guter Mensch. Ich habe das Gefühl, dass ich sie beruhigen kann.«

Wieder liegt in Lewis' Tonfall eine heimliche Sicherheit.

»Glauben Sie, dass Brendon Small den Artikel geschickt hat?«

»Keine Ahnung«, sagt Lewis, »aber vielleicht ist es gar nicht schlimm.«

»Was? Wie können Sie das sagen?«

Irgendwie weiß ich, dass Lewis am anderen Ende der Leitung lächelt. »Weil Sie sich ehrlich Sorgen darüber machen, was Sie verlieren könnten, und das bedeutet, dass Sie anfangen, sich wohlzufühlen.«

Er liegt falsch. »Vielleicht verliere ich einfach nicht gerne.«

Aber Lewis hat das letzte Wort.

»Oder vielleicht sind Sie nicht mehr der Mann, der Sie waren.«

Eden Falls Academy ähnelt so gar nicht der Privatschule meiner verstorbenen Tante Rachel in Beaufort, South Carolina. Zuallererst lenken die Campusschilder Besucher wie mich (und vermutlich die Eltern möglicher Schüler) völlig unnötig an einem brandneuen Theaterzentrum vorbei. Und für diejenigen, die von der schieren Größe des nahen Sportzentrums überwältigt sind, deuten kleine weiße Hände mit ausgestreckten Fingern auf das »olympische Schwimmbecken«, die »Hallenlaufbahn«, eine Eishockeyhalle und ein Tanzstudio. Habe ich schon erwähnt, dass ich auf dem Weg dorthin an den privaten Skipisten der Schule vorbeigefahren bin?

Schließlich entdecke ich die »Master's Lodge«, obwohl das Wort *Lodge*, also Hütte, viel zu bodenständig ist für das klassische, mehrgiebelige Haus im Kolonialstil, das die Haggertys ihr Zuhause nennen. Ich parke vor dem Gebäude. In mehreren Räumen ist hinter vorgezogenen Gardinen Licht zu erkennen.

Vielleicht ist Dr. Haggerty zu Hause?

Diese Aussicht ermutigt mich. Ich nehme meine Tasche, wähle eine der drei möglichen Vordertüren, marschiere über den mit Salz bestreuten Fußweg und klopfe. Die Tür gibt dem ersten Klopfen nach, und Puck kommt auf den Spalt zugerannt und bellt wild wie ein Wachhund auf einem Schrottplatz.

»Hallo, ich bin's – Dr. Mills«, rufe ich und versichere dem schwarzen Labrador, dass ich ein Freund bin. »Ist jemand zu Hause?«

Ich stehe in einem großen Vestibül mit Freitreppe und einem extravaganten Kristalllüster. Von irgendwoher im ersten Stock höre ich Crystal rufen: »Kommen Sie nur rein, Doktor, ich bin gleich bei Ihnen.«

Ich spüre, wie mein früherer Optimismus verfliegt, als Puck die Rolle des Butlers übernimmt und mich ins Haus hineinführt. Er bringt mich in eine weitläufige Küche, trottet zu seinem Bett in einer kleinen Frühstücksecke und legt sich hin.

Hat er genug von einem weiteren männlichen Besucher?

Als ich gerade die Möglichkeit, mich aus dem Staub zu machen, abwäge, fällt mein Blick auf etwas, das ich nur als rauchenden Colt beschreiben kann: Eine geöffnete Flasche Veuve Clicquot auf Eis und zwei Champagnergläser.

Hör auf, vorschnelle Schlüsse zu ziehen. Konzentriere dich auf den Labrador mit der Vorliebe für Unterwäsche.

»Was ist los, Puck?«

Ich hocke mich auf den Boden neben ihn, sein Verhalten erstaunt mich. Crystal Haggerty hatte recht. Zu Hause benimmt sich Puck wie ein anderer Hund. Der herzliche und muntere dicke Labrador aus meinem Untersuchungsraum hat sich in einen trübseligen und verschlossenen Schatten seiner selbst verwandelt.

Obwohl er nicht will, schaffe ich es, Puck auf die Füße zu stellen, damit ich ihn ordentlich untersuchen kann, und dieses Mal entdecke ich einen deutlich geblähten Bauchraum, vorn, wo der Magen liegt. Er grunzt sogar, als ich zu fest drücke, was wahrscheinlich das Maximum an Wortmeldung dieses unerschütterlichen Tiers ist.

Ich rutsche auf Knien um Pucks kantigen Kopf herum und bekomme Mitleid mit ihm. Wie er dasteht, ganz erbärmlich, die Wangen hängen wie bei einem Jagdhund, die Augen traurig und wächsern, als hätte er genug davon, seekrank zu sein, und frage sich, warum wir nicht zurück an Land können.

Genau da höre ich klackernde hohe Absätze auf einem Hartholzboden näher kommen, ich suche nach meinem Stethoskop, stecke die Ohrstöpsel ein, schließe die Augen und verziehe meine Züge zur besten Imitation von Konzentration, während ich Pucks Lunge abhöre.

Um Bedside Manor verkaufen zu können, bin ich bereit, einige Erniedrigungen zu ertragen, aber dazu gehört nicht, den restlichen Abend eingeschlossen in Mrs Haggertys Liebesverlies zu verbringen. Ich bemerke ihre Anwesenheit, sie ist sehr nah, schwebt fast über mir. Mit gesenktem Kopf erhasche ich aus dem linken Augenwinkel den Blick auf einen glänzenden schwarzen Stiletto. Wenn der Schuh ein Vorgeschmack auf das ist, was mich erwartet, ist das nicht gut.

Tief einatmen. Die Augen öffnen und aufsehen.

»Seien Sie so lieb und machen den Reißverschluss zu?«

Von meiner unterwürfigen Position aus, praktisch kniend, bin ich gezwungen, das Gesamtbild zu sehen. Wäre sie zwanzig Jahre jünger und auf dem Weg in einen Nachtclub in Las Vegas, dann wäre sie passend angezogen, da bin ich mir sicher. Aber für Eden Falls? Ihr schwarzes Cocktailkleid ist tief ausgeschnitten und hoch geschlitzt, offensichtlich dafür entworfen, einen übergroßen Busen und schlanke Beine zu zeigen. Hat Mrs Haggerty genau dieses Outfit gewählt, um mich einzuschüchtern? Sollte ich die Situation entschärfen, jegliche sexuelle Spannung im Keim ersticken und vorschlagen, dass sie über diese dünnen schwarzen Nylons noch mal nachdenken sollte, da sie die Hüttenkäsecellulitis ihrer Oberschenkel so gar nicht verdecken?

Ich kämpfe mich auf die Füße, während sie dramatisch

herumwirbelt, offensichtlich mit dem Ziel, Komplimente zu bekommen. Ich bin allerdings sprachlos. Aus irgendeinem Grund war ich davon ausgegangen, dass eine Frau, wenn sie darum bittet, ihr den Reißverschluss zu schließen, die letzten, schwierigen fünfzehn Zentimeter oben am Kleid meint. Wie dumm von mir. Als Crystal Haggerty sich umdreht, ist der komplette Reißverschluss offen. Und das, was gerade so noch als Kleid durchgeht, enthüllt eine Unmenge Haut, Spitze und rüschiger Bänder.

Ich fühle mich wie Dustin Hoffman mit ihr als Anne Bancroft in dem Film *Die Reifeprüfung*.

»Findest du mich nicht begehrenswert?«

»O nein, Mrs Robinson. Ich finde, Sie sind die attraktivste unter allen Freunden meiner Eltern.«

»Oh, Moment mal, Mrs Haggerty, das ist völlig unangebracht.«

Sie dreht sich zu mir um, und ich sehe zu, wie ihre Bemühungen zum Flirten in sich zusammenfallen und von einer Ohrfeige der Erniedrigung und Empörung ersetzt werden.

»Erzählen Sie mir nicht, was völlig unangebracht ist, Doktor, wenn ich Sie überhaupt Doktor nennen kann.«

Ich zeige meine offenen Hände als Zeichen der Kapitulation. »Bitte, ich habe kein Verlangen, Sie zu verärgern.«

Ihr Lachen ist scharf und durchdringend. »Soweit ich das sehen kann, haben Sie überhaupt kein Verlangen, Punkt. Meine Freundin Stephanie hatte recht. Sie hat über Sie in den Zeitungen von Charleston gelesen, und zwar nichts Gutes. Es war nicht schwierig herauszufinden, dass Ihre Zulassung nicht nur aus einem anderen Staat stammt, sondern momentan auch ruht.« Eine hinterhältige Drohung schleicht sich in die feinen Falten rund um ihre Augen und ihre Lippen. »Ich muss also davon ausgehen, dass Sie aus anderen Gründen hier sind, als meinen armen Hund zu heilen.«

»Haben Sie die anonymen Päckchen geschickt?«

Ihre hochgezogenen Augenbrauen reichen als Antwort. Toll. Wenn es also nicht Crystal Haggerty war, dann ist da immer noch jemand anderes unterwegs, der wild entschlossen ist, mich zu zerstören.

Crystal richtet sich auf, reckt die Brust vor und hebt das Kinn an, als würde allein diese Haltung ihr Selbstvertrauen und ihre Sexualität wiederbeleben. »Hören Sie«, sagt sie und macht einen Schritt auf mich zu, »ich muss erst in anderthalb Stunden zu diesem Wohltätigkeitsfest gehen. Sehen Sie das hier als Wellnessbesuch an, um die Kundenbindung zu stärken.« Noch ein Klacken, noch einen Schritt näher. »Was ich über Ihre Vergangenheit weiß, ist einfach nur … eine Versicherung. Praktisch zu haben, aber wahrscheinlich unnötig.«

»Mrs Haggerty, ich werde nicht …«

Und genau in diesem Moment senkt Puck, gesegnet sei er, seinen Kopf, streckt den Hals und würgt ein riesiges nasses und schaumiges Stück ausgebleichten Stoffs aus. Das Geräusch zieht einem den Magen zusammen, der Geruch ist so ekelhaft und das Erbrochene so bizarr, dass jegliche Stimmung, die Mrs Haggerty so verzweifelt heraufbeschwören wollte, ruiniert ist.

»Was ist das?«, fragt Crystal mit einem neuen Bewusstsein für die reale Welt, als wäre sie nach einem enttäuschenden Abend wieder ganz nüchtern.

Ich springe an die Seite des Hundes und tätschele seinen Kopf, um ihm zu versichern, dass es in Ordnung ist. Es ist tatsächlich mehr als in Ordnung, es ist perfekt. Und dann schaue ich mir das Ding, das sich in seinem Magen versteckt hatte, genauer an. »Ich bin mir nicht sicher«, sage ich, hole ein Paar Latexhandschuhe aus meinem Zauberkoffer und ziehe sie an. »Haben Sie eine Mülltüte für mich?«

Sie klackert zu einer Schublade, während ich das Ding aufhebe, als hätte ich am Strand ein angespültes Wesen entdeckt. Es ist groß und zusammengefaltet, aber als ich es öffne, wird schnell klar, dass es doch nur ein einzelnes intaktes, unverdautes Stück Unterwäsche ist.

»Lieber Himmel«, ist alles, was Crystal Haggerty sagen kann, als sie mit mir einen schweigenden Moment der Hommage an die Fähigkeiten des Verdauungsapparates eines Labradors teilt.

»So kann man es auch sagen«, sage ich. »Es muss schon länger in Pucks Magen gesteckt haben. Es wurde erst zum Problem, als es den Ausgang versperrte, sodass der restliche Mageninhalt wieder hochkam. Gott sei Dank hat er es endlich herausbekommen.«

Ich kann nicht sagen, ob ihr übel ist oder ob sie geschockt ist oder panisch. Und dann wird mir alles klar. Ich weiß genau, woher diese spezielle Unterwäsche stammt.

»Rote Boxershorts. Und keine normalen Boxershorts. Echte Seide.« Sollte ihr eine gewisse Selbstgefälligkeit in meiner Stimme auffallen, dann ist es mir egal. Wie ich Harry Carp gesagt habe: Ich glaube nicht an Schicksal oder Vorherbestimmung, aber wenn »Zufälle Gottes Art sind, anonym zu bleiben«, dann könnten Nutzen und Stimmigkeit dieser Entdeckung mich zu einem Gläubigen machen. »Und sie ist groß, sehr groß«, sage ich und lasse diese Tatsache in der gemeinsamen Stille aufblühen, zusammen mit der unausgesprochenen Beobachtung, dass diese Shorts ihrem winzigen Ehemann niemals passen würden. »Und was ist das?«

Ich schaue auf das Etikett. Ich erwarte etwas wie Hanes

oder Fruit of the Loom oder Calvin Klein. Stattdessen lese ich laut vor:

»Marks & Spencer. Von der Marke habe ich noch nie gehört. Sie?«

»Ich nehme das«, sagt sie heftig.

»Nein, das denke ich nicht.« Ich schnappe mir die Mülltüte aus ihrer Hand und stopfe meinen feuchten Fund und die schmutzigen Handschuhe hinein. »Sie müssen mir nicht glauben, aber meine Zulassung wurde mir zu Unrecht weggenommen. Wissen Sie … ich habe nicht vor, in Eden Falls zu bleiben … aber ich vermute, Sie schon. Der Skandal wäre für mich ein Strohfeuer im Vergleich zu dem, was er für Sie bedeuten würde. Also … sagen wir einfach, das hier ist *meine* Versicherung.«

Auch wenn ich meinen Vergeltungsschlag mit mulmiger Nervosität austeile, kann ich nicht sagen, ob sie mich ärgerlich oder meisterlich findet. Schließlich atmet sie ergeben tief durch die Nase ein. »Ich habe meine Meinung über heute Abend geändert. Diese … Entwicklung hat mich etwas erschüttert. Ich befürchte, mein Mann muss allein klarkommen.«

Ich versuche, verständnisvoll zu tun, packe alles ein und gehe in Richtung Tür, lasse sie in der Küche zurück.

»Einen Moment noch«, ruft sie, bevor ich draußen bin.

Eine halbe Minute später steht Crystal Haggerty neben mir im Flur. Sie hat ihre hohen Schuhe ausgezogen und so viel mehr als nur Größe verloren.

»Ich würde gerne bezahlen. Für alles.« Sie streckt die Hand aus und reicht mir einen Scheck. Mir fällt auf, dass er von ihrem Privatkonto stammt, und es ist viel mehr, als ein Hausbesuch kostet.

»Das ist viel zu viel, Mrs Haggerty.«

»Sicher nicht. Lassen Sie es mich wissen, wenn es nicht alles abdeckt, was wir Dr. Cobb bereits schulden.«

Ich nehme den Scheck mit all seinen wunderbaren Nullen. Schweigegeld. Es ist bei Weitem nicht genug, um Mr Critchley und die Green State Bank zu beruhigen, aber es reicht auf jeden Fall für eine ordentliche erste Zahlung.

Ich betrachte Mrs Haggerty, die reuig aussieht und viel besorgter darüber ist, ihr eigenes Leben zu ruinieren als meines. Ich denke an das, was Lewis im Keller gesagt hat, als er sie als kontaktfreudig, aber nicht unmoralisch beschrieben hat. Es ist riskant, ich gebe meinen Vorteil ab, aber am Ende vertraue ich Lewis. Ich stecke den Scheck ein und reiche ihr die Mülltüte.

»Ich bin mir ziemlich sicher, dass Puck sich jetzt viel besser fühlen wird. Eine leichte Diät während der nächsten Tage wird dabei helfen, seinen Magen zu beruhigen. Bitte sagen Sie Ihrem Ehemann, er solle seine Boxershorts nicht herumliegen lassen. In Ordnung?«

Und ich sehe, dass ihr schuldbewusstes Lächeln nicht die Worte *Das werde ich* zurückhält. Stattdessen hält es sie davon ab, *danke schön* zu sagen.

Das Pflaster an meinem Zeigefinger ist eine Erinnerung, die mich zum Lächeln bringt. Meine erste berufliche Kriegsverletzung. Der alte Toby ist wieder da, er hat mich erwischt, als ich seine Temperatur messen wollte. Die Haut ist aufgerissen, der Knöchel verschont, aber es hinterlässt garantiert eine Narbe. Ich frage mich, ob es Amy auffallen wird. Obwohl ich weder über Peitsche noch einen Holzhocker oder ein Safarikostüm verfüge, schaffe ich es, Toby zum abendlichen Beinevertreten (ich stelle mir vor, dass Greer es so nennen würde) nach draußen zu locken und ihn dann mit der

Aussicht aufs Abendessen wieder in seine Hundebox zu bugsieren. Ich verlasse den Terrier, der seine Metallschale über den Boden schiebt, was wie Kuhglocken klingt, fahre meinen Laptop hoch und gehe auf die Seite von Google:

»Marks & Spencer: Britisches Einzelhandelsunternehmen, das Kleidung und Lebensmittel verkauft, Hauptsitz London.« Britisch. Genau das, was ich erwartet hatte. Der Besitzer dieser verlorenen Seidenboxershorts, die hektisch ausgezogen und wahrscheinlich von Puck während eines hitzigen Rendezvous in der Master Lodge verzehrt wurden, muss der heimliche Don Juan von Eden Falls sein: Mr Peter Greer.

Lassen Sie es mich klar sagen: Ich habe keinerlei Absicht, diese Information je zu benutzen. Es geht mich nichts an. Aber Lewis hat recht, ich will Bedside Manor nicht verlieren. Und bevor Sie denken, ich wäre endlich eingeknickt und sentimental geworden – diese Enthüllung hat nichts mit dem emotionalen Aufruhr zu tun, nach Hause zurückgekehrt zu sein, oder damit, das Erbe meines Vaters zu erhalten. Die Chancen stehen nicht schlecht, dass ich versagen werde und Mr Critchley sein Pfund Fleisch bekommt, noch bevor das Wochenende vorüber ist, und das ist für mich in Ordnung, solange ich einen fairen Kampf bekomme. Ich habe immer daran geglaubt, dass unausweichliches Versagen der beste Antrieb für Erfolg ist. Aber falls Greer glaubt, er könne Zeitungen verkaufen und seinen Ruf verbessern, indem er einen Skandal heraufbeschwört und einen Tierarzt ohne Zulassung bloßstellt, dann muss er wissen, dass ich mit ähnlich gefährlichem und belastendem Material bewaffnet bin. Es ist, wie Sean Connery in dem Film *Die Unbestechlichen* sagt: »Er kommt mit einem Messer, du mit einer Kanone.« Was macht es, wenn meine Kanone zufällig eine englische Boxershorts voller Magensäure ist?

Amy muss gekommen sein, als ich weg war, denn Clints Box ist leer. Ich schaue nach Tina, gebe ihr Futter und Wasser, säubere ihr Katzenklo, tausche ihre Handtücher aus und klopfe sanft auf einen satten Kätzchenbauch. Die belastenden fotokopierten Artikel auf der Arbeitsfläche neben dem Telefon, rufe ich an. »Hallo, Mr Greer, es tut mir leid, so spät anzurufen, aber ich wurde von ein paar Hausbesuchen …«

»Wie geht's ihm?«

»Super, er hat gerade zu Abend gegessen.«

»Wirklich?«

»Ja. Sie können vorbeikommen und ihn jederzeit abholen.«

»Er ist wieder ganz gesund?«

»Ja.«

»Hat er versucht, Sie zu beißen?«

»Nein, er hat es geschafft, mich zu beißen. Halten Sie ihn von Macadamianüssen fern, und es wird ihm gut gehen. Haben Sie sich mit Ihrem Nachbarn ausgesprochen?«

»Ich habe bereits einen Plan umgesetzt, um langfristigen Frieden mit Sam zu garantieren. Erstaunlich, was eine Flasche Single Malt bewirken kann.«

Obwohl sein Tonfall nichts Täuschendes oder Genießerisches hat, obwohl es Bände über meine Unfähigkeit zu vertrauen spricht, muss ich einfach weiterbohren und nachhaken.

»Wie läuft's mit dem Artikel?«

»Super. Ich glaube, Ihnen wird meine Überraschung gefallen.«

Überraschung.

»Sie ist gewagt, sie ist kreativ, und sie ist maßgeschneidert, um alle Tierbesitzer von Eden Falls anzusprechen.«

»Mr Greer, ich werde direkt sein. Ich habe eine Reihe von … Sendungen bekommen, einige enthalten … nun ja … Details aus meiner Vergangenheit … Details, die vermuten lassen, dass mich jemand diskreditieren möchte. Sie wurden anonym geschickt, aber sie sollten eine Botschaft überbringen.«

»Und Sie glauben, ich hätte sie geschickt?«

»Ich frage nur.« Mir wird ein enttäuschter Seufzer geschenkt.

»Er hat gesagt, dass Sie ein sturer und misstrauischer Kerl sein können.«

»Wer hat das gesagt?«

»Ihr Vater natürlich. Als ich ihn das letzte Mal gesehen habe. Bobby und ich haben über Sie und Bedside Manor geredet.«

»Was ist mit mir? Was?«

Greer lacht, als würden meine Fragen ihn noch einmal bestätigen. »Er hat mir das Versprechen abgenommen, Ihnen zu helfen, wenn Sie je hierher zurückkämen. Glauben Sie wirklich, ich wollte den Tierarzt, der nicht nur meinem Hund das Leben gerettet hat, sondern mich auch davor bewahrt hat, mich zum kompletten Arschloch zu machen, indem ich meinen Nachbarn falsch beschuldige, aus der Stadt jagen? Ich bin vielleicht verrückt, aber ich bin nicht dumm. Und anonym, das ist nicht mein Stil. Wenn ich eine relevante Leiche entdecke, werden Sie es als Erster erfahren.«

Relevant. Was meint er mit *relevant*?

»Denken Sie an meine Worte: Sie werden auf das zurückblicken, was ich in Bewegung setze, und sagen: ›Greer ist ein verdammtes Genie, er hat diese Praxis wieder ins Gespräch gebracht.‹«

Ich weiß nicht, was ich sagen soll.

»Kennen Sie den SAS, British Special Air Service? Ein bisschen wie Ihre Navy SEALs?«

»Nein.«

»Sie haben ein Motto – *Qui audet adipiscitur*.«

»Nie gehört.«

»Es bedeutet, ›wer wagt, gewinnt‹. Das ist meine Inspiration.«

Jetzt mache ich mir wirklich Sorgen. »Ich bin mir nicht sicher, ob ich der wagemutige Typ bin«, sage ich und halte inne, bevor ich zugebe, *aber ich gewinne gerne*. »Auf jeden Fall danke, Mr Greer. Ich weiß das zu schätzen. Toby ist bereit, wann immer Sie es sind.«

»Ich bin auf dem Weg. Und es heißt Peter, mein Junge, Peter.«

Ich lege auf. Es ist wohl am besten, es Crystal Haggerty zu überlassen, ihn über die Vorteile, ohne Unterwäsche herumzulaufen, aufzuklären.

FREITAG

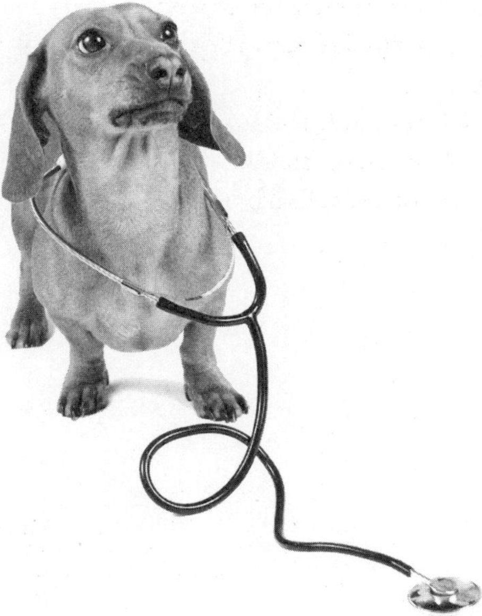

ACHTZEHN

Was ist nur mit mir los? Es ist exakt 9:32 Uhr, und auch, wenn ich behaupten könnte, ich würde einen Patienten auf Hautkrebsverdacht untersuchen – sagen wir ehrlich, wie es ist: Ich liege auf der Couch und bin zufrieden damit, Frieda zu streicheln. Als Kapitän eines sinkenden Schiffs sollte ich mich unter Druck fühlen, aber seltsamerweise fühle ich mich befreit. Von dem Augenblick an, in dem ich nach Bedside Manor zurückgekommen bin, habe ich mich nicht mehr allein gefühlt. Sicher, das gefangene Wesen, das zu mir heraufsieht, hat dabei geholfen, aber da ist dieses Bewusstsein, ein kleiner Teil von etwas Größerem zu sein. Und obwohl dieses »Größere« durchaus größere Schulden oder größere persönliche Erniedrigung sein könnte, könnte es auch eine größere Reichweite sein. Es könnte auch das Gefühl sein, im Vergleich zu der Richtung, die das Leben vorher hatte, jetzt endlich etwas Sinnvolles zu tun.

»Dr. Mills, wollen Sie heute noch arbeiten?« Vergessen Sie ein höfliches Anklopfen an der Tür, Doris brüllt von unten die Treppe herauf: »Hier sind zwei Patienten für Sie.«

Es ist schwierig, mich von dem Retriever zu lösen, und meine Beute goldfarbener Haare kommt mit, als ich nach unten ins Wartezimmer laufe. Ich sehe Doris, die draußen hin und her geht. Wer weiß, wo der eisige, kondensierte Atem endet und der giftige Rauch beginnt. Aber die zwei

Personen, die im Wartezimmer einander gegenübersitzen, überraschen mich vollkommen.

»Ich sage nicht, dass er geheilt ist«, sagt Ethel Silverman und legt ihre Hand auf Kais Kopf. »Aber ich sage, dass ihm Ihre neue Diät gefällt. Er muss sich weniger kratzen. Er riecht jetzt auch viel besser.«

Ich hocke mich hin, um den Husky mit den blauen Augen zu kraulen. Komisch, dass ich gar nicht mehr zögere. Kai sieht fantastisch aus, diese echsenhaften Flecken um seine Ohren und sein Maul verblassen bereits. Am besten ist, dass ich merke, wie er den Körperkontakt genießt, der nicht nur einen Juckreiz befriedigt.

»Ich nehme das als Kompliment, Mrs Silverman.«

»Nehmen Sie es, wie Sie wollen, junger Mann. Ich bin nur hier, um mehr Futter zu holen.«

Und wie aufs Stichwort ist Doris bereit, großzügig ihre wertvolle Rauchzeit zu verkürzen, um zu uns zu kommen.

»Doris, könnten Sie bitte eine Tüte für Mrs Silvermans Hundefutter holen? Danke schön.«

Doris schaut mich böse an, als hätte ich ihr befohlen, mir einen Kaffee zu kochen oder ein Geburtstagsgeschenk für meine Frau zu kaufen. Die zwei geriatrischen Skihäschen stehen dicht zusammen, durch den winterlichen Look sehen sie wie zwei Michelinmännchen aus, und tauschen flüsternd Missfallen über einen Mann aus, der die Unverfrorenheit besitzt, so zu tun, als hätte er Ethels Hund geheilt. Sie bilden ein einschüchterndes Duo.

Ich hoffe, dass mein Empfang auf der anderen Seite des Wartezimmers weniger feindselig ist. »Denise, wie geht es dir? Schon aus dem Krankenhaus entlassen?«

Denise Laroche ist deutlich dünner als in meiner Erinnerung. Und sie sieht gut aus, keine Bluttransfusion nötig, da sie sich beim Vampir-Make-up etwas zurückgehalten hat. Mir fallen ihre Piercings kaum mehr auf.

»Mir geht's super, aber ich hasse Krankenhäuser. Ich wollte nur weg.«

»Und wer ist das?«

Neben ihr, eingewickelt in Decken in einem Kinderwagen, erkenne ich das Gesicht ihres schlafenden Sohnes.

»Das ist Michael.«

Ich hocke mich wieder hin, achte darauf, ihn nicht zu wecken, und denke daran, dass ich mir die Hände nicht gewaschen habe und, merkwürdigerweise, wie gut er riecht. »Michael. Guter Name. Er ist … wundervoll.« Einen Moment lang hatte ich gehofft, sie würde sagen: *Und das ist Cyrus.*

»Ja, das finde ich auch. Aber ich bin hier, um Tina und ihr Kätzchen abzuholen. Und um ihn als Ihren Patienten registrieren zu lassen.«

So wie sie »Ihr Patient« sagt, hat es eine merkwürdige Wirkung auf mich – Stolz und Angst. Bis jetzt war jeder Fall, den ich behandelt habe, aus zweiter Hand, von Cobb oder Lewis übernommen. Tinas Kätzchen verspricht der erste Fall zu werden, der ganz allein von mir akquiriert wurde.

»Natürlich. Komm mit nach hinten.«

Denise und Michael folgen mir, und mit einer Entschuldigung an Tina öffne ich ihre Box und hole ein sich windendes Fellknäuel heraus. »Willst du ihn mal halten?«

Denise lächelt, als ich ihn ihr zur Betrachtung überreiche. »Klar«, sagt sie. »Ich wollte nur, dass Sie wissen, dass ich ihn, also, Cyrus nenne, nach Ihnen, nach allem, was Sie für ihn getan haben, für uns.«

Ein sentimentales Gefühl überkommt mich, die mächtige, lächerliche Idee, dass ich mich geehrt fühle, so eine alberne, aber ehrliche Dankesbezeugung von einem Mädchen zu erhalten, das sonst fast nichts zu geben hat. Ich werde mir der Möglichkeit, wenn auch der sehr kleinen Möglichkeit, eine Träne zu vergießen, peinlich bewusst.

Und da, als ich mich fühle, als sei ich gerade gebeten worden, Pate zu sein, wird mir bewusst, dass ich das Kätzchen noch gar nicht richtig untersucht habe. Während der hektischen Geburt von Michael war keine Zeit, und danach habe ich einfach nicht daran gedacht. Daher sollte es mich nicht überraschen, als ich ein Detail entdecke, das jegliche drohende Träne vertreibt und mich verlegen erröten lässt. Cyrus ist ein Weibchen.

Es ist ja nicht so, als hätte ich nicht gewusst, worauf ich mich einlasse. Es wird zwar nicht gerade wie in den Filmen *Zwölf Uhr mittags* oder *Schießerei am O. K. Corral*, aber so oder so wird es zu einer Konfrontation kommen. Dass ich mir so sicher bin, liegt an dem Ort, an dem Lewis mich zum Kaffee treffen wird. Es ist später Nachmittag, und ich betrete eine flache, zweidimensionale Welt, wo leichenblasser Schnee auf spülwassergrauen Himmel trifft. Man friert schon beim bloßen Anblick. Eher erschreckend als heiter. Unerbittliche Kälte verstärkt die Vorahnungen noch. Schlafende Bäume tun sich wie eine Menge düsterer Zuschauer zusammen, und das Krächzen einer entfernten Krähe wird in der Stille unnatürlich verstärkt. Es ist kahl, es ist heilig, und es erfüllt mich mit Furcht. Aber ich nehme an, das sollte es, denn zum ersten Mal in meinem Leben stehe ich am Grab meiner Mutter.

»Bitte schön«, sagt Lewis. »Milch, kein Zucker.«

Ich nicke, dankbarer für die Wärme als für das eigentliche Getränk. »Ich kann mir gemütlichere Orte für ein Schwätzchen vorstellen.«

»Gemütlicher vielleicht, aber nicht angemessener, das bezweifle ich.«

Lewis betrachtet mich. Ihm fällt zweifellos auf, dass ich kaum einen Blick auf den Grabstein geworfen habe.

»Klingt bedrohlich«, sage ich und will nicht locker klingen. »Aber ich bin daran gewöhnt, ein Leben zu leben, ohne zurückzusehen, ohne Nostalgie. Ich bin mir ziemlich sicher, dass jeglicher Versuch einer frostigen Einmischung keinen großen Unterschied machen wird.«

Lewis kommt einen Schritt näher, nippt an seinem Kaffee und sieht mich über den Rand des Bechers hinweg an.

»Vorgestern Abend im Keller haben Sie mich gefragt, ob ich finde, dass Sie Ihren Vater falsch beurteilen.«

Ich bin gespannt, wohin das hier führt. »Ja.«

»Nun, das hängt ganz von der Perspektive ab.«

»Perspektive? Perspektive bedeutet, dass man die Fakten auch noch anders interpretieren kann, und die Fakten darüber, was passiert ist, als meine Mutter starb, sind unstrittig.«

Lewis lächelt nicht. »Die Sache ist die: Ich glaube, dass es drei Versionen darüber gibt, was vor vierzehn Jahren geschehen ist.«

Ich lache, und es klingt zu nervös und rechtfertigend. »Drei? Woher haben Sie denn drei? Es geht darum, dass ich erst *nach* der Beerdigung überhaupt erfahren habe, dass Ruth Mills tot ist. Es geht darum, dass ich sie kein letztes Mal umarmen und nie von ihr Abschied nehmen konnte. Es ist mir wirklich egal, als abwesender Sohn abgestempelt zu werden. Sie war meine Mutter. Ich habe mich nie von ihr verabschieden können. Der Mensch, den ich auf der Welt am meisten geliebt habe, wurde aus meinem Leben gerissen, und es war Bobby Cobb, der mich ausgegrenzt hat.«

Ich warte einen Moment, trinke Kaffee, der zu bitter ist. So viel zu fühlen ist wie ein Erwachen, und ein Teil von mir ist dazu bereit. Ein Teil von mir wünscht sich, dass die Wände zusammenbrechen.

»Aber, Cyrus, warum sollte Bobby Cobb Sie verletzen wollen?«

»Weil er es konnte. Weil er neidisch auf das war, was Mom und ich hatten. Weil er lieber ein Tierarzt war als ein Vater. Ich werde es nie wissen, und es ist mir auch wirklich egal, denn wie man es auch betrachtet: Was er getan hat, war unverzeihlich.«

Der Atem des alten Mannes hängt um ihn wie eine faule Wolke. Mein Atem sieht mehr wie bei einer Dampflok aus, die sich einen Berg hinaufkämpft.

»Es klingt, als hätte er Sie bestraft, also haben Sie ihn ebenfalls bestraft?«

»Verdammt richtig«, sage ich und lasse die Wut auf diesen schicksalhaften Anruf zu. »Wie soll man denn sonst darauf reagieren? Ich wollte ihn nie wiedersehen oder von ihm hören. Keine Anrufe, keine Briefe, nichts. Ich konnte den Gedanken, durch den Familiennamen an ihn gebunden zu sein, nicht ertragen, aber ich bekam erst nach meinem Abschluss einen Termin bei dem Amt. Ja, es war Cobb, der darauf bestanden hatte, dass ich in ein Internat kam, und ja, ich weiß, dass ich dadurch eine bessere Ausbildung bekommen habe, aber Ruth war diejenige, die mich inspiriert und geführt hat und die sich gewünscht hat, dass ich Tierarzt werde. Ihren Mädchennamen anzunehmen, das war das Mindeste, was ich tun konnte, um sie zu ehren.«

Lewis' Lippen öffnen sich, sodass ich die ordentlichen Reihen seiner Zähne wie Scrabblesteine sehen kann. Aber er sieht nicht zufrieden aus. »Und wann haben Sie Ruths

Gefühl für Objektivität und ihr Bedürfnis nachzudenken bekommen?«

Ich erinnere mich plötzlich an einen der Lieblingssprüche meiner Mutter: *Je mehr man sich selbst überzeugen muss, umso mehr muss man auf seine inneren Zweifel horchen.*

»Hey, jetzt kommen Sie mir nicht mit Moral.« Mein Einwurf kommt schnell und klingt gereizt, und ich weiß, dass ich angebissen habe. »Wenigstens dürfen Sie bis zum Ende bei Ihrer Frau sein. An dem Tag, an dem Cobb mir solche Schmerzen zugefügt hat, habe ich das Recht erhalten, reflexartig und engstirnig zu reagieren.«

Mir wird übel. Ich will mich entschuldigen. Ich will, dass er weiß, dass es mehr als Schmerzen sind. Es ist das Gefühl der Schuld.

Lewis wartet auf den richtigen Moment, als müsse er meine Reue sehen, bevor er weiterspricht. »Bobby hat allen erzählt, dass Sie nicht zu Ruths Beerdigung kommen konnten, weil Sie im Ausland einen Freiwilligendienst machten. Er hat gesagt, Sie seien nicht zu erreichen. Er hat gesagt, dass Sie, wenn Sie es erfahren, keine Möglichkeit mehr hätten zurückzukommen, bevor Ruth beerdigt war. Da war nichts zu machen.«

Ich starre auf den Schnee, versuche, mich auf den gespenstischen Schein zu konzentrieren, der die Mulden füllt, die ich mit meinen Schuhen gebohrt habe. »Das hat Doris mir erzählt, und selbst sie hat es ihm nicht abgekauft. Sie hat gesagt, dass Cobb sich die Ausrede für mich ausgedacht hat, als wäre ich extra nicht gekommen.«

»Ich erzähle Ihnen, was er mir erzählt hat, vor ein paar Jahren. Kein Grund, ihm nicht zu glauben.«

»Also bitte, er wollte doch nur sein Gesicht wahren. Man sagt, dass der Sohn es nicht schafft, und geht damit der Konfrontation aus dem Weg, den hässlichen Szenen vor Freunden und Kunden. Cobb stellte sicher, dass er Ruth eine hygienisch reine Beerdigung verschaffte, die er komplett kontrollieren konnte.«

Lewis will meinen Arm drücken. »Sie und ich wissen, dass Bobby bei Weitem nicht perfekt war, aber …«

Ich schüttele seine Hand ab. »Nein, das war er nicht, und was mich umbringt, ist die Tatsache, dass jeder in dieser Stadt glaubt, er wäre es gewesen. Jeder.«

Lewis schweigt und beginnt, in seiner Manteltasche zu suchen.

»Bei Weitem nicht perfekt. Ruth war meine Mutter, und Ruth war mein Vater. Bobby Cobbs einziges Kind war seine Arbeit. Soweit es mich betrifft, hat er eine Wahl getroffen, und ich schließlich ebenfalls. Man kann sich seine Eltern nicht aussuchen. Man kann sich seine Kindheit nicht aussuchen. Man kann sich den Moment nicht aussuchen, in dem der eigene Verstand merkt, dass ständig übersehen zu werden sich ziemlich genauso mies anfühlt, wie abgelehnt zu werden. Wenn dann die Zeit kommt, dass man endlich selbst entscheiden kann, dann geht es bei dem Weg, den man einschlägt, weniger darum, was er *ist*, als darum, was er *nicht* ist.«

Lewis holt einen Lippenpflegestift hervor und trägt ihn auf. Seine Lippen müssen trocken sein und an diesem angerissenen Schneidezahn hängen bleiben. »Sie haben gefragt, ob er und ich uns unterhalten haben. Wir haben viel miteinander gesprochen, besonders gegen Ende. Glauben Sie mir, Ihr Vater wusste, dass er Sie beide enttäuscht hat.«

Ich runzele die Stirn. Ich will, dass er weiß, dass ich ihm nicht glaube, und Lewis überlegt kurz, wie er es am besten beweist.

»Wissen Sie, wann Bobby erfuhr, dass mit Ruth etwas nicht stimmte? Als ihr durch die Chemo die Haare ausgingen. Was für einem Ehemann fällt es nicht auf, dass seine Frau krank wird, wer teilt nicht die Angst vor der Diagnose oder die Schrecken der Behandlung, bis der armen Frau die Haare büschelweise ausgehen? Ich sage Ihnen, was für einem Ehemann. Einem, dessen Arbeitsbesessenheit eine trennende Isolation erzeugt. Einem, der schließlich dem in die Augen sehen musste, was aus ihm geworden war. Was Ruth angeht, wusste Bobby, dass es keine Möglichkeit mehr gab wiedergutzumachen, was er getan hatte.«

Als ich das höre, will ich sagen: »Und es sollte auch keine geben«, aber halte meinen Mund.

»Aber er gab die Hoffnung nie auf, dass er bei Ihnen die Dinge irgendwie noch einmal ändern könnte. Dieses Foto von Ihnen auf der Laufbahn, das in seinem Schlafzimmer hängt, ist ziemlich alt. Es beweist, dass er da war, auch wenn Sie ihn nicht gesehen haben. Dasselbe gilt für den Uniabschluss.«

»Er war bei meiner Abschlussfeier nicht da. Ich habe es ihm nicht erlaubt.« Ich will, dass er eher die Verzweiflung hört als die Empörung. »Das war Moms Tag. Sie war diejenige, durch die es möglich geworden war. Mit ihm hatte das nichts zu tun.«

»Schauen Sie in sein Büro. Es ist keine gute Aufnahme, viele Köpfe sind im Weg, aber ich konnte erkennen, dass Sie es sind, der da über die Bühne geht, um das Abschlusszeugnis entgegenzunehmen. Er war dort.«

Ich erinnere mich an den Tag der Abschlussfeier: Ich stand ohne Familie da, zeigte deutlich meine Einsamkeit. Ich wollte es nicht, aber ich ging für Mom über die Bühne; keine anfeuernden Rufe, nur höflicher Applaus. Warum fühlt sich diese Enthüllung eher wie ein Verrat an als wie ein Zeichen von Cobbs anonymer Unterstützung? Mom hätte alles gegeben, um dabei sein zu können. Geschlagen, aber aus einem Pflichtgefühl heraus sage ich: »Sie haben gesagt, es gäbe drei Versionen.«

Lewis nickt. »Ihre, Bobby Cobbs und« – Lewis wartet eine Sekunde – »was ich für die Wahrheit halte.«

»Die Wahrheit?« Kein Sarkasmus, sondern aufrichtige Überraschung. Mom erscheint mir bei einem kurzen Blinzeln, entschlossen, aber sympathisch. *Wenn jemand die Wahrheit sagt, übernimmt er die Verantwortung*. Ihre Stimme ist immer in meinem Kopf.

»Sie kam ganz am Ende heraus, und ich meine wirklich das eigentliche Ende, wie es bei solchen Sachen oft der Fall ist, bevor Bobby mich bat, ihm einen letzten Gefallen zu tun.«

»Lewis, bitte, ich weiß, Sie meinen es gut, aber es wird ein bisschen viel.«

Der alte Mann betrachtet mich, entschlossen, aber sympathisch. »Ich weiß, aber ich glaube, dass Sie das hören müssen.«

Er hat vielleicht recht, aber in den letzten vierzehn Jahren habe ich gelernt zu akzeptieren, dass diese spezielle Geschichte kein Happy End hat.

»Laut Cobb liegt die Wahrheit genau hier. Sie sehen sie an, oder wenigstens sollten Sie das tun.«

»Ich kann Ihnen nicht folgen.«

»Ruth Mills. Ruth Mills war der Grund, warum die Dinge sich so entwickelten, wie sie es taten.«

Zum ersten Mal schaue ich lange und intensiv auf ihren Grabstein. Großer Fehler. Lewis hat offensichtlich den Schnee weggewischt, sodass ich jetzt in den Granit gemeißelt folgende Worte lesen kann: LIEBENDE MUTTER VON DR. MED. VET. CYRUS COBB. Ich, mit seinem Familiennamen auf ihrem Grabstein, sogar noch vor meinem Abschluss.

»Er hat mir erzählt, dass Sie sie ein paar Wochen vor ihrem Tod besucht hatten. Er hat gesagt, dass Ruth damals gar nicht schlecht aussah, unter den gegebenen Umständen.«

Ich kann nicht mal nicken.

»Das Ende kam sehr schnell, sehr unerwartet. Er hat gesagt, es waren Stunden, nicht Tage. Und genau in der Zeit hatten Sie mit Ihren Abschlussprüfungen begonnen. Trotzdem wollte Bobby Sie informieren, wollte Sie nach Hause holen.« Er beobachtet meine Reaktion. »Es war Ruth, die ihn zurückgehalten hat.«

Hier ist noch eine Chance, verbal um mich zu schlagen, aber etwas im Blick des alten Mannes hält mich zurück. Es ist mehr als »Hören Sie mich an«, »Lassen Sie mich hinein«, es ist »Vertrauen Sie mir«.

»Leider habe ich Ruth nie kennengelernt, aber wenn es etwas Schlechtes gibt, das über Ihre Mutter gesagt wurde, dann, dass sie unglaublich stur und pragmatisch sein konnte, manchmal so sehr, dass sie eine Nervensäge war.«

Ein ehrliches Lächeln entwischt mir.

»Bobby hat geschworen, dass sie argumentierte: Wenn Sie diese entscheidenden Prüfungen nicht schreiben könnten, wenn Sie fehlen würden, dass Sie dann durchfallen würden, und das würde bedeuten, Sie würden wegen *ihr* durchfallen. Sie hatte sich den Abschluss für Sie gewünscht, seit Sie ihr zum ersten Mal gesagt hatten: ›Ich möchte Tierarzt werden‹. Es ging nur um diese Prüfungen. Sie wusste, dass Sie bereit und fähig waren, sie auf Anhieb zu bestehen. Sie konnte nicht diejenige sein, die Ihnen das vorenthielt, und zwar wegen etwas so Unausweichlichem, so Vorhersagbarem wie ihrem eigenen Tod.«

Ich denke an den letzten Brief, den Mom mir geschrieben hat. Ich habe ihn als Aufmunterung für meine anstrengenden Abschlussprüfungen empfunden, liebevolle Erinnerungen an alle wichtigen Augenblicke in meiner Kindheit und Jugend, die mich bis zum Examen geführt hatten. Hatte ich das falsch verstanden? War das eigentlich ihre Art, Abschied zu nehmen?

»Denken Sie daran, dass wir hier über eine Pathologin sprechen. Tod und die Dinge, die den Tod verursachen, das war die Arbeit ihres Lebens. Deswegen bestand sie darauf, dass Bobby Cobb versprach, Ihnen erst nach allen Prüfungen zu erzählen, wie krank sie war. Und er hielt sich daran. Er dachte, er schulde es ihr. Bobby hat sein Versprechen teilweise deswegen gehalten, weil er glaubte, Ruth würde noch lange genug leben, sodass er Sie anrufen und Sie noch rechtzeitig kommen könnten.«

Ich atme Lewis' Sätze ein, ganz tief und langsam begreife ich, und die Worte fangen an, einen Sinn zu ergeben. Da schaltet sich mein Körper ein, dieses Mal ist es nicht das einfache »Fliehen-oder-kämpfen-Programm«, das hier ist Treibstoff für Kriege oder Jets und kommt nicht schrittweise, sondern explodiert. Wie eine Druckwelle geht es durch meinen Bauch und meine Brust. Der Kaffeebecher fällt aus meiner Hand. Ich habe das Gefühl, dass ich mich entweder übergeben muss oder ohnmächtig werde. Lewis spricht weiter, aber ich kann ihn kaum hören, geschweige denn verstehen.

»Ruth kannte Ihren Prüfungszeitplan. Bobby rief an, sobald er die Chance dazu hatte, sobald Sie fertig waren. Zwei Stunden *nachdem* sie beerdigt worden war.«

Ich komme so weit zu mir, um zu verstehen, dass das der Anruf sein musste, den Doris mitgehört hatte. Meine Stimmbänder fühlen sich schwach an, als würden sie versagen. Ich schaffe es gerade so zu fragen: »Warum hat er es mir nicht gesagt?«

Lewis sieht beklommen aus, als sei das für ihn genauso schmerzhaft. »Er hat mir erzählt, dass er bestraft werden wollte. In der traurigen Zeit nach Ruths Tod hatte er das Gefühl, dass er es verdiente. Mit der Zeit wollte er es schließlich erklären. Er hat versucht, Sie zu erreichen, Briefe, Anrufe, er hat es sogar mit E-Mail versucht, aber Sie haben ihn völlig abgeblockt und abgewehrt, also hat er die Versuche schließlich eingestellt. Sein Testament war alles, was ihm noch blieb, sein letzter Ansatz, seinen Sohn wissen zu lassen, wie leid es ihm tat. Er hatte nicht die Erwartung, dass Sie Bedside Manor übernehmen wollten oder konnten, aber wenn Sie es täten, so hoffte er, dass Sie dann seine Rolle übernähmen und spürten, wie die Arbeit alles verschlingt, wie man sich in den Leben der Menschen und Tiere, die auf einen vertrauen, verlieren kann. Er wollte, dass Sie es begreifen, dass Sie Ihre Angst verstehen, Ihre Freude genießen und die Herausforderung erkennen, das Leben mit und neben der Arbeit auszubalancieren.«

Einen Moment lang wirkt Lewis sehr alt und zerbrechlich, und mir wird klar, dass er hier, auf diesem Friedhof, wie ein Mann auf dünnem Eis ist. Nicht mehr viel trennt diese Welt von der nächsten.

Ich atme mit offenem Mund, mein Unterkiefer bewegt sich wie eine Hängematte hin und her. »Warum? Warum wollte er, dass ich das tue?«

»Weil er wollte, dass Sie begreifen. Weil er das wollte, was wir alle wollen, wenn unsere Zeit kommt.«

»Und was ist das?«

Lewis beugt sich vor, legt beide Hände auf meine Oberarme. Dieses Mal lasse ich ihn gewähren. »Eine Chance zur Vergebung.«

Ich zucke zusammen, lecke über meine Lippen und presse sie aufeinander, drücke das Blut aus ihnen, bis der Schmerz den Schrei in meinem Kopf vertreibt. Es ist, als hätte er ein Messer tief in mich hineingestoßen und mich geöffnet, und ich weiß schon, dass es da drinnen nichts Gutes gibt, nichts, das es wert wäre, herausgeschüttelt zu werden. Nichts, außer Scham.

»Als Sie diese Stadt verlassen haben«, sagt Lewis, »haben Sie etwas von sich selbst zurückgelassen, etwas Wesentliches. Einen scharfen Verstand zu haben, das macht einen nicht automatisch zu einem Genie, so wie ein Herz zu besitzen einen nicht automatisch mitfühlend macht. Soweit ich das sagen kann, sind Sie wieder zurückgekommen, in vielerlei Hinsicht. Es ist an der Zeit, das zu verlangen, was Sie verloren haben.«

Seine Freundlichkeit fühlt sich fehlgeleitet an und ist so viel mehr, als ich verdiene. »Sie haben gesagt, dass er Sie um eine letzte Sache gebeten hat.«

»Das stimmt«, sagt Lewis, öffnet den Reißverschluss seiner Jacke und sucht etwas. »Er wollte etwas aus dem Keller, aus dem Werkraum. Er hat gesagt, dass er das ansehen wollte, wenn er stirbt.«

Lewis reicht mir ein Polaroidfoto, und ich nehme es, blicke ihm in die Augen, sehe, wie er sein Kinn anhebt, mich ermutigt, es mir anzuschauen, und ich will es nicht, und ich habe Angst davor, aber langsam neige ich meinen Kopf und schaue es mir an. Mir fallen die vier kleinen Löcher im weißen Rand auf, präzise, ordentlich, jedes in einer Ecke. Das

Bild wurde im College aufgenommen. Ich sitze auf seinem Schoß, und sein Arm ist seitlich um Moms Taille geschlungen. Ich lächele, meine Mom lächelt, und obwohl seine Augen fast geschlossen sind, lächelt mein Dad auch. Wir drei zusammen, eine Familie, festgehalten in einem Moment ehrlichen Glücks.

Weiter komme ich nicht. Und wie ich es erwartet habe, wie er es vom Augenblick meiner Rückkehr an war, ist Lewis da, um mich aufzufangen. Er sinkt mit mir in den Schnee, hält mich fest, während die Tränen kommen, hilft mir dabei loszulassen und hilft mir, vierzehn Jahre fehlgeleiteter Wut in vierzehn Jahre voller Trauer zu verwandeln.

NEUNZEHN

Plötzlich habe ich etwas zu erledigen. Und das liegt nicht daran, dass ich eine Lösung meiner Probleme gefunden hätte. Ich wünschte, es wäre so. Ich würde übertreiben, wenn ich es als einen Plan bezeichnen würde. Es ist eher eine Taktik, riskant und unwiderruflich und peinlich, und es könnte völlig nach hinten losgehen, aber zum ersten Mal seit langer Zeit bin ich vollkommen engagiert. Leg die Schwimmhilfen ab und schick den Bademeister nach Hause. Mal sehen, was Beweise, Objektivität und Überlegung mir gebracht haben. Zeit, um an die Kraft meiner Überzeugungen zu glauben. Zeit, um den Beckenrand loszulassen und hinauszuwaten, bis ich bis über den Kopf im Wasser stecke.

Ich gehe nach unten in den Keller. Dads Werkbank erscheint mir anders. Ich suche herum und sehe alles mit einem frischen Blick. Auf dem obersten Fach im Kühlschrank liegt eine aufgerissene Packung Oreos, im Gefrierschrank eine ungeöffnete Vanilleeisdose, gut, wenn einen die Lust nach Süßem überkommt. Ich streiche mit den Fingerspitzen über zwei Holzstücke in einem Schraubstock, die dank einer perfekten Schwalbenschwanzverbindung rechtwinklig ineinandergreifen. Keine Leimtropfen, keine Nägel, nur präzise Handwerkskunst. Auf der Bank steht ein kleines, verstaubtes Transistorradio, mit ausgefahrener Antenne sucht es nach einem Signal. Ich will es gerade einschalten, als ich innehalte und zu raten versuche, was ich dann zu hören bekomme. Im

Moment geht es immer um die Wahrheit, egal, wie schmerzhaft die Wahrheit ist. Ich habe keine Ahnung. Ich wäge ab, vermute Sport oder einen Sender nur mit Sprechern, ohne Musik, schalte ein, und wieder einmal beweist Bobby Cobb, wie wenig ich über ihn wusste: Ich höre ein Streichquartett.

Ich ziehe das Polaroidfoto meiner Familie aus meiner Brusttasche, stecke die Nadeln sehr vorsichtig durch die bereits bestehenden Löcher an den Ecken und ergänze damit das Zentrum der Collage. Jetzt sehe ich, wie es passt, umrahmt von Bildern einer Frau und eines Sohnes, die von dieser Mitte aus strahlen und den Blick auf ein Zentrum lenken, um das sich alles andere dreht. Ich trete zurück, betrachte es und ändere meine Meinung, hänge das gesamte Korkbrett von der Wand ab und trage es behutsam hoch.

Als Nächstes auf meiner Liste steht ein Anruf bei meinem Vermieter in Charleston. Er muss in meine Wohnung gehen, meinen Schrank durchsuchen und ein bestimmtes gerahmtes Abschlusszeugnis finden. Nach Monaten der juristischen Auseinandersetzung mit McCall and Rand Pharmaceuticals bin ich zu einem Stammkunden beim Lieferservice FedEx, drei Blocks von meiner Wohnung entfernt, geworden. Dieser bestimmte Laden schließt um fünf Uhr, aber wenn er sich beeilt, kann er es noch über Nacht nach Vermont schicken.

Frieda liegt dort, wo ich sie zurückgelassen hatte, vor dem Kühlschrank. Da das ihr Lieblingsplatz ist, stelle ich dort ihr Hundebett hin.

»Noch einen kleinen Spaziergang vor dem Essen?«

Wenn es dunkel genug für Sterne ist, ist es sicher genug für uns hinauszugehen, obwohl dieser Vorstoß auf den Wanderwegen nicht lange dauern kann, so wie die kalte Luft bei jedem Atemzug in meiner Lunge brennt. Frieda bleibt an der Leine, geht bei Fuß, meine Wache. Das Bild vom Grab meiner Mutter taucht in meinem Kopf auf, und ich frage mich, wie oft ich mein Gespräch mit Lewis durchgehen muss, bis es sich weniger hart anfühlt.

»Warum haben *Sie* mich nicht angerufen?«, hatte ich Lewis gefragt, als wir beide im Schnee knieten und ich ihn fester und fester drückte, in dem vergeblichen Versuch, den Rhythmus meiner Tränen zu durchbrechen. »Warum haben Sie mir nicht vor seinem Tod davon erzählt, was wirklich passiert ist?«

Lewis löste meine Umarmung und schob mich zurück, er wollte sichergehen, dass ich alles an seiner Antwort begreife. »Wenn ich das getan hätte, hätten Sie mir geglaubt? Wären Sie gekommen? Bevor Sie all das erlebt haben, was Sie erlebt haben, seit Sie Bedside Manor übernommen haben?«

Und obwohl ich nichts gesagt habe, kannten wir beide die Antwort.

»Es tut mir leid, Frieda, aber das muss reichen.« Ein halber Kilometer, wenn überhaupt, aber Frieda beschwert sich nicht, als ich umkehre. Ich sehe dasselbe alte, zufriedene Lächeln auf ihrem Gesicht, und es mildert den Schmerz. Dann fangen meine inneren Dämonen an zu arbeiten, und ich lächele auch. Vor allem anderen wollte Bobby Cobb verstanden werden. Er wollte, dass ich ihm vergebe. Und hier bin ich, zurück in Eden Falls, und versuche exakt dasselbe. Zeit, dem Mann, der ich in den letzten vierzehn Jahren war, Lebewohl zu sagen. Solange es noch nicht zu spät ist.

Kein Zweifel, Amy wird das Wort *Offenbarung* hassen, aber ich will, dass sie weiß, was heute geschehen ist, dass sie weiß, dass ich mich bei Bobby Cobb total geirrt habe. Es ist eine Sache, jemanden falsch zu beurteilen, es ist eine ganz andere, ihn zu verurteilen und ihm einen Tag im Gericht zu verweigern. Ich überlege nicht, ob ich mit Amy darüber sprechen soll, ich wäge nicht Pro und Contra ab, ich folge nur dem intuitiven Bedürfnis, gegenüber einer Frau, die ich kaum kenne, die Sache richtigzustellen. Ich bin nie verknallt und vernarrt gewesen, aber wäre ich das, könnte Amy die Erste sein. Deswegen möchte ich eine Chance. Und für jemanden, der so selbstbewusst und direkt ist wie Amy, scheint mir Ehrlichkeit der beste Anfang zu sein.

Unten im Diner will ich mich dieses Mal tatsächlich an den Lieblingstisch meines Vaters setzen und entdecke, dass er bereits von einem Bekannten besetzt ist – Chief Matt Devito.

»Hey, Doc, setzen Sie sich. Ich wollte noch vorbeikommen und Ihnen danken.«

»Ach ja?«, sage ich und behalte erst mal meinen Mantel an.

»Die Sache mit Mr Greers Hund und seinem Nachbarn. Hätte hässlich werden können. Haben Sie wirklich gut hingekriegt. Ich lade Sie auf einen Kaffee ein.«

»Äh … klar«, sage ich, den Rücken zur Tür gewandt, und schaue über die Tische und die Theke. Ich sehe Amy nirgends.

Devito folgt meinem Blick. »Suchen Sie jemanden?« Er zieht eine Augenbraue hoch, als durchschaue er mich.

Eine Kellnerin taucht auf, und es ist nicht Amy.

»Kann ich bitte einen Kaffee haben, mit Milch ohne Zucker?«

Ich weiß nicht, ob die Frau, Mitte sechzig, meine Bitte gehört hat. Sie zeigt keine Reaktion – keine Bestätigung, keine Freude, keine Abscheu –, geht nur denselben Weg zurück, den sie gekommen ist.

»Das ist Maggie. Ein bisschen anders als Amy.«

Ich hebe mein Kinn, auf dieses Thema gehe ich nicht ein. Ich möchte zurück in die Praxis und bei Harry Carp zu Hause anrufen, aber ich bemühe mich, so auszusehen, als interessiere ich mich für die restlichen Gäste.

»Wissen Sie«, sagt Devito, lächelt fast und richtet seinen Zeigefinger auf mich, »Sie haben irgendwas. Ich kann es nicht genau benennen.«

Sag hallo zu meinem kleinen Freund.

»Wirklich? Sagen Sie mal, Chief, hatten Sie Glück bei der Suche nach diesem vermissten Golden Retriever? Ich habe überall die Aushänge gesehen.«

Mein Kaffee wird gebracht und schwappt über den Rand des Bechers, weil Maggie ihn über den Tisch schiebt wie ein Barmann ein Bier über den Tresen. Sie wirft mir eine Handvoll winziger Milchdöschen hin, und obwohl Devito noch die restlichen Pommes isst, reißt sie ihm ohne ein Wort den Teller weg.

»Noch nicht. Aber ich habe ein paar interessante Hinweise bekommen.«

Der Tonfall des Chiefs schreit danach, dass ich frage: »Welche?«

Devito lehnt sich auf seiner Bank zurück, schaut nach, ob die Luft rein ist, und beugt sich vor. Er hat wirklich zu viele Krimiserien gesehen. »Da es sich noch um eine laufende Ermittlung handelt, kann ich Ihnen nur sagen, dass ich daran interessiert bin, mit einem Mann zu sprechen, der ungefähr so groß ist wie Sie, ungefähr so alt wie Sie, gerne eine Mütze mit Fellohrenklappen trägt und sein Opfer vielleicht als Rüden ausgibt.«

»Aha«, sage ich und gieße drei Portionen künstliche Sahne in meinen Kaffee. »Und wie geht's der Familie?«

»Die sind verzweifelt. Jedenfalls die Mutter und die Tochter. Dad scheint in Ordnung zu sein.«

»Wieso das?«, frage ich und bemühe mich, überrascht zu klingen.

»Anne Small war mit einem Freund von mir verheiratet, ihr erster Ehemann, Brian. Großartiger Kerl. Ist vor zwei Jahren gestorben. Aus zuverlässigen Quellen weiß ich, dass der Ersatzmann ein Problem damit hat, dass die Frau im Paket mit Tochter und Hund kam.«

»Was meinen Sie mit einem Problem?«

Der Chief verschränkt die Finger beider Hände hinterm Kopf. »Ich sage nur, dass er ein Motiv hat, sollte es sich herausstellen, dass der Retriever nicht nur vermisst ist.«

Devito zwinkert, um mich wissen zu lassen, dass er es mir als Erstem erzählt hat.

Ich greife nach meinem Kaffee, werde aber von meinem Handy unterbrochen, das in meiner Tasche klingelt. »Hallo«, antworte ich.

»Cyrus.«

Da ist etwas mit ihrem Tonfall. »Amy. Alles in Ordnung?«

Die Hände des Chiefs sinken zur Seite, seine Ohren sind in Alarmbereitschaft, lauschen.

»Eigentlich nicht. Es ist Clint. Ich glaube, sie stirbt. Können Sie nach ihr sehen?«

»Natürlich. Ich komme sofort.«

Ich stehe auf.

»Zu spät«, sagt sie. »Wir sind auf dem Weg zu Ihnen.«

Sie legt auf.

»Ich muss los. Vielen Dank für den Kaffee.«

Ich rutsche von der Bank, was dem Chief genug Zeit gibt, um zu sticheln. »Ein guter Rat, Doc, und der lautet: *unerreichbar*.« Er zieht die Augenbrauen hoch, Falten breiten sich bis zu seiner Kopfmitte aus. »Bin ziemlich sicher, dass sie für die andere Seite spielt, wenn Sie verstehen, was ich meine.«

Normalerweise hätte der alte Cyrus das so stehen lassen. Aber dieses Mal nicht, nicht nach den heutigen Ereignissen, nicht bei dieser Frau. Ich bitte ihn, näher zu kommen, beuge mich vor und sage: »Ziemlich sicher, dass sie das nicht tut.«

Zur Hölle mit Ritterlichkeit und Südstaatenhöflichkeit, ich schenke ihm das Lächeln eines Mannes, der diese Anschuldigung wegen seines sicheren Wissens entkräften kann. Und nach Devitos Reaktion zu urteilen habe ich das ziemlich gut hingekriegt.

Ich möchte vorbereitet sein – IV-Katheter und Flüssigkeit habe ich zur Hand, der Röntgenapparat läuft hoch, die letzten Röntgenaufnahmen von Clint hängen am Schaukasten. Aber worauf bereite ich mich vor? Ich rufe mir Amys Worte ins Gedächtnis. *Ich glaube, sie stirbt.* Und da wird mir bewusst, was ich in ihrer Stimme gehört habe. Es war keine Angst, sondern Kapitulation, Resignation, die Unausweichlichkeit des Versagens, *meines* Versagens, den Hund ihres sterbenden Großvaters zu retten. Amys Anruf war kein Schrei um Hilfe, es war eine Bitte um Gnade. Vielleicht sollte ich eine Spritze mit dem blauen Saft vorbereiten.

Scheinwerfer tauchen auf dem Parkplatz auf und weitere Überraschungen.

»Sie ist auf der Rückbank«, ruft Amy. Sie springt aus der Fahrerseite ihres SUV, schaut über die Schulter zu mir, als wisse sie kaum, wer ich bin, und anstatt zu mir, zur hinteren Tür, zu kommen, verschwindet sie ums Auto herum auf die gegenüberliegende Seite, um dem anderen kranken Patienten in ihrem Leben zu helfen, Harry Carp.

»Geht's dir gut, Grandpa? Lass dir Zeit. Ich habe dich.«

Warum bin ich überrascht? Er ist hier, um sich von Clint zu verabschieden, obwohl er sich am allermeisten gewünscht hat, dass sie da wäre, um ihm Lebewohl zu sagen.

Ich öffne die hintere Autotür. Clint liegt auf einer karierten Decke. Ihre Augen sind geschlossen. Sie liegt vollkommen ruhig da. Ich komme zu spät. Kalte Nachtluft weht in den Wagen, verdünnt die warme Luft, und ich kann keine Atemluft vor ihrer Nase erkennen. Ich packe sie und hebe sie in einer hektischen und linkischen Bewegung auf den Arm. Ich trete zurück und sehe zu Harry. Die Aussage formt sich bereits auf meinen Lippen, da dringt ein schwaches Winseln unter der Decke hervor, ein leichte Bewegung, und mir stockt der Atem, sodass ich auch leise winsele.

»Es tut mir leid, Ihren Abend zu ruinieren«, sagt Harry. »Aber sie leidet. Das geht nicht. Nicht dieser Hund.«

Amy hält Harry fest am Arm, aber ich mache mir trotzdem Sorgen wegen des Glatteises, dass er fallen und sich die Hüfte brechen könnte. Es bleibt mir überlassen, ihm das Herz zu brechen. Wir gehen hinein, nach hinten ins Labor, und ich lege Clint und ihre Decke auf einen Tisch.

»Soll ich Ihnen einen Stuhl bringen, Harry?«

Harry runzelt die Stirn und schüttelt den Kopf. »Danke, aber ich muss nah bei ihr bleiben.« Eine Hand, gesprenkelt mit Altersflecken, greift nach Clints Kopf. Clints Reaktion auf diese bekannte Berührung ist schwach, aber auf eine Weise wichtig, die ich vor nur einer Woche nicht verstanden hätte.

»Sie steht nicht auf«, sagt Amy. »Sie frisst nicht, trinkt nicht. Ich habe versucht, ihr auf die Beine zu helfen, und sie hat vor Schmerzen gestöhnt. Sie müssen doch herausfinden können, was sie hat.«

Es könnte Kritik sein. Es könnte Ermutigung sein. Ich kann es weder in ihrem blauen noch in ihrem braunen Auge erkennen, daher wende ich mich an Harry für eine Anweisung.

»Schauen Sie sie noch ein letztes Mal für mich an, Doc. Aber wenn Sie mir keine Antwort geben können, dann lasse ich sie gehen. Stimmen Sie mir zu?«

Ich nicke, was Harry wohl genügt, um zu begreifen, dass ich seine Entscheidung verstehe und respektiere.

Amy legt ihren Arm um ihren Großvater. Er beobachtet mich, und sie beobachtet ihn, und ich weiß, dass ich sie ignorieren und mich auf eine lustig aussehende Hündin konzentrieren muss, die nach einem Filmstar benannt ist.

Clints Werte sind schlecht. Ihr Puls geht schnell und flach, sie ist dehydriert, ihre Temperatur 39,7 Grad. Sie ist deprimiert, will nicht stehen, geschweige denn gehen, und da ist es wieder, dieses Zusammenzucken, dieses Stöhnen, wenn ich fest auf das Rückgrat zwischen ihren Schulterblättern drücke. Ich schaue mir noch mal ihre Röntgenaufnahmen am Schaukasten an, untersuche noch einmal ihr Rückgrat, ihren Brustkorb.

Nichts.

»Was weiß ich? Ich weiß, dass ich Schmerzen auslöse, wenn ich sie an einer bestimmten Stelle drücke. Welche Art von Schmerzen? Nun, welche Schmerzarten gibt es? Nagend, klopfend, brennend, stechend, drückend, postoperativ, kolikartig, Muskelschmerzen und … übertragen.«

»Sie wissen schon, dass wir Ihre Selbstgespräche hören.« Amy klingt ehrlich besorgt.

»Übertragen«, wiederhole ich und ignoriere sie. »Übertragener Schmerz entsteht, wenn ein Schmerz an einer anderen Stelle empfunden wird als an der, an der er entsteht.«

Ich wende mich wieder den Röntgenbildern zu. Ich trete zurück. Ich gehe vor. Ich kneife die Augen zusammen, neige meinen Kopf nach rechts und nach links.

Vielleicht.

»Ich muss Clints Brustkorb noch einmal röntgen. Amy, können Sie mir dabei helfen, sie richtig zu positionieren?«

Vorsichtig trage ich Clint zum Gerät, Harry schlurft neben ihr mit, seine Hand lässt ihr Fell nicht los. Amy holt ein paar Sandsäcke, nur um Clints Vorderpfoten für die Aufnahme zu strecken. Ich bitte alle, den Raum zu verlassen (obwohl es ein Kampf ist, Harry auch nur für diese wenigen Sekunden von seinem Hund loszureißen), mache eine Aufnahme und entwickle das Bild.

»Da«, sage ich und zeige auf einen verschwommenen, unscharfen weißen Fleck, »das ist ein bisschen anders als beim letzten Mal.«

»Was ist das?«, fragt Harry.

Ich lege schon los, ziehe Schubladen heraus und öffne Schranktüren im Röntgenraum. Ich suche nach etwas, das Bobby Cobb auf Lager haben muss, billig, praktisch und oft ein echtes Medikament. Das fünfte chemische Element in der zweiten Gruppe des Periodensystems – Barium. »Das werden wir jetzt herausfinden«, sage ich und zeige auf einen 4-Liter-Behälter, halb voll mit einer zähen weißen Flüssigkeit.

»Was wollen Sie denn mit Barium machen?«, fragt Amy, und ich spüre, dass sie Angst hat vor dem, was ich vorhabe, und denkt, dass es ein bisschen verzweifelter Aktionismus ist. Vielleicht schreibt sie es dem medizinischen Gebrabbel eines Arztes zu, der sein Versagen nicht akzeptieren kann.

»Ich würde Clint gerne eine kleine Dosis oral verabreichen. Sie soll es schlucken, dann röntgen wir sie noch mal.«

Wie es dazu kommt, weiß ich nicht – Entschlossenheit, Überzeugung, das Fehlen möglicher Alternativen –, aber ich bin klar und ruhig.

Amy lässt sich Zeit, als versuchte sie, eher meinen Geisteszustand zu erfassen, als über meinen Vorschlag nachzudenken.

»Grandpa?«

Mir gefällt es, dass es Harrys Entscheidung sein soll. Harry nickt, und ich ziehe zehn Milliliter des flüssigen Bariums auf. Und da kommt mir plötzlich wieder etwas aus meiner Vergangenheit in den Sinn. Ich erinnere mich an eine *Postmortem*-Untersuchung zu meiner Zeit als Assistenzarzt in der Pathologie, an die Lunge eines Hundes, der versehentlich Barium eingeatmet hatte und daraufhin an einer Lungenentzündung gestorben ist.

»Geht's Ihnen gut?«, fragt Amy. Sie bemerkt meine geistige Abwesenheit.

»Sicher«, sage ich und positioniere Clint so, dass sie aufrecht sitzt, während ich ihr sanft den Mundwinkel öffne, sodass sich hinten im Maul eine kleine Tasche bildet, in die ich die kreidige Medizin spritzen kann.

Barium schmeckt bitter, und Clint windet sich und würgt, Zombieschleim tropft von ihren Lippen, aber das meiste fließt den Rachen runter. Amy und ich bereiten eine zweite Röntgenaufnahme vor, schießen das Bild, und vier Minuten später hängen die beiden letzten Bilder zum Vergleich nebeneinander, vor dem Barium und nach dem Barium.

Ich trete zurück, aber ich muss gar nicht überlegen und meine Vorstellungskraft bemühen. Die Antwort ist genau da, direkt vor meinen Augen, und führt zu einer größeren, viel zwingenderen Frage, eine, die jeglichen Gedanken daran, die Diagnose zu feiern, zunichtemacht. Sie bittet mich zu fragen, ob es nicht schon die ganze Zeit über da war, noch bevor Clint krank wurde, bevor sie zu leiden begann, bevor es zu spät war.

»Und?«

Habe ich die vorherigen Aufnahmen falsch gelesen? Habe ich das große Ganze nicht richtig gesehen? Ist Clint noch ein Meilenstein in einem Leben, das von einer endlosen Reihe von Fehlern definiert wird?

»Dr. Mills?«

Dieses Mal ist es Harry, und ich möchte es ihm sagen, aber ich möchte auch sicher sein.

»Amy, Sie bringen an den meisten Abenden Harry das Essen nach Hause, richtig?«

»Was hat das denn mit ...?«

»Ja, tut sie«, sagt Harry.

»Haben Sie etwas Geduld«, bitte ich. »Und, Harry, Sie haben gesagt, dass Sie Clint ›manchmal‹ Essensreste füttern, aber ich glaube, Sie wollten eigentlich ›immer‹ sagen, stimmt's?«

Harry nickt, sieht aber verwirrt aus. Ich wende mich Amy zu. »Was bringen Sie ihm vom Diner mit?«

»Das, was gerade Tagesgericht ist.«

»Und das variiert?«

»Täglich, sicher, aber von Woche zu Woche ist es so ziemlich dasselbe.«

»Was war es heute?«

»Spaghetti mit Fleischklößchen.«

»Und gestern?«

»Parmesanhuhn.«

»Und vorgestern?«

»Lasagne.«

Ich mache eine Geste, sie soll weiterreden.

»Chicken Masala. Schwein.«

Schwein. »Was für eine Art Schwein?«

»Schweinerippchen. Warum?«

Ich atme tief ein, aber vor Schmerzen, nicht vor Erleichterung. Ich mache noch mal einen Schritt auf die Röntgenaufnahme zu, tippe auf das, was mal eine weiße, unscharfe Wolke war und das jetzt, dank des Bariums seines Tarnmantels beraubt, als halb gekautes Knochenstück entlarvt wurde.

»Clint steckt ein Stück Schweinerippe unten an der Speiseröhre. Es klemmt genau vor dem Mageneingang. Vielleicht ist es vor allem Knorpel, weil ich es auf dem normalen Röntgenbild nicht richtig sehe, aber das Barium lügt nicht. Deswegen hat sie Schmerzen hinter ihrer Schulter. Deswegen kann sie nicht fressen oder trinken.«

Harry geht über die Diagnose hinweg und bemerkt, dass mir meine Entdeckung nicht gefällt. »Ist das schlimm?«

»Möglicherweise schon.«

»Möglicherweise?«, blafft Amy. »Was soll *möglicherweise* heißen?«

Harry tätschelt ihren Arm, als wäre er daran gewöhnt, sie zurückzuhalten. Ich versuche zu schlucken. Mein Mund ist eine trockene Wüste.

»Wenn der Knochen oder Knorpel, oder was immer es ist, seit ein paar Tagen an derselben Stelle feststeckt, könnte es eine Drucknekrose an der Schleimhaut …« Ich verstumme und beginne von vorn. »Ein verrottendes Stück Schweinerippe, das feststeckt, könnte ein Loch in der Speiseröhre verursacht haben, sodass Speichel und unverdautes Futter und Bakterien freien Zugang zu Clints Brustkorb hätten.«

Harry und Amy starren auf die Röntgenbilder, als könnten sie selbst die Antwort sehen.

»Können Sie ein Loch erkennen?«, fragt Amy.

»Nein, aber es könnte trotzdem da sein. Wir haben nicht genug Barium benutzt, um sicher zu sein.«

»Was machen wir jetzt?«, fragt Harry, der an mir vorbeigeht, um Clint zu umarmen und ihr etwas ins Ohr zu flüstern. Ich will nicht lauschen, aber ich höre unwillkürlich die erstickten Worte: »Es tut mir so leid. Es tut mir so leid.«

Amy und ich sehen einander an.

Es ist noch gar nicht lange her, da hätte ich Harrys Beziehung zu Clint als irrelevant für meine Diagnose und unwichtig für die Behandlung abgetan. Aber hier und jetzt, mitten in dieser Krise, kann ich das Zittern von Harry und den beharrlichen Rhythmus von Clints wedelndem Schwanz nicht ignorieren. Sollte das das Ende sein, dann muss das ein Hund ohne Reue sein, ohne Wünsche, dass irgendetwas in ihrem Leben anders sein sollte. Und während diese beiden besten Freunde einander in die Augen sehen, bin ich davon überzeugt, dass Harry und Clint mehr über das Geben wissen als die meisten Menschen. Ist es das, was Lewis gemeint hat? Ist es das, was ich verloren hatte? Empathie?

»Sie haben mir nicht geantwortet«, sagt Harry und ignoriert die Tränen und den Schleim und das Fell, das an seinem Gesicht klebt.

»Worauf?«

»Ich habe gefragt, was wir jetzt tun können.«

»Genau. Also, es wird nicht durch ihr Maul herauskommen«, sage ich. »Es ist viel zu riskant zu versuchen, es zu greifen und herauszuziehen. Etwas würde reißen. Ich kann telefonieren, um einen Chirurgen zu finden, der bereit ist, ihre Brust zu öffnen, um es auf diese Weise zu entfernen, aber ich vermute, dass wir bis morgen warten müssen.«

»Sie wird nicht mehr so lange leben. Sie ist bereit, mich zu verlassen. Das sehe ich in ihren Augen.«

»Dann tut es mir leid, aber viel mehr kann ich nicht tun.«

Amy kommt auf mich zu. »Das war's. Sie geben auf.«

Ich sehe zu Harry. Seine Augen sind zusammengekniffen, aber es fließen immer noch Tränen. Ich sage leiser: »Zuallererst kein Leid zufügen, wissen Sie?«

Ihre zweifarbigen Augen konzentrieren sich irgendwie auf meine, durchdringend und resolut. »Starke Gründe machen seltsam wagen.«

Sie macht eine Pause, vielleicht eine Kunstpause. Tatsächlich hätte sie kein Wort sagen müssen. Ihr Blick sagt alles. Es ist der Schubs, den ich brauche.

»Shakespeare?«

Sie nickt. »*König Johann*.«

Keine Zeit, um ihr beeindruckendes Wissen über die unbekannteren Stücke Shakespeares zu kommentieren. »Es ist vielleicht möglich, den Knochen in ihren Magen zu schieben.«

Ihre Augen werden schmäler, sie hebt das Kinn an.

»Aber dann ist er doch immer noch in ihr«, sagt sie. »Wie lange wird es dauern, bis er an einem anderen Teil ihres Bauchs hängen bleibt?«

Ich zucke mit den Schultern. »Die Magensäure und die Verdauungsenzyme sollten das Stück auflösen. Ich mache mir mehr Sorgen darüber, was passieren wird, wenn ich es bewege.«

»Ein Riss?«, flüstert Amy.

Ich nicke.

»Tödlich.«

»Unbehandelt – ja.«

Sie richtet sich auf und schaut zu Harry und Clint. »Geben Sie mir einen Moment.«

Ich sehe ihr zu, wie sie zu Harry geht, in ihrer Manteltasche nach einem Taschentuch sucht, Harry gerade weit genug von seinem Hund zurückzieht, um seine rauen Wangen und sein stoppeliges Kinn abzuwischen. Sie sprechen ein paar Minuten lang leise miteinander, Angst und Vertrauen und Schmerz und Liebe werden hin und her gespielt, bis sie sich umarmen, sodass Harry erneut weint.

»Wir möchten es versuchen«, sagt Amy. Sie fährt mit einem Finger unter dem rechten Augenlid entlang, noch bevor ich sicher sagen kann, dass sie auch nur eine Träne vergossen hat.

Ich gehe zu Harry und tue etwas Abenteuerliches, etwas, das ich normalerweise nie tun würde. Ich lege meine Hände auf seine Schultern und drücke ihn. Als Lewis mich am Grab meiner Mutter umarmt hat, konnte er zwar den Schmerz nicht vertreiben, aber er konnte Körperkontakt herstellen, um mich wissen zu lassen, dass er es versucht. Nach dem, was heute geschehen ist, ist es gefährlich für mich, dem alten Mann zu lange in seine milchig-blauen Augen zu sehen, daher ziehe ich mich schnell zurück.

»Ich brauche etwas, das lang genug ist, um dort hinunterzugelangen.«

»Von welcher Länge reden wir?«, fragt Amy.

Ich gehe um den Tisch nach vorn, berühre die Spitze von Clints trockener Schnauze mit einem Zeigefinger, und wie ein Schneider, der für einen Anzug Maß nimmt, strecke ich meinen anderen Zeigefinger auf ihren Rippen nach unten.

»Einen guten halben Meter. Und ich brauche etwas vollkommen Glattes, keine rauen Kanten, etwas Rundes, Schlauchartiges, der Durchmesser darf aber nicht zu groß sein.«

»Wie wäre es mit einem Besenstiel?«, fragt Amy.

Und aus irgendeinem Grund greifen die Zahnräder ineinander, die Räder drehen sich, und etwas in meinem Kopf nimmt Gestalt an. »Eine Minute.« Ich verschwinde durch das Wartezimmer und den unbenutzten Lagerraum in den Keller. Ich brauche den Dachrechen, oder besser gesagt, ich brauche eine der einzelnen röhrenförmigen Aluminiumstangen, aus denen der Rechen besteht.

Lewis hat ihn wieder dorthin zurückgebracht, wo er ihn gefunden hatte. Ich greife mir ein Teil, eine Metallsäge, die über der Werkbank hängt (nur für den Fall, dass es zu lang ist), und ja, ich schaue zu der leeren Stelle, an der die Fotocollage hing. Es genügt, um mir das einzige Lächeln vorzustellen, das mein Vater hinterlassen hat, das ich in Erinnerung behalten werde, das Lächeln mit seinen halb geschlossenen Augen, das mich denken lässt: *Was würdest du tun, Dad?*

Ich nehme mir vor, das Foto irgendwohin zu hängen, wo ich regelmäßig um seinen Rat fragen kann. Ihn zwingen kann, für die harten Fälle, die schwierigen Patienten da zu sein. Was würde er bei Clint machen? Ich habe keine Ahnung, aber heute werde ich einfach glauben, dass er wünschen würde, dass ich es versuche.

»Ich glaube, das hier könnte gehen«, sage ich und reiche Amy die Stange. »Leicht, stark, guter Durchmesser. Kleben Sie ein paar Streifen weißes Klebeband über die Schnittstelle und stellen Sie sicher, dass es keine scharfen Kanten hat.«

Mir wird zu spät bewusst, dass ich eine Anordnung gegeben habe, als wäre ich ihr Boss und Amy eine voll ausgebildete Tierarzthelferin. Ich bin erleichtert, als sie darauf eingeht. »Harry, Sie müssen mir dabei helfen, einen Katheter zu legen. Okay?«

Harry nickt, und es fällt mir auf, dass ich das schon früher hätte tun sollen: Clint Flüssigkeit verabreichen und Harry miteinbeziehen und ablenken, sodass er etwas Konkretes tun kann, um seinem besten Freund zu helfen. Es ist auch besser, mit ihm und nicht mit Amy zu arbeiten, sodass ich ihre Beobachtung nicht fürchten muss, als meine Hände zittern und ich eine Vene in Clints rechtem Vorderlauf durchsteche, bevor ich es am linken richtig mache.

»So okay?«

Amy reicht mir den Alustab, und ich überprüfe, wie sie das Ende gepolstert hat, das den Knochen in Clints Magen bugsieren soll. »Fühlt sich gut an. Hier, halten Sie diese Tüte, so hoch Sie können, und drücken Sie, so fest Sie können, darauf.«

Ich reiche ihr eine Litertüte warmer Infusionsflüssigkeit, die in Clints Vene führt. Ich möchte sie so schnell wie möglich in Clints Kreislauf bekommen. »Okay. Sie ist zwar ziemlich weggetreten, aber ich bin mir sicher, dass sie sich gegen das Ding in ihrem Hals wehren wird. Ich werde ihr etwas zur Beruhigung geben.«

Ich finde die Schublade mit den Anästhetika, den wenigen, die wir noch haben, und nehme eine kleine Flasche mit etwas, das wie Milch aussieht, heraus. Ich lese die Dosierungsangaben auf dem Etikett, schätze Clints Gewicht und ziehe die passende Menge Flüssigkeit in eine Spritze.

»Was ist das?«, fragt Amy.

»Propofol.«

Harry reagiert nicht, aber Amys Augenbrauen schießen hoch. »Propofol. Ist das nicht das Zeug, das Michael Jackson umgebracht hat?«

Amy entgeht so schnell nichts. »Hören Sie, ich will nicht, dass sie sich wehrt oder Panik bekommt. Ich werde es sehr vorsichtig dosieren.«

Ich sage das ganz beiläufig und mit großer Sicherheit,

wie ein Arzt, der alles unter Kontrolle hat, auch wenn mich Amy verunsichert hat. Ich weiß nicht, ob ich wirklich auf das vorbereitet bin, was ich gerade tun werde. Ich ziehe unsere altmodische Beatmungsmaschine mit der Sauerstoffflasche heran und greife nach einer Reihe von Schläuchen, um sie in Clints Luftröhre zu schieben, sollte sie aufhören zu atmen. Wahrscheinlich sollte ich noch ein Dutzend anderer Dinge tun, und die Tatsache, dass das hier die einzige Vorbereitung ist, die mir einfällt, verstärkt mein Selbstvertrauen nicht gerade. »Gut, dann, Harry, wollen Sie hierbleiben oder sich ins Wartezimmer setzen?«

Harry schüttelt den Kopf und umarmt Clint etwas fester.

»Das ist in Ordnung, aber vielleicht können Sie ihr Hinterteil streicheln. Amy, Sie müssen ihren Kopf anheben, den Hals so weit gestreckt, wie es geht, sodass ich geradeaus in ihren Rachen komme.«

Amy tut, was ich ihr gesagt habe, und ich injiziere ein bisschen der milchigen Flüssigkeit in den Katheter in Clints Vene, warte zehn Sekunden und sehe, wie Clint in Amys Griff ganz schlaff wird. Ich drücke mit einem Finger auf das, was von Clints abgekauten Schneidezähnen übrig ist, und spüre das schlappe Kinn eines Hundes, der nur noch halb bei Bewusstsein ist.

Ich ziehe Clints Zunge aus dem Maul, schiebe den Aluminiumstab, der voller Gleitgel ist, sanft immer tiefer in ihren Rachen. Er rutscht weiter, und Clint schluckt nicht und wehrt sich nicht und hat eine gute Farbe. Amys Augen werden größer, als würde ich irgendeinen bizarren Schwertschluckertrick am Hund ihres Großvaters ausprobieren.

»Ich glaube, ich bin angekommen«, sage ich. Ich atme tief ein und rieche den ekelerregenden Geruch von verrottendem Gewebe, der mir sagt, dass ich an der richtigen Stelle bin.

»Was jetzt?«, fragt Harry, den Kopf abgewandt, seine Arme umfassen Clints Hüfte, als glaubte er, sie würde gleich vom Tisch springen.

Ich höre nicht zu. Ich fühle. Ich habe keinen Referenzpunkt für das, was ich jetzt tun werde, aber ich schließe die Augen und sehe vor mir, wie ein Stück Schweinerippe gegen das Ende des Aluminiumstabs stößt. Ich stupse dagegen, spüre den Widerstand und weiß, dass ich es nicht sanft bewegen kann, nicht einfach dazu überreden kann, loszulassen und in den Magen zu rutschen, also drücke ich fester, als ich es je für möglich gehalten hätte.

Ich frage mich, ob Harry merkt, dass Clint wach genug geworden ist, um sich zu winden, sich gegen das, was auch immer ich mit ihr mache, zu wehren. Ich frage mich, ob Amy glaubt, den Riss zu hören, als der Knochen in Clints Brust getrieben wird und innen von ihrem Brustkorb abprallt, in ein fermentierendes Bakteriengebräu, das ihr Herz und ihre Lunge ruiniert. Die Sache ist, sie spüren nicht, was ich spüre: Ein deutliches Ploppen, und dann, als der Widerstand verschwindet und der Knochen in ihren Magen geschoben wurde, entspannt sich Clint mit einem Seufzen der Erleichterung.

Innerhalb von Sekunden habe ich den Alustab aus ihrem Hals gezogen. »Ich glaube, ich habe es geschafft. Ich habe gespürt, wie es nachgab.«

Amys Gesichtsausdruck sagt mir, dass sie nicht weiß, ob ich über einen Riss in der Speiseröhre spreche oder über den Knochen, der in Clints Magen geschoben wurde.

Harry hört nichts Unklares. Er richtet sich auf und kommt auf mich zu, sein Gesichtsausdruck erzählt mir bereits seine Version. »Sie ist in Ordnung, stimmt's?«

»Vielleicht … ich weiß es nicht. Wir sollten sie noch einmal röntgen, um sicherzugehen, dass ich sie nicht verletzt habe.«

»Ich dachte, Sie hätten gesagt, dass Sie keinen Riss finden könnten, selbst wenn da einer ist?«, sagt Amy.

»Das habe ich, aber da habe ich vom flüssigen Barium gesprochen. Jetzt rede ich von Luft. Wenn es einen Riss gibt, dann wird die Luft dort hindurchströmen, wo vorher der Knochen war. Das sollten wir auf der Röntgenaufnahme erkennen.«

Harry kann nicht glauben, dass es noch nicht vorbei ist, dass noch eine Hürde überwunden werden muss. Er hält sich am Untersuchungstisch fest.

»Helfen Sie mir.« Noch einmal hilft Amy mir, Clint in Position zu legen, und noch einmal entwickle ich den Film. Clint scheint durchzuhalten, sieht nicht besser und nicht schlechter aus, aber wer weiß, welche Scheußlichkeiten tief in ihrem Inneren existieren. Es sind die längsten vier Minuten meines Lebens. Ich kann mir nicht vorstellen, wie lange sie sich für Harry anfühlen.

Als der Film schließlich aus dem Entwickler fällt, will ich ihn gar nicht anfassen. Es ist wie der Brief vom College deiner Träume – Aufnahme oder Ablehnung –, der dein Leben so oder so verändern wird, und obwohl man ihn aufreißen will, hängt man an diesem Moment, diesem Augenblick, weil es vielleicht die einzige Hoffnung ist, die noch geblieben ist.

Ich hebe die Aufnahme hoch, mache am Schaukasten Platz. Amy stellt sich rechts neben mich, und Harry verlässt tatsächlich Clint, um sich links neben mich zu stellen. Wir drei teilen das Schweigen, während ich das Bild an den Schaukasten hänge.

Niemand spricht. Sollten sie mich anschauen, so merke ich es nicht, weil mein Tunnelblick alles außer den grauen

Schatten in Clints Brust ausblendet. Der Gesamteindruck wird zu Details aufgelöst. Wichtiger ist das, was ich nicht sehe, als das, was ich sehe. Ich sehe keine schwarzen Streifen, keine schwarzen Kommata, Taschen, Blasen oder Linien. Aber jenseits dieses Augenblicks, und das und am allerwichtigsten, sehe ich vor meinem geistigen Auge keinen alten Mann neben einem leeren Hundebett, in dem sein bester Freund mal gelegen hat.

»Sieht gut aus«, sage ich, als wäre es keine große Sache, einfach nur ein weiterer ruhiger Tag im Büro, doch tatsächlich spüre ich den innerlichen Absturz, die Nachwirkungen des Adrenalins, das abgestellt wird. Und zum zweiten Mal an diesem Tag möchte ich auf die Knie fallen.

Harry stürzt sich auf mich, als wäre ich ein lange vermisster Verwandter, und drückt mich an sich. Meine Arme sind an meine Seite gepresst, und seine Tränen benetzen mein Gesicht. Ich sehe zu Amy. Sie zögert, beobachtet, wie ihr Großvater mich fast zu Tode drückt, und ein subtiles Vergnügen zeigt sich auf ihren Lippen. Ich weiß nicht, wie ich es am besten beschreiben soll.

Harry lässt mich los und geht an mir vorbei zurück zu Clint. Er nimmt ihr Gesicht zwischen seine Hände. »Du wirst gesund, meine Liebe. Ich werde es mir vielleicht niemals verzeihen, aber du wirst gesund.«

Ich trete zu ihm. »Ich werde ihr weiterhin Flüssigkeit geben, mit Antibiotika und Säureblockern beginnen und ihr etwas gegen die Schmerzen verabreichen.«

Harry sieht zu mir hoch, und ich erkenne, dass es sinnlos ist, ihn zu warnen, dass wir sie über die nächsten paar Tage gut beobachten müssen.

»Doc, sagen Sie mir, wie kann ich Ihnen danken?«

Ich sehe zu ihm hinunter, wie er seinen Hund umarmt,

Erleichterung im Gesicht, und denke, das haben Sie schon, *mit diesem Moment, dieser Szene, dieser Erinnerung, das ist aller Dank, den ich brauche*.

Dann, als ich spüre, dass Amy hinter mich tritt, kommt mir eine gewagte Idee, und schon lege ich eine Hand auf Harrys Schulter.

»Sie könnten Ihre Enkelin zu einem Abendessen mit mir überreden.«

SAMSTAG

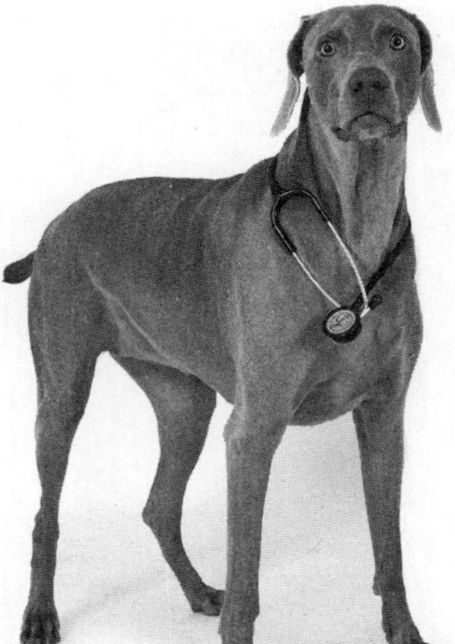

ZWANZIG

Der S-Tag ist endlich da, und in meiner Welt könnte das S wie Samstag für *Schrecken, Schulden oder Schicksal* stehen, suchen Sie sich etwas aus. Irgendwie muss Bedside Manor am Ende des letzten Geschäftstages meiner ersten Woche im Job genug Gewinn gemacht haben, um den geldgierigen Mr Critchley und seine Inkassomänner von der Green State Bank abzuwimmeln. Und nach meinen Berechnungen haben wir trotz des Schweigegelds von Crystal Haggerty nicht einmal annähernd die nötige Summe erwirtschaftet.

Nicht, dass ich aufgegeben hätte. Ich habe es geschafft, einen neuen Kreditrahmen mit dem Lieferanten der Medizinprodukte auszuhandeln. Ich habe einen neuen Wartungsvertrag für das Röntgengerät und die Anästhesieausstattung abgeschlossen. Ich habe die Firma, die den medizinischen Abfall entsorgt, überredet, uns eine zweite Chance zu geben. Doris schwört, dass sie beim Eintreiben ausstehender Rechnungen vorankommt, indem sie das tut, was sie am besten kann – nerven. Ich habe drei Kostenvoranschläge von Handwerkern für den Umbau des Lagerraums in ein zweites Untersuchungszimmer eingeholt. Clint hat sich in meinem Schoß zusammengerollt, ihr Schwanz klopft im Takt, während sie einen Brei aus püriertem Hundefutter verschlingt, als wäre es ein Filet Mignon. Und last, but not least habe ich für halb acht Uhr einen Tisch für zwei im Inn in Falls View Farm reserviert.

Um ehrlich zu sein, hat diese positive Einstellung nichts mit verträumten Fantasien über ein finanzielles Wunder in meiner Zukunft zu tun oder damit, dass Critchley sagen würde: »Hey, machen Sie sich keine Sorgen, Sie haben noch eine Woche Zeit.« Es liegt an Lewis und daran, dass er irrational wenig beeindruckt ist von der Aussicht, unsere Anzahlung nicht zusammenzubekommen oder keinen Kredit mehr zu erhalten, als ich heute Morgen meine Pläne mit ihm besprochen habe. »Doris hat mir gesagt, dass ich viel zu tun habe, komplett ausgebucht bin, tun Sie also, was Sie zu tun haben, aber seien Sie heute Nachmittag unbedingt hier, um Ihre Patienten zu behandeln.«

Er hatte dann seine Arme vor der Brust verschränkt und steif genickt wie ein Vater, der darauf besteht, dass sein Sohn zur vereinbarten Zeit nach Hause kommt. Ich habe weder die Aufforderung noch sein Vertrauen in unsere Zukunft jenseits des heutigen Tages infrage gestellt. Ich habe ihm nur zugesichert, dass ich da sein würde. Auch wenn ich immer noch befürchte, dass das Wartezimmer so leer wie immer bleiben wird, wenn ich Dienst habe.

Davon überzeugt, dass ich eine Glückssträhne habe, versuche ich es um drei Uhr mal mit Wiedergutmachung. Ich fahre zu Ginny Weidmeyer. Und glauben Sie nicht, dass diese neue, äußerliche Vitalität meine Ängste und Schwächen mindert. Ich wappne mich immer noch für den Anruf von der tierärztlichen Behörde Vermonts und habe immer noch nichts von Brendon Small wegen Frieda gehört. Wenn ich in den letzten vierundzwanzig Stunden eines gelernt habe, dann, dass »aus den Augen, aus dem Sinn« wie ein Pflaster auf einer Wunde ist, die eigentlich genäht werden müsste. Ich war der Veterinärpathologe, der sich isoliert hat, um seinen Schmerz zu betäuben. Aber die Vergangenheit ist ein

Schlägertyp, der immer wieder zurücktänzelt und auf ein schwaches, einfaches Ziel einprügelt. Am Ende kann man es nicht mehr ignorieren, was einem zwei Wahlmöglichkeiten lässt – weglaufen oder sich stellen. Mich Ginny Weidmeyer zu stellen, das ist das Richtige, außerdem sollte ich so oft wie möglich üben, mich zu entschuldigen.

Lewis hat mir gesagt, dass er mehrere Nachrichten auf Ginnys Anrufbeantworter hinterlassen hat, sie ihn aber nicht zurückgerufen hat, und als ich den prächtigen Brunnen vor dem Anwesen erreiche, sehe ich, dass er abgeschaltet ist. Tritons aufgerissenes Maul hängt voller Eiszapfen. Der schwarze Range Rover mit dem Nummernschild ONFYA ist weg.

Haben sich Ginny, Chelsea und Steven nach St. Barts abgesetzt? Um den Anwälten alles Unangenehme zu überlassen?

Ich klingele. *Eine kleine Nachtmusik* ist von den ersten Takten von Beethovens Fünfter ersetzt worden.

Die Tür wird geöffnet, und da ist Ginny: perfektes Makeup, Kaschmirpullover, einen fröhlichen Seidenschal um den Hals – und Chelsea auf dem Arm.

»Ms Weidmeyer, Sie sind hier … Entschuldigung … ich dachte, Sie wären vielleicht … Ich hätte anrufen sollen, aber ich wollte Ihnen persönlich sagen, wie leid mir tut, was …«

Ginny hebt eine Hand und hält mich auf, aber es wirkt wie eine höfliche Bitte. »Kommen Sie herein, Cyrus. Ich muss Ihnen etwas zeigen.«

Dass sie meinen Vornamen benutzt, entgeht mir nicht, auch nicht die Traurigkeit in ihrer Stimme, während sie mich zu einem anderen Sofa vor einem anderen Kamin in ihrem Country-Club-Zuhause führt.

»Setzen Sie sich und schauen Sie sich das an.« Sie klopft

auf ein Kissen neben sich. Ich folge ihrer Aufforderung, und sie klappt einen Laptop auf und kippt den Bildschirm in meine Richtung. Auf dem Bildschirm sind vier HD-Bilder von den Überwachungskameras zu sehen. Da ist der weiße Teppich vor einem Kamin, das Fußende eines Doppelbetts, eine Aufnahme aus der Vogelperspektive von einem Raum voller Sättel und Zaumzeug und ein gefliester Fußboden mit Futter- und Wasserschälchen.

»Das sind die vier Orte, an denen man Chelsea am häufigsten findet. Wenn ich weg bin, muss ich nur auf mein Handy sehen. Normalerweise schaue ich immer in Echtzeit, aber ich habe mir mal angesehen, was aufgenommen worden ist.« Sie drückt eine Taste am Computer. »Das Bild unten rechts.«

Eine Digitaluhr und ein Kalender verraten mir, dass es der vorgestrige Morgen ist. Eine Hand hebt ein Schälchen hoch und stellt es ein paar Sekunden später wieder hin, voll mit einem braunen, fleischigen Haufen Dosenfutter. Chelsea stürzt sich darauf, kaum dass es auf dem Boden steht.

»Sieht dem verschriebenen Trockenfutter nicht sehr ähnlich, oder?« Sie klappt den Laptop zu, legt ihn zur Seite und wendet sich mir zu. Ginny hält Chelsea, so wie eine Mutter ihr Kind wiegt, die Katze sieht zur anderen Seite und legt ihr pelziges Kinn auf Ginnys Schulter. Ich denke an die Bilder in der Collage und daran, wie Ruth mich trägt – instinktiv für eine Mutter, merkwürdig für eine Katze, und doch scheint Chelsea gelernt zu haben, die Sicherheit dieser Umarmung zu mögen, sie sogar zu genießen. Sie schnurrt in Ginnys linke Hand, und mir fällt auf, dass er fehlt. Der Verlobungsring ist weg.

Ginny fällt auf, dass es mir auffällt. »Glauben Sie, dass man sich in jedem Alter verlieben kann?« Sie wackelt mit ihrem nackten Ringfinger. »Glauben Sie mir, ich kenne mich mit Schmuck aus, und ich erkenne eine Fälschung, wenn ich eine sehe. Ich hatte gehofft, dass er mich beeindrucken wollte, es sich aber nicht leisten konnte.« Sie lässt sich Zeit, und wir wissen beide, dass sie es aussprechen muss. »Ich habe ihn nie als … Toyboy gesehen. Steven war zufällig ein junger Mann, der etwas Halt brauchte, aber voller Ideen und auf dem Weg nach oben war. Er war immer so aufmerksam, machte mir Komplimente, und es ist erfrischend zu wissen, dass jemand mich in meinem Alter attraktiv findet.« Sie lacht. »Ich gebe zu, ich habe es genossen, das Objekt von Klatsch und Tratsch zu sein, ich habe es genossen, frech zu sein, mich nach der verbotenen Frucht zu strecken. Es war berauschend. Es fühlte sich an, als wäre ich noch einmal jung, hätte neuen Schwung.«

Eine Sekunde lang sehe ich sie ganz im Rausch verloren, aber das hält nur kurz an. »Das Problem, wenn man verführt wird, ist, dass man nicht mehr sieht, was sich direkt vor der eigenen Nase befindet. Wenn man süchtig wird, beginnt man, sich zu rechtfertigen. Man redet sich ein, dass die eigenen Freunde sich irren, weil sie ihn ja nicht kennen, so wie man selbst es tut. Manchmal glaubt man alles, nur um nicht allein zu sein.«

Sie lächelt, die Augen geschlossen, das freudlose Lächeln einer Frau, die dankbar ist, dass man zuhört. »Sie haben mir die Augen geöffnet, Cyrus, und Sie haben die Wahrheit gesehen, weil Sie nicht an mich gedacht haben.« Sie greift nach vorn und klopft auf meinen Unterarm. »Sie haben sich eingemischt und ihren Kopf riskiert. Für Sie stand alles auf dem Spiel, aber Sie haben weitergemacht, wegen Chelseas Gesundheit. Wissen Sie, Ihr Vater hatte mich gebeten, Sie zu unterstützen, sollten Sie zurückkommen, und … tolerant zu sein. Er hätte sich keine Sorgen machen müssen. Sie haben exakt dasselbe gemacht, was er getan hätte, Sie haben sich auf das Wichtigste konzentriert, und das werde ich nie vergessen.«

Ich fühle einen seltsamen und paradoxen Nervenkitzel bei dem Vergleich mit Bobby Cobb. Ich weiß, dass Ginny es als größtes Kompliment meint, und ich beschließe, es genau so zu nehmen.

Ich kam hierher, bereit für eine Standpauke. Habe ich mich je so geirrt wie bei der Einschätzung meines heutigen Gesprächs mit Ginny? Natürlich hat sie Lewis nicht zurückgerufen. Sie hat Liebeskummer und versteckt sich vor der Welt. Und doch ist sie hier und dankt mir praktisch dafür, unverschämt genug gewesen zu sein, um ihre Verlobung zu beenden.

Ich möchte sie fragen, was mit Steven passiert ist und warum er es auf Chelsea abgesehen hatte. Vielleicht war er eifersüchtig auf Ginnys Zuneigung. Wahrscheinlicher ist jedoch, dass er das Geld im Blick hatte, das für Chelseas langfristige Gesundheitsvorsorge zur Seite gelegt wurde und von seinem Erbe abgegangen wäre.

»Einen Moment«, sage ich, die Arme ausgestreckt, »lassen Sie mich mal nachsehen, wie's ihr geht.«

Ich lehne den angebotenen Kaffee ab und versuche noch zehn Minuten lang, Chelsea zu untersuchen, während sie um meinen Hals und meine Schultern klettert, eine sich windende, pelzige Boa, die die Aufmerksamkeit genießt und sich wohlfühlt. Ginny hat es gut gemacht mit der subkutanen Flüssigkeit. Chelsea ist wieder normal hydriert.

Die beiden begleiten mich zur Haustür. »Wenn Sie Schwierigkeiten haben, weil sie ihr Diätfutter nicht fressen will, dann rufen Sie mich an, und wir schauen mal, ob wir die Marke oder die Geschmacksrichtung wechseln können, sozusagen die Speisekarte aufpeppen.«

»Danke. Und danke, dass Sie vorbeigekommen sind. Bis später.«

Diese letzte Bemerkung fällt mir erst auf halbem Weg zum Wagen auf. War das eine einfache Phrase zum Abschied, eine Variation von »Ihnen noch einen schönen Tag«? Zu meiner Überraschung stehen sie trotz der Kälte immer noch in der Tür und warten, bis ich weggefahren bin.

Ich winke noch einmal zum Abschied, steige in den Wagen, lasse den Motor an, lege den ersten Gang ein und merke, dass ich feststecke. Sicher, der Motor schnurrt, und die Räder drehen sich, aber um vorwärtszufahren, braucht es Zugkraft, was bei einem Wagen mit abgefahrenen Reifen ein Problem sein kann, die in einer Reihe tiefer, eisiger Fahrrillen stecken wie in Granitblöcken.

Ich steige aus, um mir das Problem anzuschauen, sehe, dass die Haustür geschlossen ist, und eine Minute später steht Ginny neben mir. Sie trägt einen Wintermantel und Handschuhe, und sie hat eine Tüte Salz mitgebracht.

»Wenn Sie zwischen Vorwärts- und Rückwärtsgang hin- und herschalten, können Sie sich normalerweise herausschaukeln.«

»Das würde ich gerne versuchen, aber ich habe keinen Rückwärtsgang. Er funktioniert nicht.«

Ginny sieht mich an, unbeeindruckt, kontrolliert, die Ärmel hochgerollt wie eine Handwerkerin. »Legen Sie den Leerlauf ein, und wir versuchen es mal mit Muskelkraft.«

Ich tue, was sie sagt, bin bereit, von der Fahrerseite aus zu lenken und zu schieben, während Ginny zur offenen Beifahrertür geht. Sie ruft »eins, zwei, drei« über die Vordersitze, und wir schieben gemeinsam, die Räder rollen seitlich an ihren eisigen Keilen hoch. Ginny ruft, ich solle stärker schieben. Ich grunze und strenge mich an, und dann ist da der Augenblick, in dem ich weiß, dass wir den entscheidenden Punkt erreicht haben und die Räder greifen werden.

Ginny lächelt breit und völlig zufrieden. »Manchmal geht's nicht zurück.« Sie schließt die Beifahrertür und klopft zweimal auf die Motorhaube, bevor sie wieder ins Haus geht.

Ich bin am Ende der langen Auffahrt, als ich mich frage, ob sie damit ihre eigene Zukunft gemeint hat oder ob sie den Wagen als billige und unbeholfene Metapher für meine Vergangenheit benutzt hat.

Mein Handy klingelt.

»Wo sind Sie?«

Es ist Doris. Nette Begrüßung – offensichtlich noch der Tonfall der Schuldeneintreiberin.

»Komme gerade von Ginny Weidmeyer.«

»Gut. Da ist nämlich jemand in Ihrem Untersuchungsraum.«

»Habe ich schon einen Patienten?« Ich sehe auf meine Uhr. Es ist kurz nach vier. Die Abendsprechstunde beginnt erst um halb fünf, wenn überhaupt.

»Er hat gesagt, es sei wichtig. Er müsse mit Ihnen persönlich sprechen.«

Endlich. Es muss Brendon Small sein. »Sehr gut. Lassen Sie ihn warten. Ich bin sofort da.«

»Ist er noch hier?«, frage ich.

Doris, die hinter dem Empfangstresen sitzt, betrachtet mich.

»Hat *er* einen Namen?«

Wird sie je aufhören, jedes Mal wenn ich ihr eine Frage

stelle, die Augen zusammenzukneifen und den Kopf von mir wegzudrehen?

»Hat sich geweigert, ihn zu nennen. Hat gesagt, es ginge um etwas Privates.«

Dann schlägt mir eine andere Gefahr mit der flachen Hand an die Stirn. Was, wenn es der Goldgräber Steven ist, der sein Versprechen *»Sie sind so tot«* wahr machen möchte? Ich sehe auf den Parkplatz, suche nach einem schwarzen Range Rover und entdecke keinen.

»Okay, Doris, bitte hören Sie aufmerksam zu.«

»Warum flüstern Sie?«

»Sollten Sie hören, dass sich hinter dieser Tür zwei Männer prügeln, dann rufen Sie bitte den Notruf an. Ist das klar?«

Sie verdreht ihre Augen. Ihr Nicken, um zu zeigen, dass sie verstanden hat, gleicht eher dem Schlackern eines Wackeldackels. Ich drehe mich um, marschiere auf das Untersuchungszimmer zu, zögere eine Sekunde, und dann wird mir bewusst, dass ich noch nie auch nur in einen kleineren Streit verwickelt war, geschweige denn in eine Prügelei. Als man mich aus dem Unternehmen McCall and Rand geführt hat, gab es trotz allem kaum mehr als eine hitzige verbale Auseinandersetzung. Erfahrungen mit Wut nützen mir nicht viel, wenn ich einen rechten Haken an die Schläfe setzen müsste.

Ich öffne die Tür zum Untersuchungszimmer und betrete den Ring.

»Sie haben vielleicht Nerven.«

Er ist ganz Zähne und höhnisch grinsend verzerrte Lippen und legt bereits los. Ich wende ihm den Rücken zu, um sicherzustellen, dass die Tür geschlossen ist. Ich bin erst mal sehr erleichtert, als ich sehe, wer es ist, und ich spüre, wie die Atemlosigkeit und die Nervosität in meiner Brust nachlassen, also konzentriere ich mich auf das, was wichtig ist: Ein unschuldiger Golden Retriever, Anne und Emily und das, was sie durchgemacht haben. Ich freue mich über das zornige Beben in meinen Venen und wende mich Brendon Small zu.

»Ich könnte dasselbe über Sie sagen.«

Er trägt Jeans und einen offenen marineblauen Parka, und er schlägt eine Wollmütze in seine offene Hand, als wäre sie ein Schlagstock. Sein Gesichtsausdruck zeigt verschiedene Gefühle, und ich kann nicht sagen, welches die Oberhand gewinnt – Wut oder Angst.

»Ich wäre nicht hier, wenn Sie einen Wink mit dem Zaunpfahl begreifen würden. Was fällt Ihnen eigentlich ein, in mein Haus zu kommen und meine Frau in meiner eigenen Küche zu belästigen?«

Ich habe viel über dieses Gespräch nachgedacht und fühle mich gewappnet und gefährlich.

»Was fällt *Ihnen* ein, mir anonyme Drohungen zu schicken?« Sein Blick ist kurz amüsiert, seine Mundwinkel zucken hässlich nach oben, genug, um seine Schuld zu bestätigen. »Was fällt Ihnen ein, darauf zu bestehen, dass ich ohne Wissen Ihrer Frau einen Hund töte, hinter ihrem Rücken, und noch wichtiger, hinter dem Rücken Ihrer Tochter?«

»Stieftochter.« Er spuckt das Wort aus, als wolle er sicherstellen, dass ich weiß, dass dieses rehäugige kleine Mädchen nicht von ihm ist.

»Frieda war nicht krank. Sie war vielleicht alt (ich habe es geübt, in der Vergangenheitsform von ihr zu sprechen), aber ihre Blase arbeitete perfekt. Ja, auf dem Küchenboden ist ein Fleck, direkt vor dem Kühlschrank, und das war wahrscheinlich ihr Lieblingsplatz, aber Sie und ich wissen genau, was am Morgen, nachdem Sie sie hergebracht haben, um eingeschläfert zu werden, geschehen ist.«

»Wovon reden Sie?«

»Ich wette, dass Sie zu Hause als Erster aufstehen, den Hund füttern, ihn rauslassen, der Frau einen Kaffee bringen.«

Brendon Small sagt nichts.

»Jeden Morgen entdecken Sie diese Pfütze vor dem Kühlschrank, und Sie schimpfen mit dem Hund, vielleicht schlagen Sie ihn …«

»Ich habe sie nie geschlagen.«

»… und wischen alles auf und schwören, dass Sie sie ein für alle Mal loswerden. Und dann, nach einem langen Tag, einer weiteren Jobabsage und vielen Trostbieren, sind Sie ausgerastet und haben sie zu mir gebracht. Ich glaube gerne, dass ein Teil von Ihnen mit dem, worum Sie mich gebeten haben, gekämpft hat. Aber vielleicht bin ich damit auch zu nett. Am nächsten Morgen wachen Sie auf, gehen nach unten und trauen Ihren Augen nicht. Diese Pfütze aus klarer Flüssigkeit, die Sie immer Frieda angelastet haben, ist immer noch da, an exakt derselben Stelle vor dem Kühlschrank, obwohl Frieda weg ist. Da wurde Ihnen klar, was Sie getan hatten. Einen unschuldigen Hund getötet, weil der Hahn am Wasserspender kaputt ist. Sie und Anne und Emily benutzen ihn tagsüber wahrscheinlich oft genug, sodass er nicht überläuft, aber während der acht bis zehn Nachtstunden sammeln sich die Tropfen, sodass man morgens eine Pfütze falschen Urins hat.«

Mr Small wischt sich mit Daumen und Zeigefinger über die Nasenspitze. »Sie haben keine Ahnung, was ich durchmache.«

»Nein, das habe ich nicht. Aber diese Inkontinenz war nur

eine Ausrede, um sie einschläfern zu lassen. Es war nicht der wahre Grund.«

»Ha. Jetzt können Sie also meine Gedanken lesen?«

»Natürlich nicht. Aber ich weiß, wie es ist, ein Kind zu sein, das sich von jemandem, zu dem es aufsieht, vernachlässigt fühlt, von jemandem, der eigentlich seine Elternrolle übernehmen sollte, von jemandem, den man lieben möchte.«

Es ist, als hätte man bei ihm die Luft herausgelassen. Er sackt zusammen, sein Körper erschlafft. Der Takt seines wollenen Schlagstocks erstirbt, er senkt langsam den Kopf und schließt die Augen. Er sieht so erschöpft aus, als hätte er schon zehn Runden hinter sich und wäre bereit, das Handtuch zu werfen.

»Hören Sie, ich wollte nie Kinder, nie, aber was soll man denn machen, wenn man sich in die falsche Frau verliebt?«

Er weigert sich, Blickkontakt herzustellen. Ich höre die Türklingel. Noch ein Patient?

»Ich habe es versucht, aber es gibt keine Anleitung, wie man das richtig macht. Ich wollte ein Freund sein, das Andenken an ihren Vater respektieren, aber dieser Hund war eine ständige Erinnerung an ihn und an das, was sie zusammen gehabt hatten. Es war, als könnten wir nicht noch mal von vorn beginnen als neue Familie, solange Frieda noch lebte. Ich dachte, ich könnte es rechtfertigen, dass sie aus unserem Leben verschwindet, weil sie ein Problem hatte, und die Chancen, dass es etwas Schlimmes war, waren angesichts ihres Alters hoch.«

»Und was wollten Sie Emily oder Ihrer Frau sagen?«

»Ich wollte ihnen gar nichts sagen. Deswegen bin ich hier. Ja, ich habe im Internet nach Ihrer Vergangenheit gesucht, aber ich will keinen Ärger machen. Ich wollte nur, dass Sie schweigen, nie mehr anrufen oder vorbeikommen. Ich habe einen Fehler gemacht, einen großen, aber bitte geben Sie mir die Chance, ein Stiefvater zu werden.«

»Sie haben meine Frage nicht beantwortet. Was werden die beiden glauben, was mit Frieda geschehen ist?«

»Ich weiß nicht. Sie ist verschwunden. Sie wusste, dass sie sterben würde, und ist weggelaufen, um allein zu sterben. Sie hat sich verlaufen und ist erfroren. Sie und ich sind die Einzigen, die die Wahrheit kennen, und wir wissen beide wenigstens, dass sie nicht gelitten hat.«

Die Türglocke klingelt noch mal und noch mal und noch mal. Was ist da draußen los?

»Beantworten Sie mir eine Frage, und ich bitte Sie eindringlich, sehr gut über das nachzudenken, was Sie als Nächstes sagen. Nach dem, was Sie über den kaputten Kühlschrank wissen, und da Sie wissen, wie es sich anfühlt, diese Praxis allein zu verlassen und so zu tun, als würden Sie Ihrer Frau und … Tochter … helfen, einen vermissten Hund zu suchen: Haben Sie sich je gewünscht, Sie könnten die Zeit zurückdrehen und es mit Frieda noch einmal versuchen?«

Er zögert, und dann hebt er seinen Kopf, und wir sehen uns in die Augen. »Dieser Elternteil. Derjenige, der Sie als Kind enttäuscht hat, haben Sie sich versöhnt? Haben Sie ihm vergeben können?«

Es ist ein Kinnhaken im perfekten Moment. Jetzt schwanke ich.

»Ja. Ja, das habe ich. Aber ich habe es zu spät getan, weil ich mir nie die Zeit genommen hatte, ihn zu verstehen und zu begreifen, dass er mich auf seine eigene, einzigartige Weise wirklich geliebt hat.«

Ich beiße die Zähne zusammen. Nach vierzehn Jahren

donnert schon wieder etwas gegen meinen Damm der emotionalen Verdrängung, und ich bete, dass ich die Tränen, die mir in die Augen treten, unterdrücken kann. Ich schaue ihn, so fest ich kann, an, zwinge meine Augenlider, nicht zu blinzeln.

»Dann lautet die Antwort ja. Ja, ich wünschte, ich könnte es ungeschehen machen. Frieda ist seit ungefähr einer Woche weg, und nichts hat sich verändert. Ich bin immer noch arbeitslos. Mein Haus steht immer noch unter Wasser, und wir als Familie sind immer noch nicht vereint. Jetzt, da ich auf dieser Seite stehe, jetzt, da ich zurückschauen kann, sehe ich, dass es nie um einen Hund ging. Meine Frau sagt, ich bin überfordert, habe Angst vor der Verantwortung, bin eifersüchtig und alles. Ich weiß, dass Emily ihren Dad vermisst. Ich muss einen Weg finden, um damit klarzukommen, und Frieda loszuwerden war nicht die Lösung.«

Draußen im Wartezimmer höre ich Gespräche. Und es klingt wie eine Menschenmenge.

Die andere Tür des Untersuchungszimmers, auf der PRIVAT steht, öffnet sich ohne ein Klopfen, und da steht Lewis.

»Ah, hier sind Sie. Perfektes Timing.«

Ich sehe zu Lewis, sehe zurück zu Brendon Small. »Entschuldigen Sie, Mr Small, ich muss kurz mit Dr. Lewis sprechen, unter vier Augen.« Ich schiebe Lewis zurück ins Labor.

»Ist das Friedas Besitzer?«

»Ja«, sage ich.

»Aber das ist perfekt. Es könnte wirklich nicht besser sein.«

Lewis läuft zum Untersuchungsraum und streckt seinen Kopf durch die Tür. »Bleiben Sie, wo Sie sind, Mr Small. Ich bin in einer Minute bei Ihnen.« Nachdem er die Nachricht überbracht hat, rennt er zu mir zurück und fragt: »Haben Sie heute Morgen den Artikel gelesen?«

»Wovon reden Sie?«

»Die *Gazette*. Greers Artikel. Er ist heute Morgen erschienen.«

Ich bin sprachlos.

»Er lobt Sie über den grünen Klee, wegen Ihrer Behandlung von Tina, der Katze, und Denise Laroches unpassenden Wehen, aber dann kommt sein Husarenstück: Die Werbeaktion, die kein Tierbesitzer in Eden Falls ignorieren kann.«

Ich bin immer noch wie vor den Kopf geschlagen.

»Eine kostenlose Untersuchung.«

»Was?«

»Denken Sie darüber nach. Was ist die eine Aktion, die garantiert die Leute zu uns treibt? Etwas Wertvolles komplett kostenlos anzubieten. Ginny Weidmeyer war so nett, einen Cateringservice für die Veranstaltung zu bestellen, es gibt Bier, Wein und kleine Fleisch- und Käsesnacks auf Crackern.«

»Moment mal. Veranstaltung? Ginny Weidmeyer. Sie war eingeweiht?«

Lewis strahlt.

»Und braucht man denn nicht eine Zulassung oder so, wenn man Alkohol serviert?«

»Natürlich nicht, solange man den Polizeichef einlädt.«

»Aber, Lewis, Gratisuntersuchungen?«

Lewis seufzt. Der alte Mann ist frustriert, weil ich nicht folgen kann.

»Sie und ich untersuchen die Tiere kostenlos. Sie lernen viele neue Leute kennen. Sie lernen ihre Tiere kennen, und Sie geben freundlich Ratschläge zur Gesundheit der Tiere. Höchstwahrscheinlich werden Sie ein paar kleinere Krankheiten entdecken, eine paar hilfreiche Vorschläge zur Vorsorge machen, Empfehlungen geben, was in der Zukunft geschehen sollte. Und was glauben Sie, wohin diese Leute gehen werden, um diesen Empfehlungen Folge zu leisten?«

Es ist der Köder, der den Käufer in den Laden lockt. Sie dürfen gegen ein paar Reifen treten und sich das Angebot anschauen, besser, als nie vorbeizukommen. Greer ist ein cleverer Kerl.

»Das ist ja alles schön und gut, aber wir brauchen jetzt sofort Geld. Heute. Wir haben keine Zeit mehr, und ›kostenlos‹ wird uns das benötigte Geld nicht bringen.«

Lewis versucht gar nicht erst zu verbergen, wie sehr er das hier genießt. Er zeigt seinen beschädigten Schneidezahn, anstatt sich damit auf die Lippe zu beißen. »Beruhigen Sie sich. Doris und ich kümmern uns darum.«

Warum glaubt er, dass mich diese Versicherung irgendwie beruhigen sollte?

Die Türglocke klingelt weiter. »Wie viele Leute erwarten Sie?«, frage ich.

»Keine Ahnung, aber Ginny sagt, sie hat genug Snacks und Getränke bestellt, um hundert Leute und ihre Tiere zu füttern und zu tränken. Klingt, als hätte es schon angefangen.«

Lewis tut so, als wäre dieser Abend der Wendepunkt, der Bedside Manor am Leben erhält und dadurch seiner kranken Frau ermöglicht zu bleiben, wo sie sein möchte.

»Warum haben Sie mich nicht schon früher eingeweiht?«

»Ich wollte, dass es eine Überraschung ist. Und ich wollte nicht, dass Sie Panik bekommen oder zu viel darüber nachdenken.«

»Was soll das denn heißen?«

Lewis macht einen Schritt nach vorn und umfasst meine

Oberarme. »Sie müssen ein bisschen leben. Spontaner sein. Fangen Sie an, auf Ihr Herz zu hören, und hören Sie auf, in Ihrem Kopf alles zu durchdenken und zu verschieben. Außerdem müssen Sie noch ein paar Worte zur Eröffnung sagen, und Greer hat mir erzählt, wie sehr Sie es verabscheuen, öffentlich zu sprechen.«

Lewis beeilt sich mit diesem letzten Kommentar, als würde er mir dann nicht auffallen. Ich höre ein hohes Frauenlachen aus dem Wartezimmer.

»Auf keinen Fall. Ich spiele mit. Ich schaue mir die Tiere an. Aber bitte zwingen Sie mich nicht dazu, vor einem Publikum zu sprechen.«

»Cyrus, Sie haben keine Wahl. Sie sind der Neue. Sie werden alles über Sie wissen wollen.«

»Aber was soll ich sagen?«

»Erzählen Sie ihnen so viel oder so wenig, wie Sie möchten. Es liegt ganz bei Ihnen.«

Ich denke darüber nach, oder sollte ich besser sagen, ich versuche, nicht zu denken, sondern mich von dem, was ich fühle, leiten, beeinflussen und überwältigen zu lassen, anstatt von dem, was ich begreife.

Lewis sieht auf seine Uhr. »Es ist fast fünf. In Greers Text hieß es, wir würden um fünf mit den Untersuchungen anfangen.«

»Geben Sie mir noch eine Minute. Ich muss ein paar Dinge holen.«

»Sie laufen mir aber nicht weg, oder?«

Ich schüttele den Kopf, löse mich von ihm und verschwinde nach oben.

Mit den zwei Requisiten bewaffnet, die ich noch im Untersuchungsraum aufhängen will, betrete ich ein Wartezimmer, das einer lauten Nachbarschaftsparty gleicht. Eine turbulente Menge gesprächiger Fremder zieht Mäntel, Schals und Mützen aus und taucht in die eigene Wärme und Gemütlichkeit ein. Auch wenn die Gespräche immer wieder mal von einem Jaulen oder Bellen unterbrochen werden, scheinen sich sogar die Hunde an Leinen und auf Armen zu amüsieren. Ich sehe den Rücken eines hellroten Aras auf einer Schulter, ein Trio grauhaariger Damen sitzt da mit Katzentransportboxen auf dem Schoß und nippt am Weißwein, und ein junger Mann in weißem Hemd und mit schwarzer Fliege geht durch die Menge und bietet Häppchen auf einem Silbertablett an. Es ist niemand da, den ich kenne, und niemand scheint mich zu erkennen. Ich habe kein Tier, scheine ein ungeladener Gast zu sein, der am besten ignoriert wird.

»Ah, da sind Sie ja.« Lewis nimmt mich am Arm. »Wir machen Ihnen mal ein bisschen Platz. Was haben Sie denn da?«

Ich will es ihm gerade erklären, aber jemand begrüßt ihn und will seine Hand schütteln. Zögernd und linkisch drehe ich mich zu den Leuten um, und dieses Mal entdecke ich eine blonde Bienenkorbfrisur, die auf und ab hüpft. Doris ist überall, saust von einem zum anderen. Und wo immer sie hingeht, beugt sie sich vor und flüstert etwas, wodurch Lächeln verschwinden, Hände nach Brieftaschen fummeln und nach Scheckbüchern suchen. Was sagt sie? Was hat sie vor?

Lewis ist wieder frei, führt mich zwischen den Leuten hindurch bis zu einem freien Platz nahe dem Lagerraum. Er bittet mich, näher zu kommen. »Sind Sie bereit?« Er betrachtet mein Gesicht. »Dumme Frage. Das wird schon klappen. Denken Sie daran: *nicht denken, fühlen.*«

Er zieht die Augenbrauen hoch, seine Version von »habe

ich recht oder habe ich recht«, und dann macht er direkt weiter: »Ladys und Gentlemen, Hundeliebhaber und Katzenliebhaber, vielen Dank, dass …«

»Was ist mit den Papageienliebhabern?«

Ein Lachen geht durch die Menge, und ich frage mich, wie viele hier bereits betrunken sind.

»Lassen Sie mich das noch einmal versuchen. Ladys und Gentlemen … Tierliebhaber« – Lächeln, gemurmelte Zustimmung –, »vielen Dank, dass Sie heute Abend zu uns gekommen sind, um einen Neubeginn in Bedside Manor, *der* Tierarztpraxis Ihrer Heimatstadt, zu feiern.«

Applaus, und wieder macht die Türklingel *ding-dong*. Ich wünschte, ich könnte den Leuten sagen, dass noch ein Tierbesitzer kommt, aber das stimmt nicht. Ein paar in der Menge fällt meine Reaktion auf, und sie drehen sich um, um zu sehen, »was«, nicht »wer«, gekommen ist – mein persönlicher Sensenmann, Mr Critchley.

»Bevor ich Sie einem Mann überlasse, der bereits bewiesen hat, dass er ein Kätzchen und ein Baby mit derselben Souveränität entbinden kann …«

Es wird gejauchzt, gepfiffen, und einige Besucher drehen sich um. Dieses Mal folge ich den Blicken und entdecke Denise Laroche. Sie errötet, kann ein stolzes Lächeln aber nicht unterdrücken, während sie ihr gut eingepacktes Baby an ihre Schulter hebt.

»… ein besonderer Dank gilt Ihnen, Peter Greer von der *Eden Falls Gazette*« – höflicher Applaus –, »und der wunderbaren Großzügigkeit von Ginny Weidmeyer für Getränke und Essen. Danke, Ginny.« Überall wird gejubelt, noch heftiger geklatscht, und noch einmal folge ich den Blicken und entdecke Greer und Ginny ganz hinten, beide wischen die Dankbarkeit mit einer Handbewegung weg.

»Also, dann, es ist mir ein großes Vergnügen, Ihnen ganz formell Dr. Cyrus Mills vorzustellen.«

Lewis macht eine Geste in meine Richtung, tritt zurück und zeigt mir noch herzlich den hochgereckten Daumen, bevor er hinter der Tür zum Labor verschwindet.

Toller Moment, um mich allein zu lassen. *Nicht denken, fühlen*. Was fühlen? Dass ich weglaufen möchte? Dass ich mich übergeben möchte?

»Äh, vielen Dank, dass Sie heute Abend gekommen sind …«

Man hört »Lauter«-Rufe, ein »Ich kann Sie nicht hören« und ein heiseres, ablehnendes Bellen, das ich sofort erkenne: Greers Terrier Toby.

»… offensichtlich hatte ich … äh … hatte ich keine Ahnung von …« Ich sehe Köpfe, die nach hinten gelegt werden, um Gläser auszutrinken, Leute, die rechts und links nach weiteren Erfrischungen Ausschau halten, das verräterische Murmeln von Leuten, die bereits das Interesse verlieren. Meine Knie zittern, ich weiß nicht, was ich mit meinen Händen machen soll, und ich glaube, dass ich gleich Nasenbluten bekommen werde.

»Ich wollte … ich würde diese Gelegenheit gerne dazu nutzen, etwas mit Ihnen zu teilen … etwas, das vielleicht eine Überraschung ist.«

Wie aufs Stichwort fliegt die Tür zum Untersuchungszimmer auf, und ich sehe einen erstaunten Brendon Small, der zu den Leuten stolpert, ein allgemeines Aufkeuchen auslöst, gefolgt von begeistertem Kreischen und dann Jauchzen und Lachen und schließlich mehr als genug Gesprächen, um mich völlig zu übertönen.

Ich hänge eine komplette Minute in der Luft, bevor Lewis aus dem Chaos hervortritt. »Entschuldigen Sie, Dr. Mills, wir konnten Ihre Überraschung nicht länger warten lassen.« Dann wendet er sich an die Anwesenden. »Heute Nachmittag hat Dr. Mills einen Hund auf den Wegen hinter der Praxis entdeckt. Mr Small war so nett, vorbeizukommen und zu bestätigen, dass es sein vermisster Retriever Frieda ist.«

Eine Lücke öffnet sich in der Menge, breit genug, dass ich Brendon Small mit einer Hundeleine sehen kann, Anne Small auf den Knien, die Hände wie zum Beten zusammengelegt, Tränen laufen über ihre Wangen, und Emily hat ihre kleinen Arme um den Hals ihres Retrievers gelegt, die winzigen Finger verschränkt, ein fester Griff, als würde sie nie wieder loslassen wollen.

Lewis schaut zu mir. »Sieht so aus, als hätten die vermissten Hunde von Eden Falls einen neuen Schutzengel.« Und sein selbstzufriedenes Grinsen, seine hochgezogenen Augenbrauen wecken in mir den Verdacht, dass es das berühmte i-Tüpfelchen war, Brendon im Untersuchungsraum zu entdecken. Anne und Emily Small heute Abend herzuholen, damit er ihnen ihren vermissten Hund zurückgeben konnte, war immer Teil seines Masterplans gewesen.

Ein neuer Schutzengel. Falls es Lewis' Absicht gewesen ist, mir den Staffelstab weiterzureichen, dann merkt niemand, wie ich mich winde. Alle wenden mir den Rücken zu, und sie verpassen meine Grimasse der Unwürdigkeit und Reue. Eine Kamera blitzt, und Gläser klirren. Es ist, als wäre meine Rede vorüber, als wäre Friedas Entdeckung die Überraschung, von der ich gesprochen habe, eine Überraschung, die die Bürger von Eden Falls natürlich lieber mögen, als meinem Gestotter und Geplapper zuzuhören. Es ist an der Zeit, alles richtigzustellen.

»Ich möchte zwei Dinge mit Ihnen teilen.« Ich schreie, der laute Zwischenrufer, der die Show ruiniert, den man aber nicht ignorieren kann. »Das Erste ist eine Reihe von Fotos.« Ich hebe die Collage aus dem Keller wie ein Banner hoch über den Kopf. Im Moment habe ich ihre Aufmerksamkeit, auch wenn einige Gesichter eher verwirrt als interessiert aussehen. Mr Critchley, der ganz hinten steht, ist die Ausnahme. Sein Kinn ist angehoben, die Augen schmal, als stünde er über all den Entschuldigungen und dem leeren Geschwätz, weil die Zeit gekommen ist, zu zahlen oder die Konsequenzen zu ertragen.

»Ein paar von Ihnen werden die Frau auf den Bildern wiedererkennen, aber ich bin mir sicher, dass Sie alle wissen, wer der Mann auf dem Foto in der Mitte mit dem kleinen Jungen auf dem Schoß ist. Bitte, reichen Sie es herum und schauen Sie es sich genauer an.«

Ich gebe die Collage weiter, und wieder klingelt die Türglocke, ein gemeinsamer Blick nach hinten, aber als meine Augen dieses Mal das Ziel der allgemeinen Neugier erblicken, kann ich nur noch starren, und dann kann auch das Publikum mich nur noch anstarren.

Es ist Amy.

Sofort gehen mir drei Gedanken durch den Kopf. Ich greife im Geist nach dem ersten, einer Frage, ein neugieriges, aber nonchalantes: *Hhm, was macht Amy denn hier?* Gefolgt von einem impulsiven: *Wow, Amy sieht toll aus, wie ihr Haar frisiert ist, der Hauch von Make-up, der ihre Augen und ihre Lippen betont.* Aber dem folgt schnell ein Aufschrei: *O mein Gott, Amy ist hier, fürs Abendessen angezogen, Abendessen mit mir um halb acht, und ich hatte unsere Verabredung völlig vergessen, und Mr Critchley ist hier, um sein Pfund Fleisch zu verlangen, und da sind all diese betrunkenen Menschen, die mich ansehen und erwarten, dass ich kostenlos ihre Tiere untersuche.*

Ich schaue in die Menge. Ich schaue zu Amy, das Foto von

mir auf dem Schoß meines Vaters ist unterwegs in ihre Richtung. Ich wollte ihr heute Abend erzählen, wie sehr ich mich geirrt habe, aber nicht so. Ich wollte es ihr unter vier Augen erzählen, nach und nach, in sorgfältig gebauten Sätzen, die mir die größte Chance für eine Erklärung bieten.

Es ist zu spät. Es gibt keinen Weg zurück. Ich greife nach dem FedEx-Päckchen aus Charleston, öffne es und ziehe ein gerahmtes Blatt Papier heraus.

»Es heißt … es heißt, dass im Leben nur eines sicher ist – und das ist der Tod. Ich glaube, das ist falsch. Ich glaube, es gibt zwei Dinge. Okay, Tod, aber auch Reue. Sie wissen, wovon ich spreche: die Dinge, die man nie getan hat, die Dinge, die man nie gesagt hat, die Dinge, von denen man sich wünscht, man hätte sie nie gesagt. Es ist keine Frage, *ob* man bereut, es ist nur eine Frage, *wann*. Das Problem ist, dass für die meisten von uns diese beiden Sicherheiten – Tod und Reue – als ein Paket kommen, und dann ist es oft zu spät.

Reue bedeutet außerdem, dass einem etwas wichtig ist. Daher bereue ich Bedside Manor mit am meisten in meinem Leben. Ich rede nicht über das baufällige Gebäude oder über die veraltete Ausstattung, ich rede über das, was zählt, das Bedside Manor, das jedes Mal da ist, wenn Sie mit einem kranken Tier durch diese Tür treten. Dieses gewisse Etwas ist hier, weil die Frau auf diesen Fotos, Dr. Ruth Mills, geholfen hat, es am Leben zu erhalten. Dieses gewisse Etwas ist hier, weil der lächelnde Mann mit den halb geschlossenen Augen, Ihr Doc Cobb, sich immer Zeit genommen und sich auf die Patienten und nicht auf die Dollar konzentriert hat. Und was den kleinen Jungen auf seinem Schoß angeht, nun, dieser kleine Junge wird immer etwas bereuen, aber ich möchte Ihnen versichern, dass er sich ganz dem Erhalt dieses gewissen Etwas verschrieben hat, diesem Etwas, das man nicht sehen kann, nicht messen kann, nicht kaufen kann, nicht fälschen kann und in Bedside Manor nicht ignorieren kann. Dieser kleine Junge ist Bobbys Sohn, Cyrus. Es ist an der Zeit, dass dieser kleine Junge ihm seinen Respekt erweist. Heute Abend bin ich sehr stolz, Ihnen sagen zu können, dass ich dieser kleine Junge bin.«

Ich hebe mein gerahmtes Abschlusszeugnis hoch, sodass jeder es sehen kann. Das, welches Dr. Cyrus *Cobb* verliehen wurde, und trotz allem, was geschehen ist, wappne ich mich gegen ein kollektives Luftschnappen der Überraschung, dass Leute ihre Gläser sinken lassen, ihr halb gegessenes Satayhuhn oder ihren Shrimpscocktail in den Müll werfen, ihre Leinen oder Katzenboxen packen und in einer Solidaritätsdemonstration für die frühere Gottheit von Bedside Manor hinausstürmen.

Aber als ich mich im Raum umsehe, bleibt der Gesichtsausdruck bei den meisten völlig unverändert. Vielleicht wussten sie es schon? Vielleicht ist es ihnen egal? Vielleicht ist es ihnen nicht auf die Art wichtig, wie es mir wichtig ist. Sehen Sie, es genügt nicht, Bobbys Sohn zu sein. Wenn man so viel nachzuholen hat, muss man damit prahlen.

In der Menge entdecke ich die glänzende Billardkugel von Chief Matt. Er dreht sich zu mir um und sieht noch verwirrter aus als ohnehin. Dann fallen mir die Gesichter von drei Menschen auf: Lewis, Peter Greer und Ginny Weidmeyer. Sie heben die Köpfe, ihre Augen und Lippen sind durch ein Lächeln verbunden, wie ich es zuletzt bei meiner Mutter gesehen habe, ein Lächeln von einem Elternteil, der sich durch die Leistungen von jemandem, den er liebt, demütig fühlt.

Dann winke ich und stelle mich auf Zehenspitzen, bis mein Blick von einem Ende des Raumes zum anderen endlich Amys Blick trifft, und ich versuche, ihre Reaktion auf meine Rede zu erkennen. Schockierte sie meine veränderte Einstellung zu meinem Vater? War sie enttäuscht, weil ich nicht darüber reden konnte, als wir beide allein waren? Das Warten dehnt sich, bis sie sich einfach wegdreht, die Verbindung unterbricht, sich zur Vordertür drängelt und auf den Parkplatz geht.

Ich folge ihr, kämpfe mich durch die Menge, entschuldige mich hier und da und bin halb durch, als ich plötzlich aufgehalten werde, von niemand anderem als Lewis.

»Cyrus, Ihr Vater wäre so stolz auf Sie gewesen und …«

Ich sollte mich bei ihm bedanken und allen sagen, wie viel Lewis für mich getan hat, aber hinten steht Critchley und ruft mich mit einer beharrlichen Handbewegung zu sich, als wäre es dumm von mir, ihn zu ignorieren.

»Entschuldigen Sie, Lewis, aber könnten Sie Mr Critchley noch ein paar Minuten abwehren, ich muss da noch etwas erledigen.«

Ich warte nicht auf eine Antwort. Ich dränge und kämpfe mich weiter durch die Menge.

Nach draußen, in die Nacht, und da ist sie, auf der anderen Seite des Parkplatzes, und schließt ihren SUV auf.

»Amy. Amy, warte.«

Ich schreie, aber Amy ignoriert mich und setzt sich auf den Fahrersitz.

»Bitte«, brülle ich auf halbem Weg über den glatten Asphalt und biete ihr meinen besten Bambiblick, »geh nicht. Ich habe Mist gebaut. Ich hätte mich meiner Vergangenheit stellen sollen. Ich hätte alles mit meinem Vater besprechen sollen, als ich die Chance dazu hatte, aber ich habe es nicht getan.«

Die Fahrertür ist angelehnt, als höre sie eventuell zu. Ich

schaue über den Parkplatz, um sicherzugehen, dass wir allein sind. »Die Sache ist die, ich bin ein Einzelgänger. Ich bin … ich bin nicht gut darin, über das, was in mir ist, zu reden. Manchmal wünschte ich, ich wäre direkter, so wie du, aber das bin ich nicht.«

Komm auf den Punkt, Cyrus.

»Hör mal, ich wollte, dass du weißt … dass du weißt, dass ich meinen Stolz hinuntergeschluckt habe. Wenn ich Bedside Manor hätte am Leben erhalten können, wäre ich geblieben.«

Zu meiner Erleichterung steigt Amy aus ihrem Wagen aus. Ich rede weiter. »Ich hatte … na ja … gehofft, dass du und ich vielleicht …«

Da fällt mir auf, dass sie eine große, karierte Decke in der Hand hält. Und wieder einmal habe ich vorschnelle Schlüsse gezogen.

»Das ist Clints Lieblingsdecke. Wir hatten sie gestern Abend vergessen. Ich wollte sie ihr nur bringen. Was meinst du damit, *du wärst geblieben*?«

»Cyrus.«

Der heisere Ruf kommt von hinten. Ich drehe mich um und entdecke den bekannten orangefarbenen Punkt in der Dunkelheit.

»Cyrus. Doc Lewis sagt, er braucht Sie. Er sagt, es sei dringend.«

Ich glaube, die Tatsache, dass Doris mich beim Vornamen nennt, ist gruseliger als die Aussicht, Mr Critchley gegenüberzutreten.

Ich wende mich wieder Amy zu und sage: »Äh … hör mal … ich möchte gerne alles erklären. Willst du immer noch mit mir essen gehen, später?«

Amy zögert, ihr Gesichtsausdruck verrät nichts. Ich bin

wie erstarrt, eher gelähmt als erstarrt, mein Herz in der Schwebe.

»Liebend gerne«, sagt sie.

Sie hätte auch »natürlich« sagen können oder »klingt wie ein guter Plan«, aber sie hat dieses Wort eingebaut, *Liebe*. Aus einem bestimmten Grund?

»Vorausgesetzt, du hörst auf, mich anzustarren, und untersuchst all deine neuen Patienten.«

Meine Zunge ist an meinem Gaumen festgeklebt. Dann lächelt sie, und ich möchte sie umarmen, ich möchte sie küssen, aber ich will mein Glück nicht herausfordern.

»Cyrus, haben Sie gehört, was ich gesagt habe?«

Für eine Frau mit eingeschränkter Lungenkapazität hat Doris eine überraschend kräftige Stimme. Ich eile zurück zur Tür.

»Danke, Doris.«

Die Arme vor der Brust verschränkt, die Zigarette schwankend zwischen ihren Lippen, lässt sie mich fast gehen. Fast. Ich bin halb durch die Tür, und auch wenn ihre Worte durch das Murmeln der Menge undeutlich sind, könnte ich schwören, sie sagt: »Nette Rede.«

Ich schaue zurück, aber Finger wie Tarantulabeine legen sich auf meine Schulter.

»Dr. Mills, ich habe mir schon Sorgen gemacht«, sagt Mr Critchley. »Ich dachte, Sie würden vor Ihrer Verantwortung davonlaufen.«

Keiner von uns lächelt, und mir wird bewusst, dass er keinen Scherz macht.

»Hat die Arbeit an einem Samstag einen entscheidenden Unterschied gemacht? In Mr Greers Artikel wird eine Gratisuntersuchung erwähnt, ich vermute also, dass Sie Ihr Finanzziel für diese Woche bereits erreicht haben.«

Critchleys Sicherheit, dass ich versagt habe, dringt aus all seinen Poren. Ich spüre den Raum voller Tierliebhaber hinter mir. Ja, viele von ihnen wurden von dem kostenlosen Angebot hierhergelockt – die Getränke, die Untersuchung –, aber schlussendlich kamen sie nach Bedside Manor, weil man sich in dieser Praxis immer so intensiv um die Tiere in ihrem Leben gekümmert hat.

»Müssen wir das wirklich hier erledigen? Genau jetzt?« Ich flüstere fast, ich will das Ganze eher meinen Kunden ersparen als mir.

Critchley überlegt nicht mal. »Ich glaube, es ist am besten, das hinter uns zu bringen, Sie nicht?« Dann, er kann sein Lächeln kaum unterdrücken, sagt er: »Ich muss doch nicht erst nach dem Scheck fragen.«

Jeder, der einem sagt, dass Geld die Quelle allen Übels ist, hat keines.

»Was haben Sie gesagt?«, fragt Critchley.

Ich schaue weg und spüre das alte eingebildete Jucken an meinem Hinterkopf. Aber dieses Mal widerstehe ich, schaue dem Rechtsanwalt in seine Wieselaugen und sage: »Ich habe ihn nicht.«

»Wie bitte?«

»Ich sagte, ich habe ihn nicht.«

»Doch, haben Sie, Cyrus«, sagt Lewis, der plötzlich neben mir steht und mir einen Scheck und einen Stift reicht. »Er ist bereits ausgefüllt, Sie müssen nur noch unterschreiben.«

Ganz benommen kritzele ich meine Unterschrift und überreiche den Scheck.

»Was?« Lewis schien sich entweder an mich oder an Critchley zu richten. Mein Gesichtsausdruck zeigt vor allem Verwirrung. Ich stelle mir vor, dass Critchleys Miene nur Skepsis ausdrückt.

»Keine Sorge, der Scheck wird nicht platzen«, sagt Lewis. Dann zeigt er auf Doris, die gerade wieder hereinkommt. »Unsere … Büromanagerin … versichert mir, dass sie allein heute Abend mehr als genug Geld von den ausstehenden Rechnungen eingetrieben hat, um die erste Rate locker bezahlen zu können.« Und dann, ich bin mir allerdings nicht sicher, dass Lewis es auf eine nette Art meint, schlägt er dem Bankjuristen auf den Rücken und sagt: »Kopf hoch, Mr Critchley. Wenn die Leute aus Eden Falls Bedside Manor gerne unterstützen, sollten Sie das vielleicht auch tun.«

Critchley sieht wie ein Mann aus, der all sein Geld beim Roulette auf Schwarz gesetzt hat, und die Kugel landet auf Rot.

»Mr Critchley, ich wusste ja gar nicht, dass Sie ein Haustier haben?« Ginny Weidmeyer kommt zu unserer Rettung, und so schnell, wie der Bankjurist sich fängt, muss ich annehmen, dass Weidmeyer Estate bei der Green State Bank viel persönliche Aufmerksamkeit genießt. »Kann ich Ihnen was zu trinken bringen? Etwas zu essen?« Sie winkt dem Kellner, aber Peter Greer kommt, Toby auf dem Arm, zu uns. Vielleicht hat Greer entdeckt, dass Ginny frei ist. Vielleicht wird sich der Jack Russell auf Mr Critchleys Kinn stürzen. So gerne ich das auch herausfinden möchte, ich trete zurück und ziehe Lewis zur Seite.

»Was tun Sie da? Wir haben das Geld nicht.«

»Doch, haben wir«, sagt Lewis. »Ich habe Doris etwas mehr wegen der ausstehenden Rechnungen arbeiten lassen.«

»Wie?«

»Indem ich sie davon überzeugt habe, dass sie ihren Job verliert, wenn wir das Geld nicht auftreiben. Sie haben es selbst gesagt, niemand weiß besser als Doris, welche Kunden darauf bauen, dass wir dichtmachen. Und was glauben Sie, wer Bobby Cobb mit all den Einzelheiten über das Leben in Eden Falls versorgt hat, die, die er immer zu wissen schien, die, durch die sich seine Arbeit immer so viel persönlicher anfühlte?«

Doris. *Jeder kennt jeden in Eden Falls.*

»Wenn man weiß, wer gerade ein neues Auto kaufen will, wenn man weiß, wer es sich leisten kann, sich jede Woche die Nägel machen zu lassen, dann weiß man, wer seine Tierarztrechnungen bezahlen kann. Und vergessen wir nicht die pikanten Details, die gewisse Tierbesitzer vertraulich behandelt sehen möchten.«

»Das klingt ein bisschen nach Erpressung.« Ich sehe Doris kurz in der Menge. Sie muss mich gehört haben, denn ihr Blick sagt, dass das nach Bestrafung verlangt. »Aber nennen wir es strategischen Handel.«

Plötzlich greift der lange Arm des Gesetzes nach mir und packt mich.

»Okay, Sie sind der Sohn des alten Doc Cobb«, sagt Chief Devito, »aber ich kann Sie immer noch nicht einordnen.«

Ich höre nur halb zu, weil seitlich hinter ihm eine Gruppe meine Aufmerksamkeit erregt. Da steht Brendon Small, ein unausgesprochenes Danke auf dem Gesicht. Da ist Anne Small, ihre Augen geschwollen und gerötet, die wieder zu weinen beginnt, und zwischen ihnen, in meine Richtung gewandt, Emily und ihr Hund Frieda.

Ich sehe einen grinsenden Golden Retriever, der mich zum Nachdenken gebracht hat. Ich sehe eine Familie, die eine zweite Chance bekommt. Und, als ich zurück zu Devito schaue, sehe ich eine Gelegenheit, der ich einfach nicht widerstehen kann. »Hey, Chief, *sagen Sie hallo zu meinem kleinen Freund.*«

Dann entdecke ich Ethel Silverman mit Kai, die allen um sie herum erzählt, ich würde Hundefutter verschenken. Da ist Crystal Haggerty und Puck, die sich einem ängstlichen jungen Mann mit einem schwarzen Labradorwelpen auf dem Arm widmen, und obwohl Crystal ganz offensichtlich auf der Jagd ist, höre ich zufällig, dass sie erwähnt, ich hätte ein Talent für diese spezielle Hunderasse.

Mein Abschlusszeugnis bewegt sich in unsere Richtung, und Lewis greift danach.

»Was werden Sie damit machen, jetzt, wo alle es gesehen haben?«

Er reicht es mir, und der Name *Cobb* springt mich an, aber dieses Mal auf eine positive Art. »Ich werde es im Untersuchungszimmer aufhängen. Zusammen mit den Fotos aus dem Keller, ich wünschte … so dumm … der Namenswechsel … es fühlt sich so … peinlich, so hochdramatisch und unreif an.«

Lewis wischt diese Vorstellung weg. »Es ist nicht anders als Harry Carp, der jeden seiner Hunde Clint nennt. Es ist ein Name. Wen kümmert's, ob Sie Cobb oder Mills heißen? Das, was zählt, ist der Mensch hinter dem Namen. Das, was zählt, ist, dass Sie hier sind.«

Das sollte sich nicht wie Vergebung anfühlen, tut es aber, und ich bin dankbar.

»Aber«, fügt er hinzu, »Sie müssen dieses Problem mit Ihrer Zulassung lösen.«

»Ich weiß. Und das werde ich. Sobald ich eine andere Möglichkeit finde, meine Gerichtskosten zu bezahlen, jetzt, wo ich die Praxis nicht verkaufe.«

Lewis lächelt wieder, greift in seine Jackentasche, und zum zweiten Mal an diesem Abend überreicht er mir einen Scheck. »Bitte schön. Glauben Sie, das genügt?«

Das Wort *Überraschung* reicht nicht aus, um meine Gefühle beim Anblick der Ziffern in dem kleinen Kästchen und der Unterschrift darunter zu beschreiben – Ginny Weidmeyer. Ich drehe mich zu ihr um, aber sie wendet mir den Rücken zu, spricht immer noch mit Mr Critchley.

»Das kann ich nicht annehmen. Das ist eine lächerlich hohe Summe.«

»Natürlich ist es das, und natürlich können Sie es annehmen«, sagt Lewis. »Ginny besteht darauf, dass es kein Geschenk ist und kein Kredit. Es ist einfach nur eine Vorauszahlung auf tierärztliche Dienste, die sie für ihre Katze Chelsea in Anspruch nehmen wird. Sehen Sie nicht so besorgt aus. Sie wird Sie jeden Penny abarbeiten lassen.«

Vor einer Woche hätte mich so ein Vorschlag entsetzt. Jetzt bin ich bereit, zu tun, was auch immer nötig ist, um Bedside Manor zu erhalten. Jetzt überlege ich nicht. Ich packe Lewis' Hand, nicht, um sie zu schütteln, sondern um ihn für eine Umarmung an mich zu ziehen. Und wissen Sie was, ich fühle mich kein bisschen verlegen, als ich daran denke, wie sich dieser Moment mit meinem Vater angefühlt hätte, und als ich an den Namen Dr. med. vet. Cyrus Cobb auf dem Grabstein meiner Mutter denke.

Ich trete zurück und sage: »Wenn Sie sich ein paar Tage um die Praxis kümmern können, werde ich morgen nach Charleston fahren, um alles zu regeln.«

»Wäre mir ein Vergnügen«, sagt Lewis, »aber die wichtigen Sachen zuerst.« Und damit tritt auch er einen Schritt zurück und wendet sich zum Wartezimmer um. »Ladys und Gentlemen. Dr. Mills und ich würden gerne anfangen.«

Und da beginnt mein neues Leben, als ich weiß, dass ich die richtige Wahl getroffen habe, als dieser *richtige* Tierarzt sich *seinen* Kunden zuwendet und fragt: »Wer ist der Erste?«

DANKSAGUNG

Zuallererst: Jegliche Andeutung, dass Veterinärpathologen keine echten Tierärzte sind, ist, wie das restliche Buch, völlig fiktiv. Der Autor entschuldigt sich für irreführenden oder falschen Inhalt, medizinisch oder sonst wie, aber diese Geschichte soll unterhalten und nicht Tierbesitzern, die sich um die Gesundheit ihres Haustiers sorgen, Ratschläge geben.

Ich muss Deb Waterman und Ellie Millard danken, weil sie so nett waren und die frühen Entwürfe gelesen haben, und Kiki Koroshetz, Allyson Rudolph und Diane Aronson für ihre vielen aufschlussreichen Kommentare. Allen tollen Leuten bei Hyperion – Ellen Archer, Elisabeth Dyssegaard, Kristin Kiser, Christine Ragasa, Kathryn Hough, Bryan

Christian und Jon Bernstein – einen herzlichen Dank für ihre Visionen, ihren Enthusiasmus und ihr Engagement für dieses Projekt. Eure kollektive Begeisterung und Leidenschaft für unser Buch lässt einen Autor sich zu Hause fühlen.

Christine Pride, meine Lektorin, hat immer daran geglaubt, dass ich den schwierigen Übergang vom Sachbuch zur Belletristik schaffe. Irgendwie hat sie mein Schreiben geformt und verändert zu etwas, das ich stolz einen Roman nenne. Ich habe immer noch das Glück, sie auf meiner Seite zu wissen.

Mit meinem Agenten Jeff Kleinman zu arbeiten war einfach toll. Er war abwechselnd der Architekt, der Feldwebel und der Zauberer, der das Unmögliche möglich gemacht hat. Danke, Jeff, und auf viele weitere gemeinsame Bücher.

Ein großes Dankeschön geht an meine Töchter Emily und Whitney und an meine Frau Kathy. Ich weiß, dass ich viel Glück mit euch habe. Eure Liebe und Unterstützung wankt nie, selbst wenn ich den Laptop an den Strand mitnehme.

Schließlich muss ich unseren Hunden die Ehre erweisen, Sophie und Meg. Auch wenn ich gelernt habe, dass Labradore zuerst fressen und dann Fragen stellen, unterschätzt nur ein Narr die Intelligenz eines Terriers; ihre beste Lektion war es zu erleben, wie diese treuen Geschöpfe eine Familie vervollständigen. Ihr seid immer noch bei jedem Spaziergang bei uns.

Nick Trout
hat an der University of Cambridge Tiermedizin studiert und arbeitet als Chirurg am berühmten Angell Animal Medical Center in Boston; er hat mehrere Sachbücher über seine Arbeit und sein Leben mit Tieren geschrieben, die alle *New York Times*-Bestseller wurden. Nick Trout lebt mit seiner Frau Kathy und dem Labrador-Pudel-Mischling Thai in Massachusetts.
»Ein Streuner kehrt heim« ist der Beginn einer Romanserie um den Tierarzt Dr. Cyrus Mills.

Mehr zu Nick Trout unter www.drnicktrout.com

Mehr von Nick Trout

Ein Streuner kommt selten allein. Roman (November 2015)

(Auch als E-Book erhältlich.)

GOLDMANN
Lesen erleben